Über dieses Buch »Das Traurige an den meisten Klischees ist, daß sie wahr sind. Ludwig Fels, Jahrgang 1946, ist kein Subtilist, der aparte Seelenlandschaften malt und originelle Sujets sucht. Sein Roman ist rüde bis an den Rand des Erträglichen, grob in der puren Attacke auf den feineren Geschmack, ein ›Unding der Liebe‹ zu seinem Helden, einer ungeliebten und nicht sehr liebenswerten, traurigen, kaputten Gestalt! Nichts da von Innerlichkeit und von neuer Sensibilität, keine Stimmungsbilder aus der literarischen Schickeria, weder zarte Melancholie noch Glanzlichter eines weltläufigen Weltschmerzes. All dies nicht, sondern blanke Wut, unzensierter Haß und eine einfache Geschichte. Da ist ein Mann, dem geht es schlecht im Wohlfahrtsstaat. Er sucht Liebe und findet Konsum. Er wehrt sich und fällt auf die Nase. Das wird erzählt. In einer Sprache, die der Kugel des Flippers gleicht, die, auf ihre Laufbahn geschossen, gegen die Hindernisse schlägt und Lichter zum Tanzen bringt. Hart und scharf sind die Metaphern, grell und gewalttätig die Bilder. Die Geschichte gewinnt eine geradezu körperlich penetrante Präsenz. Man riecht den Mief der Kneipen, den Geruch von Pommes frites, Bier und Schweiß. Man hört das trostlose Plätschern der Musik in den Supermärkten. Man spürt die lieblosen und leblosen Beziehungen der Menschen, ihre Hilflosigkeit und Gier. Man sieht die zerstörten Städte und Landschaften, die Kehrseite des Schlaraffenlandes West-Germany.«   »DIE ZEIT«

Der Autor Ludwig Fels wurde 1946 in Treuchtlingen geboren und lebt in Nürnberg. Volksschule, Berufsschule, Malerlehre. Publiziert seit 1973 Lyrik und Prosa. Mehrere namhafte Literaturauszeichnungen, darunter: Leonce- und Lena-Preis 1979, Preis der Bestenliste des Südwestfunks 1979, Preis für Kunst und Wissenschaft der Stadt Nürnberg 1981. ›Ein Unding der Liebe‹ ist sein erster größerer Roman. Im März 1983 wurde am Schauspielhaus Hamburg sein Stück ›Lämmermann‹ uraufgeführt.

Inhalt

Die Übermacht 7
Die Sorgen der Einsamkeit 37
Bergab 65
Abgenabelt 91
Begrabene Schatten 111
Der Tanz 139
Aufbruch 153
In der Irre 173
»Shoot the Moonlight out« 195
Im Ring 221
Herbst des Todes 249

Die Übermacht

Dezember, Monat, wo es Federn regnet. In den Häusern blasen die Menschen ihre Betten auf. Die Landschaft trägt einen weißen Verband. Das Stroh der Krippe steckt in allen Köpfen, die Pfarrer gurgeln mit Hustensaft. Motorsägen heulen in den Wäldern, Lastwagen mit bewipfelter Ladefläche rollen den Städten zu. Fische beißen ins Eis. Man reicht sich die Handschuhe zur Begrüßung, kocht Wein, fettet Stiefel ein, legt sich nachts nieder, steht nachts wieder auf. Wenn der Tag ein bißchen Grau abgibt, erwacht die Erinnerung an die vergessene Sonne, die hinter tausend Horizonten scheint. Totengräber hacken mit Pickeln die beinharte Erde auf, streuen Viehsalz in die Gruben, denn es wird noch allerhand gestorben vor der neuen Jahreszahl. Die Leute brennen Kerzen ab, die Elektrizitätswerke verlieren Kundschaft. Schnaps und Speck versiegeln die vermummten Poren. Die Einsamen und die Traurigen fallen nicht ins Gewicht.

Georg Bleistein hatte Feierabend.
Er empfand nichts dabei, es war wie immer, nicht einmal das Wetter hatte sich geändert. Morgen früh würde er den gleichen Weg zurückfahren, ein paar Stunden älter, erholt für die Arbeit. Georg war ziemlich betrunken; auch das war er gewohnt.
Langsam fuhr er auf seinem Sportrad über den leeren Kundenparkplatz, keuchte vor Kälte, der feuchte Schnee war von Reifen glattgewalzt. Flocken schmolzen in seinen Augen, Wasser lief ihm aus den Nasenlöchern. Seine Kollegen hupten, sobald sie ihn überholt hatten. Die Rücklichter ihrer Autos verlöschten in der Dunkelheit, dann war er allein unterwegs.
Es ging auf Weihnachten zu.
Wie eine löchrige Wand rückte die Stadt aus dem zitternden Gewirbel, die Mauern der Häuser waren schwarz vor Nässe. Bevor Georg in die Hauptstraße einbog, an der die meisten Geschäfte standen, stieg er ab und schob sein Rad. Überall

flackerten verzierte Glühbirnen. Er mußte endlich Geschenke für seine Tante und seine Großmutter kaufen, Gaben zur Bescherung für die Weiberbande. Er wußte aber nicht recht, wonach er suchen sollte. Beide Frauen rauchten nicht, seine Tante trank kaum. Nur seine Großmutter pichelte gern und heftig. Außerdem hatten sie einen Geschmack, der ihn nichts anging. Daheim, in seinem Zimmer versteckt, lagen erst eine Schachtel Weinbrandbohnen und ein Glas Dörrpflaumen in Kognaksud, alles aus Sonderangeboten. Es blieb ihm nur übrig, irgend etwas für ihre Gesundheit zu erstehen.

In einem Reformhaus kaufte Georg zwei Flaschen Nervensaft, die er in seidiges Blümchenpapier verpackt bekam. Mit klammen Fingern verstaute er die Flaschen in seiner Aktentasche, die er an den Lenker hängte. Dann schob er sein Rad die Auslagen entlang, deren Scheiben schier platzten vor Fülle. Vor jedem Schaufenster blieb er stehen und versuchte, sich die Preise zu merken. Die Leute störten ihn; sie rannten wie kopflos herum. Ein Bekleidungsgeschäft hatte Pelzmützen im Fenster, die als billiger Restposten ausgezeichnet waren. Das Fell war zwar nicht echt, aber der Tante würde das bestimmt nicht auffallen. Georg ging hinein und wartete ungeduldig, bis er an die Reihe kam. Die Verkäuferin fragte nach der Kopfgröße: er wußte keine Antwort, überlegte heftig und schätzte grob ab, denn umtauschen konnte die Tante das Ding immer noch. Während er umherschaute vor lauter Verlegenheit, entdeckte er einen wattierten Morgenrock für vollschlanke Damen. Kurz entschlossen nahm er ihn für die Großmutter mit. Das Gewebe gleißte und knisterte, als es im Karton zusammengefaltet wurde. Die Finger der Verkäuferin strichen flink über Knöpfe und Nahtwülste, das mochte Georg; seiner Fahne wich die Verkäuferin geschickt mit dem Kopf aus. Sie steckte die Mütze in eine Tüte, band eine Schnur um den Karton, bedankte sich, als Georg bezahlte; es reute ihn. Grußlos verließ er den Laden.

Draußen spannte er seinen Einkauf auf den Gepäckständer und rädelte heimwärts. Er war nicht besonders zufrieden mit dem, was er erworben hatte. Die Straßenlampen strahlten zuckend. Er hatte das Gefühl, ein riesiges Trostpflaster heimzuschleppen. Als sich die Häuserreihen lichteten, griff ihn wieder der eisige Wind an. Das Fahrrad holperte auf und ab, je mehr er sich dem Stadtrand näherte. Immer öfter rutschte er vom Sattel, der viel zu klein für sein ausladendes Gesäß war.

In seinem abnehmenden Rausch konnte sich Georg plötzlich einbilden, er transportierte das in Packpapier gewickelte heilige Baby. Maria hatte die Geburt nicht überlebt, und er zog jetzt durch Grönland, wollte die Eisbären füttern mit dieser milchweißen Gestalt, die sich stumm und starr durchrütteln ließ. Es war Sommer am Nordpol. Vor den Iglus standen Blumenkästen, die Blüten glichen gelben Sternen.

»Servus, Georg!« sagte ein Nachbar.

Georg kam wieder zu sich, war am Ziel.

Er wohnte in der Lenzkirchstraße. Rosengarten hieß der Ortsteil. Die rechte Ecke des Reihenhauses trug die Nummer 176a. Da war er daheim.

Er öffnete das Gartentor.

Das Fahrrad stellte er in der Laube unter; die Geschenke versteckte er im Keller hinter dem Öltank.

Schon in der Waschküche roch Georg das Essen, die Tür zur Speisekammer stand einen Spalt offen: die Vorräte hatten nicht abgenommen. Schinkenhämmer hingen an Haken von der Decke wie verrußte Echsenpanzer. Das Sauerkrautfaß schwitzte leicht und glitzerte wie mit Reif beschlagen. Die Glasballons mit Beerenweinen waren mit alten Säcken umhüllt. Zucker und Mehl stapelten sich in einem tiefen Regal, das er einmal, ungeschickt und fluchend, gebastelt hatte. In einer Kiste sprossen Strünke aus den Augen der Kartoffeln, die runzligen Schalen waren noch von Erdklumpen verkrustet. Angesichts der ganzen Fülle schluckte Georg siegessicher seinen abgestandenen Speichel. Schon als Kind hatte er sich am liebsten hier unten aufgehalten, andächtig versunken in all die Pracht und Herrlichkeit, von der er naschte nach Lust, Laune und Bedarf. Er genoß alles, was eßbar war, am liebsten Fleisch, das so schön durch die Zahnritzen kroch.

Georg aß für sein Leben gern, bekam nie genug. Er hätte Kraft für die Liebe gehabt, im Überfluß. Daß Frauen zum Vernaschen seien, hielt er für die wahrste Weisheit übers andere Geschlecht.

Seit er denken konnte, fühlte er sich gemästet.

In den Märchen gab es Schlaraffenländer und Lebkuchen-
häuser, aber in seinen Träumen spürte er eine ungewisse
Sehnsucht nach großen, harten Städten.

Seine Welt war ihm zuviel Einerlei.

Oft stellte er sich vor, fette schwarze Erde zu essen.

In den Märchen gab es Ströme von Milch, Flüsse aus Honig,
aber er hätte sich am liebsten spindeldürr gewünscht, seit er
seinen breiten Schatten bemerkt hatte.

Wenn er über sich nachdachte, fühlte er sich schlachtreif.

Häufig verlor er den Geschmack an seinem Leben.

Sein Tagesablauf war in Mahlzeiten gegliedert.

Das Paradies stellte er sich als Küche vor, den Himmel als
Speiselokal.

Nur wenn er satt war, hielt er es für erträglich in seiner
Haut.

Ein Suppenkasper war er nie gewesen, immer
ein großer Fresser vor den Herrn
die seine Kräfte brauchten. Für sie
tötete er mit Feuer und Eisen
die Leichen der Tiere
verwertete das geschächtete Fleisch
zu Mammutportionen.
Und jene, die Hungersnöte beschwörten, Angst
vor schlechten Zeiten, solche
vertrugen nur nichts.

Georg stampfte die Betonstufen zum Erdgeschoß hinauf.
Im Flur roch es beißend nach durchweichter Wolle. Er
quälte sich aus seinem abgeschabten Ledermantel, der so
schwer wog, daß er beim Gehen hart an den Stiefelschäften
wetzte. Die beiden Frauen hantierten wortlos in der Küche.
Er schlüpfte aus den fleckigen Stiefeln und trat ein. Der
Tisch war gedeckt. Dampf ließ die Deckel auf den Töpfen
klirren; die Wucht der Hitze machte Georg benommen.

»Du kommst spät!« sagte seine Tante.

»Scheißwetter,« sagte er.

»Setz dich!« sagte seine Großmutter.

Er hockte sich auf seinen Stuhl und röchelte Schleim locker.

Die Großmutter nahm auf der Eckbank Platz. Sitzend glich sie einem verhutzelten Zwergenmädchen, einer lustigen Mißgeburt. Ihr Leben lang war sie noch bei keinem Frisör gewesen. Einmal in der Woche löste sie den Knoten am Hinterkopf und kämmte sich die schütteren Haare durch, seufzend und jammernd, als würde sie mit einer Stahlbürste gestriegelt. Da sie so gut wie nie außer Haus ging, zog sie sich nicht mehr richtig an, schlurfte in karierten Pantoffeln, von denen die Fransen abstanden, zwischen Wohnzimmer und Küche hin und her. Ihre dünnen Beine steckten sommers wie winters in rauhen Wollstrümpfen, die schlotterten und rutschten, sich über den Knöcheln wellten wie Fußlappen. Unter ihren verblichenen Kleiderschürzen trug sie dicke Westen, dazu wogende, dunkle Röcke. Ihr Gesicht war wächsern. Wenn sie lächelte, schien es kurz vorm Zerspringen. Ihre Nase ragte wie ein blaurot schillernder Buckel zwischen den blassen Augen heraus; sie trank häufig und leidenschaftlich etwas Scharfes gegen das inwendige Frieren. Nur in Anwesenheit der Tante wagte sie nicht, zu oft mit den Zähnen zu klappern. Ihr Alter beachtete sie nicht. War im Fernseher von Greisen die Rede, schnaufte sie jedesmal ungemütlich. Sie hatte ein verträgliches Wesen, wenn man sie einfach gewähren ließ. Immer wieder erzählte sie die gleichen Geschichten aus ihrer Jugendzeit, während der sogar der Dreck und auch sonst jeder Mist gespart werden mußte, aber man hörte ihrer hechelnden Stimme schon lange nicht mehr zu. Vorm Sterben habe sie keine Angst, erklärte sie ausdauernd bei jeder Gelegenheit. Bloß vor der Kälte im Grab fürchte sie sich schon jetzt. Der Rest ihres Erdendaseins, in dem sie sich mit Süßigkeiten bewirtete, verging mit der Sorge um ihre Verdauung. Sie war arm auf die Welt gekommen und voller Stolz, daß sie etwas zurücklassen würde, was die Nachwelt an sie erinnerte: schließlich hatte sie ein paar Steine zum Bau des Hauses beigesteuert.

Die Tante stellte den brodelnden Suppenhafen auf den Tisch.

»Bedient euch!« sagte sie.

Seine Großmutter griff nach dem Schöpflöffel, während die

Tante den Gasherd ausschaltete und sich den Küchenhocker zurechtrückte, auf dem ein brüchiges Plastikkissen lag.

Die Tante war von einem ganz andern Schlag. Sie hatte es mehr mit Gott, ging bei jedem Wetter in ihrer Witwentracht zur Messe. Selbst an den Sonntagen erhob sie sich deshalb fast zur selben Zeit wie werktags, denn der Weg zur Kirche, die am Marktplatz lag, war ein gutes Stück zu laufen. Georg konnte sich nicht erinnern, daß die Tante jemals einen Gottesdienst versäumt hätte. Zu ihrer Arbeit ging sie pflicht-bewußt, ihrem Fleiß treu. Sie arbeitete als Raumpflegerin im Städtischen Krankenhaus, ab fünf Uhr morgens, aber nur halbtags. Sie machte sich nichts aus Kleidung, schnitt ihre Haare selbst. Eckig verkanteten sie ihr Gesicht. Um ihre Augen zogen sich Furchen, kreisten moosfarbene Schatten ein. Ihre Bewegungen waren hektisch, resolut; wenn sie den Kopf zurückschleuderte, den Bauch vorspringen ließ, ging es an die Ordnung innerhalb der vier Wände, die ihr Eigentum waren. Da flog dann alles von einer Ecke in die andere, und sie stimmte ein forsches, draufgängerisches Liedchen an, schwitzte vor Ärger, sann auf Streit, hüllte sich in eine Wolke von Krach und Staub und keuchte hinterher vor Entkräf-tung. Nie bat sie Georg um Hilfe, schob allein die schwersten Möbelstücke mit vor Anstrengung verzerrten Gliedern durch die Zimmer, eine schier übermenschliche Leistung, mit der sie nur sich selbst gedient hatte. Obwohl sie das genaue Gegenteil ihrer Mutter war, wurde sie ihr trotzdem, vom Äußeren her, immer ähnlicher. Manchmal ging sie so gekrümmt, als läge der Himmel am Boden. Sie sperrte alle Regungen in sich ein, und wenn sie dann ausbrachen, waren sie unkenntlich geworden. Die Tante hatte keinen Lebens-wandel vorzuweisen. Sie verhielt sich derart achtbar und gesittet, als hätte sie Weihwasser in den Adern. Immer hatte sie ein paar abstoßende Beispiele auf Lager, die grausamen Schicksale gewisser Patienten im Krankenhaus, die auch nicht hatten hören wollen und dafür jetzt doppelt und dreifach Schmerzen fühlen mußten. Früher, als Georg seinen ersten Verstand beweisen wollte, hatte er die Tante einige Male nach seiner Mutter ausgefragt, aber die einzige Antwort war jedesmal ein entrüstetes Schweigen gewesen.

»Mahlzeit!« wünschte er.

Seine Tante schöpfte ihm Suppe in den Teller, füllte den

Teller voll bis zum Rand, so daß Georg kaum den Löffel eintauchen konnte. Buchstaben schwammen am Grund der Brühe; er versuchte seinen Namen herauszufischen. Als er bemerkte, daß er beobachtet wurde, spritzte er Würze auf die wie Kaulquappen umherjagenden Nudeln.

»Was gibts nachher!« fragte er.

»Eier in Senfsoße«, sagte seine Großmutter.

»Naja, besser als gar nichts.« Und mehr zu sich sagte er: »Morgen nochmal, dann ist wieder Schluß.«

»Für eine Weile«, fügte seine Tante hinzu.

Lustlos zerstocherte er dann den weichen Reis; zwischen den Körnern versickerten Butterwürfel. Die Senfsoße war Georg nicht scharf genug. Er holte den Paprikastreuer vom Büfett und hieb rote Dünen auf den Brei.

»Pfui Teufel!« sagte die Großmutter.

»Du bist schlimmer wie ein Ausländer!« sagte die Tante. Er stand auf, nahm sich eine Flasche Bier aus dem Kühlschrank, trank in langen Zügen.

»Heda!« rief seine Großmutter.

Als Onkel Simon noch am Leben war, wurden vor und nach dem Essen Tischgebete verrichtet. Georg konnte sich erinnern: kaum den christlichen Kindergartenchorälen entronnen, mußte er die Hände schon wieder still und gefaltet halten, streichelte heimlich das Besteck mit dem kleinen Finger, plapperte mit flatternder Zunge, was die Erwachsenen aufsagten: »Komm Herr Jesu, sei unser Gast und segne, was du uns bescheret hast.« Eine Zeitlang hatte er damals erwartet, es schellt nach dem Amen an der Haustür, und ein junger, magerer Mann tritt ein und sagt, danke für die Einladung, ich bin der Herr Jesus, euer Gast. Bitte, sagt er dann, ich will keinen Essig an den Salat. Nein, fährt er fort, ich werde nicht die Geschöpfe Gottes verspeisen. Warum wascht ihr das Geschirr mit einem Schwamm? Und zur Strafe für seine Ungezogenheit muß er sich auf den Fußboden kauern und um jeden Bissen Brot betteln. Seine Dornenkrone hat er an einen Garderobenhaken gehängt. Arm und nackt wie er ist, riecht seine Haut nach Eselschweiß.

Ohne daß Georg ein Wort sagen mußte, bekam er den Rest vom Reis als Nachschlag. Seine Großmutter begann, das Geschirr zu spülen. Er kaute jetzt langsamer; Müdigkeit dehnte seine Knochen. Mit Messer und Gabel schabte er den

Teller sauber, spießte noch ein paar Reiskörner auf, zerquetschte den letzten Rest Eidotter in einem Soßetropfen. Dann rülpste er lauthals. Er ließ sich gegen die Stuhllehne fallen, rieb seinen vorgereckten Bauch an der Tischkante, dachte an eine Tafel Schokolade und bemühte sich, das Verdämmern in sich nicht verklingen zu lassen, als sei das der allerschönste Zustand, den ein Mensch im Leben erreichen kann.

So hielt er es jeden Feierabend.

Ab und zu hatte er das Gefühl, mehrere Mägen zu haben und einen Kopf zu wenig.

Er naschte auch im Betrieb, kostete von allen Gerichten, mampfte Wursträdchen, Pommesfrites, Gurkenscheiben und Zwiebelringe, Gegrilltes, Gebratenes, Geselchtes, aber die Ruhe zum vollkommenen Genuß, zur vollständigen Wohltat fehlte ihm an seinem Arbeitsplatz. Nur daheim konnte er sich bewegungsunfähig fressen, seine Leidenschaft bis zur blähenden, erbrechenden Neige auskosten.

Wer hat schon die Hände frei
zum Greifen nach Sternen, Wolken, andern Sonnen
wenn Topflappen schmoren
das Licht tränt vor Dampf
Dunst das Gemüt benebelt.
In der Freiheit hungern die meisten
nur sie wissen es nicht.

»Gehst du ins Kino?« fragte seine Tante.

»Nein!«

»Ins Wirtshaus?«

»Auch nicht!«

»Zur Freundin?« fragte seine Großmutter.

Schnell schüttelte er den Kopf und machte sich ins Wohnzimmer davon. Im Fernsehsessel lag eine ausrangierte Bügeldecke, die nach der Großmutter roch. Georg hockte sich auf die Couch und rauchte eine Zigarette. Mehr fiel ihm nicht ein. Hier gab es für ihn nichts zu tun.

Seitdem er regelmäßig zur Arbeit ging, war er von Kopf bis Fuß wie eingeschlafen. Nach der Volksschule hatte er Koch lernen wollen, aber dazu hätte er ein Zimmer in der nächsten Großstadt nehmen müssen, weil es damals in Grönhart keine Gastronomie von Rang und Namen gab. Der Gedanke an einen Umzug hatte ihm aber ganz und gar nicht behagt. Er wußte, in Wannsing sollte seine Mutter gehaust haben, anfangs noch mit ihm, bis ihr das Sorgerecht entzogen wurde und ihn die Verwandtschaft abholen kam. Seit jeher hatte sie seine Mutter verachtet, abgrundtief: die Großmutter verstieß eine mißratene Tochter, die Tante eine verkommene Schwester aus ihrem Gedächtnis. Georg hatte aus seiner Kindheit narbige Knie behalten von den Scherben, in denen er fliehend herumgerutscht war, wenn seine Mutter in einem Anfall leere Flaschen an den Wänden zerschmettert hatte. Sein Vater, das erfuhr er später, hatte sich nach der Geburt des Sohnes scheiden lassen, hatte wieder geheiratet und sich nicht mehr bei der ehemaligen Verwandtschaft gerührt, was allgemein bedauert wurde.

Georg hatte sich eingelebt am Rande. Er hatte Zucht ertragen und im Lauf der Jahre immer seltener im Geheimen aufbegehrt gegen die Bevormundung, der er schließlich mit Verstummen trotzte. Der Dank, den er für alles schuldig war, hatte wie ein Knebel gewirkt. Bis heute konnte er Großmutter und Tante nicht die schreienden Bilder erklären, die ihn manchmal anfielen. Bäcker oder Konditor hatte er damals auch nicht werden wollen, Metzger erst recht nicht, also machte er einen Maurer, wie Onkel Simon einer war. Das viele Bier war das Beste an der ganzen Arbeit, jeder Tag ein Trinkfest. Daß er nicht schwindelfrei war, verleidete ihm den Beruf. Wenn er aufs Gerüst geschickt wurde, kniete er oben auf den Bohlen, die sich schaukelnd durchbogen, und kam sich vor wie ein abstürzender Vogel.

Als dann das Einkaufszentrum gebaut worden war, hatte er sich sofort um die Stelle einer Küchenhilfe beworben, war angenommen worden und der Meinung gewesen, ein Teil seines Wunschtraumes würde sich nun doch noch erfüllen. Aber schon in der ersten Stunde wurde er eines Schlechteren belehrt und strich seine Hoffnungen.

Wenn er sich jetzt bewußt machte, daß er schon 27 Jahre zählte, fühlte er, wieviel Zeit seines Lebens unwiederbringlich verloren, vertan war, daß er so gut wie nichts, sondern dauernd das Falsche erlebt hatte, ein- statt ausgebrochen war, ahnte er dumpf, daß das Größte, die Jugend, wie spurlos vergangen war.

Vergiß, vergiß, sagte er sich. Vergiß!

Man füttert mich, Mutter, man speist mich ab. Du hast zuviel getrunken, hab ich gehört, Durst auf Schnaps gehabt, auf wüste Brände, haben die beiden erzählt, die nicht aufgeben, es gut mit mir zu meinen. Ich denk oft an dich, halt an das, was ich erfahren hab von dir, ganz wenig, sag ich dir, und immer nur Schlechtes, Lügen, glaub ich. Hast du wirklich alles getan, um ein paar Flaschen zu kriegen, dich verkauft, wie sie es nennen, oder hast du dich bloß so arm gestellt? Warum nicht saufen? Wenns schmeckt? Und diese blöde Scheiße wegfrißt? Ich mag keine Sprichwörter mehr hören. Jetzt werden sie bald nachmessen, wie weit der Apfel vom Stamm gefallen ist. Im Kopf bin ich immer durch die Wüste geritten, nach den Schularbeiten sowieso und sogar eine Zeitlang nach Feierabend.

Er schaute auf die Kuckucksuhr, die an der Wand hing. Erst beim zweiten, dritten Blick hob sich die Uhr von der bräunlich bedruckten Tapete ab. Das Nest war leer; vor Jahren hatte er einmal in einem Rausch den schnarrenden Vogel gefangen und aus dem Gehäuse gerissen. Es war Zeit für die Nachrichten. Tagsüber, wenn Georg sie nur bruchstückweise hören konnte, begriff er sie nur flüchtig, aber abends, beim Zusehen, verstand er sie eher und ein bißchen besser.

Der Fernseher zeigte wie immer die gleichen Gesichter. Die giftigen Farben entstellten sie noch mehr. Beim Anblick des bayerischen Ministerpräsidenten dachte Georg, einen älteren Bruder oder seinen eigentlichen Erzeuger vor sich zu haben. Der rief zum Kampf gegen Terroristen, Kommunisten, Sozialisten und Sozialdemokraten auf, und donnerndes Klatschen und Trampeln dankte ihm.

Dann kam die Tante herein und wischte Staub, der nirgends lag. Es ärgerte Georg, daß sie ein paarmal durchs Bild lief.

»Ist wieder irgendwo Krieg?« fragte sie.

Flaggen auf Halbmast wurden vorgeführt, Autowracks, in Uniform Getötete, in Zivil Ermordete, Polizisten bewachten einen Stacheldrahtverhau. Ein junges Mädchen wurde blutüberströmt an der Kamera vorbeigezerrt. Nebenbei bemerkte Georg, daß sich seine Großmutter in die Bügeldecke wickelte und den Fernsehsessel umständlich nach hinten klappte; bald würde sie schnarchen. Dann wimmelte es in Sitzungssälen von uralten Männern, die mit Leichenmienen über Papieren brüteten, dann folgten Meldungen aus den Ländern jenseits der Grenzen, Bohrtürme, Blähbäuche. Und endlich wurde das Wetter gezeigt.

Seine Tante setzte sich neben ihn. Georg rückte von ihr ab. Dann stand er auf und holte Wein und Kekse, nahm eine Handvoll Bröselware, fing an, sich vollzustopfen, sich den Wein einzuflößen, legte einen Arm so auf das nachgiebige Rückenpolster der Couch, als lehne sich jemand an ihn, stellte sich die Flasche auf den Schoß, verfolgte kauend die nackten Beine eines Balletts, flirrende Röckchen, wippendes Fleisch, schwemmte die teigigen Bröckchen aus den Zähnen. Siebenundzwanzig, ledig, unbefriedigt, unbeglückt, Träumen treu, Phantasien verfallen. Fremdenlegion, Seemann auf allen Weltmeeren: nichts gewesen, nichts geworden. Wie klingt eine Trompete im Sandsturm? Wie sagt man Nein? Jemand spielte Harfe. Georg sah auf die zupfenden Finger, auf das ruckhafte Schwingen der Saiten. »Schön!« sagte seine Tante. Mutter, Mutter, dieses Zimmer, dieses Haus, dieses Leben, dieser Tod – auch die Liebe wird nicht anders sein.

Es riß ihn aus seiner Versunkenheit, als ihm die Tante mit erzwungener Sanftmütigkeit die Weinflasche von den Lippen zog.

»Spinnst du?« sagte sie.

Er ließ es sich gefallen, lauschte den Geräuschen, die sein Körper erzeugte.

»Tante Meta«, sagte er, »ich möcht eine Party geben.«

»So?« sagte sie. »Wo?«

»Eine was?« fragte seine Großmutter und bog mit der Hand ein Ohr nach vorn.

»Im Keller?«

»Da friert ihr!«

»In meinem Zimmer?«

»Da könnt ihr nicht tanzen!«

»Kann ich eh nicht!«

»Du lügst ja!« rief seine Großmutter. Sie hatte ihr Gebiß herausgenommen; das düstere Loch erinnerte Georg an einen Abgrund mit glatten Kanten.

»Du meinst wohl«, hörte er, »ich hätt nicht mitgekriegt, wie du bei dir oben das Tanzen ausprobiert hast? Ich hab gedacht, ein Elefant springt rum. Beinah wär die Decke runtergekommen. Merk dir eins, Bub, eine alte Frau kann man nicht so leicht anlügen. Die weiß oft mehr, als du denkst.«

»Ich weiß nicht, wer alles kommt«, sagte er.

»Hm«, machte seine Tante. »Wann solls denn stattfinden, das Fest da?«

»Vielleicht gleich morgen?«

»Sind wir eingeladen?«

Georg nickte ablehnend. »Ich hau mich in die Falle«, sagte er.

»Jetzt schon? Bist du krank? Fehlt dir etwas?«

»Quatsch«, sagte er und gähnte so, als könne er beim besten Willen kein Auge mehr offenhalten, murmelte etwas von einer allerseits guten Nacht und ging mit unsicheren Schritten hinaus. Hinter seinem Rücken wurde wüst geschossen, aber er drehte sich nicht um. Im Flur schlüpfte er leise aus seinen Hausschuhen, schlich auf Zehenspitzen in den Keller. Dort nahm er die Geschenke an sich, lief hastig zurück und trug sie in sein Zimmer hinauf, das unterm Dach lag, niedrig und mit schrägen Wänden. Dann ging er ins Bad.

Im Bad fühlte er sich, wenn er nicht gerade nüchtern war, wie in einer Gruft tief unter der Erde. Ein stumpfgrauer Ölfarbsockel zog sich rings um die Wände. Über der stockfleckigen Wanne, deren Beine angerostet waren, blätterte der Anstrich in Fladen ab. In einer Ecke stand die Waschmaschine, mit Plastikplanen zugedeckt. Vor der Kloschüssel wallte ein Vorhang aus Kunststoff.

Am Waschbecken machte sich Georg schnell ein bißchen sauber und bleckte die Zunge gegen den Spiegel; was er sah, gefiel ihm nicht.

Sein Körper strebte in die Breite. Seine ganze Figur bestand aus Wölbungen. Bei jeder Betrachtung, bei jeder privaten Musterung schämte er sich. Sein Rumpf glich einem aufgeblasenen Ballon. Irgendwie war er hochaufgeschossen und auseinandergesprengt zugleich. Glatt wie Glas war sein Brustkasten mit den rosigen Warzenknöpfen; an seinem Bauch schleppte er wie an einem überquellenden Sack, der bei der geringsten Bewegung sulzige Falten warf. Sein striemiges Genick trug er unter den Nackenhaaren versteckt, sein Adamsapfel ähnelte einem Kropf und stieß ihm beim Schlucken ans Doppelkinn. Wie ein darmgefülltes Fleischfaß drückte sein Oberkörper auf die dickstämmigen Schenkel. Die Muskelpäckchen an seinen Armen waren weich, die Haut spannte nicht, lag schlaff auf den gepolsterten Knochen. Die feisten Finger ließen seine Hände pratzenhaft wirken.

Alles in allem war Georg ein Mordstrumm Mannsbild, von Natur aus zwar friedfertig, bescheiden, anspruchslos, aber sein Äußeres bewog die meisten Leute, ihn als gefährlich einzustufen. Nur den Witzereißern war er immer als Opfer willkommen. Sie malten sich eine ihm ähnliche Freundin aus, trauten ihm keine Zärtlichkeit, höchstens eine Vergewaltigung zu, hatten dauernd den Verdacht, er habe allerhand zu verbergen. Seine Versuche, sich zu zeigen, wie er wirklich war, wurden niedergelacht; das Anbiedern beherrschte er nicht, darum eckte er in allen Kreisen an. Manchmal hätte er liebend gern eine Waffe gehabt, aber er war nicht der Typ, der sofort zuschlug, Kränkungen mit Hieben ausmerzte. Oft tat es ihm leid, daß er nicht so rabiat, so brutal war, wie es manchmal von ihm geradezu erwartet wurde.

Du, sagte er halblaut zu seinem Spiegelbild, bist keine Schönheit. Schlanke, Magere sind heutzutag gefragt, zarte Knochen wollen die Weiber haben, aber du paßt ja nicht mal zwischen ihre Haxen.

Meine Vorhaut ist voll Lippenstift.

Etwas Saures, Bitteres stieß ihm auf; er spuckte es ins Klo. Er hatte eine Sauerei im Bauch, ein Gären bis in den Schädel hinauf.

Im Bett las er. Die Buchstaben hatten weiße Punkte. Die Zeilen verflossen zu Gebirgszacken. In der Ferne draußen dröhnten Motoren; Schübe von Lärm drangen durchs Fenster. Sie kamen von der Straßenbaustelle, an der Tag und Nacht gearbeitet wurde, solange der Boden nicht fror. Am Rand der Siedlung Rosengarten sollte ein Autobahnzubringer entstehen. Er würde den Horizont noch näher heranrücken. Georg fühlte sich schon in seinem Wachsein gestört.

DER ROBOTER ZIEHT SEINEN SCHWANZ AUF UND RAMMT SICH ZWISCHEN IHRE ARSCHBACKEN, FÄHRT SEIN GESTÄNGE UNTENDURCH AUS, ERWISCHT DEN EMPFINDLICHEN PUNKT, STOCHERT IN DER REIZUNG, UND WÄHREND SIE KOMMT, DREHT ER DEN

SCHLÜSSEL, DEN ER ANSTELLE MUSKULÖSER HODEN HAT, AUF
STOP.
Georg beeilte sich, die Nachttischlampe auszuknipsen, aber
die Dunkelheit brannte wie Feuer in seinen Augen, war voll
lodernder Zeichen. Mit aller Macht verschränkte er die Arme
im Nacken. Als er sich unter der Decke bewegte, fiel das
Buch auf den Boden; er ließ es liegen. Schlaf, befahl er sich,
du hast nicht umsonst Feierabend! Er wußte nicht, wie spät es
war, als er einschlief.

Wenn Prinzessin Rapunzel
heimkehrend vom Bordellbesuch
am Gehänge Rumpelstilzchens die Burgzinne erklimmt
spritzt der Schwanz
starrt man auf eine glitschige Ruine
aus der das Blut
in den Kopf zurückschießt.
Und man überblättert und
sucht nach etwas, das einem gehört
ein nacktes Bild
ein verschleiertes Wort
bis sich das Fleisch wieder biegt
die Flut in den Adern versteint
wieder weiches Geröll
den bebenden Bauch verschüttet.
I love you, so plärrt es
aus den Hautmembranen.

Am andern Morgen hämmerte ihn der Wecker aus dem
Schlaf. Georg vergrub sein Gesicht nochmal im Kissen,
während er bis Hundert zählte. Es war fünf Uhr vorbei und
Samstag. Das tröstete ihn. Als er dann aufstand, spürte er sich
nicht, spürte auch nicht die Kleidung, die er anzog, so fühllos
war er noch vom Schock. Zuerst räumte er das Buch, in dem
er abends gelesen hatte, hinter den Schallplattenstapel, wo
noch ein paar Bücher dieser Sorte lagen, in braunhäutige
Umschläge gebunden. Sie erinnerten ihn daran, wie er seiner
Hand Kosenamen gegeben hatte. Im Bad rieb er sich mit
nassen Fingern die Krusten aus den Augen. Der Spiegel

zeigte ihm ein Bild zum Fürchten. Sein Kopf war wie auf-
gepumpt, seine Haare folgten nicht dem Kamm; er klatschte
sie mit Wasser an und tat sich ein bißchen schön.

Früher hatte er noch über jeden Morgen geflucht, der so
schinderisch begann. Kein einziger Tag war dadurch verändert worden. Mit den Jahren verschwand seine geheime
Aufsässigkeit, ging unter in den Zumutungen, die sich
pausenlos wiederholten. Ihm blieb nichts übrig, als sich dem
Zwang zu fügen, den er nicht wegdenken konnte.

Georg wußte nicht mehr, wann er damit aufgehört hatte, sich
ein anderes Leben vorzustellen. In seiner Erinnerung gab es
kein anhaltendes Aufbegehren. Jeder, redete er sich immer
wieder gut zu, muß sich jetzt im Augenblick überwinden: die
halbe Welt steht auf und schüttelt die Federn ab, eine Menge
Leute sind schon auf den Straßen, unterwegs in alle möglichen Ecken. Und jeder von ihnen schaut schlecht aus und alt
und denkt vielleicht auch, er sei der Einzige, dem nichts
erspart bleibt. Und jeder kaut sein Stück Brot, weil die
Bäckereien erst später öffnen, jeder nippt einen Schluck
Kaffee, der nach Zahnkrem oder Magensäure schmeckt. Und
fast jeder spielt Lotto und träumt. Da bist du keine Aus-
nahme, dich haben die falschen Eltern geboren, du bist auf die
verkehrte Seite gefallen. Und die meisten von uns haben auch
noch Kinder oder Kranke daheim, während du immerhin
dein eigener Herr bleiben kannst, nach Feierabend. Geh zu,
schwing deine Krücken, marschier mit Volldampf in die
Scheiße! Eine lähmende Stille erfüllte das ganze Haus. Georgs
Schritte lösten eine Lawine von Lärm aus, als er polternd die
Treppe zum Erdgeschoß hinabstieg. In der Küche brannte
noch Licht. Die Fensterscheiben glänzten schwarz. Auf der
Küchenbank lag seine Aktentasche; die Thermosflasche, die
auf dem Tisch stand, zerkratzt von hastigen Griffen, hatte
seine Tante wie eh und je mit Tee gefüllt, bevor sie das Haus
verlassen hatte. Georg trank einen vorsichtigen Schluck und
spuckte ihn in die Spüle. Dann steckte er sich eine Zigarette
an und ging zum Klo. Die Tür war verriegelt.

»Schick dich!« sagte er.

»Gleich!« rief seine Großmutter.

Er verkniff es sich, holte seine Tasche, ging durch den Keller,
durch den winzigen Garten, schob sein Rad aus der Laube,
schloß das Gartentor hinter sich und kletterte schwerfällig in

den Sattel. Der Schneewind fraß sich in seine Schläfen. Er haßte alles, sich am ärgsten. Manchmal konnte er einfach nicht glauben, daß es noch Tage geben sollte, an denen zwischen Morgen und Abend keine Arbeit lag.

Während der Winterzeit waren die Fahrten zur Arbeit besonders trostlos. In der Dunkelheit konnte Georg keine Leidensgenossen erkennen. Das waren Augenblicke großen Alleinseins. Er hatte Angst, von der übrigen Welt längst vergessen zu sein. Sein Gewicht drückte die Reifen platt; er spürte die kleinsten Eisschollen, sobald er sie überrollte, als Stöße am Sack. Er schaffte es nur mit Müh und Not und weichen Knien, seine zwei Zentner fortzubewegen, aber diese Anstrengung half ihm, wach zu werden, wach zu bleiben.

In der Stadt waren die Hauptverkehrsstraßen geräumt. Kirchenglocken polterten hinter den wirbelnden Schneeschleiern. Am Ortsschild mit dem zugewehten Namen Grönhart überholte ihn ein Schneepflug; die Scheinwerferstrahlen glitten über die Schneewälle an beiden Seiten der Fahrbahn.

Grönhart war eine jener Städte, von denen es in Deutschland zu viele gibt: nicht mehr klein, noch nicht groß, mit Stadtbauerngehöften neben vereinzelten Industrieanlagen; in reizvoller Umgebung gelegen, wenn man den Kern nicht verließ, denn draußen, da war die Landschaft gerodet, da röhrte der Verkehr auf mehrspurigen Asphaltschlaufen um Autobahnkreuze. Nur die älteren Einwohner wußten noch, daß ihre Stadt ehemals ein Luftkurort gewesen war. In der schönen Jahreszeit sah man ringsum die Abgaswolken, die aus den schnurgrad gekerbten Waldschneisen aufstiegen; der beißende Geruch glühender Tankstellen hing in der Luft. Zwischen allen Baumstämmen schimmerte kahler Beton, Leitplanken durchschnitten das Unterholz, die Halme der Gräser brachen unter der Staublast zusammen, schmutziges Öl tropfte von den Blättern, im Moos gleißten Scherben, Splitter, im Geäst der Bäume waren Papierfetzen aufgespießt, die Rastplätze stanken nach Kot und Urin, die Trampelpfade waren mit Zigarettenkippen gepflastert. Als Heranwachsender war es eines seiner liebsten Sonntagsvergnügen gewesen, von einer Brücke über der Autobahn die rasenden Karawanen mit den Augen zu begleiten, bis Georg auffiel, daß er danach schwarzen Rotz hustete und seine Schritte nicht mehr hörte.

Er fuhr durch verdunkeltes Gelände. Kurz vorm Ziel kam ihm wieder ein Schneepflug entgegen, schrammte mit zuckenden Lichtern vorbei. Der Kundenparkplatz, leer wie er noch war, glich einem in Planquadrate abgezirkelten Rollfeld; hufeisenförmig angelegte Gebäude umschlossen ihn wie eine Zange aus Beton; die Nachtbeleuchtung verstärkte die Finsternis. Georg hatte wie oft den Eindruck, sich einer vornehmen Ruine zu nähern. Vorm Personaleingang war ein Fahrradständer angebracht; Georg war der einzige, der ihn in Anspruch nahm. Alle andern kamen in Autos oder mit dem Bus, der morgens und abends verkehrte. Die Firma hatte eine Extralinie eingerichtet, die ihre Mitarbeiter hin- und herkarrte.

Der Nachtwächter wickelte sich gerade einen Schal um den unrasierten Hals. Aus seinem verglasten Kabuff roch es nach Obstler und Pfefferminz. Georg hob die Hand zum Gruß; dann stieg er ins erste Stockwerk hinauf. Oben angelangt, dampfte er am ganzen Leib. Er durchquerte den Imbißsaal, der den Geruch geschrubbten Resopals ausdünstete. Die eckige Theke aus poliertem Edelstahl funkelte matt im Neonlicht. Angesichts dieser Armierung, deren kalte Pracht den Raum beherrschte, mußte sich Georg immer wieder wundern, daß den hier Beschäftigten von der Geschäftsleitung noch keine Aluminiumschürzen verpaßt worden waren. Sein Schatten spiegelte sich überall.

Als er vor etlichen Jahren in der Wurstbraterei gekündigt hatte, weil er die Winter nicht mehr im Freien verbringen wollte, war ihm sein neuer Arbeitsplatz zuerst wie ein Höllenkessel vorgekommen. Hier fror er sich nicht mehr die Beine ab, dafür schwitzte er sich die Seele aus dem Leib. Auf den Spießen im Grill steckten noch die nicht verkauften Hähnchen vom gestrigen Tag, ihre Haut war über Nacht fahl und faltig geworden, die herausragenden Beinknochen waren so schwarz wie alte Grinder, und die Flügel, sulzige Knorpel, schienen in die Rippen zurückgewachsen zu sein. In den Friteusen stand das Fett in schlierigen Schollen, an der Oberfläche pichten matschige Zwiebelscheiben, die es aus den Schaschlikspießen getrieben hatte. Die Lavasteine unterm Eisenrost des Steakrösters waren noch nicht illuminiert.

Durch die Küche, die bald einem Schlachtfeld gleichen würde, ging Georg weiter ins Restaurant, das nebenan lag. Bis auf den Steinboden war es ganz in Holz getäfelt, dunkel gebeizt, mit klobigem Gestühl für reiche Ärsche ausgestattet, die in rustikaler Atmosphäre schlemmen wollten. Dort hockten seine Kollegen und hatten Flachmänner vor sich auf den großkarierten Tischdecken aufgebaut.

»Hat der Viktor spendiert«, sagte der alte Karl. »Der hat nämlich Geburtstag heut und ist die ganze Nacht nicht ins Bett gekommen. Aber wie ich einmal so jung gewesen bin –«

»Sauf lieber!« sagte Viktor.

Er las Zeitung; die Seite, die er aufgeschlagen hatte, zeigte die Leiche einer Frau in Unterwäsche, von der nur noch Fetzen übrig waren.

»Gekillt«, sagte Viktor, »schad um das Weib«.

Die Türken, Erdogan, Esen und Halil, deren Namen Georg auswendig gelernt hatte, saßen an einem Tisch im Hintergrund, als gehörten sie nicht dazu.

»War bestimmt wieder einen von denen«, sagte Viktor und deutete in ihre Richtung.

Die Türken duckten sich und grinsten eifrig.

Viktor war ungefähr das, was Georg gern gewesen wäre: ziemlich schlank, langhaarig, gepflegt stoppelbärtig, schick, betont lässig, ein cooler Typ, ein irrer Hund, der sich von niemandem nichts gefallen ließ. Wenn es ihm langweilig wurde, wenn er Action brauchte, legte er sich mit jedem an. Er war Beikoch; Eberhard und Fersel, die neben ihm saßen, waren einfache Köche, der alte Karl machte wie Georg Küchenhelfer. Hitler, der Handlanger, Hampelmann für alles und jeden, feierte gerade krank. Er hieß Hitler, weil er jeden Vorgesetzten militärisch grüßte und noch den unsinnigsten Auftrag gehorsam ausführte. Die weiblichen Hilfskräfte, das Fotzengeschwader, wie es Viktor nannte, blieben bis zum Arbeitsanfang lieber im Aufenthaltsraum. Das Gerede der Männer war ihnen zuwider; sie hatten mehr als die Türken zu leiden.

»Auf dein Wohl«, sagte Georg, »ich gratulier dir zum Geburtstag«.

»Mister Bleistein«, sagte Viktor herablassend, »ich danke Ihnen sehr, es ist angenehm, daß das Alter Respekt vor der

Jugend hat. Ich werde dir meine Rente schenken! So bin ich eben. Keine Ahnung? Naja, saufts, ihr Krüppelzwerge, auf mein Wohl und Weh! Na los, wirds bald?« Sie tranken. Alle hoben die Fläschchen und schlossen die Augen, sperrten die Zunge hinter die Zähne und tranken, zündeten sich schnell noch eine Zigarette an, um den Geschmack zu betäuben, nahmen noch einen Schluck, als Viktor nicht nachgab und sitzenblieb, obwohl die Uhrzeiger schon durchs Arbeitsfeld pflügten. Für Georg war es fast eine Erlösung, als der Stellvertreter des Ersten Chefkochs angaloppiert kam, die Versammlung auflöste und die ganze Mannschaft in die Küche scheuchte.

Wie immer halten sich die Großen
fern dem Platz, der zehrt und
die Liebe zum Menschen verschleißt.
Abgezipfelt wie eine Wurst ist dort der Hals
der Kopf dünn wie ein Darm
wenn er Verzetteltes abschreibt.
Der Gast ißt die Rechnung.

»Morgen, Männer!« wünschte der Chefkoch, ein Patron, der sich regelmäßig Verspätungen erlaubte. »Schon fleißig? Recht so!« Er zückte einen Schlüsselbund und schwang ihn wie ein Zepter; dann winkte er Georg an den Kühlraum und händigte ihm die Fleischliste für die nächsten Tage aus. »Bleistein, paß auf«, sagte er, »gleich wirst du nüchtern sein!«
Georg zog Fäustlinge über und ließ die Tür zum Kühlraum einen Spalt hinter sich offen. Je weiter er mit dem Wagen vordrang, um so tiefer bohrte sich die Kälte in ihn. Hier hingen ausgeschlachtete Schweinehälften, Wurstringe, hier türmten sich Rippen und Schädel, gespalten und mit Eis gepanzert, stapelten sich Innereien, Kuheuter, Preßsackbälle, Blutwürste und Speckbretter, die beim Aufladen schepperten. Georgs Schurz stand ab wie ein steifes Segel. Der Atem dampfte und verfilzte die Haare; die Fäustlinge beschlugen sich mit Reif; es schmerzte in den schadhaften Zähnen, er verkühlte sich die Karies, seine Plomben fühlten sich wie

Kiesel aus einem Gletscherbach an. So schnell er konnte, schichtete Georg den Wagen voll. Manchmal knackte das gefrorene Fleisch; es roch nach altem Blut. Er bewegte sich heftig. Auf der Rückfahrt streiften die baumelnden Leiber der Schweine den vollbeladenen Wagen. Der Chefkoch schloß die Tür ab und kontrollierte die Ladung.

»He, Schneemann«, rief Viktor, während sich Georg in der Küche auftaute, »hast dir blaue Eier geholt, hm?«

Wenig später kam die Sekretärin des Restaurantleiters hereinstolziert. Sie überreichte dem Chefkoch die Speisenkarte für Samstag samt Kopien; dann trank sie einen Kaffee und sah den andern bei der Arbeit zu. Es tat ihr sichtlich wohl, mit ihrem Auftritt die weiblichen Hilfskräfte auszustechen. Sie trippelte auf der Stelle und schäkerte herum, aber nicht mit Georg und seinesgleichen. Viktor schien ihr nicht ganz geheuer. Sie konnte seine Blicke nicht aushalten, wenn er sie, den Lustlosen markierend, abschätzte. Georg wagte nur, sie aus den Augenwinkeln zu beobachten. Ihr Aufzug war fein, ihr Gesicht geschminkt, ihre Schritte waren herrisch, schnell und hart. Sie regten ihn auf, wenn er sie nackt zum Bett gehen ließ und er in Unscheinbarkeit versank.

Der Chefkoch gab die Speisenkarten an Georg weiter; der legte sie in die Durchreiche. Die Kellner kamen immer erst kurz vor den Gästen. Dann drückte er sich in der Küche herum und wartete darauf, mit dem alten Karl zum Einholen geschickt zu werden. Samstags war der Betrieb besonders hektisch, in weniger Stunden mußte mehr geleistet werden als an normalen Werktagen; unten, im Supermarkt, konnte Georg ein bißchen trödeln, einfach langsam tun, vielleicht vorm Eingang in frischer Luft auf die Schnelle ein paar Züge rauchen, in der Metzgerabteilung einen Schluck Bier zischen oder die Auszeichnerinnen zwischen den Regalreihen im Supermarkt betrachten, wie sie sich bückten und streckten.

Da kam endlich der ersehnte Befehl.

Der alte Karl stellte sich auf die Palette, Georg zog sie zum Lastenaufzug. Vor ihnen schoben Erdogan und Halil einen Wagen, der wie eine Wanne aussah und mit prallen Plastiksäcken gefüllt war. Mancher Sack war geplatzt. Aus den Rissen quollen Fleischabfälle, die nach Verwesung stanken. Erdogan und Halil bemühten sich, mit den Fingern die Risse zu klammern, aber immer wieder rutschte etwas heraus und klatschte auf den Boden. Die Türken bückten sich; ihre Hände sahen aus, als seien sie in Schleim und Eiter gebadet worden.

Georg und der alte Karl ließen ihnen den Vortritt. Als der Aufzug wieder nach oben kam, stank er wie ein lecker Sarg.

»Im Krieg in Rußland«, sagte der alte Karl, während sie abwärts fuhren, »hab ich eine Strafkompanie erlebt. Sie mußte Leichen von den Minenfeldern räumen. Die Burschen haben gekotzt, wenn sie mit denen ihren Innereien beschmiert waren.«

Unten packte der alte Karl die Deichsel und zog die Palette aus dem Lastenaufzug. Vor ihnen lag das Zentrum des Supermarkts, der Mittelpunkt, das Herz des Ganzen: eine riesige Halle, bis zur gewölbten Decke getäfelt. Die Decke selbst war wie mit einer Unzahl von Tropfen beworfen, wie mit einer Mischung aus Stein und Erz gesprenkelt; Kiesel aus Glas und Metall schienen dort oben zu wuchern. Der Boden hingegen sah aus, als hätte man Platten aus grauschwarzen Quadern gesägt. Der spiegelglatte Stein war von einer blasigen Maserung, als würde noch das Urfeuer unter seiner Kruste brodeln. Es wirkte alles sehr vornehm und gediegen. Dieser Teil des Gebäudes war einem weitläufigen Palast nicht unähnlich, der Küche, Keller, alle Kleiderschränke und Speisekammern für jeden, der da ankam geöffnet hielt.

Georg und der alte Karl hatten keines der Drehkreuze passiert, waren von der Lieferantenrampe gekommen. Sie kannten sich aus in den Gängen, die in alle Richtungen liefen. Die Warenstapel schienen die Decke zu stemmen. Die Klimaanlage spendete eine milde, frische Temperatur. Überall waren Plakate aufgespannt: Dosenfraß stand auf blumenbekränztem Tafellinnen, hausbackene Damen rekelten sich in schäumenden Badewannen aus Marmor, salbten ihre Gesichter mit eingedickter Eselsmilch oder bissen mit schlohweißen Zähnen in grasgrüne Äpfel, Küsse und Lächeln platzten aus allen Ecken; in jedem Winkel war das Glück gelagert. In der Getränkeabteilung duftete es nach zerbrochenen Flaschen. Wegweiser zu Fleisch und Fisch waren aufgestellt, überall zeigten beschriftete Pfeile die Richtung zu den ganz beson-

deren Köstlichkeiten in der Feinkostabteilung an. Georg
hätte seit jeher gern an Austern, Froschschenkeln und Trüf-
felpasteten gerochen, sich an einem spritzigen Schlückchen
echten Champagners oder Krimsekts gelabt, doch die Flaschen und auch das internationale Dosenfutter waren ihm
einfach zu teuer. So besah er sich eben die Bilder auf den
Banderolen der Konserven, die Scheren orangebrauner
Hummer, die Schnecken, Muscheln, Krabben, Krebse aus
allen Weltmeeren, die gepinselten Schriftzeichen, bis ihn der
alte Karl weiterzog.
Es hatte sich so eingebürgert, daß der alte Karl bei jedem
Rundgang kurz seine Tochter aufsuchte. Sie arbeitete am
Käsestand, hinter einer dickglasigen Verkaufsbarriere. Wäh-
rend der alte Karl mit der Frau ein paar Worte wechselte,
starrte Georg die wagenradgroßen Käselaibe an. Durch die
Sprechanlage floß Musik, Fernsehkameras kreisten unter der
Decke.
Dann schlenderten sie gemächlich an den Tiefkühltruhen
vorbei. Georg genoß wie eh und je die farbenfrohen Hüllen
der Fertiggerichte, zwickte und preßte im Vorbeigehen in
Plastikfolien abgepackte Wurstkolben. Er hatte das Gefühl,
sich in einem Raumschiff zu befinden, in dem Vorräte für die
Dauer von Lichtjahren gehortet waren. Sie kamen nur
langsam vorwärts; die Gänge waren überfüllt. Georg war das
recht. Der alte Karl hing an der Deichsel. Wegen der vielen
Leute mußten sie sich Zeit lassen. Sie erlaubten sich einen
geruhsamen, gemütlichen Spaziergang, ohne unliebsam auf-
zufallen.
Um sie herum liefen sich die Käufer hungrig. Später würden
sie oben im Restaurant sitzen und ihr Neuerworbenes feiern
oder trinken aus Gram darüber, daß sie zu wenig gespart und
deshalb noch zu viele Wünsche offen hatten. Georg sah sie
sich nie genau an. In seinen Augen waren sie gierige, raffende
Schemen, die hinter ihren Einkaufskörben zu Zwergen
schrumpften. Sie standen geradezu unter seiner Würde, denn
letzten Endes bestand ein Teil seines Verdienstes aus dem
Geld, das sie hier ausgaben.
Im Frischfleischabschnitt der Lebensmittelabteilung winkte
der alte Karl durch die Scheibe, die in der Wand eingelassen
war, seinem Schwiegersohn zu, der eine Bandsäge bediente.
An dem Platz, an dem er stand, rutschten in Cellophan

geschlagene Rüssel und Schwanzstücke, Pfoten und Klauen aus einer Klappe unter der Scheibe. Manchmal hörte Georg das leise, wimmernde Kreisen der Säge, wenn sie Knochen und Knorpel durchtrennte. Der alte Karl unterhielt sich mit seinem Schwiegersohn durch Gebärden und Grimassen, wenn dieser von seiner Arbeit aufblickte. In seiner Nähe stand eine Waage, aus deren Schale sich ein runzliger, rosiger Gewebeberg wölbte, den ein paar Frauen in Gummischürzen und Gummistiefeln zerkleinerten.

Als Georg mit dem alten Karl die Verwandtschaft abgegangen war, beluden sie ihre Palette mit Kartoffeln, Gemüse, Obst und Salat. Dann steuerten sie die Kasse für Personalbedarf an. Unterwegs drosch Georg mit der Faust ab und zu auf einen Salatkopf und gab ihm die Namen seiner Vorgesetzten bei jedem Schlag; für die Küche waren die Salatköpfe auch eingedellt noch gut genug, da kam es nicht so darauf an. Vor der Kasse sagte er zum alten Karl: »Wart mal einen Moment auf mich, wenn du durch bist, ich komm gleich nach!«

Er drehte sich um, stieß Luft durch die Zähne, schmeckte: sein Atem war ziemlich sauber. Dann stapfte er an der Phalanx der Kassen entlang. Sag nicht Nein, dachte er, sag Ja, sag Ja zu mir, ich bitt dich drum, bitt dich herzhaft, ich bin kein schlechter Mensch, du brauchst nur zu nicken. Erika, komm, tu mir den Gefallen, bloß einmal, ich schwitz mich sonst zum Krüppel.

Plötzlich fühlte er sich so schwach und hilflos, daß er sich am liebsten auf Hände und Knie niedergelassen und sich in dieser Haltung an sie herangetastet hätte.

Erika saß direkt in der Zugluft der Schwingtüren, durch die Geschrei und Motorlärm dröhnte. Ihr Kopf war ihr zwischen die Schultern gesunken. Schön, dachte Georg, bist nicht krank, nicht ausgetreten, hast nicht frei. Und sag nicht Nein, sag Ja.

Er stellte sich an den Schwanz der Schlange, die vor der Kasse wartete. Bauernsippen aus den Dörfern hinter der Autobahn schritten einträchtig wie Marsmenschen durchs Gewoge; vor den Sonderangeboten rotteten sie sich zusammen. Georg zählte die Kunden, die vor ihm warteten. Erika sah kein einziges Mal auf. Mit einer Hand wühlte sie die Waren auf dem Laufband auseinander, die andere ließ sie über die Tasten der Kasse springen. Ihre Finger glichen heftig pickenden Vogelschnäbeln. Jedes Trumm mußte sie anfassen, zurechtrücken, damit sie den Preis lesen konnte. Sie war hübsch, sie war eine Schönheit. Auf ihrer linken Brust steckte ein Namensschild.

Georg schaute jetzt nur noch auf ihr Gesicht. Er spannte die Wangenmuskeln zu einem Lächeln, schluckte eine Trockenheit hinunter. Erika ließ das Transportband auf sich zurollen; erst als es schon eine ganze Weile leer lief, sah sie endlich hoch, halb an ihm vorbei.

»Horch, ich bins!« flüsterte er hastig. »Ich geb eine Party! Heut abend! Kommst du auch?«

»Möglich«, sagte sie verwirrt. »Ruf mich an.«

Georg hätte sich beinahe bedankt. Er spürte seine Füße nicht mehr, seine Stirn brannte, sein Schädel taute, ihm war beflügelt zumute. Wie schwerelos schlurfte er dahin.

»Wau!« rief er schon von weitem dem alten Karl zu, der vor dem Lastenaufzug auf ihn wartete.

»Wo warst du?« fragte der alte Karl.

Georg gab keine Antwort und lenkte die vollbeladene Palette in den Aufzug, schrammte die Wand auf. Drinnen mußten sie sich zusammenquetschen. Der Aufzugskasten rumpelte, als würde er torpediert. Erika, dachte Georg, mir fällt der Himmel auf den Kopf!

»Diesmal haben wir zu lang gebraucht«, sagte der alte Karl. »Wegen dir!«

»Ach was«, sagte Georg, »ich hab meinen Grund gehabt«.

Erikas Stimme klang in ihm nach, ihre Worte nährten sein Herz. Er konnte fast nicht glauben, daß er Hoffnung haben durfte. Immerzu dachte er, sie kommt, sie kommt vielleicht, sie kommt zu dir.

»Hoffentlich haben wir nichts vergessen«, sagte der alte Karl.

Georg hörte gar nicht hin. Tante, würde er zu Hause sagen, Großmutter, das ist sie, die Erika, da habt ihr sie, nehmt sie auf, geht zur Seite, sie macht mich zum Mann. Ist sie nicht schön? Ich werde mich anständig benehmen, aufmerksam, zurückhaltend. Gut, ich gesteh, ich hab geilen Schund gelesen, mehr als einmal, es ging mir dabei nicht um Gesichter, ich bekenne auch, daß ich mich als Mann spür, aber es muß ja nicht gleich sein, wenn sich das Warten rentiert und nach dem

30

freundschaftlichen Kennenlernen die ganze große Liebe kommt wie ein wollusttolles Märchen.

»Schlaf daheim!« sagte der alte Karl, als der Aufzug hielt. Er schubste Georg durch die Tür. »Na los, zieh!«

Im tristen Aufenthaltsraum, der den Mitarbeitern des Supermarkts auch als Behelfskantine diente, hatte er sie zum ersten Mal gesehen. Erika hatte bei ihm am Tisch Platz nehmen müssen, weil nur da noch ein Stuhl frei war, hatte nach dem Essen geraucht, als sauge sie Sauerstoff durch einen Strohhalm, und reglos auf den grauen Fußboden gestarrt. Als Georg nach seiner leeren Bierflasche griff und sich die nächste aus dem Getränkeautomaten drücken wollte, bat sie ihn, ihr eine Coca-Cola mitzubringen. Ihm war nur ein mickriges Nicken eingefallen; dann war er geschwebt, geflogen. Als er mit den Flaschen zurückkam, lag Geld auf dem Tisch für die Cola, aber Georg hatte es nicht angerührt. Daraus hatte sich etwas ungefähr Ähnliches wie ein Gespräch ergeben. Erika arbeitete seit kurzem als Kassiererin in der Lebensmittelabteilung, er stellte sich als Saucier der Restaurantküche vor. Gelegentlich müsse er auch ans Grillbüfett in der Imbißstube und das Zeug für die Gäste herrichten, die sich selbst bedienen. Erika hatte gesagt, sie müsse den ganzen lieben langen Tag immer das Gleiche tun, tippen, wechseln, tippen, wechseln, nur ab und zu würde sie zum Stapeln gerufen, leider höchst selten, aber selbst dieser Stumpfsinn sei die reinste Erholung gegen den Schlauch und die ewige Zugluft an den Kassen. Dann war sie aufgesprungen und davongerannt zur Ablösung, und sein Name wurde über Lautsprecher ausgeplärrt mit dem Befehl, sich sofort an seiner Arbeitsstelle zu melden. Er hatte die Mittagspause überzogen. In der Küche war er angepfiffen, angeschissen worden, hatte wie zur Strafe mit den Frauen schrubben und scheuern müssen. Vor lauter Schickdich hatte er einen Brand bekommen und ein Bier und noch ein Bier getrunken und sich nach ein paar Stunden mit Schlagseite fortgeschlichen.

Als er am späten Nachmittag zu seinem Fahrrad ging, hatte er noch keine Vorstellung, wie er die Zeit bis zum Abend totschlagen sollte. Für Erika hatte er eine Flasche Likör mit Waldmeistergeschmack besorgt; Wein und Bier waren

daheim, auch Chips und Sticks. Seine Tante achtete darauf,
daß immer Knabbersachen im Haus waren, obwohl sie kaum
Besuch erhielt.

Über die Hügel rollten Wolken, weiß wie Eis. Die Kälte des
Sattels fuhr Georg in den Magen, der Wind sägte in seine
Lider. Er zwang sich zu einer frohen, freien, heiteren Stimmung, hielt sich für einen ganz ausgekochten Burschen. Bald
würde er glücklich sein.

Kommst du zu meiner Party?

Und ob, Mann!

Hab ich auch gar nicht anders erwartet!

Wurde langsam Zeit für eine Einladung – oder?

Ach, weißt du, ich hab erst die Körbe für meine andern
Freundinnen flechten müssen!

Meinen hab ich grad in die Wüste geschickt!

Mach dich hübsch!

Du wirst Augen kriegen, wenn ich antanz. Für dich begieße
ich meine Netzstrümpfe mit Parfüm. Wegen dir schmier ich
mich mit Gleitkrem ein, überall! Du wirst es mir anständig
besorgen?

Ich hab genug Übung gehabt!

Baby, du machst mich ganz schön scharf!

Kinderspiel!

Er hatte den Namen der Stadt, durch die er fuhr, vergessen.
Die Straße, in der er wohnte, war ihm fremd.

Neben der Laube klopfte seine Tante Teppiche im Schnee.
Es hörte sich an wie Gefechtslärm.

»Ich bin beim Stöbern!« sagte sie.

»Schon wieder?« fragte Georg. »Du weißt doch, ich mach
heut abend eine Party.«

»Dann soll mir von deinen Gästen erst recht keiner etwas
nachsagen können«, antwortete seine Tante, Sie würgte kurz
und krachend, spuckte grauen Speichel in den Schnee.

In seinem Zimmer machte er sich am Bett zu schaffen, kratzte
Haare vom Kissen und breitete die Tagesdecke darüber,
staubte dann den Plattenspieler ab, räumte die Schallplatten
aus der Kiste und ordnete sie lässig, in gewolltem Durcheinander auf dem Bettvorleger. Dann rückte er Tisch und Stuhl
zur Wand. Die Kommode schob er tiefer in die Ecke; auf der
Kommode, neben der Vase mit Silberdisteln, baute er die
Heizsonne auf. Als er sich umsah, wirkten ihm die Wände zu

kahl. Mit einem Filzstift malte er mehrmals »Love« auf die Leimfarbe: sein Handgelenk gehorchte ihm nicht richtig.

Georg war noch nie zu einer Party eingeladen worden. Sowas kannte er nur vom Hörensagen und aus Illustrierten: Partys auf Yachten und in alten Schlössern, die Gäste trugen Badeslip oder Bikini unter dem Smoking, dem Abendkleid, die Töchter aus bestem Haus flirteten mit den Leibwächtern ihrer Väter und tanzten zu Soulmusik und Reggae. Daß es auf seiner Party nicht so sein, nie so werden würde, wußte Georg genau. Was er zu bieten hatte, war nicht vergleichbar mit Drinks unter Palmen an einem tropischen Strand. Er spielte auch nicht Lotto. Er konnte Erika nicht einmal fremde Sterne zeigen; die hier kannte sie alle. Er würde sagen: Meine Freunde kommen später, was möchtest du trinken, was möchtest du hören, hast du Hunger? Mach dirs bequem auf dem Bett, ich bleib am Boden. Und sie würde sagen, steh auf, komm, mein liebster Schatz!

Er hatte Angst. Auf einmal fand er seinen Einfall gar nicht mehr gut. Er traute sich nicht, weiterzudenken und schaltete das Radio an.

Durchs Schlüsselloch zog der Geruch von Hefeteig. Georg ging hinunter in die Küche. Seine Großmutter buk wieder Schmalznudeln. Er lehnte sich in den Türrahmen und sah ihr eine Weile zu. In seiner Erinnerung gab es kaum ein Wochenende ohne Schmalznudeln; auf dem Küchentisch, neben einer Tasse voll Tee, stand die Rumflasche. Auch in jede Tasse Kaffee goß sich die Großmutter ein Stamperl Kognak. Zu jeder Gelegenheit genehmigte sie sich einen wärmenden Schluck. Meine ganze Jugend hindurch hats mir Schnee auf den Strohsack geweht, war eine ihrer ständigen Redensarten, und immer bin ich steifgefroren wie ein Eiszapfen gewesen. Wenn Georg daheim war, lud sie ihn zum Mittrinken ein. Sobald ihr der Alkohol die Zunge geschmiert hatte, erging sie sich in verworrenen Selbstgesprächen, bis ihre Tochter verdrossen von Vererbung zu reden anfing und von einer Säuferfamilie sprach. Die Großmutter ließ sich nicht beirren. Sie begegnete allen Vorwürfen mit einem genießerischen Schnalzen, ließ es in die Gläser gluckern, las die Etiketten auf den Flaschen wie Rezepte, tat so, als nehme sie eine Arznei zu sich, an der sie tagtäglich genas. Auf keinen Fall wollte sie ihre letzten Stunden nüchtern verbringen.

Während sie vor dem Herd stand und in der Pfanne rührte, summte sie, leicht beschwipst, die Bayernhymne. Auf ihre karierten Pantoffeln war Mehl gerieselt.

»Gott mit dir, du Land der Bayern, Heimaterde, Vaterland.
Über deinen weiten Gauen walte seine Segenshand.
Er behüte deine Fluren, schirme deiner Städte Bau
und erhalte dir die Farben deines Himmels, weiß und blau.«

»Früher«, sagte sie dann, »sind die jungen Leute Samstagabend auf den Tanzboden gegangen, haben sich nicht zu den Alten heimgehockt.«
»Bei einer Party ist das anders«, sagte Georg.
»Red du nicht russisch mit mir«, sagte sie unwirsch.
Er ging hinüber ins Wohnzimmer und schob sich einen Sessel an den Ofen. Georg fühlte sich elend beim Gedanken an den Abend; er wußte, daß er schlecht gelogen hatte. Statt der anfänglichen Begeisterung, mit der er sich seine Lüge hatte verzeihen können, brauste ein höhnisch hallendes Gelächter durch seinen Schädel. In seiner verzweifelten Einbildung ließ er das Telephon klingeln, dachte sich sein Gestammel fließend zurecht.
Mann, Puppe, na endlich! Hab mir gedacht, quatsch mal ein wirklich nettes Wörtchen durchn Draht. Hey, lach dir doch einen Strich ins Gesicht! Wir haben draußen ein violettes Abendrot. Wir können ein Häppchen speisen, ein Schlücklein süffeln, ein liebes Nickerchen hinlegen. Sag endlich: Zu Befehl, Meister! Okay? Prima, Mensch! Mach dich auf die Stöckel, Baby, saus los!

Er fühlte sich schwach und alt.
Er suchte eine Frau.
Er wollte leben durch sie, mit ihr.
Wenn er ein Pärchen sah, das zärtlich war, umschlungen daherkam, sein glückliches Lächeln verschenkte, wurde er wütend, traurig, kam sich vor wie kurz vorm Tod. Sein Äußeres ließ ihn Zuschauer bleiben. Eine Zeitlang war es ihm gelungen, sich am Essen schadlos zu halten; dann hatte sich sein Körper nicht mehr mit dieser Ablenkung zufrieden

gegeben und immer häufiger und stärker sein Recht gefordert, war kaum noch zu besänftigen gewesen.

Er sah sich auf seinem Bett sitzen, den Bauch einziehen, zum ersten Mal die Vorhaut von der verklebten Eichel streifen: sein Puls fliegt süß, er packt fester zu, wird schneller, beugt sich so tief hinab, daß es ihm ans Kinn spritzt, hockt schräg und schief vor lauter Schwindligkeit, merkt erst später, daß seine Zunge blutet, ein leiser, leichter Schmerz in seinen Lippen pocht. Seine Träume rasen, drängen nach ewiger Fortsetzung.

Es war ein grausames Wissen für ihn, noch mit keiner Frau geschlafen zu haben, aber mitreden zu müssen wie jemand, der durch Erfahrung abgehärtet ist. Manchmal war er ganze Sonntage auf seinem Zimmer geblieben, hatte gewichst, halb wahnsinnig, wie närrisch, damit er montags prahlen konnte, er hätte das Wochenende im Puff der fernen Großstadt verpennt, sich ein paar Batzen abgenuttet. Niemand hatte ihm das Gegenteil beweisen mögen. Seit Jahren zerlas er die immergleichen Bücher und Magazine, in denen Riesenmösen und Elefantenpimmel handelten, blätterte sich immer wieder durch Eselsohren, studierte die kaputten Gesichter, die ramponierten Gestalten, und nach jeder Entladung graute ihm vor den abgewrackten Ärschen, dem lila Gerunzel.

Die Männer seiner Mutter hatten sich in seiner Erinnerung zu Schatten verflüchtigt. Als Kind hatte er geglaubt, sein toter Onkel würde sich nachts aus dem Grab erheben, um im Bett seiner Tante zu schlafen. Anfangs hatte er ihr kindisch nachgestellt, so fremd war sie ihm damals gewesen. Wenn sie beim Putzen niederkniete, hatte er sich hinter ihrem Gesäß herumgedrückt, im Hosenschlitz wühlend, während ihre hängenden Brüste fast auf dem Fußboden schleiften.

Er steckte fest. Vollkommen.

> Vom Scheitel abwärts
> bin ich eine Mißgeburt.
> Ich brauche einen
> Krüppel zum Leben
> andere lieben mich nicht.
> Zufällig bin ich entstanden
> absichtslos hab ich überlebt.

Er zählte sein Kleingeld, dann gab er sich einen Ruck und ging zur Telephonzelle, die ein paar Straßen weiter stand. Fast wünschte er sich, eine Wolke möge herabstürzen, ihn erschlagen, eine Wolke vollgesogen mit Mondlicht, dem Gewicht der Nacht. Er wählte, ein Mann hob ab, ihr Vater, rief sie an den Apparat. Georg glaubte, ihren Atem zu spüren.

»Ja?« sagte sie.

»Ich bins«, sagte er.

»Wer?«

»Georg«, sagte er, »Bleistein«.

Es war, als würde er auf der anderen Seite des Erdballs träumen.

»Achso«, sagte sie.

»Ich wollte nochmal fragen, ob ich mich auf dich verlassen kann.«

»Wer kommt noch alles außer mir?«

»Oh, ein ganzer Haufen, lauter gute alte Freunde. Zugesagt hat jeder«, fuhr er fort, »und ein Kumpelwort gilt allerhand«.

»Um Acht?« fragte sie.

»Paßt«, sagte er.

»Bis dann«, sagte sie.

Georg vergaß, sich zu bedanken.

Auf dem Heimweg versuchte er, sich Erika vorzustellen, aber die Kälte betäubte sein Geschlecht.

Sie würde ihn auslachen. Seine Flasche Likör. Mit Waldmeistergeschmack. Dein Schwanz schmeckt mir nicht!

Er blieb stehen. Die Straße führte plötzlich über seinen Kopf.

Er hatte keine Übung. Er war nicht der Draufgänger, nicht der ungestüme Vergewaltiger, der anzügliche, leichtfertige Plauderer.

Du mußt verrückt sein, sagte er sich.

Verliebte hätten jetzt getanzt, gelacht, wären schmerzlos umgefallen, hätten Sand und Asche geküßt.

Er hätte sich am liebsten verlaufen, verirrt, damit sie ihn suchen würde, finden und sagen, ohne die alten Weiber sei es schöner.

Die Sorgen der Einsamkeit

Im Dunkeln sah das Haus wie ein versinkender Kasten aus, hingewürfelt auf ein bißchen morsche Erde. Die Fenster waren verhängte Löcher, die Haustür glich einer verfinsterten Zielscheibe, Schatten schliefen in den weichen Steinen der Mauern.

Seine Tante saß im Wohnzimmer. Georg fiel auf, daß sie eines ihrer Sonntagskleider angezogen hatte.

»Und?« fragte sie. »Kommen alle?«

»Die meisten wissen es noch nicht«, sagte er so beiläufig wie möglich.

Wie es zugehen wird, fragte sie dann, laut oder leise, ob mehr Kerle als Mädchen oder umgekehrt, die Namen möchte sie erfahren, schließlich stelle sie ihr Haus zur Verfügung, nicht daß sich die Nachbarn beschwerten, sie möchte ihm seinen Willen lassen, aber Party, darunter könne sie sich in ihrem Alter nichts vorstellen, das klinge fast schon unanständig, direkt gefährlich, von den Amis komme sowieso nichts Gescheites, nur Schießereien im Fernsehen und gräßliche Musik, ob er denn Spielkarten brauche, Kaffee und Kuchen, belegte Brote, sie wisse halt nicht recht, woran sie sei, sie könne auch die Kerzen am Adventskranz anzünden.

»Ich hab keine Zeit«, sagte Georg, »ich muß mich herrichten. Aber sei so gut und halt du dich da raus!«

Daraufhin rettete er sich in sein Zimmer, pumpte sich aus mit dreizehn Kniebeugen, sieben Liegestützen, troff hinterher aus allen Poren und wußte, daß es sinnlos war, vergebens, ging ins Bad und betupfte seine Schläfen mit ein paar Tropfen eiskalten Wassers, die er mit dem Handtuch verrieb. Vorm Spiegel, der seinen Schädel kaum fassen konnte, kämmte er sich einen Mittelscheitel. Auf der Oberlippe stand ihm ein schmaler Schatten, ein Strich Flaum, ganz hellblond, der einfach nicht kräftig gedeihen wollte. Er zupfte daran herum, bevor er sich die Achselhöhlen sprayte; klebrig ringelten sich die rötlichen Büschel, er hustete keuchend im versprühten Nebel.

Georg Bleistein, so heißt du, dachte er, aber nur in deinem

Paß. Deine Tante nennt dich Junge, deine Großmutter Bub, und die Kinder der Nachbarschaft geben dir Spitznamen, sagen Blunse zu dir, Milupamops, Angstschwein.

Wieder in seinem Zimmer, atmete er den Bauch zwischen die Rippen, ehe er sich in ein kariertes Hemd zwängte, von dem er wußte, daß es nicht so rasch dreckeln würde. Die Hose, die er anziehen wollte, lag noch immer wie neu im untersten Schubfach der Kommode. Er hatte sie nur ein einziges Mal getragen. Sie war zweifarbig, jedes Bein anders, das eine zitronengelb, das andere himbeerrot; dazu hatte er sich einen schwarzweißen Gürtel angeschafft, der an einen Streifen Zebrafell erinnerte und mit kunstlederen Patronenschlaufen bestückt war. Als er die Hose das erste Mal auf der Straße vorführte, hatten ihm die Leute Papagei nachgerufen. Ihr Gelächter hatte ihn geschüttelt, von ihren Blicken war er gegeißelt worden, bis sein Mut zusammengebrochen und er heimwärts geflohen war. Heut aber, heute mußte er herausfordernd auftreten, durfte nicht unscheinbar dastehn. Heute mußte er sich betonen, eine Schau an sich haben, damit er nicht gar so leicht erkennbar war.

Mit aller Gewalt ruckte er den Bund über seine Hüftbeulen, rollte sein ausladendes Gesäß hin und her, bevor er sich probehalber in die Hocke niederließ. Zwar knackte die Naht am Hinterteil, doch der Stoff gab nach, dehnte sich. Etwas beruhigt zog er den Gürtel stramm, so eng, bis er sich eingeschnürt fühlte. Es sah aus, als habe er sich dort, wo der Bauch über den Gürtel hing, einen Ring Wurst umgebunden. Bissig lachte er. Er hatte etwas eingefädelt, ungeschickt, einen Nagel ins Nadelöhr, hatte sich redlich geplagt, ein flottes, schickes Aussehn aufzutragen, aber die zeitgemäßen Gesten mißlangen ihm gründlich, der gelangweilten Lässigkeit, die er so oft im Fernseher besichtigt hatte, der bedeutungsschwangeren Bewegungen wurde er einfach nicht Herr. Und erst die Worte, die er ihr sagen wollte, sich ausmalte, anstimmte, sie schlugen Knoten in seine Zunge, kollerten eckig und kantig durch seinen dröhnenden Kopf.

Oh Gott, dachte er, wie geht es weiter? Überall steht, wie frei die heutige Jugend sein darf, wie locker sie ihr Schicksal handhabt. Warum kann ich nicht teilnehmen? Ich hab keinen Partner zum Tausch, keinen Spielgefährten für die Lust; ich könnt nur mich anbieten, und das ist jedem zuviel. Mir

wächst nichts so, wie ich es möcht. In allen Dingen bin ich
hinterm letzten Depp. Und jetzt müßt ich auf einmal beweisen, was für ein Kerl ich doch bin, halt so tun als ob auch, und
ich kann nicht, kann nicht, trau mich nicht. Mann im
Himmel, was hab ich bloß verbrochen, daß mir niemand die
Liebe abnimmt? Ich bin ja grad so wie zwei Menschen auf
einmal.

Als es auf Acht zuging, mußte er sich wohl oder übel in seiner
Tracht den beiden Frauen zeigen. Wie erwartet, fielen sie
über seinen Aufzug her, obwohl sich auch die Großmutter
ausstaffiert hatte und in einem lappigen Kostüm vor sich
hinfror. Daran, daß sich beide Frauen umgezogen hatten,
merkte Georg, daß sie ihm und Erika ihre Gesellschaft antun
würden, und das behagte ihm ganz und gar nicht. Noch
niemals zuvor war ihm beider Anwesenheit unerträglicher
erschienen. Er wünschte ihnen die Schlafkrankheit ins Blut,
ein ihr Maulwerk lähmendes Gift.
»Geht ihr aus?« fragte er grimmig und blickte böse auf die
beiden Gestalten herab, die sein Warten beobachteten und ihn
mit ihrer Seelenruhe zermürbten.
»Wir möchten deine Freunde kennenlernen«, sagte seine
Tante.
Beide machten gewichtige Gesichter und rührten sich nicht
von ihren Plätzen. Die Tante horchte sogar auf das Ticken
der Uhr. Georg stürmte in die Küche, um sich ein Bier
hineinzujagen, in einem trügerischen Nebel fortzuschwim-
men. Fast hätte er eine riesige Platte voll Wurst- und Käsebrote auf dem Küchentisch gerammt; der Anblick dieser
sinnlosen Menge stimmte ihn vollends kopflos. Er schraubte
die Flasche Waldmeisterlikör auf, die für Erika gedacht war:
das Zeug klebte süß, verwesend, er trieb es mit einem Bier
hinunter. Plötzlich spürte er den langen Tag, die viele Arbeit
als ein Ziehen in der Brust.
Längst war es acht Uhr vorbei. Die beiden Frauen betrachteten ihn mitleidig, wenn er Zigaretten verschlang. Er jedoch
fühlte sich fast schon befreit, gewann zaghaft die Über-
zeugung, daß Erika vielleicht nicht kommen würde. Fast war
er froh.
Als es dann auf Neun zuging, schellte es. Der Ton zerfetzte
seine aufgesetzte Gleichgültigkeit. Georg hastete zur Haus-

tür, hörte seine Großmutter noch »Da sind sie, sie kommen!«
rufen und sah durch die Milchglasscheibe Erikas verwischte
Gestalt. Er schluckte trocken, als er aufschloß und die Klinke
drückte.

»High life?« fragte sie und kratzte auf dem Fußabstreifer.

»Komm rein«, sagte er mühsam und zog ihr den Mantel
herunter.

Die Verwandtschaft erschien mit vorgestreckten Händen.

»Erika«, stammelte er, »meine Tante, meine Großmutter!«

»Wohin?« fragte Erika.

»Hier herein, Fräulein, in die gute Stube«, sagte die Tante.
Alles verschwamm. Hinterher wußte Georg nicht mehr, wer
wem Platz angeboten hatte; er fing mit der Bewirtung an.

»Bin ich zu spät gekommen oder zu früh?« fragte Erika. Sie
zog eine Zigarette aus dem Päckchen, das ihr Georg ent-
gegenhielt, brach den Filter ab und rauchte schnappend.

»Weder noch«, sagte Georg.

»Wir warten auf die andern«, sagte seine Tante.

»Haben Sie Hunger?« fragte seine Großmutter.

Erika kam nicht aus dem Neinsagen und Kopfschütteln
heraus, das ihr, wie ihm schien, geradezu abverlangt wurde.
Nach einer Pause, in der alle nur hüstelten und schnieften,
ergriff er verlegen das Wort, sagte: »Ich weiß auch nicht, ich
warte, aber die lassen sich alle Zeit, kommen einfach nicht, in
der Freizeit ist man eben nicht gern so pünktlich, nicht
wahr?«

Erikas Beine waren bis zu den Knien in zotteligen, tropfen-
den Fellstiefeln versteckt. Wie flauschige Kloben ruhten sie
auf dem Teppich. Eine weiße Hose spannte sich um ihre
auseinanderstehenden Schenkel. Ihr Schoß war unter einem
Pullover verborgen, der Georg vorkam wie ein verfilztes
Netz, das auch die Brüste plattdrückte. Ihr Gesicht brauchte
Schlaf, ihre Augen Erholung; sie hätte schön sein können,
wenn sie tagsüber geschont worden wäre.

Erika ließ sich nichts anmerken. Er bot ihr nochmal eine
Zigarette an; sie vergaß sie im Aschenbecher. Dann holte er
den grünen Likör und füllte vier Gläser. Seine Großmutter
wollte mit jedem anstoßen, seine Tante erzählte, wieviel Zeit
es koste, so viele Brote zu bestreichen. Und natürlich fand er
nichts Passendes im Radio. Verzweifelt drehte er an den
Knöpfen. Erika nippte an ihrem Glas; dann stellte sie es weit

von sich. Er konnte ihr nicht zur Hilfe eilen, ihre steife Haltung in einer Umarmung mildern, konnte ihren fragenden Blicken nicht standhalten, brachte nur ab und an ein Lächeln zustande mit knirschenden Zähnen, anschwellendem Kiefer, das nichts nützte, nichts änderte.

»Geht die Uhr wirklich richtig?« fragte sie.

»Wie lang kennen Sie denn unsern Georg schon?« fragte seine Tante.

»Überhaupt nicht!« sagte Erika und lächelte sie aus.

Wolken sanken von der Decke herab, Nebel stieg vom Teppich auf. Er schleppte die Platte mit belegten Broten herein, aber Erika dankte, er stieg in den Keller und kam, den Hals einer Flasche Edelschaumwein umklammernd, zurück, sagte wild: »Zur Feier des Abends!« holte Sektkelche, schoß den Korken in die Brote, schenkte tüchtig ein und soff Ex. Danach war es ihm, als könnten sie sich vielleicht doch noch alle prächtig miteinander vertragen.

»Auf unser Wohl!« sagte er matt. »Warum trinkt ihr nicht? Schmeckt wie Sekt! Prosit!« Dann fragte er Erika, welche Musik ihr denn so gefalle. Sie zählte die Namen einiger Schlagersänger auf, die ihm vom Hörensagen bekannt vorkamen, von Großmutter und Tante aber mit erfreutem Nicken als berühmte Persönlichkeiten bestätigt wurden. Stockend erzählte er von seiner Plattensammlung, oben in seinem Zimmer, fragte, ob Erika sie anschaun möge. Sie grinste wissend und ablehnend. Georg packte die Flasche Likör; in einer Aufwallung von Trotz ging er zur Tür. Erika folgte ihm.

»Nicht unter meinem Dach!« sagte da die Tante.

Georg kehrte auf dem Absatz um, schob Erika sacht beiseite, ohne zu bemerken, daß er sie zum ersten Mal berührte, wenn auch mit einer geballten Faust, war mit einem Schritt am Tisch und gab ihm einen Tritt, daß die Gläser umstürzten.

»Das ist mein Fest!« sagte er. »Das feier ich, wie es mir paßt. Sie ist mein Gast, meiner, ich bin kein Kind mehr, wir gehn jetzt in mein Zimmer.«

Es war schwer für ihn, den Trotz durchzuhalten. Er hatte sich endlich aufgebäumt, einen Angriff gewagt, wie er ihm im Traum nicht eingefallen wäre, hatte bewiesen, daß ein Mann sein Recht verlangen konnte, verlegen zwar, doch ernst genug und mit Nachdruck.

Das Gesicht seiner Tante war in Würde erstarrt. Seine Großmutter zeigte sich eingeschüchtert; ihre Finger krampften sich ins nasse Tischtuch.

»Warten wir lieber, bis deine Freunde kommen«, sagte Erika.

»Nein!« erwiderte er schroff.

»Frau Bleistein«, sagte Erika einlenkend, »es dauert nicht lange«.

»Meine Tante heißt Götz!« sagte Georg.

»Und ich Erdner!« sagte seine Großmutter. »Gib dem Buben seinen Willen, Meta, in Gotts Namen.«

Draußen im Flur deutete Georg die Treppe hinauf. Auf halber Höhe sagte Erika ohne sich umzudrehen: »Hör mal, welche Scheißrolle spiel ich da in dem Saustall?«

»Sonst sind sie nicht so«, sagte er.

Ihr Schlüpfer zeichnete sich durch die weiße Hose ab. Prall ragte ihm ihr Gesäß ins Gesicht.

»Ich möcht wissen, was hier eigentlich läuft«, sagte Erika.

»Theater kann ich auch daheim haben.«

»Es tut mir leid«, sagte er, »denk nicht dran!«

In seinem Zimmer machte er Licht, zündete eine Kerze an, knipste das Licht wieder aus; Erika blieb mitten im Zimmer stehen. Er legte eine Platte auf, »Having a Party«, las er von der Hülle ab, »Third World«. Sie sah sich um, furchtsam fast, er drückte ihr ein Glas Likör in die Hand, sagte: »Da haus ich!« Dann hockte er sich aufs Bett. Er hörte kaum die Musik, so schlug ihm das Herz.

»Gefällt dir sowas?« fragte sie.

»Ist aus Jamaika!« sagte er.

»Da schrein ja die Affen schöner«, sagte sie und schaute angeödet auf das Gekrakel an den Wänden. »Love«, buchstabierte sie. »Amore«, fügte sie nach einer Weile hinzu, »Ficki-ficki, hm? Bist du kein Deutscher?«

Sie kniete sich auf den Bettvorleger und wühlte die Plattenhüllen durch. Jetzt fielen ihre Brüste vor, und Georg träumte seine Hände in ihren Nacken, der durch die Haare schimmerte.

»Nichts für mich!« wiederholte sie ständig und suchte weiter. »Nichts! Rein gar nichts! Lauter Negermusik! Wie in der Disco! Ich kann nichts finden!«

Sie stand auf. Georg rückte zur Seite; sie setzte sich nicht neben ihn, ging auf und ab.

»Willst du hier tanzen?« fragte sie. »Du hast einen Geschmack wie ein Bananenlutscher! Lauter Krampf! Lauter Glump!«

Er wußte nicht, ob ihr verächtliches Gehabe, ihr entrüstetes Getue echt waren oder nur gespielt. Er wollte sich auch nicht dagegen wehren, er schwieg lieber.

»Warst du bei der Bundeswehr?« fragte sie.

»Untauglich – gewesen«, sagte er.

»Weißt du, ich mag Soldaten, weil das nämlich Kavaliere sind. Magst du Fußball?«

»Nicht so«, sagte er vorsichtig.

»Was magst du dann?«

»Naja«, sagte er, »da muß ich erst nachdenken, Musik hör ich gern, manchmal les ich ein Buch, ab und zu geh ich Essen, ins Kino selten, naja, was man halt so macht. Und du?«

Sie ruckte mit den Achseln. »Es ist nichts los hier«, sagte sie dann. »Die Disco, das ist aber auch schon alles. Und die Arbeit, die reicht mir. Ich hätt gedacht, du bringst ein bißchen Leben in die Bude, ein bißchen Jubel, Trubel, ein paar Runden Tanz, meinetwegen einen Knutscher in Ehren. Stattdessen hängst du rum wie ein Wurm, wie so ein kranker. Du kannst bald allein auf die andern warten! Wann kommen deine Leute?«

»Vielleicht gar nicht«, flüsterte er plötzlich.

»Was soll das heißen: vielleicht gar nicht?«

»Vielleicht haben sie erfahren, daß ich dich eingeladen hab«, sagte er. »Ich finds so ganz gut!«

»Gut? Was gut? Wie gut? Du willst doch nicht sagen, daß es keine Party gibt, daß das ein Bluff war, ein Trick von dir? Für was hältst du mich? Was bildest du dir überhaupt ein? Warum hast du deine Fete nicht gleich im Altersheim gemacht? Ich geh!«

»Du hast mir gefallen«, sagte Georg.

»Du Pfeife!« sagte sie. »Dein Kompliment ist fast schon eine Beleidigung.«

Er verstand nicht und sah sie ratlos an.

»Weil es von dir kommt«, sagte sie, »von so einem wie dir, drum ist es mir nichts wert!«

Er ließ sich vom Bett sinken und sammelte die Schallplattenhüllen ein.

»Weißt du, was mich wundert?« fragte sie. »Daß du mir keine Märchen vorgelesen hast!«

»Mach Licht!« sagte er.

Dann blies er die Kerze aus.

»Deine beiden Weiber haben dich ganz schön am Arsch, mein Lieber«, sagte sie. »Um eins möcht ich dich wirklich bitten: laß sie bloß nicht in dem Glauben, wir hätten etwas miteinander gehabt! So einer wie du, davon könnt ich mit Leichtigkeit zehn Stück an jeden Finger kriegen.«

Er kam nicht gegen die Vorstellung an, ihr die Hände abzuhacken, die glasweißen Stümpfe in Ketten zu schmieden, sich an ihr vergehend seine Liebe zu erklären. Dann dachte er, ich möchte dein Haar in Honig baden, deine Haut mit Zucker pudern, einfach gut sein. Er hätte es sich gerne gefallen lassen, wenn sie ihn mit ihren Füßen gestreichelt, mit ihren Zehen gekrault hätte. Natürlich wußte er aus Büchern und Filmen von der sanften Gewalt, die immer dann angewendet wurde, wenn es galt, gespielten Widerstand zu brechen, nur er war nicht fähig dazu. Er hätte sich schon im Türrahmen verkeilen müssen, um Erika dabehalten zu können.

»Ich bring dich hinunter«, sagte er. »Schön, daß du gekommen bist. Es hat mich gefreut.«

Er sagte das laut, die Treppe hinab; die beiden Frauen im Wohnzimmer sollten es hören.

Im Flur zerrte er ihren Mantel vom Haken und warf ihn ihr vor die Füße.

»Hau ab!« sagte er. Es klang wie eine Bitte.

Erika verabschiedete sich nicht, von niemandem.

Er konnte sich lange nicht entsinnen, wie er zurück in sein Zimmer gekommen war. Seine Erinnerung setzte erst wieder ein, als er den Plattenspieler bis zum Anschlag aufgedreht hatte. Wie gefällt lag er dann auf dem Bett, zusammengekrümmt, zuckend, sich windend. Was ihm auskam, klang wie ein Knurren. Holprig ging sein Atem, irgendwie widerspenstig. Du weinst nicht, sagte er sich, es ist nur eine andere Art von Gelächter. Dreh den Spieß um, dachte er, den nächsten Stich machst du! Jetzt sollen sie dich erleben. Besaufen! Den Liebeskummer auskotzen!

Während er so dalag, verstrichen Tage; es war nichts Festes mehr in ihm. Die Musik war wie donnerndes Geröll, das auf ihn niederprasselte. Er stellte sich vor, im Grab zu liegen, der Sarg noch offen, und oben am Rand, da steht sie, von seinen tausend Freunden getröstet, und ein Tonband spielt »Burn it down« von »Dexys Midnight Runners«, ganz laut die Orgel, die weinende Stimme, und er ist der allerglücklichste Tote.

Dann erstarb die Musik. Als er seinen Kopf auf die Seite wälzte, sah er seine Tante vorm Bett stehen. Er fühlte sich weit von ihr entfernt; was sie hervorstieß, schien jemand anderem zu gelten. Es dauerte, bis ihre Stimme ihn erreichte.

»Mein Haus ist kein Puff! Hast du vor, deiner Mutter nachzuschlagen? Ich bewirte doch keine Flittchen! Solang ich am Leben bin, teilst du dein Bett hier mit keiner! Du darfst schon froh sein, wenn ich dich hier wohnen laß, heilfroh! Geh uns bloß bald aus den Augen! Für solche Sauereien haben wir dich nicht großgezogen! Es wird langsam Zeit, daß dir einfällt, ob du woanders nicht besser aufgehoben wärst! Das hast du dir sauber ausgedacht, du Bürschchen, aber nicht mit mir, nicht mit uns! Wie die Mutter, das gleiche Früchtchen, hinterhältig und liederlich!«

Je lauter sie wurde, desto weniger hörte er noch zu. Hinter ihr tauchte unvermutet seine Großmutter auf; er war fast ein bißchen gerührt, daß sie sich zu ihm heraufgeschleppt hatte. Gleichzeitig wunderte es ihn, daß sie, die murmelnd und nickend seiner Tante zustimmte, nicht Beifall klatschte.

Ein krauses Kränzchen eingedrehter Haare zog sich rings um den Kopf der Tante, gezackte Falten verzweigten sich in ihrem Gesicht, ihre Lippen schienen aus bläulichem Gummi gepreßt. Georg zwang sich dazu, sie nicht anders zu sehen. Er legte seinen ganzen Ekel in die Betrachtung dieser erzürnten Frau, er sehnte sich nach Ungerechtigkeit. Ein Kropfansatz beulte ihren Hals.

Kindisch vertiefte er sich in Vorstellungen, in denen er ihren Körper entblößte, schwelgte in gerinnenden Bildern wie ein todwunder Greis, der die Ferne der Träume von Haut, Haar, Blut, Schleim und Fleisch mit allen vergänglichen Sinnen betrauert. Wie süchtig zerrte er ihren Leib aus der Verborgenheit, die sie seine ganze Kindheit und Jugend hindurch erhalten hatte. Ihre Brüste glichen raschelnden Beuteln, ihr sprödbehaartes Dreieck wirkte verlassen, ihr hängendes Gesäß war ohne Fingernagelkratzer, ihr Bauch hart und mager; er ergötzte sich an ihrer Verbrauchtheit, genoß diesen durch Arbeit verunstalteten Körper, der ihn nicht mehr barmte.

Seit sie ihren Mann, seinen Onkel Simon, verloren hatte, war sie nur noch Witwe gewesen, ihm treu bis über seinen schweren Tod hinaus. Schon zuvor, als man ihren Vater ins Grab senkte, hatte sie sich mit ihrer Mutter verbündet. Der Lebenswandel ihrer einzigen Schwester hatte sie in dem Vorsatz bestärkt, züchtig zu bleiben, sich auf keine Beziehung mehr einzulassen, gegebenenfalls den Herrgott um Schutz und Beistand zu bitten. Sünden gingen ihr ans Herz. Sie lebte wie ein unverdorbener Mensch, der gegen alle Anfechtungen gefeit zu sein schien. Georg war sich nicht sicher, ob sie irgendeiner Heiligen nacheifern wollte; manchmal glaubte er fast, daß sie selber heilig gesprochen werden wollte. Er hatte ihr viel zu verdanken. Als Kind hatte er sie geliebt, als Jugendlicher hatte er sich verboten, sie sich nackt zu denken, jetzt gab sie ihm zu verstehen, daß die Unreinlichkeit seiner Phantasien ihre vier Wände beschmutze. Sie schwärmte für den Pfarrer und beichtete ihm sogar manche Verfehlungen des Klinikpersonals. Georg wußte nicht, ob sie und er tatsächlich auf der gleichen Welt lebten, so grundverschieden waren ihre Leben unter der Oberfläche der häuslichen Gemeinschaft.

Endlich sagte er laut: »Ihr habt sie vertrieben!«

Aber die beiden Frauen waren längst verschwunden.

Am Tag darauf kam es ihm seltsam vor, daß er erwachte. Die Kirchenglocken schlugen wie Schmiedehämmer durchs Dach; er öffnete ein Auge, sah auf seine verstreuten Kleider, schloß es wieder. So lag er eine Weile da, onanierte blind und döste noch ein bißchen vor sich hin. Irgendwann scharrte etwas auf dem Fensterbrett, vielleicht ein hungriger Spatz.

Die Bettdecke drückte Georg in seinen Schweiß. Daß niemand neben ihm lag, spürte er deutlich wie nie zuvor. Er hatte zu tun, Erika aus seinen Gedanken zu verjagen. Ihm kam es vor, als sei sein Kopf voller Türen, und hinter jeder schien sie zu warten.

Seine Mutter kannte er nur als schluchzenden Schatten, der neben seinem Bettchen Kundschaft bediente, fremde Männer, wie seine Tante andeutete, als sie ihn für verständig erklärt hatte. Seine Mutter habe getrunken, Tag und Nacht im Rausch verbracht, habe sich benommen, als müsse sie bei jedem Hergelaufenen eheliche Pflichten erfüllen. Sie, seine Tante, sei es gewesen, die Mittel und Wege gefunden habe, daß ihrer Schwester das Sorgerecht abgesprochen worden sei. So war er in den Besitz seiner Tante übergegangen. Im Lauf der Jahre hatte seine Mutter ab und zu Karten und Briefe geschickt, die er nie lesen durfte, oft gar nicht zu Gesicht bekam. Seine Tante und seine Großmutter wollten ihn seine mißratene Vergangenheit vergessen lassen. An ihm, dem Sproß einer unglückseligen Verbindung, bewiesen beide ihre Ehrbarkeit.

An Onkel Simon erinnerte er sich nur flüchtig. Das war der Mann gewesen, der abends heimkam, seine schmutzige Arbeitskleidung auszog und ins nächste Wirtshaus zum Karteln ging, bei seiner Rückkehr eine Fahne aushauchte und bald einschlief. Nach seinem Tod war Georgs Großmutter nicht mehr zur Kirche gegangen. Weißt du, Bub, hatte sie gesagt, meine Elsa, die deine Mutter ist, hätts erwischen müssen, wenns mit gerechten Dingen zugegangen wär. In deiner Scheiße hat sie dich liegenlassen, daß du bald verschimmelt wärst, mit kalter Milch hat sie dich abgespeist, daß du getobt hast vor lauter Krämpfen. Sie traut sich nicht hierher, die Schickse! Dein Onkel Simon war wie mein eigener Sohn, und du wirst es langsam auch. Glaub mir, die Tante Meta ist eine gute Seele, der du folgen mußt.

Georg blieb das Gefühl, aus seiner eigentlichen Herkunft verstoßen worden zu sein, sich bei ungenau bekannten Leuten aufzuhalten, die ihn wie einen Dauergast behandelten. Anfangs hatte er das Bett genäßt, gestottert, hatte Anfälle von Verstörtheit gehabt, die kein Doktor kurieren konnte. Da hatten ihm Tante und Großmutter Widerstandskräfte angefüttert, ihm die besten Bissen hint und vorn hineingestopft, bis er wohl oder übel ungesund erblühen mußte. Bald schon hatte ihm kein einfaches Essen mehr geschmeckt. Über einen langen Zeitraum hinweg gab es nur noch Gerichte, die seine Launen besänftigen halfen. Er lud sich voll, erweiterte seine Hülle, bis ihm war, als könne er sein

Gehirn schmatzen hören. Oft hatte er sich dann von Appetithemmern ernährt, gymnastische Abmagerungskuren geübt, bis ihm die Muskeln auszubluten schienen und sein Schweiß nach Urin roch. Danach hatte er sich all das Entgangene immer wieder doppelt und dreifach einverleibt. Er konnte sich in sich verkriechen; Worten und Blicken, die seinem Äußeren galten, hielt er nur betrunken stand. Er empfand sich als ein Sieb mit breiten Löchern, aus dem alles fiel und floß.

Ich muß weg.
Weit fort muß ich.
Das ist keine Bleibe.
Hier hab ich kein Leben.
Dies ist kein Land für mich.
Ich kann nicht aus Schwäche lieben.

In der Küche sprach ein Radiopfarrer. Daß man sich nicht denken könne, was man nicht wisse, predigte er, man fühle es nur, und je weniger man ahne, desto seltener spüre man etwas...
»Mir steht gleich die Haut auf!« sagte Georgs Großmutter.
»Treib keinen Spott!« sagte unwirsch ihre Tochter.
»– und Gott der Herr, liebe Gemeinde in der Stadt und auf dem Lande, dem wir dienen dürfen Tag und Nacht, hat die Erde erschaffen aus dem Grunde, damit wir uns auf ihr für das ewige Leben nach dem Tode bewähren...«
»Auch schon auf?« sagte Georgs Tante.
Sie stellte seine Kaffeetasse neben den Berg belegter Brote vom gestrigen Abend, die vergilbt aussahen: die Butter war zerlaufen, der Scheibenkäse hatte bräunliche Risse an den Rändern, die Wurstränder waren gewellt. Die Platte stand auf dem Küchentisch wie ein Mahnmal der Verschwendung.
»Soll ich das zum Frühstück essen?« fragte Georg.
»Ärger uns nicht!« antwortete seine Tante. »Man kann nicht alles verkommen lassen! Wenn die Leute, die du eingeladen hast, gekommen wären, müßten wir jetzt nach Bröseln suchen wie die Vögel die Krumen. Statt dessen bringt uns der Kerl irgend so ein Weibsbild ins Haus, dem gar nichts gefal-

len hat. Langweilig ist es gewesen, und die ganze Mühe war umsonst!«

Er tauchte seine Zunge in den heißen Kaffee. Der Schmerz machte ihn nüchtern.

»Deine Mutter war auch so rechthaberisch«, fuhr seine Tante fort, »wollte immer nur ihr eigenes Leben leben, ohne Rücksicht auf Verluste, darin seid ihr euch gleich. Aber jetzt sieht und hört man nichts mehr von ihr. Wie weg ist sie, flackt wahrscheins wieder auf einer Matratze und zieht ihren Kerlen das Geld aus der Tasche für den Schnaps, den sie braucht. Aber langsam wird sie alt, da werden die Kerle weniger.«

»Ich hätt große Lust, sie einmal kennenzulernen«, sagte Georg. Vielleicht lacht sie euch längst alle aus, ist berühmt oder reich geworden und erinnert sich gar nicht mehr an uns.«

»Sie hat dich liegenlassen wie einen leeren Koffer«, sagte seine Großmutter. »Was willst du bei ihr? Ihr wart doch nie wie Mutter und Sohn. Vielleicht hat sie in der Zwischenzeit noch mehr Kinder gekriegt. Für uns ist sie gestorben. Leb ordentlich und anständig, dann wirst du uns begreifen.«

»Sie würde uns beiden auch noch seine Geschwister aufhalsen, wenn sie welche geworfen hätte«, sagte seine Tante. »Deine Mutter ist eine Säuferin, mein Lieber, eine Schlampe. Vergiß das nicht!«

Es gefiel ihm nicht, daß die Unterhaltung so normal verlief, fast wie immer, als seien beide Frauen wirklich nur die Wegbereiter einer unbeschwerten Zukunft für ihn. Er versuchte, sie zu hassen, aber auch das gelang ihm nicht richtig.

»Oh Scheiße«, sagte er, »kaum steh ich auf den Beinen, fallt ihr mir in den Arm.«

»Du mußt dich verloben, heiraten mußt du«, sagte seine Tante. »Dann halten wir uns raus aus deinen Angelegenheiten, dann laß ich euch in meinem Schlafzimmer in den Ehebetten schlafen, wenn ihr uns besuchen kommt, da haben dann die Nachbarn nichts mehr zu melden. Aber von wegen heut die und morgen eine andre, das kannst du woanders treiben, hier nicht!«

»Die Erika«, sagte er, »hat nichts mit mir vorgehabt. Es war ein Zufall, daß sie überhaupt kam. Vielleicht hätten wir uns

kennenlernen wollen, aber ihr habt uns ja keine Möglichkeit
dazu gelassen. Wir leben doch längst in einer andern Zeit.«
»Draußen vielleicht«, sagte seine Tante, »hier nicht.«
»Ein bißchen freier darf man es sich doch machen«, sagte
er.
»Freilich«, sagte seine Tante, »später überall, woanders eben,
aber nicht hier, da richtest du dich gefälligst nach uns.«
»Hör mir mal zu, du, dachte er, ich bin 27, ich hab keine
Angst mehr vorm Erziehungsheim. Adoptiert euch doch ein
neues Kind, wenn ihr was zum Drangsalieren braucht. Mit
euch bin ich fertig. Ihr könnt mich kreuzweis und quer,
kapiert?
Hungrig stand er vom Tisch auf. Zum ersten Mal.
Seine Großmutter lächelte finster.

Bevor er in sein Zimmer ging, holte er sich die Heimatzeitung, die auf dem Fernsehapparat lag. Dann sperrte er sich
ein. Im TV-Programm war der Spielfilm »Festus in der
Klemme« angekündigt. Es war noch Zeit bis dorthin. Unter
»Ehewünsche« stand das Gedicht »Wo bist Du, Sonnenschein?« Georg las:

»Mein Sternbild ist das Zeichen der Waage
Doch mit der Liebe hatt' ich nur Plage.
Ich will aber mein Glück wieder probieren
Und mein Herz noch einmal studieren.
Ich suche für mich die richtige Frau.
Wenn sie wie folgt ist, paßt sie genau:
Sie soll hübsch, nicht lang und nicht dick sein
Klug und als Hausfrau geschickt, das wäre fein
Elegant soll sie sein, treu und ehrlich
Zu ihrem Mann recht liebevoll und zärtlich
Ich bin Ingenieur und erst dreißig
Mein Chef sagt von mir, ich wäre fleißig.
Er hat mich in die Fremde gesandt
Nach Arabien, ein heißes Land.
Doch komme ich heim im nächsten Jahr
Und wünsche mir sehr, wir würden ein Paar.
Zur Ehe bin ich bereit und willige ein
Wenn du mir schreibst, mein Sonnenschein!«

Im Regional-Echo stand etwas über einen brutalen Fassaden-
kletterer, der in irgendeiner Nacht zu irgendeinem Mittwoch
gegen drei Uhr morgens splitternackt auf einen Balkon im
sechsten Stock geklettert und dort ins Schlafzimmer einer
85jährigen Frau und ihrer 44jährigen Tochter gestürmt war.
Über vier Stunden lang hatte der mittelblonde Mann mit
dem hageren Gesicht die 44jährige Näherin gequält, mit
Fausthieben gegen Schreie, während ihre Mutter im Bett in
Fesseln lag, die Vergewaltigungen mitansehn mußte.
Georg hatte nur ein wüstes Gelächter für diese Meldung
übrig. Er war nicht der Täter gewesen, hatte kein Opfer
gehabt. Er schämte sich nicht; er hatte nichts auf dieser Welt
verloren, das ahnte er genau. Sollte sie verrecken, krepieren,
es bedeutete nichts, nicht für ihn, nur etwas für andere, für
jene, die diese Welt besaßen, verwalteten, verwahrlosen
ließen. Er mußte das Maul halten, hatte nicht das Geld für die
letzten Paradiese; es gab nur noch das, was ihn nichts anging.
Schluß und nichts gewesen. Er hatte nichts zu verschenken,
nichts zu gewinnen, er mußte versuchen, sich selbst kein
Verlust zu werden.
Er las die ganzseitige Anzeige eines ehemaligen Auswander-
landes, das mit dem Erwerb des »Letzten an Wildnis« warb.
Er zitterte plötzlich, zerriß die Zeitung, wühlte die Fetzen
durcheinander, las eine Werbung, die mit »Lieber Po«
begann, dann das Ehegesuch eines »hübschen und lustigen
Fabrikmädels« und den Spruch der Woche »Der Männer
Herz muß bluten um das Licht, aber der Frauen Herz muß
bluten um die Liebe« von einem gewissen Wilhelm Raabe, an
anderer Stelle einen biblischen Befehl, den Gott der Herr dem
Propheten Jeremias kundtat: »Beschneidet euch für mich und
bringt eures Herzens Vorhaut hinweg...«, daneben etwas
Besinnliches zum nahenden Fest, die Zeichnung eines Fran-
cisco Goya, »Was kann man noch tun?« betitelt, worauf vier
zottelbärtige Kriegsknechte mit Fellhauben einen nackten
Mann an den Beinen hochheben, und einer der Knechte zieht
die Klinge seines Säbels durchs Geschlecht des Nackten.
Georg kniete auf dem Bett und wußte nicht weiter. Es war zu
spät, sich auszuweinen. Er dachte an tagelange Räusche,
stellte sich vor, Erika einen Brief zu schreiben.
Liebe Erika!
Einmal muß ich anfangen, mich auszudrücken.

Ich sitze in meinem Zimmer, das sie Dir verboten haben. Ich glaube, alle Erwachsenen sind verwachsen, besonders im Kopf.

Morgen geht die Scheißarbeit wieder von vorne los, auch bei Dir.

Heute am späten Nachmittag werde ich mir einen Film ansehen. Hoffentlich gibt es viele Tote.

Ich möchte Dir sagen, daß ich bloß noch harte Eier essen werde, fasten und hungern, wenn Du willst.

Ich bin gut in mir.

Dein Georg!

Montag ging er zur Arbeit. Er fühlte sich leicht, als hätte er Holz gehackt oder Steine geklopft. Er nahm den Bus.

Schnee und Nacht zogen an den Busfenstern vorüber. Seine Träume hörten nicht mehr auf: sie zeigten seine Mutter auf erfundenen Photographien. Sie sieht zum Verlieben aus, hat schwarzes Haar und braune Haut, keine Sünde in den Augen. Sie bewegt die Lippen, sagt zu ihm, sie sei eine Frau, der die Männer lohnenswertes Unglück beschert hätten, eine, die sich nirgends binden lassen möchte, von nichts und niemandem, die alles täte, nur um sich an keinem Fließband verdingen zu müssen, sie sei eine, die eine leichte Arbeit vorziehe, die manchmal auch noch Lust bereite. Daß man ihn ihr damals gerade deswegen weggenommen habe, sei vielleicht ganz gut für ihn gewesen, aber jetzt warte sie schon seit langem auf seine Heimkehr, wolle sich gemeinsam mit ihm das Fremdsein vertreiben.

Im Supermarkt war er darauf bedacht, Erika nicht zu begegnen. Einmal sah er sie aus der Ferne; er zwang sich dazu, sie für eine fremde Person zu halten. Seine Mutter bat ihn, sie zu suchen, damit sie endlich Arm in Arm und voll Stolz den Leuten ins Gesicht lachen könnten: sie sagt, sie könne seinen Lebensunterhalt bestreiten trotz ihres geschäftsabträglichen Alters, es sei denn, der Sohn schäme sich, daß seine Mutter als Nutte diene. Sie spricht ihm gut zu: vor allen Dingen Ehefrauen seien eifersüchtig auf Huren, sagt sie, weil es sich die Ehefrauen gefallen lassen müßten, ganz und gar umsonst über die Waschmaschine oder übers Bügelbrett gelegt zu werden. Dann stellt sie fest, daß er sich zu seinem Nachteil verändert habe. Mager wie ein kleiner Wolf im Winter sei er in ihrer Erinnerung gewesen, ihren Männern habe er in die Finger gebissen, wenn er zufällig von ihnen gestreichelt wurde, ganz so, als wolle er seine Mutter rächen...

Sobald Georg die Augen schloß, kam sie näher, engelhaft und gehörnt zugleich. Ab und zu glich sie Erika in einem reiferen Alter und ohne brüchige Fingernägel, abblätternden Nagellack, ohne Zahlengewirr im Kopf. Hatte er sich bei der Arbeit verausgabt, war es ungefährlicher für ihn, an sie zu denken.

Tante und Großmutter kochten die ganze Woche hindurch umsonst. Er ließ sie vergebens warten, aß nach Feierabend in irgendeiner Kneipe, schenkte den beiden Frauen kein Wort, wenn er spät und müde getrunken heimkam. Er steuerte weniger zum Haushaltsgeld bei, ließ sich nur noch die Wäsche richten und sperrte sein Zimmer immer hinter sich ab. Er steigerte die Portionen, die er verzehrte, ging auch mit dem Trinken nicht auf Ration. Wenn in den Büchern, die er vorm Einschlafen las, jemand gefickt wurde, dann war das seine Mutter; in Gedanken schlug er ihre Freier zu Klump und Matsch.

Der Großküche bescherte das heranrückende Weihnachtsfest Hochbetrieb und Überstunden. Gänsebraten stand an erster Stelle auf der Speisekarte. Es war eine Zeit, in der Öl und Fett in Strömen flossen. Georg riß die Stunden ab, meuterte nur im Geheimen.

Irgendwann machte Viktor einen Zauber. Er schrie unflätig durch die Gegend, stritt mit einem der Vorgesetzten, aber das war bei ihm so üblich, fast an der Tagesordnung. »Ihr braucht mich«, hörte Georg Viktor brüllen, »glaubt ja nicht, ich bin auf den Scheißladen hier angewiesen, ich krieg überall was anderes. Ihr dürft doch schon froh sein, wenn ich den Fraß überhaupt spei. Schmeckt doch eh alles nach rostiger Gulaschkanone! Mann, wasch dir doch den Sack im Suppenkessel! Bleistein, warum hältst du die Fresse, sag doch auch deine Meinung!«

Dann warf Viktor irgendein Trumm an die Wand, daß es schepperte, und röchelte vor Erregung.

Daheim verschloß sich Georg den beiden Frauen, entglitt ihnen, ließ sich fallen, treiben, bis sie nur noch ferne Punkte für ihn waren. Er nährte den Haß, bis er sich staute. Auf den Knien sollten die beiden salutieren, und seine Mutter wird mit aus Schwänzen geflochtenen Riemen dreinpeitschen, und alles hätte ein Ende, jeder Verlust.

Auf die Plätze
an die Arbeit!
Die Zeit fehlt an der Uhr.
Schnell, schneller
sonst holt das Leben ein, sonst
muß der Tod zu lange warten.
Wer aus der Reihe tanzt, verliert
sein Gleichgewicht, stürzt ab von jener Leiter
die tief
im Schädel wurzelt
Na los komm
ran an den Speck an die Mäuse!

Während der Fahrten zum Arbeitsplatz stellte sich Georg immer stumm, taub und blind, durchfuhr Reservate für Bären und Elche, Schneefelder, auf denen Eskimos Heringe pflanzten; er saß im Bus wie im Tran.

»Frohes Fest!« wünschte der Fahrer, als Georg ausstieg. Der nickte dankend und murmelte ein Leckmichimarsch.

Auch der Nachtwächter rief ihm aus Leibeskräften seinen Segen für die Feiertage entgegen. Er war stockblau und torkelte hinter den Glasscheiben seines Käfigs. Georg schnickte abwimmelnd mit den Fingern.

In meinem Kopf, dachte er, liegst du gut, Jesus, wie in der Krippe, also erspar mir die Rührung!

Vor Arbeitsbeginn ließ der Chefkoch eine Ansprache los. »Heut ist Großreinemachen fällig, nebenbei, versteht sich«, sagte er, »und nach den Feiertagen, die ich uns allen vergönne, kommt eine gründliche Inventur auf euch zu, damit ihr etwas vom neuen Jahr habt. Ich will keine Reden schwingen, bloß soviel verraten im Vertraun, daß demnächst die Struktur des Ladens neu, das heißt straffer organisiert wird. Was das bedeutet und wie das wirkt, werden einige Querköpfe hinter die Ohren buchstabiert bekommen. So wie jetzt sind wir jedenfalls in einem Jahr nicht mehr zusammen. Wer mit der Technik nicht fertig wird, den spuckt der Computer aus. Auf die Plätze, an die Arbeit!«

Der alte Karl mußte den Frauen helfen, die Spülmaschine von der Wand zu ziehen, damit sie dahinter putzen konnten. Sie jammerten wie kleine Kinder, als es ihnen in dem engen Spalt die Knochen worbog. Esen und Halil wurde angeschafft, die Außenhaut der großen Kessel auf Hochglanz zu schrubben. Mit Stahlrasch und Scheuerpulver werkelten sie an den flammenverätzten Spritzern und Flecken, es war eine Heidenarbeit, die keine Fingerkuppe schonte. Erdogan schleppte Papiersäcke mit Nudeln und Reis aus dem Vorratslager heran und stapelte sie in der Nähe der Dämpfer. Die Arbeit war ihm nur aus dem Grund zugeteilt worden, weil er die deutsche Schrift entziffern konnte. Eberhard überwachte den Kartoffelhäcksler, Viktor stand draußen hinterm Grillbüfett. Er hatte alle Geräte in Betrieb genommen; die Kontrollämpchen bestrahlten ihn wie giftige Augen, während er mit dem Büchsenöffner Würstcheneimer knackte. Fersel wälzte Schweinshaxn und Hendl in hochpuffendem Zartmacherpulver, das noch die Zähigkeit der Sehnen durchdrang. Der Chefkoch legte jedem seine Kinnlade auf die Schulter. Sein Stellvertreter richtete Bratenstücke in die Pfannen, heizte die Backröhren vor, rührte Soßen an, für die er zuständig zeichnete.

Georg wähnte sich schon im Glück, als er Knochen und Gemüse für die Suppen auskochen durfte. Aber dann mußte er Karpfen ausnehmen, in einem fensterlosen Nebenraum, dessen feuchte Kälte über ihm zusammenschlug. Er fühlte sich darin untergehen, seine Gummistiefel liefen an, sein Gummischurz perlte wie von Tau, dicke Schweißtropfen sonderte sein Körper ab, Nebel wallten vor seinen brennenden Augen. Er säbelte die Karpfen entzwei, kratzte die Gedärme aus den Bäuchen, schmiß die leeren Leiber in den Spülstein und ließ Wasser über seine blauroten Finger fließen, das stach wie geschmolzener Schnee. Am liebsten hätte er seine Hände zwischen die Beine von Frauen gesteckt, zum Erwärmen und Vergessen. Manchmal bohrte er voll Ingrimm die Messerspitze in Fischaugen, spuckte tranig schmeckenden Speichel auf den gekachelten Boden. Die Fische rollten in den Wannen zuckend gegeneinander, Eiswürfel schabten an ihren entschuppten Häuten, die bald in Fett schwimmen, Blasen werfen würden.

Er hatte sie nicht getötet, das hatte er sich nicht angetan. Gewöhnlich schlachtete Hitler, der Handlanger. Mit unnatürlicher Gelassenheit drosch er den Fischen das Holzscheit auf den Kopf, Schaum platzte vor ihren Mündern, die nach

Wasser schnappten, es hörte sich wie ein Röcheln an, wie ein gehauchter, verzerrter Schrei. »Die Viecher sind wie Schweine«, sagte Hitler immer, »fressen Aas wie die Geier, aber knusprig gebacken sind sie ein wahres Gedicht. Auf sie mit Gebrüll! Und Patsch aufs Hirn! Da kullern die Glotzer, Kameraden! Bleistein, schau nach, was ihr letztes Futter war, nimm ihnen den Blinddarm raus! Und ab in die Pfanne!«
Georg konnte Hitlers Geschwätz im Schlaf wiederholen. Am wenigsten behagte ihm, daß er nicht fähig war, sich zu beeilen. In seiner Brust zitterte eine Schwäche; die ganze Woche hindurch hatte er nicht genug Schlaf bekommen und sich nur mangelhaft ernährt, hatte er jeden Arbeitstag mit pelzigen Gefühlen herumgebracht; jeder war eine Fortsetzung seiner Katerstimmung gewesen, nur versoffen, nicht verhurt, zuviel Zigaretten, zuviel Kneipenmief. Er konnte nicht leugnen, daß er unter Vergiftungserscheinungen litt, Unvernunft ausdünstete.
Als er wieder in der Küche auftauchte, durch die Glutstürme trieben, begannen plötzlich Menschen und Geräte zu schlingern, wankten die Wände, wölbten sich Decke und Boden. Georg suchte festen Halt und stand schief. Fersel beauftragte ihn auf der Stelle damit, den Müll wegzuschaffen. Esen wurde ihm zugeteilt.
»Du krank?« fragte ihn der Türke im Aufzug.
»Viel Frau!« sagte Georg. »Schwanz total kaputt!«
Die Container waren von parkenden Autos blockiert. Georg und Esen mußten die Säcke und Tonnen durch den Schnee ziehen, stießen sich an den Seitenspiegeln der Wagen und mußten darauf achtgeben, nirgendwo den Lack zu beschädigen. Esen benahm sich besonders ehrfürchtig gegenüber den Autos, die sie bei ihrer Arbeit behinderten.Schon aus diesem Grund hätte Georg liebend gern ein paar Kratzer und Schrammen hinterlassen.
Als er diesen Job erhalten hatte, war er überzeugt gewesen, nun am richtigen Platz zu sein. Seine Leibspeisen gab es in Hülle und Fülle und reichlich Gelegenheiten, zu kosten, zu naschen, sich den Wanst bis obenhin vollzuschlagen. Seine Sinne waren angestachelt worden von all den Gerüchen, er hatte nie zuvor so geschlemmt, sich an jedem Leckerbissen aufgegeilt, keine Übersättigung gelten lassen. Dann hatte die Geschäftsleitung ein allgemeines Eßverbot während der

56

Arbeitszeit ausgesprochen und in allen Abteilungen stich-
probenartig die Taschen kontrollieren lassen. Natürlich war
es üblich, Lebensmittel zu entwenden. Auch Georg hatte im
Lauf der Zeit Berge an Eßbarem davongetragen in seiner
Aktentasche, bis die Kontrollen begannen. Seitdem band er
sich seine wesentlich kleinere Beute um den Bauch, Leibes-
visitationen wurden nur bei dringendem Verdacht vorgenommen, und dank seiner Körperfülle brauchte er keine
Tarnung, denn seltsamerweise wirkte gerade sein Leibes-
umfang ablenkend. Es erschien ihm fast wie eine Sünde,
wenn er das Paradies doch einmal leer verlassen mußte; sein
Arbeitslohn trug nicht dazu bei, die Ehrlichkeit zu
pflegen.
Wenn du dich wegen deiner Seele krankschreiben lassen
könntest, dachte er oft, würdest du lebenslänglich Invaliden-
rente beziehen.
In der Küche war das Tempo immer hektischer geworden.
Georg tat, was ihm geheißen wurde, sparte sich die
Erschwernis des Nachdenkens, funktionierte, wenn auch
stockend, kam sich vor wie ein Behelfsersatzteil, er wollte der
Ausdauer der Frauen nicht unterliegen, also schuftete er
weiter, alle Opferbereitschaft aufbietend, die er sich abpres-
sen konnte. Schon lag der Morgen eine Ewigkeit zurück, die
Nüchternheit nahm wieder zu. Spaghetti mit Hackfleisch-
soße und Hackbraten waren die preiswertesten Gerichte, sie
wurden am häufigsten verlangt. »Hackstockgrütze Wiener
Art!« rief Eberhard bei jeder Bestellung. »Nochmal Whiskas
mit Kas!«
Als ziemlich alles vorüber, der Ansturm der Gäste abgeschlagen war, kamen die Kellner in die Küche und bedienten sich
mit Bratwürsten, Sauerkraut und Kartoffelsalat. Später
kamen endlich die Sekretärin des Restaurantleiters und der
Restaurantleiter in Begleitung des Personalchefs höchstper-
sönlich, der die Kuverts mit den Gratifikationen austeilte,
Hände schüttelte und im Namen der Firma sehr förmlich für
Treue und Einsatz dankte. Dann verzogen sie sich wieder, als
Viktor zur Sekretärin »I like Angels« sagte. »Mit Titten statt
Flügeln«, fügte er an, als die Vorgesetzten draußen waren.
Dann war das Personal fertig, in jeder Beziehung. Alle zogen
sich um. Die Köche waren am schnellsten verschwunden.
Georg wußte nicht mehr viel von sich.

Er ging über den Parkplatz. Der Boden war eine graue, grießige Brühe, Auspuffschlamm, der Himmel ein wogender Brei, keine Farbe in der Luft. Das Gehen tat ihm ein bißchen gut. Der Bus war nicht da. Georg überlegte, welche Kneipen an seinem Weg lagen, und beschloß, in jeder etwas zu trinken und irgendein Lied in die Musicbox zu drücken. Weit vor ihm schleiften Viktor und Esen den alten Karl der Stadt entgegen. Sie liefen schnell, um aus dem föhnigen Wind zu kommen. Im Schutz der ersten Häuser warteten sie auf ihn.

»Schleich doch nicht gar so langsam!« rief Viktor.

»Wir zischen noch eins«, sagte der alte Karl. Er hing zwischen Esen und Viktor, die ihn stützen mußten. »Verflucht, meine Alte haut mir den Christbaum aufm Buckel auseinander, wenn ich so heimkomm.«

»Kaffee«, sagte Esen, »Vivil, gutes Wasser, Frau nicht böse!«

»Hör dir den an«, sagte der alte Karl, »dem seine Fahne stinkt freilich nicht bis in die Türkei.«

Zuerst gingen sie in die »Jägersruh«. Dort wärmten sie sich auf, leerten ihre Blasen, und der alte Karl kotzte einen kleinen Schwall in die Brunzrinne. Georg hielt ihn fest. Es würgte ihn von den Dämpfen und Schwaden. Er stellte den alten Karl wieder auf die Beine, klopfte ihm den knochigen Rücken und hielt ihm die Hände unter den Wasserhahn. In der Gaststube wurden sie von Viktor mit Schnaps aufgemöbelt.

»Ich merk nie, wann ich genug hab«, sagte der alte Karl und tupfte sich die Tränen aus den Augen. »Im Krieg, die Russen, die hatten Wodka in den Feldflaschen. Herrgottnochmal, wenn wir die erbeutet hatten, wurde der Schützengraben zum Tanzsaal. Das war eine Zeit, da wißt ihr nichts davon. Ihr habt immer bloß Mitleid mit den Juden, aber wir sind auch verreckt, gottsjämmerlich krepiert, damit das klar ist. Ich bin auch nicht für den Adolf gewesen, aber gegen ihn schon gar nicht. Hitler«, wandte er sich an Esen, »kapierst, Adolf Hitler? Euch hätten wir auch noch erobert. In Afrika waren wir schon.«

»Nix Hitler!« sagte Esen. »Ist Schmidt!«

»Du kannst in deiner Moschee jodeln«, sagte der alte Karl, »aber an einem deutschen Stammtisch hast du dein Maul zu halten, Zitronenfresser, gräuslicher. Wie heißt du eigentlich?«

»Er heißt Esen«, sagte Georg, »weißt du doch.«

»Nichts für ungut!« sagte der alte Karl. »Manchmal geht der Gaul mit mir durch. Ihr seid arm, und wir sind blöd! Keiner ist vollkommen.«

»Ist ja gut«, sagte Viktor.

»Nichts ist gut«, sagte der alte Karl. »Betrogen hat sie mich, meine alte Schachtel, wie ich an der Front gewesen bin. Das hat mich besiegt, drum mag ich keinen Krieg mehr!«

Dann zogen sie weiter: ein wahrhaft seltsames Gespann. Der alte Karl, an dem die Ohren zu flattern schienen, furchte mit schleifenden Füßen den zertrampelten Schnee, wollte sich nicht führen lassen, prallte gegen Passanten, rempelte nach allen Seiten, verbeugte sich wiehernd vor den Schaufenstern und sang auf Teufelkommraus ungereimtes Zeug. Viktor ging traumtänzerisch sicher durch die Leute, dünn wie ein Stock und mit wirbelnden Haaren; lässig dirigierte er hin und wieder den alten Karl. Georg betrachtete neidvoll die schlanke Gestalt, hielt sie für schön. Esen schlotterten die Kleider am Leib. In seinem blauen Gesicht zuckte der Schnauzer wie eine zerzauste Mondsichel; in regelmäßigen Abständen spuckte er zischend durch eine Zahnlücke in den Rinnstein. Esen war der einzige, mit dem sich Georg messen konnte.

Im »Wildschütz« reizte dicker Qualm die Augen, Kartler schlugen auf die Tische ein. Georg bestellte eine Runde. Er fühlte sich dumpf und irgendwie woanders, er wurde nicht klar, kam nicht zu sich, nicht auf die Höhe. Die andern waren mordsfidel, als fehlte ihnen nichts.

»Wißt ihr«, sagte Viktor, »ihr seid eine müde Bande, ein rechter Lahmarschhaufen. Ich weiß, das Kaff hier ist Mist. Keine Studenten. Keine Scene. Da läuft nichts ab. Die quatschen hier doch alle bloß vom Hennenficken. Nix drin mit Trips'n'Flips! Wo ich herkomm, da habens die Puppen mit den Teddybären getrieben: tierisch geil, eh!«

»Warum bist du weg?« fragte Georg.

»Weil ich hier in eine Fotze verknallt war. War!« sagte Viktor.

»Ich sauf einen Schluck auf euer Wohl«, sagte Georg und gab

sich Mühe, heiter zu grinsen. »Die Weiber können mir gestohlen bleiben!«

»Sie sind dir gestohlen worden!« sagte Viktor. »Du kümmerst dich zuviel ums Fressen und Saufen. Du darfst nageln, was wir dir übriglassen, und mußt noch froh und dankbar dafür sein. Sei ehrlich, Mann, du hast doch nichts drauf auf dem Gebiet.«

»He«, sagte Georg, »hab ich dir was getan?«

Viktor lachte schallend. »Du mir? Du bist mir zu brav, mein Lieber!« sagte er. »Du mußt dir erst noch das Horn abstoßen. Dann darfst du vielleicht freundschaftlich mit mir verkehren.«

»Ich will keinen Streit«, sagte Georg.

»Warum?« fragte Viktor.

»Ich bin kein Schläger.«

»Du bist ein Garnichts bist du!«

»Schwamm drüber!« sagte der alte Karl. »Saufts, ihr Bankerten!«

»Deutschland!« sagte Esen.

Sie hoben die Gläser, stießen an.

»Nichts für ungut, Bleistein«, sagte Viktor.

Draußen war es dunkel geworden. Alle Geschäfte hatten geschlossen. Die Weihnachtsbeleuchtung schimmerte matt. Viktor riß eine bereifte Plastikkugel von einem der Bäume, die als Straßenschmuck aufgestellt waren, und schoß sie fort wie einen Ball. Hinter manchen Fenstern lauerten Kindergesichter.

Im »Roten Ochsen« fanden sie kaum noch Platz. Sie mußten sich an einen Tisch zu anderen Gästen setzen, die unwillig brummend zusammenrückten. Die grüne Tischdecke sah aus wie eine odelgedüngte Wiese. Es dauerte lange, bis die Wirtin an den Tisch kam.

»Wir schließen gleich«, sagte sie.

»Komm, Edith«, sagte Viktor, »mir und meinen Freunden gibst du schon noch was.«

»Naja«, sagte die Wirtin.

»Hier wohne ich«, sagte Viktor.

Georg saß da wie ein Denkmal. Er lächelte, rauchte, hielt sein Glas umklammert. Wenn er den Blick hob, sah er Viktor, der die Reden des alten Karl wegfächelte und den Türken mit Schweigsamkeit bedachte.

»Ich freu mich, daß ihr da seid«, sagte Georg und legte einen Kalten Klang in seine Stimme. »Ich will keine schlechte Erinnerung mitnehmen. Prost, Viktor, ich schluck gern mit dir!«

»Meinetwegen, Elefantenbaby! Wenn du dann noch die Zeche zahlst, bist du mein Kumpel, auf ewig.«

Georg schleppte sich zur Musicbox. Viktor stand plötzlich hinter ihm. Georg warf eine Mark ein, Viktor drückte die Titel. Als sie wieder am Tisch saßen, war Esen eingeschlafen. Einer der Männer sagte, man solle den beschnittenen Hammelfresser über Nacht ins Scheißhaus sperren.

»Und deine Alte dazu«, sagte Viktor.

»Du Rotzer!« sagte der Mann.

Viktor schüttete ihm einen vollen Aschenbecher ins Gesicht und sein Bier hinterher.

»Willst du das Glas auch noch in die Fresse?« fragte er. Der Mann schüttelte sein verschmiertes Gesicht und wischte sich an einem Tischtuchzipfel ab.

»Ihr meint wohl, wir haben Angst vor eurem Gorilla?« fragte einer der anderen Männer.

»Kameraden«, sagte Viktor salbungsvoll, »ihr kommt mir grad recht. Nichts ist schöner, als einem alten Nazischwein eins in die dumme Fresse zu haun. Ich bin nämlich ein Terrorist, hab Eierhandgranaten im Sack, damit spreng ich euch den Kalk und die Asche aus dem Schädel. Wenn noch einmal einer von euch aufmuckt, werde ich zur Wildsau, Freunde, für euch zieh ich mir erst gar nicht die Jacke aus.« Er war sitzengeblieben, bequem zurückgelehnt, verschränkte die Arme, leckte sich die Lippen. Der alte Karl zeigte ein stieres Geschau. Esen war nicht aufgewacht. Die anderen Männer schwiegen starr und düster. Aus ihren Mienen sprach, daß sie sich die Schande nicht verzeihen, ihre Feigheit nicht vergessen würden.

»Trinken wir lieber auf Frieden und Freiheit!« sagte Georg, der die Spannung nicht mehr aushielt.

Die Wirtin brachte dem tropfnassen Mann, dem schwarze Bierrinnsale aus den Haaren sickerten, einen Lappen; Viktor stiftete eine Wiedergutmachungsrunde.

Georg trank aus. »Ich geh jetzt!« sagte er, winkte der Wirtin und zahlte die Striche auf seinem Deckel. »Laßts euch gutgehn!«

Viktor, der alte Karl und Esen hoben die Hände zum Abschied. Georg nahm seine Tasche und ging.

Er ging mit Riesenschritten, schob die Horizonte weit weg von sich, schlug in die Wolken, daß es wie Gewitter donnerte, stampfte Häuser nieder, die Straßen spritzten nach allen Seiten. So tief er auch einatmete, er wurde nicht nüchtern. In seinem Bauch dickte eine säuerliche Brühe. Er dachte an Karateschulen und Boxringe, an Erika. Jeder nimmt sich raus, auf dir rumzuhacken, sagte er sich, jeder lädt seinen Ärger auf dir ab, du hast einen breiten Buckel, denken sie, da paßt was drauf, aber es geht dir alles durch die Haut, und das wissen sie nicht, so lang nicht, bis du es ihnen endlich zeigst. Wenn du schon keine Freunde haben kannst, dann mußt du dir eben ein paar Feinde anschaffen, du hast doch die Chance, sie zu verblüffen. Wer zu gut ist, den hält man für blöd. Kein Mitleid mehr, nicht mit dir und erst recht nicht mit den anderen!
Er steckte die Hände in die Hosentaschen und fühlte nur noch Münzen dort, wo vorher Scheine gewesen waren. Es waren kaum noch Leute auf den Straßen. Als die Kirchenglocken mit voller Wucht zu läuten begannen, schrak er zusammen. Die hallenden Schläge erschütterten die Dunkelheit, ihr Dröhnen ballte sich über ihm, stürzte auf ihn herab. Einmal verlor er den Boden unter den Füßen, fiel hin und spürte es nicht. Er konnte nur noch bruchstückhaft nachdenken, so drehte sich ihm der Kopf. Wie auf Befehl traten plötzlich überall Menschen vor die Haustüren und strebten den Kirchen zu, in schwarze Mäntel gehüllt, Kinder an den Händen führend, die, vom Ernst der Stunde befangen, mittrippelten. Er erinnerte sich, wie er als Kind Andacht geheuchelt, eifrig zu weinen versucht hatte, sobald die Erwachsenen Freudentränen schluchzten. Die Eiseskälte, die in der Kirche aus dem Steinboden aufstieg, hatte ihn auf die Zehenspitzen gehoben; die Geschenke, die ihn zu Hause erwarteten, waren Belohnung für das Ausharren vor der Krippe gewesen. Seinen ersten Panzer, dessen Geschützrohr Glutfunken spuckte, hatte er gegen Tante und Großmutter rollen lassen.

Im Haus herrschte eine warme Finsternis. Georg machte Licht. Der Christbaum stand in einer Wohnzimmerecke, geschmückt wie eh und je. Die beiden Frauen waren zum Festgottesdienst gegangen. Es hatte lange gedauert, bis er ihnen hatte abgewöhnen können, ihn dazu einzuladen. Er holte die Geschenke aus seinem Zimmer und legte sie unter den Baum. Dann ließ er sich auf die Couch fallen. Im gleichen Augenblick war er weg.

Draußen tobten die Glocken.

Ächzend fuhr er aus dem Schlaf, weil an seinen Füßen gerüttelt wurde, klamme Finger seine Wangen preßten. Auf seine Brust war ein Gewicht gestemmt, Nägel zogen durch seine Haare. Er schlug um sich.

»Du Schandfleck«, heulte seine Tante, »du Nichtsnutz! Kommt erst nicht heim, und dann besoffen! Die Nachbarn haben dich gesehen, wie du auf der Straße gelegen hast.« Naß und rot war ihr Gesicht, zerfloß vor seinen Augen. Er sah die Tapeten wie zerknüllte Landkarten; dann wankten die Wände wie gebirgige Inseln im Sturm.

»Da liegen eure Geschenke!« sagte er und zeigte auf die Päckchen unter dem Baum.

»So wirft man sie Säuen hin!« sagte seine Großmutter.

»Feiert allein«, sagte er »ich will nichts, verkauft die Geschenke. Mir fehlt meine Mutter hier. Am liebsten würde ich mit Onkel Simon tauschen, ab jetzt habt ihr mich verlorn.«

Während der Weihnachtsfeiertage verließ er nur zu den Mahlzeiten sein Zimmer. Wenn er zum Essen gerufen wurde, ging er hinunter und schwieg sich aus. Am ersten Feiertag trug seine Tante den wattierten Morgenmantel, den Georg seiner Großmutter zugedacht hatte; die prostete ihm mit dem Kreislaufstärkemittel zu, fischte die Dörrpflaumen aus dem Kognaksud und warf sie hinter seinem Rücken in den Müllkübel. Die Strümpfe und Unterhosen, die ihm die Frauen geschenkt hatten, packte er nicht einmal aus.

In seinem Zimmer onanierte er oft mit lahmer Hand. Immer wieder gab er sich seinen Fingern hin, mit einem Haufen Buchseiten im Kopf, auf denen die ganze Welt ein einziges Wollustparadies war. Er versuchte, nicht an den nächsten Arbeitstag zu denken, spielte mit dem Gedanken, Erika anzurufen, ihr einen groben Brief zu schreiben; im Bad stellte er sich vor den Spiegel, als schlüge er irgendjemanden erbarmungslos zusammen. Es war eine tote, wilde Zeit, während der er aus sich heraus wollte, sich mit Koffern am Bahnhof oder als Mörder, in Blutlachen kauernd, mit Eingeweiden spielend. Dann wieder wünschte er sich, vor aller Augen zu sterben, im Ohr eines seiner Lieblingslieder, das auch die Zuschauer zu Tränen reizen würde. Braten und Klöße nährten seine Lust; weil er sich wenig bewegte, blieb ihm die Scheiße im Bauch. Er lag, sich selbst behindernd, auf dem Bett, alle Viere von sich gestreckt, strampelnd, wenn er seinen hautigen Zapfen aufrichtete, und doch nicht erlöst, wenn der Hochgestellte wieder umfiel nach ein paar Tropfen Tröstung. In der Nachbarschaft wurde gefeiert. Die Luft schmeckte manchmal wie nach Rülpsern und Fürzen. Er konnte nicht schlafen, nur dösen. Er wurde älter, er war 27, das fraß in ihm. Er wußte, er mußte endlich seiner Mutter nach, weil sie die großen Städte kannte, sich von hier davonmachen, aber anders als er angekommen war.

So verdämmerte das Fest der Liebe. Beinahe ungerührt hatte er Christstollen und Kaffee, Plätzchen und Wein abgelehnt; nur die Hauptmahlzeiten hatte er sich nicht entgehen lassen. Als dann der Wecker durch seinen Schlaf schrillte, war alles wieder wie vorher. Seine Kollegen hatten entgleiste Gesichter und verstellten sich wieder. Keinem fiel auf, daß er in Gedanken heftiger denn je mit dem Abschiednehmen spielte. Sie hatten schon die nächsten Feiertage im Kopf, den Kampf aufgenommen; daß sie die Tage zählen konnten, das tröstete sie. Er vergaß sie im Gewühl der Arbeit.

Bergab

Bald schäumt Blut im Sektkelch. Gleich landen Raketen in den Dachrinnen. Frost bäckt den Schnee, die weiße Hefe hügelt sich. Blaue Blitze reißt es aus der Nacht, wenn Sterne dort oben zerspringen. Auf dem Wasser ist das Eis zerkratzt, sinkende Wolken dämmen die Ufer. In den Wäldern kracht es, als würden Kuckuckseier bersten. Schneemänner recken schwarze Möhren durch Zaunlatten; den Schneefrauen panzern Blechbüchsen die Brüste. Das Paradies taut nicht mehr auf.

Es geht nicht jeden Tag
sich zu beleben, zu erholen
von und für. Auch die Unfreiheit
hat ihre Grenzen, meistens
hinterm Horizont, wo sich die
Gleichheit nicht vergleichen läßt
das Ungefähre scheinbar
weiter wirkt.
Vom Mond aus betrachtet wäre die Erde
natürlich noch keine überdachte
Fabrik, nicht einmal Punkte
würden die Maschinen sein, die Menschen
höchstens Striche
oben ohne rundes Ende.
Wie fahrbare Rucksäcke wären die Autos
die sich in der Landschaft verirren.
In uns treffen wir keinen andern
vielleicht klopft der Nachbar
manchmal an die Haut.
Gib dir die Hand
reiß dich raus
zieh dich rein

Es waren nur noch drei Tage bis zum Wochenende, dazu ein halber Samstag, und zwischen Sonntag und dem nächsten Feiertag ein Stück Montag. Georg Bleistein arbeitete darauf zu. Jeden Morgen band er sich die Schürze um, krempelte die Hemdsärmel hoch. Der Restaurantleiter hatte dem Chefkoch eine Ansichtskarte aus einem Wintersportgebiet geschrieben, ließ sonnige Grüße an die Mitarbeiter bestellen. Am Freitag fingen sie mit der Inventur an. Es wunderte Georg, daß er nicht Reiskörner zählen mußte; alles wurde bis aufs Gramm genau gewogen. Und wie üblich mußte er und kein anderer eine Liste über das Fleisch aufstellen, das im Kühlraum gelagert war.

Nach Feierabend wechselte er die Wirtschaften, aß einmal hier, soff einmal dort. Sein Verdienst reichte nicht für diesen Lebenswandel, aber Georg wollte nicht auch noch an Launen und Gelüsten sparen. Er lebte sowieso schon von lauter Ersatz.

Am Samstag machte Viktor blau. Georg mußte an seiner Stelle im Stehimbiß die Selbstbediener abfertigen. Aus dem Grill fielen schwüle Wüstenwinde, die Haut tränte glitschig; die einzige Wohltat bestand darin, die Leute beim Essen zu beobachten. Sie rissen Fetzen aus den Hähnchen, bissen in fettspritzende Würste, rammten ihre Plastikgabeln in welke Salatblätter, mahlten knirschend schwärzliche Pommes frites. Alle glichen sich so sehr, daß er in Versuchung war, sie mit der Geflügelschere kreuz und quer zu zeichnen, damit er wenigstens ein paar voneinander unterscheiden konnte. Er war froh, als er zurück in die Küche gerufen wurde, um die Fleischreste der Woche durch den Wolf zu drehen. Zu Mittag würde es Haschee geben. Und du, sagte er sich, speist den gleichen Fraß!

Der Supermarkt, in dem er arbeitete, auch Einkaufscenter genannt, was an seiner Arbeit nichts änderte, gehörte einer Gesellschaft, die es sich, wie es in der Heimatzeitung zur Eröffnung hieß, zur Hauptaufgabe gemacht hatte, unterentwickelte Landstriche mit den Produkten ihres Konzerns zu versorgen. In den entlegensten Gegenden waren Filialen eingeweiht worden, Glied an Glied fügte sich in die Großmarktkette, überall wurden Dörfer und Kleinstädte angeschlossen, und noch immer war das Unternehmen erst im Entstehen begriffen. In der Innenstadt kaufte man nur noch das, was es »dort draußen« gerade zufällig einmal nicht gab.

Die Ladenbesitzer zehrten das ganze Jahr hindurch vom Weihnachtsgeschäft. Als die Stadträte einstimmig beschlossen hatten, die Baugenehmigung für den Supermarkt zu erteilen, hatten die Ladenbesitzer aus der Innenstadt dem alten Bürgermeister ihre Wahlstimmen verweigert, aber auch dessen Nachfolger hätte, und wenn er willens gewesen wäre, nichts mehr am Bau ändern können. Das Ende der Provinz feierte die Regionalpresse zwischen den Sonderangebotsbeilagen des Supermarkts, und schon dachten die Stadtväter an einen Flughafen für Sportmaschinen in Stadtrandnähe, an die Fortsetzung des wirtschaftlichen Aufschwungs. Der Supermarkt hatte sogar eine Kunstabteilung mit Ölgemälden, Wandteppichen und Porzellan, unterhielt ein Kreditinstitut eigens für Kunden, die auf Raten kauften. Er war eine Attraktion, ein Hauch Großstadt, ohne Konkurrenz am Ort und weit und breit.

Georg Bleistein hatte nichts davon, daß sein Arbeitsplatz zu einer Art Wallfahrtsort geworden war. In den abgehetzten Gesichtern der Kunden blieb immer ein Rest Andächtigkeit erhalten, wenn sie sich zwischen den aufgetürmten Waren verloren: plötzlich brauchten sie alles, hatten alles nötig, schienen für alles Verwendung zu haben. Manchmal stellte er sich vor, all der aufgehäufte Besitz würde die Dächer hochdrücken, in den Weltraum quellen, an den Mond gefrieren, in der Sonne verglühen.

Er ließ Schnitzel durch den Klopfer laufen, wusch Salat, putzte Gemüse, rührte Päckchensoße in Fertiggerichte, fönte Geschirr unterm Heißluftgebläse; nach seiner Zigarettenpause kam ein Anruf von der Getränkeabteilung, sie seien knapp an Leuten, ob die Küche einen Mann entbehren könne, sämtliche Brauereifahrzeuge warteten vorm Tor. Der Stellvertreter des Chefkochs schickte Georg. Gleich darauf schob er Sackkarren voll Bier- und Limokästen durch die zugige Halle, stapelte sie zu klirrenden Türmen. Auf dem Rückweg ging er an den Kassen vorbei. Erikas Platz war leer. Die letzten Kunden wurden über Lautsprecher zum Zahlen gebeten.

»Bleistein, mein aufrichtiges Beileid«, sagte der Chefkoch, »ich hab deine Listen vom Kühlraum verlegt. Sei so gut, zieh dich nochmal warm an! Die Zeit wird schon noch reichen.«

Zum zweiten Mal zählte Georg den Inhalt der Innereien-
tröge, Herz, Lunge, Leber, Zunge, Hirn, weißlich verkrustet,
hart wie Schorf, zählte in fliegender Eile vom Fleisch die
Sorten und Stücke, fror, dampfte, zählte Würste, zog hoch,
was aus seiner Nase lief, zählte Suppenhühner, Brathähn-
chen, Enten, Gänse und Tauben, die Hasen, die Schweins-
köpfe, schrieb mit splitternden Fingern, stampfte von einem
Fuß auf den andern, atmete kaum. So, dachte er, stellen sich
Eskimos das Paradies vor. So stellte er sich den Tod vor. Mit
Eis in den Augenhöhlen.
Als er fertig war, ging er aufs Klo und rauchte etwas Warmes
in sich hinein. Als er in die Küche zurückkam, wurde er dem
alten Karl zugewiesen, der im Nebenraum Fische in Eiswür-
fel bettete. Georg nahm die Liste und hakte die Fische ab.
»Ich kündige bald«, sagte der alte Karl.
»In Ordnung«, sagte Georg. »Ich werf dir dann auch einen
Knopf in den Hut.«
»Ich witzel nicht, Bleistein«, sagte der alte Karl, »Lieber geh
ich wieder in die Porzellanfabrik oder zum Straßenbau. Das
hier wird immer schneller, da komm ich nicht mehr mit in
meinem Alter. Glaubst du, ich will denen was vorweinen?«
»Mach zu Mann«, sagte Georg, »ich will raus hier.«
Der alte Karl warf ihm eine Forelle vor die Füße.
»Heb sie selbst auf«, sagte Georg, »kannst damit die Typen
vom Sozialamt anschmiern! Oder«, schrie er plötzlich los,
»meinst du, einer von den Brüdern streckt seinen Schwanz
nach dir aus? Bleib da! Woanders stirbst du auch. Und red
nicht dauernd von meinen Problemen!«
Der alte Karl schwieg, schaufelte Eis über die stinkenden
Fische.

Georg lief den weiten Weg zur Stadt. Esen schloß sich ihm
an, wollte es wie vorige Woche haben, als sie sich Heilig-
abend dumm und krank gefeiert hatten. Diesmal ließ sich
Georg nicht auf sein Geplauder ein. Unterwegs bewarfen ihn
Kinder mit Knallfröschen; durchs Rosengartenviertel bran-
deten die Echos von Kanonenschlägen, als würden auf der
Straßenbaustelle wieder Wurzelstöcke gesprengt.
»Du?« sagte seine Großmutter.
»Der Herr kommt auch wieder zum Essen?« sagte seine
Tante.

Sie knickste geringschätzig.

»Wißt ihr«, fragte er gespielt flott, »wie eine Friedenspfeife schmeckt?«

Zum Essen gab es Pellkartoffeln und marinierte Heringe; er aß nur ein paar Bissen.

»Du hast uns das ganze Weihnachten kaputtgemacht!« sagte seine Tante.

»Ich war nicht in Stimmung«, sagte er.

»Du wirst dir doch wegen dieser Erika keine grauen Haare wachsen lassen?« sagte seine Großmutter.

»Du brauchst dir bloß eine eigne Wohnung zu suchen, dann kannst du dir Freundinnen einladen, soviel du willst«, sagte seine Tante und machte ein bedenkliches Gesicht.

»Schön«, sagte er, »ihr wollt mich loswerden, ich euch auch. Ich bin euch gar nicht bös, ich haß mich selber, in dem Kaff hält mich schon lang nichts mehr, damit ihr es wißt!«

»Wir haben unsern Teil für dich getan«, sagte seine Tante. »Ohne uns wärst du weiß Gott wo. Du wirst noch oft an uns zurückdenken!«

»Das tue ich jetzt schon«, sagte er.

»Hast du überhaupt genug Geld?«

»Ich will mich haben!«

»Du wirst dir nicht lange reichen!« sagte seine Tante. »Lebt meine Mutter noch?« fragte er plötzlich.

»Es scheint so«, sagte seine Großmutter nach einigem Zögern. Wie hilfesuchend schlurfte sie zum Kühlschrank und flößte sich dort einen Schluck Schnaps ein.

»Ich möcht sie besuchen«, sagte er.

Es klang nach einem Geständnis; er ärgerte sich darüber. »Es ist besser, du triffst sie nicht«, sagte seine Tante. »Sie lebt in einer andern Welt. Schließlich haben wir dich nicht dein Leben lang vor ihr bewahrt, damit du jetzt ihrem Untergang hinterherspringst. Du bist unsre einzige Erinnerung an sie, die genügt uns vollauf. Am Anfang hast du Mama zu mir gesagt. Es hätte so bleiben können. Wir haben die Pflegeeltern für dich gemacht, und dir hat es gefallen bei uns. Oh Gott, du hast uns fast armgegessen, so ausgehungert bist du gewesen. Wir haben dir gern gegeben, von Herzen. Deine Mutter ist kein Umgang für dich!«

Seine Großmutter stellte ihm ein Gläschen Schnaps hin. Von ihrem sorfältig geflochtenen Haarknoten stand ein widerspenstiger Schübel ab, der ihre ernste, strenge Miene lächerlich machte. Eigentlich hatte er sie am liebsten gemocht, weil sie ihm am fremdesten geblieben war.

»Im neuen Jahr schaun wir weiter«, sagte sie.

»Ohne mich«, erwiderte er. »Ich geh weg!«

»Du mußt üben«, sagte seine Tante und lachte ungut, »sonst wirds dir nicht leicht fallen, woanders den großen Herrn zu spielen.« Ihre Stimme zitterte, als sie fortfuhr: »Wir halten dich nicht mit Gewalt zurück. Wir nicht!«

»Auf deine Güte«, schrie er und hob das Glas, »auf eure Gnade!« und goß den Schnaps in seinen Teller.

Jetzt war er quitt mit ihnen, dachte er, als er oben in seinem Zimmer anlangte. Er hatte sich endlich empört. Er würde gehn und nicht mehr wiederkommen. Sollten sie sein Zimmer vermieten oder zumauern, er würde hier um keinen Preis mehr bleiben. Ihm war, als lebte seine Mutter in Australien, ganz anders als er, ganz anders als alle andern.

Er zog frische Unterwäsche an, ein weißes Hemd, beige Socken und den einzigen Anzug, den er besaß; der Stoff war von einem vornehmen Grau. Dann stieg er in schwarze Lackstiefel, legte sich eine Krawatte um den Hals. Im Bad bürstete er seine Nackenhaare nach oben, bis sie aufgerichtet stehenblieben. Im Spiegel steckten seine Augen wie trübblaue Glasknöpfe in wulstigen Höhlen, seine Wangen drangen von den Seiten gegen die Lippen vor; es sah aus, als pfiffe er tonlos vor sich hin. Er probte einen schlaksigen Gang, stelzte zur Wanne und zurück, drückte mit beiden Händen seinen Bauch in den Brustkasten und saugte die Backen zwischen die Zähne. Um diesen Eindruck von sich zu behalten, drehte er das Licht aus. Er kam sich unheimlich gut vor.

Keine der beiden Frauen fragte, wohin er gehe. Ein Windstoß warf die Haustür hinter ihm zu.

Unterwegs hatte er dauernd den Zwang, sich zu bücken, um nicht an die Laternen zu stoßen. Am Marktplatz bog er in eine Gasse ein, an deren Ende eine dunkelblaue Leuchtschrift flackerte: »Sahara«.

Er hoffte inbrünstig, Erika in der Discothek anzutreffen. Er wollte ihr zeigen, daß er sich zu seinem Vorteil, zu ihrem

Nachteil verändert hatte. Sie würde ihn nicht erkennen, stellte er sich vor, so in Schale wie er war. Er würde ihr nicht einmal zunicken, nur ansehn würde er sie wie einen unbrauchbar gewordenen Gegenstand.

In der Discothek gewöhnten sich seine Augen nur langsam an das schummrige Licht. Die Lämpchen auf den Tischen waren mit Schleiern verhängt, leer lag die Tanzfläche vor ihm. Er hatte Erika auf dem Parkettgeviert erwartet, in Zeitlupe tanzend an einen Partner gepreßt, Wange an Wange, Bauch an Bauch. An der Bar bestellte er einen Gin pur. Viel zu langsam fraß sich der Schnaps durch den Kloß in seinem Hals. Der Typ hinter der Bar trug ein Glitterjackett; er sah aus wie ein Schlagersänger. Georg bot ihm eine Zigarette an und wußte nicht, warum. Neben dem spiegelverkleideten Flaschenregal stand ein Gestell mit zwei Plattenspielern, die der Typ plötzlich anwarf. Die Musik gefiel Georg nicht. Er trank noch einen und fühlte sich locker werden. Er fühlte direkt, wie es ihm besser ging. Ab und zu hatte er schon den Mut, die Tür aus den Augen zu lassen. Der Typ hinter der Theke legte eine andere Platte auf. Eine Sängerin stöhnte urig.

Dann kam Erika; sie war nicht allein.

»Hallo, Partylöwe!« sagte sie im Vorbeigehn zu ihm.

In den Spiegeln des Flaschenregals konnte er sehen, wie sie vor ihrem Begleiter die läuferbelegten Stufen zur Empore hinaufschritt, an einem Tisch hinter der Brüstung Platz nahm und der Bedienung winkte. Der Kellner kam an die Bar zurück und ließ sich zwei Piccolos geben. Erika wippte zum Takt der Musik; es sah geil aus.

Als Georg von seinem Barhocker aufstand, nahm er sein Glas mit. Er ging die Treppe zur Empore hinauf; an Erikas Tisch blieb er stehen.

»Was willst du?« fragte Erika. »Siehst du nicht, daß du störst?«

»Hörst du schlecht?« sagte ihr Kerl.

Er trug derbe Jeans mit Lederherzen auf den Kniescheiben, dazu eine blümchengemusterte Samtjacke; er wirkte schmächtig, wie ein Schönling.

Georg stellte sein Glas auf dem Tisch ab. Es war ihm auf einmal so schwer.

»Ich wollt mich nur ein bißchen mit euch unterhalten«, sagte er umständlich.

»Wie gehts denn so?« sagte Erika. »Schönes Wetter!«
»Hör mal, du doofe Sau«, sagte ihr Kerl, »verpiß dich! Oder
bist du begriffsstutzig? Wir haben dich nicht eingeladen! Was
ist denn das für einer?« fragte er Erika.
»Oh«, antwortete Erika, »das ist ein Frauenheld, ganz gefährlich, stadtbekannt, seine Partys sind einsame Spitze. Wirklich, er bringts!«
Sie tauchte einen Finger in Georgs Glas.
Seine Beherrschung zerstäubte wie eine abstürzende Wolke.
Luft war in seinen Knien, er konnte sich nicht mehr halten,
mußte sich auf die Tischplatte stützen; seine Sätze schlugen
einen Bogen, bis ihm war, als würde niemand getroffen.
»Du Scheißstück!« sagte er über Erika hinweg. »Du hast
doch schon die Krätze in der Fotze! Gib zu, Pariser frißt du
am liebsten!«
Dann trat er einen Schritt zurück und versuchte sich in einer
stolzen Haltung, stand vor ihr und wußte nicht mehr
weiter.
»So ein saudummes Arschloch!« sagte ihr Kerl und stand auf.
»Hält sich wohl für Mister Universum höchstpersönlich –
oder wie?«
Es dauerte lange.
Es dauerte so lange.
Georg Bleistein wünschte sich die Strafe, erwartete sie fast
wie eine Belohnung.
»Du hast die Wahl!« sagte der Junge. »Willst du die Tracht
mit den Händen oder mit den Füßen, hm?«
Georg ließ sich vor die Brust stoßen; ein Tisch hielt ihn auf.
»Benno!« rief der Junge.
Georg schaute über seine Schulter und sah den Typ von der
Bar die Treppe heraufrennen. Es dauerte zu lange.
Der Junge schlug zu. Georg stemmte sich dem Schlag
entgegen; sein Gesicht verschob sich. Benno umklammerte
ihn von hinten.
»Schlags tot, das Schwein!« rief Erika.
Der Junge schlug ruhig und sicher.
Georg schien es, als platze sein Blut, sein Hirn; schwere
Gewichte hingen an seinen Lippen. Dann holte der Junge mit
einem Bein aus, weit zog er es zurück, ließ es vorschnellen
und trat Georg in die Magengrube.
Einen Moment lang war Georg Bleistein fast dankbar, daß er

endlich zusammensacken durfte. Er wollte davonkriechen, dann rollte er sich zusammen und nahm sein Gesicht zwischen die Hände. Er spürte, daß er schlotterte, als wäre er mit Eiswasser übergossen worden. Schmerzblitze schlugen in ihn ein, krümmten ihm die Knochen. Er wurde hochgehoben, wankte einen Augenblick, dann kam ihm der Boden wieder wie ein rasender Rammbock entgegen. Im Fallen schrammte er mit dem Kopf über eine Tischkante, ihm war, als werde er halbiert; endlich blieb er liegen.

»Paß auf, daß er dich nicht vollsoßt!« hörte er den Jungen sagen.

»Wart nur, der wird noch aus dem Schwanz scheißen!« sagte Benno.

»Ich glaub, es reicht«, hörte Georg sich sagen.

Er hatte keine Angst gehabt, er hatte keine Angst mehr. So ist das, dachte er, nur so? Und davor hast du dich immer gefürchtet? Schlimm ist nur, daß du nicht lachen kannst. Alles andere geht vorbei.

»Der Dorfdepp hat genug«, sagte Erika.

Er wollte gar nicht wissen, wie ihm geschah. Erikas Kerl und Benno schleppten ihn die Treppe hinab zur Tür und warfen ihn hinaus; er tat ihnen nicht den Gefallen, noch einmal aufzubegehren. Draußen suchte er sich eine stille, dunkle Ecke und ruhte aus.

Fettkloß! schreien ihm seine Schulkameraden entgegen. Specksau! brüllen sie hinter seinem Rücken. Dann warten sie in sicherer Entfernung, bis er zu weinen anfängt, wagen sich langsam näher, puffen und kneifen ihn schließlich; für andere Spiele taugt er nicht. Specksau! Fettkloß! Sie lassen ihn nicht entkommen, sie raufen, bis er am Boden liegt und Rotz und Wasser heult, sie lachen ihn aus, reiben ihn mit Schnee ein oder mit staubigem Sand, tanzen um ihn herum, bis irgendein Erwachsener dazwischenspringt, sagt: So ein kräftiger Bursch wie du einer bist, der muß sich doch allein wehren können! Kaum ist der Große fort, wird Georg wieder niedergerungen, muß vollgeschneuzte Taschentücher durchkauen, sich mit nacktem Hintern in Laubhaufen, Drecklachen, Schneewehen setzen, muß die Augen schließen und erraten, wer in seinen Bauch boxt, bis die Kugel übersät ist von Flecken: man vergreift sich an ihm am ganzen Leib.

Das war die Kindheit gewesen. Georg Bleistein zwang sich ein Grinsen ins Gesicht, sprang mit einem Satz auf. Während er sich vorwärtsschleppte, hielt er sich für unverwüstlich. Er spuckte nach Schneeflocken, drosch Eiszapfen von den Fensterblechen, bis ihm zumute war, als könnte er die ganze Stadt zertrümmern, all das Gemeine niederreißen, das er bislang widerstandslos ertragen hatte. Es befreite ihn, als er sich einbilden konnte, auferstanden zu sein aus den Windeln der Dummheit. Er röchelte vor Freude. Er hatte das Gefühl, eine entscheidende Prüfung erfolgreich bestanden zu haben. Er hatte keine Erfahrungen mit Schlägereien gehabt, war ihnen aus dem Weg gegangen, jedem Trottel ausgewichen. Nun hatte er sich schlagen lassen, nun wußte er endlich, wie das war, wußte, wie weh es tat, besiegt zu werden, wie roh es sich anfühlte, Empfindungen wie Lust und Wut, Angst und Schmerz mit dem ganzen Körper schützen zu müssen. Er hatte seine Lehre daraus gezogen: das nächste Mal würden die Rollen vertauscht werden, würde jemand anders verliern. Die beiden in der Discothek hatten ihm gezeigt, wie man das anstellt; dafür mußte er ihnen dankbar sein. Von nun an würde er den stadtbekannten Wirtshausschlägern nicht mehr mit feiger Vernunft begegnen. Sie hatten ihn oft genug angerempelt und angefegt, und er hatte sich immer nur entschuldigt. Wenn man sich nicht wehrt, ging es ihm durch den Kopf, kriegt man zuviel Feinde. Ab heut wirst du nur noch die Sonne und den Mond grüßen, und im Betrieb, da läßt du dir erst recht nichts mehr gefallen.

Neu wird es nicht, das nächste Jahr.
Das Alte, das Gehabte
bleibt dir auf den Fersen
tritt dir auf den Absatz
schlüpft in deine Schuh
lenkt sie hinein
in die bekannte Spur
die im Kreis führt
durch sämtliche Tiefen.
Mitten im Winter
soll sich das Herz erwärmen
der Kopf neue Vorsätze fällen

sollen unter dicken, schweren Kleidern
liebliche Gefühle sprießen
alles vergeben, vergessen sein
auf einmal.
Während der Tod
Sandkörner enthauptet
an den Uhrgehäusen rüttelt
daß die Zeiger auf der
Ziffer Null erstarren.

Am nächsten Morgen blieb ihm ein Auge zu. Seine Zunge
stützte einen lockeren Zahn. Behutsam knöpfte er sein
Hemd auf. Sein Bauch war mit Flecken übersät, das Blut
schien blauschwarz durch die Haut. Er blieb liegen, bis seine
Tante nach ihm schaute. Es dauerte lange, bis sie her-
aufkam.
»Allmächtiger!« flüsterte sie dann. »Dich kennt man nicht
mehr. Dein schöner Anzug! Zieh dich aus. Ich hol den
Doktor. Man erschrickt vor dir.«
»Nein«, sagte er, »nicht den Doktor. Den brauch ich nicht,
ich werd schon wieder.«
»Du kannst innerliche Verletzungen haben«, sagte sie.
»Ich kann nicht so viel reden«, antwortete er mit dicken
Lippen.
»Du bist ein Fall fürs Krankenhaus«, sagte sie. »Ob du willst
oder nicht, ich werde den Sonntagsdienst verständigen, ich
kann dich schließlich nicht einfach so liegenlassen, du mußt
eine Anzeige machen bei der Polizei, Schmerzensgeld verlangen, ein Unfallopfer schaut nicht schlimmer aus, furcht-
bar, fürchterlich, du brauchst ein Bad mit Jod, ärztliches
Nähzeug. Warum hast du uns nicht geweckt, auf was hast
du dich eingelassen, an wen bist du geraten, so zugerichtet
kannst du dich nicht in der Öffentlichkeit zeigen.«
Als seine Tante hinausgestürmt war, zog er sich mühselig
und winselnd aus. Dann erschien seine Großmutter, raffte
seine Kleidung zusammen und lüftete das Zimmer.
»Jetzt siehst du, was du ohne uns wärst«, sagte sie ein ums
andere Mal.
Gleich darauf brachte sie eine Schüssel mit lauwarmem
Kamilletee, tauchte ein weißes Handtuch hinein und tupfte

Georg ein bißchen sauber; er zuckte unter jeder Berührung zusammen.

»Sie sind zu viele gewesen«, sagte er. »Wenn ich sie einzeln erwisch, mach ich sie fertig, dann sind sie fällig.«

Seine Tante brachte einen Teller Rührei; ihre Fürsorge regte ihn auf. Er fühlte sich zurückgeworfen, weit entfernt von seinen Vorsätzen, das Leben allein zu meistern.

Eine Stunde später kam der Hausarzt an sein Bett und arbeitete mit Jod an ihm herum, daß er sich aufbäumte.

»Wenn Sie wieder auf den Beinen sind«, sagte der Doktor, »gehn Sie am besten zum Zahnarzt.«

Dann tastete er Georgs Rippen ab, ließ ihn tief ein- und ausatmen, horchte an Brust und Rücken.

»Die Bauchdecke ist nicht gerissen«, sagte er. »In ein paar Tagen springen Sie wieder herum.«

Er füllte die Arbeitsunfähigkeitsbescheinigung aus, erbat sich den Krankenschein in seine Praxis; von den beiden Frauen, die er kurz hereinholte, verabschiedete er sich mit Händedruck.

Um die Mittagszeit brachte die Tante Kartoffelbrei mit Bratensaft. Jeder Gedanke an Arbeit verschwand aus Georgs Kopf.

Am Montagvormittag, als seine Tante auf Arbeit war, hockte er im Wohnzimmer herum und zählte die Schnäpse, die seine Großmutter trank.

»Man muß sich zu Lebzeiten etwas gönnen«, sagte sie. »Wer weiß, was der Tod bringt.«

»Mir gehts besser«, sagte er.

Er zündete sich eine Zigarette an; das Husten stach ihm im Bauch. Den Rauch blies er über den Tisch. Die Großmutter fuchtelte in der flatternden Wolke herum. Als er ausgeraucht hatte, klaubte sie die Kippe aus dem Aschenbecher und trug sie zum Abfallkübel in der Küche.

Georg folgte ihr bis zum Garderobeständer. Dort hob er seinen Ledermantel vom Haken und stieg in die Stiefel.

»Ich bring meine Krankmeldung ins Geschäft«, sagte er.

»Du schaust bald aus wie einer von der Gestapo«, sagte sie.

»Schafft euch einen Bluthund an«, antwortete er.

76

Vor dem Teil Haus, der einmal ihm gehören sollte, blieb er kurz stehen. Nur um zu erben, wollte er nicht sein ganzes Leben lang in dieser Familie bleiben. Die Zeilen der Eigenheimreihenhäuser, das ganze Neubauviertel war die Welt von Leuten, die wie seine Tante und Großmutter waren. Die Häuser mit ihren kreideweißen Mauern glichen sich zum Verwechseln, sommers blühten in den Vorgärten dieselben Blumen um Muschelburgen und Gartenzwerge, alles hinter den schmiedeeisernen Zäunen war auf Reinlichkeit getrimmt, die Kieswege, die geplättelten Terrassen, die Balkone mit Sichtblenden. Seine Nachbarschaft kannte er nur vom Sehen und Grüßen. Man hauste behaglich nebeneinander und rührte sich nicht vom Fleck. Alle bearbeiteten ihren Besitz, liebkosten ihr winziges Stück Eigentum mit Heckenscheren und Rasenmähern, streichelten die paar Humusflächen, die sie sich teuer hatten erkaufen müssen, ließen nichts herein und nichts heraus. Es wunderte ihn immer wieder, daß jede Straße einen eigenen Namen hatte. Die Siedlung war wie ein stumpfer Keil in die umliegenden, von Wäldern begrenzten Felder getrieben worden, füllte die weite Schleife eines Baches aus, eine versteinte Halbinsel, ein Bollwerk gegen die Landschaft. Als er mit Tante und Großmutter hier eingezogen war, hatte er sich nichts sehnlicher als ein Fahrrad gewünscht.

Erst als die Häuser zu beiden Seiten der Straße älter wurden, ging er langsamer. In manchen Seitengassen lehnten die Häuser aneinander, der Putz hatte sich von den Mauern geschält, die krumm und schief dastanden. In einigen Häusern wohnte niemand mehr; verlassen verfielen sie. Löcher waren in die Türen getreten, die Fenster gesteinigt worden. In der Luft schwebte der Geruch von Bratfisch und Knoblauch, Dachrinnenmoos und Hinterhoflatrinen. Am Kirchturm war eine Wolke aufgespießt.

Der Supermarkt lag wie ein Bremsklotz vorm Horizont. Am liebsten hätte sich Georg Bleistein auf den Kundenparkplatz gelegt, wie ein sterbender Kämpfer aufs Schlachtfeld, vom Heldentod träumend. Schon jetzt konnte er sich kaum vorstellen, jahrelang hinter diesen Mauern gearbeitet zu haben.

Die Arbeitsunfähigkeitsbescheinigung gab er im Büro ab. Die Sekretärin riet ihm, sein Veilchen hinter einer Sonnenbrille zu verstecken. Wortlos ging er hinaus.

In der Küche verstellte ihm Viktor den Weg. Laut, damit es alle hörten, sagte er: »Hast dir wohl gleich beim ersten Fick das Steißbein verrenkt, weil du gar so humpeln tust? Du bist Tagesgespräch, Bleistein, der ganze Laden lacht auf deine Kosten!«

Georg schob ihn zur Seite.

Hitler, der wieder gesund war, kam näher. Er roch nach Pfeifenkraut; sein Gesicht war ausdruckslos, wie immer. »Schaust aus wie ein Saujud nach der Kristallnacht«, sagte er und fuhr fort: »So einen hab ich im Mistkarrn zum Bahnhof gefahren, und an jedem Eck hat er eine gefangen. In seinem Blut ist er gehockt, der Semit, bei dem haben wir uns das Vergasen gespart.«

»Hitler«, sagte Georg, »du bist der letzte Mensch!«

Hitler kratzte sich ungerührt am Sack; hinter seiner Stirn arbeitete nichts.

Eberhard, dem ein vergnügter Juchzer auskam, trommelte mit dem Rührholz auf einen Suppenkessel.

»Wann fängst du wieder an?« fragte der Chefkoch streng. »Wir sind nicht scharf auf den Anblick von Faulenzern.«

»Sie wissen, daß ich das nicht bin, nie war«, sagte Georg.

»Wenn Hitler seine Knochen kuriert, dann sagen Sie ja auch keinen Ton.«

»Ein Krankenstück für den armen Jungen!« rief der Stellvertreter des Chefkochs.

Bei ihren Worten spürte Georg Bleistein deutlich, daß er immer mit Fremden zusammengearbeitet hatte. Von ihnen hatte er sich die Grobheit des Denkens und Fühlens angewöhnen lassen. Er bot ihnen eine Abwechslung, nicht mehr, nicht weniger, und im Grunde genommen beneideten sie ihn darum, daß er so zerschlagen war, denn er konnte nun ausschlafen, ausruhn.

Gerade als Georg die Hand zum Gruß heben wollte, fiel ihm auf, daß der alte Karl fehlte. Als er nach ihm fragte, hielt ihm der Stellvertreter des Chefkochs die Seite mit den Traueranzeigen aus der Heimatzeitung ins Gesicht. Georg las die paar Zeilen unter dem schwarzen Kreuz: nichts von langer, schwerer Krankheit, von einem unheilbaren Leiden oder einem Unglücksfall, der den Toten aus der Mitte der Lieben gerissen hätte.

»Er hat sich den Strick gegeben«, sagte Viktor angeberisch.

Eine der Frauen ergriff die Gelegenheit und sammelte bei
Georg für den Kranz; die Beileidskarte, auf der alle Kollegen
unterschrieben hatten, war von einem Firmenfahrer der
Witwe schon überbracht worden.

»Wieder einer!« sagte Viktor. »Gibt ja genug!«

Dann ließ er Georg einen Durchschlag der Grabrede lesen,
die der Restaurantleiter halten wollte.

»Er war ein treuer, fleißiger Mitarbeiter, dem nichts nachzu-
sagen ist. Stets erfüllte er seine Pflicht, war strebsam jahraus
jahrein, sorgte aufopferungsvoll für seine Familie. Seine
Witwe kann mit dem Schmerz seiner Kollegen rechnen. Daß
Gott nicht nachgibt, das müssen wir hinnehmen. Wir verabschieden uns von Dir, ein Ehrenplatz in unserm Andenken ist
Dir sicher. Du bleibst unvergessen. Die Firma sagt Dir Dank
und Lebewohl. Es gibt keinen Ersatz für Dich. Wir setzen
Dein Werk in Deinem Sinne fort.«

»Jemand hier, der ihm hinterherweint?« fragte Georg.
»Nicht einmal als Leiche redet man uns mit Sie an!«

Braune Rinnsale sickerten wie Tränengüsse die vergilbten
Kacheln herab, Dämpfe stiegen von den Herdreihen auf,
wölbten sich zu pilzartigen Schwaden, ehe sie sich überall
niederschlugen, alles mit einer fettigen Schicht umhüllten.
Schwarzes, brandiges Gekräusel drang aus den Backröhren,
die Kesselränder waren wie Lehm verklebt. Die geriffelten
Steinplatten des Fußbodens waren glitschig, im Eisenrost vor
den Herden stand eine ölige, blasige Schmiere. Bratgeruch
beizte die Schleimhäute; es war, als reibe die Hitze die Haut
zu Mehl.

»Du hast schon wieder einen halben Zentner zugenommen«,
sagte Viktor und blies seine Backen kuglig.

Im Imbißraum beschwerten sich die Gäste. Viktor mußte
hinaus, sie bedienen.

Georg stand noch eine Weile herum, bis ihm das Zuschauen
zuviel wurde; dann betrat er den Imbißraum von der Gäste-
seite her. Um Viktor zu ärgern, bestellte er ein halbes
Hähnchen, ließ sich fragen, welchen Salat er dazu wünsche
und schob Viktor ein Trinkgeld über die Glastheke. Dann aß
er ein paar Bissen im Stehen und räumte den Platz für die
Wartenden.

Es war Montag.

Vielleicht hatte sich der alte Karl am Christbaum erhängt.

Warum hat so einer nicht seine Rente abgewartet, dachte Georg Bleistein, warum hatte er sich nicht im Krieg erschießen lassen, warum hat er nicht einmal im Rausch von seinem Elend gesprochen.

Georg Bleistein hatte nichts vor. Auf dem Weg in die Stadt fühlte er sich weder böse noch schlecht. Der Zahn würde wieder anwachsen, das Auge abschwellen. Ein blauer, kalter Wind fegte den Schnee vom vereisten Boden, trieb sinkende Wolken auf die Stadt zu; Rauch floß über die Dächer. Er lief fast in einen Kinderwagen, vergaß, sich zu entschuldigen; zur Besinnung gekommen, befiel ihn eine unbändige Gier nach Essen. Er fuhrwerkte mit der Zunge an seinen rauhen, löchrigen Zähnen herum, kaute seine belegten Lippen durch; die Zeit für den Mittagstisch war aber vorbei, die Küchen der Gaststätten hatten geschlossen. Mißmutig stiefelte er zum Bahnhof, der ziemlich weit außerhalb lag. Sein Bauch wippte bei jedem Schritt und schwang hin und her wie eine Glocke. Spannte er die Schultern an, hob sich die pralle Kugel und stand noch weiter ab; ließ er die Achseln wieder sinken, schien sie ihm zwischen die Beine zu schnellen. Er hatte ein Gezug. Der Himmel war plötzlich wolkenlos und stach blau herab. Die Bahnhofshalle wärmte ihn. Die Wände waren aus Sandsteinquadern; er kam sich vor wie in einem mittelalterlichen Turm. Nachdem er sich flüchtig über die Haare gestrichen hatte, ging er Richtung Erste Klasse. Er wollte an einem weißgedeckten Tisch sitzen, auf einem gepolsterten Stuhl. Durch die Butzenscheiben an der Tür schwebten heimelige Strahlen.
Auf der Schwelle fing ihn ein Ober ab. »Bedaure vielmals, mein Herr«, sagte er, »aber in diesem Aufzug haben Sie hier leider keinen Zutritt!« Er blieb höflich und hielt die Türe offen.
»Ich hab Geld«, sagte Georg.
»Bitte sehr!« sagte der Ober mit Nachdruck und wies nach draußen.
Die Gäste in der Nähe der Tür hoben die Köpfe. »Es zieht!« hörte Georg rufen. »Raus mit dem Kerl!« Der Ober war gelb im Gesicht, sein weißer Kittel an den Taschen speckig umrandet. Georg grinste brüchig und steckte seine Fäuste in die Manteltaschen.

80

»Geschlossene Gesellschaft?« fragte er heiser.

»Nichts für dich!« sagte der Ober. »Komm!«

Georg gab auf und ging. Eine Gänsehaut überzog ihn von oben bis unten, als er sich in der Halle vor den Fahrplan stellte und so tat, als wolle er verreisen. Das Frösteln wurde so stark, daß er anfing zu zittern. Er träumte davon, sich den Ober für hundert Mark Trinkgeld zu kaufen.

Die Ortsnamen auf dem Fahrplan sagten ihm nichts. Sie beschrieben nicht seine Sehnsucht. Er ging in die Trinkhalle, die sich »Reise-Klause« nannte: grau und gelb waren dort die vorherrschenden Farben, das Resopal wirkte wie gebohnert, der letzte Rest Hunger verging ihm. Kinderreiche Familien warteten hier auf ihren Zug, tranken sparsam aus einem einzigen Glas, die Eltern am wenigsten und immer zuletzt.

Er bestellte eine Maß, blies den Schaum eben, packte den gläsernen Henkel und stürzte das Bier auf Ex hinunter. Tische und Stühle begannen sich zu drehen, Bierfilze wirbelten wie welkes Laub durcheinander, die Wände kippten um. Georg mußte sich an der Tischkante festklammern. Die Augen der Kinder, die ihn ansahen, wurden groß wie Monde. Er pochte mit dem Glas auf den Tisch und verlangte die nächste Ladung.

»Keinen Krawall!« sagte der Kellner.

Georg setzte die zweite Maß an und ließ das Bier laufen. Mit der Zunge lenkte er den Schwall. Diesmal reichte seine Luft nicht bis zum letzten Schluck. Dann war er voll. Sein Kopf sackte dauernd nach vorn; trotzdem ahnte er, daß er sich tapfer hielt. Die Kinder starrten ihn an, die Eltern flüsterten. Niemand kam an seinen Tisch. Er rauchte mit weit ausholenden Bewegungen ein paar Zigaretten.

Es geht schnell, sagte der alte Kerl.

Uns gehts gut, dachte Georg, dir und mir. Wir zwei schwänzen die Arbeit. Wir beide haben eine Ähnlichkeit.

»He«, sagte der Kellner, »schlaf nicht ein da!«

Als Georg aufschaute, sah er lauter neue Gesichter um sich herum. Sein Ledermantel klaffte weit auseinander, sein Bauch bäumte sich auf. Aus dem Lautsprecher klang Frauenlachen. Er fühlte sich müder als sonst nach der Arbeit und zahlte.

Draußen, auf dem Bahnhofsvorplatz, entfuhr ihm ein gewaltiger Rülpser. Das Geschau der Leute war ihm wurscht.

Grönhart hatte etwa siebzehntausend Einwohner. Aus dem steilsten Hügel ragten die Mauerreste einer in grauer Vorzeit zerstörten Veste empor. An manchen Stellen waren noch die Wehrgänge mit Türmen, Toren und Schießscharten erhalten. Auf dem Marktplatz stand ein Brunnen unter Denkmalschutz. Jeder Bürgermeister bemühte sich während seiner Amtsperioden, den Fremdenverkehr zu mobilisieren; ehemals war Grönhart ein Luftkurort gewesen. Ein Hallenbad stand im Rohbau. Es gab ein Spiel-Casino mit Pool-Billard, Flipper und Kicker, Groschenautomaten, Schießanlagen und Rallye-Apparaturen. Das einzige Kino am Ort zeigte Filme, die von Sennerinnen mit gebräunten Brüsten und finsteren Wilderern handelten; ab und zu lief ein Karate-Western. Die Schönheit der umliegenden Landschaft zog Wanderer an, die wenigsten aber quartierten sich für längere Zeit in den Fremdenzimmern der Gasthöfe ein. Man konnte spazierengehen, einkehren, über das Wetter tratschen und sich das Leben aus dem Balg träumen.

Georg Bleisteins Mantelschöße flatterten knatternd, der strenge Wind rupfte ihm die Nebel aus dem Hirn, ein Stein wuchs ihm im Magen. Unterwegs kaufte er ein Pfund Weintrauben; er brauchte Ablenkung. Das Bier, das er sich mit Gewalt einverleibt hatte, dämpfte die Kälte. Manchmal kam ihm das Pflaster wie der Grund eines gefrorenen Flusses vor. Eine Zeitlang lief er mit der Gewißheit dahin, daß ihn jeden Augenblick eine riesige Hand ergreifen und hinter den Mond schleudern, gewaltige Finger seine Schläfen zerquetschen, seine Schädeldecke aufbrechen würden.

Der »Rote Ochse« lag an seinem Heimweg. Georg Bleistein leistete sich ein Wiener Schnitzel. Die Panade schmeckte wie Grind. Zerstreut hockte er in einer Ecke, verdaute und schaute den Stammtischlern beim Schafkopfen zu. Es ging so laut her, daß er sein eigenes Schweigen nicht verstand. Von der Balkendecke baumelten Lampions und Girlanden herab.

Später spendierte Edith, die Wirtin, jedermann ein Glas Sekt. Georg revanchierte sich mit einer Lokalrunde Magenbitter. Edith war sehr groß, eine verwaschene Schürze umschloß ihren riesigen Hintern, pfundschwere Ungetüme spreizten die Knopfleiste ihrer gestreiften Kittelbluse, die Waden und Schenkel waren fast gleich lang und dick, die Haare waren gebleicht und hingen auf die stämmigen Schultern. Sie hätte ihm gefallen. Für fünf Minuten.

Er fragte, wo Viktor sei.

»Heim ist er«, sagte Edith.

Sie miaute kläglich, als er sie einlud, mit ihm zu trinken. »Heut abend ist Silvesterball«, sagte sie, »da werd ich noch so viel freigehalten.«

Aber dann setzte sie sich schnell.

»Dein Gesicht wär am Fasching recht«, sagte sie mit trüber Stimme, »mit dem bräuchtest du dich nicht maskiern.«

Er lehnte sich zurück und knetete sie mit Blicken; unruhig stand er dann auf, ging zur Musicbox, drückte eine Hawaii-schnulze, das einzige, was er zwischen Polkas und Ländlern finden konnte, steckte seine übrigen Groschen in den Spielautomaten und verlor. Undeutlich empfand er die Stimme eines Kartenspielers als vertraut: als sitze sein Onkel Simon mit am Stammtisch und erzähle von einem verfressenen Knaben, der alles, rein alles verschlinge, arm und kahl werde er bald sein, wie abgeweidet von diesem widernatürlich gemästeten Lebewesen, das sich verhalte, als stehe ihm ein Dauerwinterschlaf bevor.

Der Bub weiß halt schon, was ihm schmecken tut, sagt die Großmutter. Er will einmal ein ganz ein Großer werden! Bei uns soll der Junge keinen Hunger leiden müssen, sagt die Tante.

Kaum Laufen kann er vor lauter Gewicht, sagt Onkel Simon. Dauernd wartet er in der Küche wie ein Hund auf einen Brocken. Das ist keine Erziehung! Das ist eine Abrichtung!

Dann hat eine Faust auf den Tisch gedroschen, hat ein Arm das Geschirr vom Wachstuch gewischt. Georg hat seinen Teller festgehalten wie einen Rettungsring. Onkel Simon und die Frauen haben sich durch die Suppenpfützen gezerrt, geheult und geflucht und sich an den Haaren gerissen. Georg hat geplärrt, seinen Geifer vom Lätzchen geleckt und nicht gespürt, um was es ging.

»Zahlen«, rief er. Seine Stimme kratzte. Während er hinausging, sagte er: »Ich komm wieder.«

Unterwegs begann es an allen Ecken und Enden vereinzelt zu krachen. Raketen schossen in den Himmel, farbige Kugeln platzten, Kanonenschläge sprengten Stein und Eis. Es klang nach Krieg. Er ging durchs Niemandsland zum Bunker. Großmutter und Tante saßen vorm Fernseher.

»Bleib da«, sagte seine Großmutter, »gleich bringen sie die Silvesterparty!«

»Morgen gratulier ich euch«, sagte er und stieg in sein Zimmer hinauf.

Als er sich aufs Bett fallen ließ, preßte sein Gewicht die Matratze auseinander. Er schlief kurz ein. Nach dem Erwachen verankerte er die Wechselachse im Plattenteller. Der Metallstift sah aus wie der Penis eines Roboterzwergs. Er schichtete ein paar LPs auf, schaltete auf Dauerspiel und stülpte sich den Kopfhörer über die Ohren. Die Musik verrückte seine Gedanken. Manchmal fühlte er sich wie im Urwald, lebte bei einem Stamm von Jägern und Kriegern, deren größter Stolz ihre Bäuche waren: sie flößten den Feinden Furcht und den Frauen Bewunderung ein. Dann stellte er sich den alten Karl aufgebahrt in der Leichenhalle vor. Statt eines Kruzifixes hält er einen Kochlöffel in den gefalteten Händen, seine Augen blicken durch eine Schicht Reif.

Es fiel Georg Bleistein schwer, wach zu bleiben. Die taube Leere, die jedes Lied in ihm hinterließ, war wie ein Fremdkörper aus Stimmungen, die er sich nicht aneignen konnte.

Er hatte kein Licht angemacht. Punkt zwölf brachen Blitze durch die Fensterscheiben.

Er stellte sich Schwärme brüllender Kuckucke vor. Von den Kirchtürmen prasselte Rost.

Dann war das neue Jahr schon wieder Sekunden, Minuten alt.

Seine Mutter winkt mit Uhrzeigern. Sie hat Erikas Gesicht, Ediths Figur. Mein Sohn, sagt sie, wir fangen ganz von vorne an.

Die Festtagsausgabe der Heimatzeitung, in der er in den nächsten Tagen immer wieder las, war fast so umfangreich wie ein Weltstadtblatt. Manchen Artikel verstand er erst dann, wenn er sich eine eigene Meinung darüber gebildet hatte. Von Kommunisten und Terroristen war dauernd die

Rede. Berufsverbote und Naziaufmärsche wurden nebenbei erwähnt. Es hatte Demonstrationen gegen Baugelände für Atommeiler gegeben, Polizisten hatten gegen die Demokratie protestiert, Politiker die Gefahr eines Bürgerkriegs beschworen. Er überflog Statistiken, in denen Krebstote und Verkehrsopfer zu vielstelligen Zahlenkolonnen verkommen waren. Er las von zwei Bauhilfsarbeitern, die im Suff in einer Mainacht eine 55jährige bettelnde, trinkende Hausfrau und Mutter mehrerer Kinder in einem Waldstück wegen einer Liebeslohn-Nachzahlung mit Fäusten, Füßen und einem armdicken Ast zu Tode geprügelt hatten. Das Gesicht der Frau, hieß es, sei nur noch blutiger Brei gewesen, als ihre Leiche nach drei Wochen unter Laub verscharrt gefunden wurde. Auf jeder Seite waren die schönsten Unglücke des vergangenen Jahres nochmal ins Bild gerückt worden, waren Meinungsumfragen abgedruckt, Protokolle der Verblödung. Man hatte die Reihenfolge der Unwetter datiert, eine Liste mit den Namen aller Hurricane, Tornados, Taifune und Orkane angefertigt, die die Erde im Laufe des Jahres geboren hatte. Fußballspieler waren zum Weltgeschehen interviewt und zitiert worden. Die Wahrheit war peinlich. Eine junge Frau war bei einem Spaziergang mit ihren vier Jahre und sechs Monate alten Kindern in einem Wäldchen von einem unbekannten Mann, der sein Gesicht mit einem Schal vermummt hatte, wortlos mit einem Knüppel zusammengeschlagen worden. Er las von Bombendrohungen, Sprengstoffanschlägen, militanten Attentätern, Elitetruppen, Spezialeinheiten, Revolutionsfraktionen, Brigaden, Kaderabteilungen, Geheimbünden, Geheimdiensten, von Zellen, Hilfen, Solidarität, Engagement, Energiekrisen, Haushaltsdebatten. Hintergrund und Untergrund verschmolzen zu einem: da herrschte eine Sucht nach Existenzberechtigung, da war Kritik so wirksam wie ein Zahnstocher im Krokodilsgebiß; Kanzlerkandidat war plötzlich ein Titel und der Rang Arbeitgeberpräsident ein kitzelnder, juckender Dorn im Gewissen. Er war nicht in der Gewerkschaft, kein numeriertes Mitglied, eher ein Sympathisant bekehrungsabtrünniger Kannibalen. Unter der Überschrift »Freundin fast zu Tode geschlagen«, wurde ausführlich die Tat eines 19jährigen Mechanikerlehrlings geschildert, der seine drei Jahre jüngere Freundin und angehende Verkäuferin im Auto in den Wald gefahren, dort mit einem knapp ein Kilogramm schweren Stabeisen mehrfach wahllos über den Kopf geschlagen, zuletzt mit einem Springmesser auf sie eingestochen hatte. Erst als ihr das Blut aus den Ohren lief, ließ er von ihr ab und brachte die lebensgefährlich Verletzte auf Umwegen ins Krankenhaus. Georg war froh zu wissen, daß Erika älter war. Ein Drogenproblem gab es in Grönhart noch nicht; Selbstmörder, Raubmörder, Kinderquäler schon häufiger. Auch wenn er Fotos betrachtete, die ihm Armut und Elend zeigten, Erdbebengebiete, Landstriche nach Überschwemmungskatastrophen oder Kampfmaßnahmen, er wollte trotzdem dorthin, ließ sich nicht abschrecken, weil seine Lust zum Fortgehn gewaltiger war als jedes Entsetzen. Im Atlas blätternd, trieb er sich auf Landkarten herum, wanderte zwischen Inseln, von Grönland nach Hawaii. Er vermißte ein Lexikon.

Nach Neujahr setzte Tauwetter ein. Draußen wurde wieder der Autobahnzubringer vorangetrieben. Breiter werdend fraß sich die Schneise auf die Häuser des Viertels zu. Tag und Nacht hielt der Lärm an, vorbeirumpelnde Lastwagen rüttelten ihn durch und durch, er erzitterte, wenn Baumwurzeln aus dem Erdreich gesprengt wurden. Die wachsende Trasse schnitt die Siedlung von der Natur ab. Da hab ich gelebt, fragte er sich immer öfters, da lebst du noch?

Nebenbei schmökerte er in seinen Pornomagazinen. Er las von Sexö, der Liebesinsel, wo Riffe und Klippen mit dem Meer Stellungen eingingen, las den ersten und den zweiten Teil, las Abhandlungen über Intimorgane, anatomisches Vokabular über Umtriebe in erogenen Zonen, von Masturbationspraktiken eingegitterter Zootiere. Er hatte Hefte, in denen nahezu auf jeder Seite Mädchen mit chinesischen Lustfingern traktiert wurden oder freiwillig in einen Orgasmusslip mit eingearbeitetem Latexpenis schlüpften, um ihre Scheidemuskeln ideal zu trainieren.

Er versuchte zu lächeln.

Wo die Liebe zur Gewalt anstachelt
und Lust erst Zorn bedingt
dort entstehn Kinder wie
Vergeltungsschläge, reißen nieder
die Baugruben des Glücks

roden die Bäuche der Eltern
Stumpf und Stiel.
Wo die Puppen wie die Kegel fallen
und sich Männer kugeln, da
ist das Vorspiel schon Verstümmelung.

Kinder, sagt der Lehrer, die Schule ist der zweite Schritt ins
Leben. Wer schreiben und rechnen kann, der findet später
auch seinen Beruf. Ich will fröhlich und zufrieden sein, wenn
ihr fleißig und folgsam seid. Feixt nicht wie die dummen
Auguste, sonst kriegt ihr das Rirarohr hinters Ohr. Wer
pariert, braucht keine Angst vor mir zu haben. Nur durch
Zucht entsteht Ordnung, und Gehorsam erspart Strafen. Ich
lehre euch mein Wissen, zum Dank habt ihr zu lernen. Georg,
die Pause hat noch nicht begonnen, ich sage es dir jetzt zum
allerletzten Mal: die Vesperei unter der Bank hört mir sofort
auf, sonst leg ich dich übers Pult. Ich bin ein Gemütsmensch,
aber wenn jemand schmatzt wie ein Schwein, dann reißt auch
mir mal der Geduldsfaden. Du kannst dich doch daheim
sattessen, mußt nicht auch noch mir was vormampfen, ich
bin nicht blind, auch wenn ich oft ein Aug zudrück. Raus mit
dir, du Bürschchen, du kugelrunds! Bücken! Bei so einem
Hintern braucht man gar nicht zielen! Verdau das, wohl
bekomms! Er fuhr aus dem Traum hoch, fühlte seine Hoden
härter als Horn. Er schlug die Bettdecke zurück und betrachtete sich: unterm Kinn fing eine stoffumspannte Tonne an,
mächtig an Umfang, zerknautscht und zerknittert. Er dachte
an Wörter wie Schaft und Schlitz, ließ Erika durch sein
verwüstetes Herz irren: in seinen Adern, den verzweigten
Gängen, mußte sich die Unnahbare mit den Händen durch
Asche und Schlacke schaufeln. Er nötigte sie, mit gespitzten
Lippen seine Wunden zu küssen. Ihre roten Nippel stachen
wie Grubenlampen durch die abgelagerte Finsternis.
Ich hab es nicht mehr ausgehalten ohne dich, Lieber! Die
andern sind alle Versager!
Komm!
Ich hab dich nicht vergessen können, Liebster, ach, wie gut
du zu mir warst! Keiner taugt besser für mich!
Leg dich her!
Ich hab kommen müssen, Geliebter!

Küß mich!

Wohin du magst, Schatz, überall sollen dir meine Lippen guttun, ich werde dich mit Zähnen und Zunge zu Tode kosen, wenn du nur willst!

Federnd springt sie aus ihrem Schlüpfer, reckt die Arme, spreizt die Beine, beugt sich über ihn, sinkt herab, gleitet abwärts, schiebt sich nach unten, kreist gerätscht, ihr Bauch ist ein Kessel, in dem er rührt und dessen Wände er gewaltig prügelt. Du Sau, sagt er, du Luder, du Biest, du Schlampe, du Trampel, sagt er und zwirbelt ihre Titten, die wie abgeknickte Tütenspitzen schaukeln, wirft sie in Stellungen, biegt ihre Knochen in die Lagen, die er braucht, denkt an seine abgebrochenen Fastenkuren, an sein aufgegebenes Gymnastiktraining, an alle Schmähungen und Erniedrigungen, während er sie durchwalkt, abarbeitet, hunderttausendmal kommend, stopfend und stoßend, bis ihre Möse scheppert, ihr Busen knirscht, und er ist immer noch nicht fertig, fickt sie in den Arsch, reibt ihre Löcher wund, pumpt sie voll Samen und Rotz.

Dann war sein Vorrat an erdachten Gemeinheiten erschöpft. Wichser, dachte er, du Wichser! Dein Schwanz braucht nicht dich, mit deinen Fingern kannst du ihm höchstens Beileid wünschen, du bedienst ihn armselig, stümperhaft.

Bleib kleben im Bett.

Schrei ganz ruhig.

Vergrab dein Gesicht im Bauch.

Seine Tante Meta lag tief unterm Fußboden, allein in ihrem Ehebett. Von ihr wußte er nicht mehr, als daß sie das erste Kind einer Kleinbauernfamilie gewesen war. Nach der Konfirmation hatten ihre Eltern sie auf einen größeren Hof in einem anderen Dorf gegeben; dort hatte sie schwer gearbeitet, die Männer waren im Krieg. Kurz vor Kriegsende hatte sie sich mit einem Fronturlauber verheiratet. Als er aus der Gefangenschaft entlassen worden war, war er zu ihr heimgekehrt: Onkel Simon, Maurer von Beruf. Sie zogen in die Stadt, dort wurde wieder aufgebaut; ihre Behausung war anfangs eine Notunterkunft. Jahrelang wurde dann gespart, jeder Pfennig vom Mund ab, bis zum Umzug ins eigenheimische Reihenhaus mit Keller, Speicher und Bad, Küche und Waschküche: Zeit, die Mutter, die alte Erdnerin, aus ihrem

Witwenelend zu erlösen und Georg, den Neffen, zu retten.
Tante Meta kannte drei Welten: das Land und die Arbeit, die
Stadt und die Not, das Haus ohne Mann.
Onkel Simon war ein hageres, schmächtiges, schniges Kerl-
chen gewesen. Er hatte sich willig abgerackert, vor Arbeitsbeginn als Zeitungszusteller, nach Feierabend als Helfer bei
der Heimarbeit, mit der eine Spielwarenfabrik Frau und
Schwiegermutter belieferte. In den langwierigen Anfängen
der Existenzsicherung hatte er weder getrunken noch
geraucht, sich über nichts mehr gefreut; als auch alle kleine-
ren Wünsche erfüllt waren, hatte ihn der Nachholbedarf
überwältigt. Er hatte den Lohn für die Überstunden vertrunken und verspielt, das bißchen Manneskraft, zu der er sich
nach aller Abkarpferei noch hatte aufraffen können, bei
anderen Frauen gelassen. Dann war der brave Götz, wie er
von den meisten Leuten genannt wurde, gestorben, langsam
und schmerzhaft. Zu eigenem Nachwuchs hatte er es nicht
gebracht mit seiner Meta. Die Trauer hielt sich in Grenzen,
die Tränen flossen am Grab bescheiden, so selbstgenügsam,
wie sein Leben gewesen war. Georg hatte zur Beerdigung
einen unbezahlten Tag freibekommen; das war damals schon
eine bleibende Erinnerung wert.

Es war aber nicht so, daß Georg Bleistein seine Tage nur mit
Vorgestelltem und Nachgedachtem verbracht hätte. Einmal
mußte er zum Arzt, der ihn für die kommende Woche gesund
schrieb: das Auge sah nur noch wie unausgeschlafen aus, der
Bauch hatte wieder seine alte angenehme Farbe. Alles in
allem hatten die Verletzungen Georg eine Atempause ver-
schafft. Er wußte jetzt, daß er nicht mehr von der Hand in den
Mund leben konnte. Das Ende seiner Verluste hatte nicht
stattgefunden, Fleisch und Blut waren einsam geblieben. Ein
Jemand zu sein, genügte ihm nicht mehr. Er hatte Heimweh
nach einer Zukunft.
Sonntagabend stellte er den Wecker auf Arbeit ein.

Abgenabelt

Oh, Monat, kurz und gut, wo es Tag wird auf der Haut. Schneeglöckchen wachsen aus den Wurzeln der gemähten Herbstzeitlosen. Die Hühner brüten Frostbeulen aus. Wagemutige üben in Pantoffeln den Handstand. Es geht wieder aufwärts. Ins Oftgehabte. Die ersten Winterkranken verreisen, der Rest bleibt im Land, mehrt und wehrt sich redlich.

Er ging wieder zur Arbeit. Es ging über seine Kräfte. Alles ging über seine Kräfte, das Aufstehn, die Fahrt zur Arbeit. Ganz Deutschland steht jetzt auf, wiederholte er sich jeden Morgen, und jeder Morgen erschien ihm verfrüht.
Das Erste, was sein neues Arbeitsjahr veränderte, war, daß sein freier Nachmittag auf Dienstag verlegt wurde. Dienstag war für ihn der sinnloseste Wochentag überhaupt. Dienstags hörte der Rückblick aufs Wochenende auf, und noch nicht einmal die Hälfte der Arbeitswoche war überstanden. Bald war er davon überzeugt, daß er seine Niederlage wie seine Auferstehung nur geträumt hatte. Es kostete ihn seine ganze Kraft, sich über die Wahrheit hinwegzutäuschen. Die einzige Erinnerung, die er behalten wollte, war die, daß er an seinem ersten Arbeitstag Torte gefrühstückt hatte, bevor er altbakkene Brotscheiben über Wasserdampf halten mußte. Daß alles, was er sich vorgenommen hatte, außerhalb seines Zimmers sang- und klanglos im Alltag unterging, das brachte ihn vorerst zum Schweigen. Was er aß und trank, um sich zu betäuben, büßte immer mehr an Geschmack ein. Nach Feierabend war er dann zu träge für andere Anstrengungen; außerdem kam er nie nüchtern heim. An den Wirtshaustischen waren die Biergläser wie schäumende Inseln.
»Mensch, Bub«, sagte seine Großmutter jeden Morgen, wenn er wie verrückt davonstürmte, weil er nicht mehr rechtzeitig aus dem Bett kam, »Mensch, Bub, deine Tante weint sich noch die Augen aus wegen dir. Sei vernünftig, komm wieder zur Besinnung. Du forderst direkt ein Unglück heraus.«

»Im April ist Sense«, sagte er dann. »Bis dahin muß ich noch durchhalten. Wenn ich eher geh, verlangen sie die Rückerstattung der Weihnachtsgratifikation.«

Seine Tante sagte bei jeder sich bietenden Gelegenheit: »Ich möcht nichts dort essen, wo du kochst. Es muß doch alles nach Bier und Schnaps schmecken.«

Wenn er schlaftrunken zur Bushaltestelle stapfte, zählte er die Tage, Woche für Woche. Er hustete, spuckte, würgte, sobald die klare, frische Luft auf ihn eindrang, sehnte sich dann nach dem »Roten Ochsen«, wo Edith, die Wirtin, mit Steinbrucharbeitern und durchreisenden Vertretern schäkerte, so aufregend und ordinär, daß es ihn zu ihr trieb gleich nach der Arbeit, manchmal zusammen mit Viktor. In der Küche war Hitler an die Stelle des alten Karl gerückt. Der Chefkoch, wetterwendisch wie er war, bevorzugte auf einmal die Türken und ließ Georg deren Schmutzarbeit machen, den Abfall wegkarren oder mit den Frauen schrubben und putzen. Er hielt es durch. Aber hinter den Rücken der Köche versalzte er Suppen, überschärfte Bratensoßen mit Pfeffer und Paprika, süßte das Kochwasser im Knödelbottich, spickte Gerichte mit Schwarten und Schalen, verbog Bestecke beim Abspülen, ließ absichtlich alles in den Dreck fallen und sich hinterher zusammenstauchen, ohne mit der Wimper zu zucken. Er räusperte Schleim und spie ihn blitzschnell in brodelnde Töpfe und Pfannen, steckte den Fischen Gräten ins Fleisch, goß Essigessenz in Pilzgerichte. Eine wahre Sturzflut von Beschwerden versetzte die Küchenbelegschaft in Aufregung und heillose Verwirrung; auch Georg empörte sich kräftig.

In der Mittagspause ging er nicht mehr in die Kantine. Er nahm im Restaurant Platz, wie ein Gast in der Speisekarte blätternd; es kam ihn teuer zu stehen. Das Geld wurde ihm in keiner Tasche mehr warm.

Je wilder es in ihm zuging, desto härter wurde sein Schweigen. Mach weiter, sagte er sich, du schaffst es. Du hast zu gemütlich gelebt. Wie groß das Kaff wird, sobald du die Lichter doppelt siehst, richtig städtisch gehts dann zu, und dein Schatten wird breit wie die Straße. Deine Mutter wird stolz auf dich sein. Sie wird die erste Frau sein, der du Blumen schenkst.

An den Sonntagvormittagen, bevor er sich zum Frühschoppen davonmachte, blätterte er die Zeitungen der Woche durch und bekam Sehnsucht nach Mord und Totschlag. Er glaubte, die Täter zu verstehen. Meistens war er zu faul zum Lesen, zu schwach zum Onanieren. Nur Musik hörte er sich ab und zu noch an. Er konnte dabei einfach vor sich hinweinen oder, überspielt, fluchen und schreien; jeder Ton stützte ihn. Er ließ seinen Schädel durchpeitschen, durchwimmern, durchgrölen, zertrommeln. Wenn die Musik spielte, stand sein Zimmer in Amerika, im obersten Geschoß eines Wolkenkratzers am Stadtrand von Manhattan.

Ein Gefühl der Untätigkeit, was sein Weiterleben anging, blieb ihm halbwegs ungewollt erhalten. Er begann, seine Saufwut als Läuterung zu betrachten; wurde er nüchtern, war ihm zumute, als versinke er in zähem Lehm, als ziehe er seine Beine mit den Händen heraus und falle ständig vornüber. Er mußte sich eingestehen, daß sein erster Ausbruchsversuch schon im Ansatz mißlungen war. Er schränkte sich ein ganz kleines bißchen ein, blieb öfters daheim, aß weniger, trank mäßiger und onanierte häufiger.

Tante und Großmutter spürten seine Rückfälligkeit. Sie lobten ihn vorsichtig wegen seines vernünftigeren Lebenswandels, verziehen ihm seine Lumpereien als mannsbildhafte Verfehlung, zu der ihn nur das Flittchen Erika getrieben hatte mit ihrem hurischen Auftritt damals unter diesem anständigen Dach.

Sonntagmorgens, wenn er endlich aufstand, sich an den Küchentisch pflanzte und ihre Ausgeschlafenheit bewunderte, versuchten sie ihn zu verwöhnen.

»Willst du eine Essiggurke?«

»Oder Meerrettich?«

»Oder Bratwurstsülze?«

»Willst vielleicht Schinken, ganz magern, gekochten? Wir haben aber auch noch einen Schnitz Geräuchertes da, das können wir dir grillen!«

»Meinetwegen«, sagte er dann.

»Wie gehts auf der Arbeit?«

»Hat sich wieder einer aufgehängt?«

Hatte er genug von ihren reinen Gesichtsfarben, ging er zum Appetitantrinken weg, verließ den »Roten Ochsen« beim

Mittagsläuten und setzte sich keuchend an den gedeckten Tisch.

»Sauerbraten!«

»Und rohe Klöß!«

»Früher hat man noch gebetet!«

»Da hat man auch nichts auf dem Tisch gehabt!«

»Bei einem kalten Essen hätte man mehr Zeit dazu!«

»Noch einen Knödel?«

»Zwei!«

»Ganz der Alte!«

Dann wartete er in seinem Zimmer, bis es nach Kaffee roch, ließ sich rufen, schlürfte aus einer der hauchdünnen Schalen und bröselte Kuchen auf den Wohnzimmerteppich.

»Greif zu!«

»Weißt du noch, wie er früher immer aus der Teigschüssel gefuttert hat? Weißt du es noch?«

Später gab es den Abendimbiß, Wurstbrote, Käsebrote, Fleischsalat, Heringshappen.

»Eßt, eßt! Bis morgen ist das Zeug alt und schlecht! Der schöne Aufschnitt muß einfach weg!«

Kaum waren sie fertig damit, wurden Kekse und Nüsse aufgefahren. Es war so Brauch, daß jeder ein eigenes Knabbertellerchen bekam, wie um die Wette kaute und malmte, bis es Zeit fürs Bett war. Wenn das Wetter ganz schlecht war, blieb er mit vor dem Fernseher sitzen; gewöhnlich quälte er sich ein Lebewohl ab und genehmigte sich einen Schlaftrunk im »Roten Ochsen«.

So starben die Sonntage.

So war er aufgewachsen.

Die Sonntage: keine Mädchen, abgenagte Gespräche, pünktliche Kochkünste, totfressen, dummsaufen, verzagen, versagen.

Manchmal stand er noch spät in der Nacht am Fenster seines Zimmers und schaute hinüber zur gar nicht mehr so weit entfernten Straßenbaustelle in ihrem gleißenden Licht, hörte dem Lärm zu, sah die Maschinen wie künstliche Urtiere gegen den Waldrand vordringen, hörte das kreischende Rasseln der Kettenfahrzeuge, das schnaubende, fauchende Stöhnen der Motoren, sah über die aufgewühlte Erde hinweg, die ihm wie ein Abdruck seines Innersten vorkam, wünschte sich eine Eiszeit, den Boden bis zum Erdkern gefroren, während er sich wieder unter der Decke verkroch, bis ihm die nächste Erschütterung von draußen die Lider aufriß.

Wo sich jetzt die Baustelle in den Wald fraß, war er früher mit seinem Onkel Simon eine Zeitlang fast jeden Sonntag zu einer Wanderung aufgebrochen. Der Onkel schwingt einen Spazierstock und hat es eilig; wenn im Wald ein Vogel ruft, sagt der Onkel den Namen. Er kennt auch die Bäume mit Namen. Findlinge liegen wie bemooste Köpfe zwischen den Stämmen. Georg hängt ein kleiner Rucksack auf dem Rükken; die Flasche mit Tee drückt durch. Er schaut dem Onkel auf die Absätze der Wanderstiefel, deren Eisen knirschen, wenn der Onkel auf einen Stein tritt; ab und zu hält er inne und schifft hinter einen Busch. Dann schaut Georg verstohlen auf das Ding, dem der Strahl entspringt. Wie ein roter Rüssel hängt es aus dem Hosenschlitz. Komm, sagt der Onkel, schlaf nicht ein da, wir haben noch einen Weg vor uns.

Sie gehen immer die gleiche Strecke. Der Onkel zeigt ihm Schützengräben aus dem letzten Krieg, die mit sumpfigem Laub gefüllt sind; manchmal schubst ihn der Onkel hinab, und Georg muß die schrägen Wände auf Händen und Knien hinaufklettern. Die Gaudi macht ihm keinen Spaß, aber artig lacht er mit. Lauf barfuß! sagt dann der Onkel.

Im nächsten Dorf hocken sie sich in einen Wirtshausgarten und verschnaufen im Schatten eines Sonnenschirms. Die Bedienung kommt und begrüßt sie; immer wieder huscht sie an den Tisch, und der Onkel schickt Georg zum Spielen. Von fern sieht er, wie der Onkel der Frau unterm Tisch etwas vom Rock klopft, von den Strümpfen wischt. Auf dem Heimweg wartet sie im Wald. Der Onkel sagt: So, jetzt wird Versteck gespielt! Wir müssen dich suchen, Georg! Obwohl er sich fürchtet, versteckt er sich, hört, daß sie ihn in der entgegengesetzten Richtung suchen, wird tapfer und freut sich ein bißchen. Irgendwann rufen sie dann: Wo bist du? Wir finden dich nicht! Einmal, als es ihm zu lange dauert, schleicht er ihnen hinterher, sieht schon von weitem, daß sie umgefallen sind und vielleicht nicht mehr aufstehen können. Er bekommt es mit der Angst und stürzt überraschend auf sie zu, sie sind nicht mehr richtig angezogen, und er starrt auf die

Brüste der Frau, zwischen die sich der rote Rüssel des Onkels schmiegt.

Um dieselbe Zeit, früher, hatte Georg einmal der Jugendmannschaft des Grönharter Fußballvereins beitreten wollen, aber der Vorstand hatte ihn für spieluntauglich erklärt und gemeint, er könne höchstens als beitragszahlendes Mitglied den Klub fördern. Die Kegelbrüder hätten ihn zwar mit Handkuß in ihre Gemeinschaft aufgenommen, aber sie waren alle älter als er gewesen. Er hatte später auch mit dem Gedanken gespielt, im Kirchenchor mitzuwirken, in dem viele junge Mädchen sangen. Wäre nicht die Vorsingprobe gewesen, die Choräle hätte er sich schon eingetrichtert.

Innerhalb weniger Stunden wurde die Tauwetterperiode von einer Kaltfront überrollt. Der Winter konnte wieder seine Herrschaft festigen, überzog die Erde mit beinhartem Frost, erstickte die Straßenbaustelle unter Schneewehen.

An einem dieser sibirischen Tage kam Georg etwas früher als sonst von der Arbeit und vom »Roten Ochsen« heim. Seine Großmutter deckte gerade den Tisch, das Essen schmorte auf dem Herd, alles war wie immer, nur seine Tante fehlte.

»Sie ist oben in deinem Zimmer«, sagte die Großmutter. »Sie putzt deinen Stall.«

Georg trat in den Flur hinaus und horchte auf Geräusche, hörte aber keinen Laut. Leise wie auf Zehenspitzen stieg er dann die Treppe hinauf, nach jedem Absatz lauschend.

Die Tür zu seinem Zimmer stand auf. Im Putzeimer, der an der Schwelle stand, schwamm ein Lumpen. Die Tante kniete vor seiner Plattenkiste, hatte die Pornomagazine herausgeklaubt, starrte, seufzte, blätterte die Fotos durch; ihr Kopf ruckte dabei hin und her, als hätte er keinen Halt mehr.

»Du Schwein!« murmelte sie. »Das Schwein! Das Schwein...«

Er stellte sich hinter sie, griff ihr unter die Achseln und versuchte, sie vom Fußboden hochzuziehen, aber sie schüttelte seine Berührung ab und stand ohne seine Hilfe auf.

»Hör mal«, sagte er, »das hab ich geliehn bekommen. Oder was denkst du?«

Sie rieb sich die Hände an der Schürze ab. »Ein Misthaufen wär für dich und das Zeug der richtige Platz«, sagte sie dann.

»Mensch«, sagte er, »ich hab auch Gefühle, ich bin erwachsen.«

»So einer bist du also geworden«, sagte sie. »Nein, du
brauchst gar nicht rot werden, dir glaub ich sowieso nicht,
daß du dich schämst! Solch einen Saukram schleppst du
mir ins Haus? Sowas Elendes, Niederes beschäftigt dich?
Mit dem Dreck im Schädel willst du dich nach einer Frau
fürs Leben umtun? Du bist ein Schwein! Ein Misthund bist
du! Mein Gott, ihr Männer seid doch alle gleich! Du
machst ja nicht mal Anstalten, das Zeug fortzuschaffen!«

»Es gehört doch nicht mir«, sagte er.

»In was für eine Gesellschaft bist du nur geraten? Ach, du!
Ich geb dir eine Woche Zeit, deinen Krempel zu packen!
Wenn du noch ein bißchen Anstand in dir hast, verschwin-
dest du gleich, am besten sofort!«

»Und wohin soll ich?«

»Zu denen da!« flüsterte seine Tante und zeigte auf die
Hefte, auf das glänzende Fleisch der Paare. Dann spuckte
sie ihm vor die Füße, drehte sich um, ging in die Hocke
und zerfetzte seine Vorlagen mit beiden Händen. Es tröstete ihn nicht, daß sie dabei in Tränen ausbrach.

»Mußt du überall schnüffeln?« fragte er flehend. »Ich hätt
auch ohne dich saubergemacht, wenns mir danach gewesen
wär! Tu nicht so! Ist doch kein Verbrechen, sich aufzuklä-
ren – oder? Was meinst du, vielleicht hat mir Onkel Simon
die Sachen vererbt?«

Seine Tante stand auf und schlug ihm ins Gesicht.

Er spürte es nicht.

»Wetten«, sagte sie dann, klar und hart, »daß deine Mutter
mit von der Partie ist? Soll ich dir ihr Bild raussuchen? Na?
Wundern täts mich nicht!«

Georg schwieg.

»Das ist der Dank!« sagte sie. »Das ist also dein Dank!«

»Für was soll ich denn danken? Für euren Fraß? Mehr gibts
doch gar nicht! Gott, ja, ich dank euch, daß ihr mir den
Arsch gewischt habt. In Ordnung? Was wollt ihr noch? Ihr
lebt doch alle nicht mehr. Ihr wißt doch gar nicht, was ihr
tut. Ich bin noch jung! Ich wart noch nicht aufs Grab! Was
kann ich dafür, wenn die Natur ihr Recht verlangt? Soll
ichs wegbeten?«

»Natur?« sagte seine Tante. »Einem Viech würds grausen!«

Sie drehte sich um und ging; als sie über die Treppe hinab in der Küche verschwunden war, packte er den Putzeimer und schleuderte ihn hinterher. Der Eimer schrammte an den Geländerstäben entlang, prallte abspringend gegen die Wand, das Seifenwasser spritzte, polternd verschwand der Eimer in der Tiefe.

Georg warf sich aufs Bett. Er befahl sich, stumm zu bleiben. Als er ein paar Zigaretten eingesogen hatte, hockte er sich auf den Bettrand und hob eines der Hefte auf.

Sah seine Mutter aus wie diese Frau mit fülligem Hinterteil, gegen das sich der Unterleib eines Mannes preßte, während ihre Backen gebläht waren vom Penis eines zweiten Mannes?

War sie es, die, an Händen und Füßen zusammengebunden, an einem Strick hing, auf einen Fleischpflock gespießt, während sie im Kreise gedreht wurde?

Mußte sie gerade einen Freier bedienen?

Hack ihnen die Schwänze ab, dachte er, scheiß ihnen ins Gesicht!

Georg Bleistein ließ sich aufs Bett zurückfallen und begann zu schluchzen, ohne die Hände vors Gesicht zu schlagen. In diesem Augenblick wäre er bereit gewesen, sich anstelle seiner Mutter mißhandeln und demütigen zu lassen. Das war der einzige Schutz, den er ihr in Gedanken bieten konnte. Er wünschte sich eine mörderische Kälte in den Kopf, Eis statt Blut, Tränen so hart wie Kiesel; er riß das Fenster auf, schmiß die Fetzen der Hefte hinaus aufs Dach, wo sie der Wind fing und in die Gärten der Nachbarn wehte.

In Licht gebadet, in Wolken gehüllt
das Feigenblatt rupfend, so ist es
mit Wunschtraumgeistern, die wollen, können
und geben im Bett nach märchenlosen Tagen.
Helft euch selbst. Weist jede Mildtat, jede
Barmherzigkeit zurück, seit achtsam
wenn der Projektor schnurrt
und sich im Herz das Nachbarsmädchen
nuttig schminkt.

Am nächsten Morgen weckte ihn seine Großmutter noch vor der Zeit. »Ich muß mit dir reden«, sagte sie. »Komm in die Küche.«

Drunten wartete sie auf der Eckbank, die Hände um ein leeres Schnapsglas gefaltet.

Daß man es hier ja nimmer nüchtern aushalten könnt, sagte sie, in diesem Haus, wo die Achtung und der Anstand langsam aber sicher vor die Hunde gingen. Freilich, seit die Menschen nicht mehr so lang und hart arbeiten müßten, kämen sie nur noch auf die dümmsten Gedanken. Sie und die Tante seien aber keine solchen wie die Frauen auf seinen Bildern, das solle er sich gefälligst aus dem Kopf schlagen. Sein Opa, den er leider nicht kenne, habe auch auf sie gewartet und sie auf ihn, wie es sich gehört, aber deswegen wären sie nicht wie die Tiere übereinander hergefallen, hätten Gott sei Dank gar keine Zeit dazu gehabt, weil alles andere wichtiger gewesen sei. Warum er sich kein Beispiel daran nehme? Wieso er sich freiwillig in seinem Unglück suhle? Es sei ihre Pflicht und Schuldigkeit, eine Antwort zu erwarten!

»Halt mir doch keine Predigt!« sagte er.

Er sah, wie sich ihre knochigen Finger versteiften. Die Thermosflasche stand auf der Spüle, der Schraubdeckel lag daneben; auch die Aktentasche war nicht gerichtet. In der Kaffeekanne befand sich nicht einmal ein lauwarmer Rest.

»Wir kommen allein durch«, sagte seine Großmutter, »auch ohne einen Mann im Haus. Es ist eine Seuche mit euch Böcken!«

»Ich werde gehen«, sagte er, »das hab ich schon längst vorgehabt!«

»Hoffentlich lügst du uns nicht nur wieder was vor«, sagte sie. »Wir sind dir dankbar für jede Sekunde, in der du uns mit deiner Anwesenheit verschonst. Und merk dir eins: wenns nicht bald klappt mit deinen eigenen Beinen, lassen wir dich von der Polizei entfernen! Deine Tante zeigt dich an, dazu ist sie fähig, jetzt schon!«

»Wo soll ich denn so schnell unterkommen?« sagte er. »Und die Nachbarschaft würde ganz schön tratschen, mein ich.«

»Wir werden ihr einfach die Wahrheit erzählen«, sagte seine Großmutter. »Du kannst uns nicht mehr meinen!«

»Ich muß zur Arbeit«, sagte er.

99

Seine Großmutter weinte. Er hatte sie noch nie weinen sehen,
er hatte sich nie denken können, daß eine so verrunzelte Frau
noch so große, dicke Tränen hatte. Sie waren trübe, wie
verkalkte Bernsteintropfen hingen sie an ihren weißen Wimpern. Fast hätte er sie gestreichelt, wie sie so dasaß, kein
Taschentuch verlangte, keinen Zuspruch, einfach weinte, als
sei ihr eigenes Leben keine Traurigkeit wert.
»Heul nicht«, sagte er.
»Es ist nun mal so«, sagte er.
»Mensch, ich bin doch nicht total kastriert«, sagte er.
Viel zu früh war er an diesem Tag an seinem Arbeitsplatz.

Aus allen Wolken fallen
dann auf die Knie
zuletzt auf die Schnauze.
Die Wirklichkeit ist ein Rammbock.
Blickt man hinter sich
wird man blind
schaut man vorwärts, gradaus
reiht sich eine Entfernung
an die andere.
Was man als Leben an und vor sich hat
täuscht ganz gewaltig.

Fortan wurde er von Tante und Großmutter behandelt, als sei
er von einer ansteckenden Krankheit befallen. Sie hatten eine
Grenze in den Kalender gezogen und zählten die Tage. Georg
Bleistein fragte seine Arbeitskollegen, ob sie nicht irgendeine
Bleibe wüßten, möbliert, eine Abstellkammer wenigstens,
einen ausgebauten Keller, einen bewohnbaren Speicher. Die
einen konnten ihm nicht helfen, die anderen wollten nicht.
Am Donnerstag ging er eine Stunde früher von der Arbeit
weg und gab bei der Lokalzeitung eine Anzeige auf. Sie
erschien am Samstag; weder am Montag noch am Dienstag
kam eine Antwort, auch am Mittwoch nicht, ganz so, als
seien alle Vermieter Analphabeten. Halbherzig, auf eigene
Faust suchte er weiter. Nach Feierabend wanderte er durch
die Straßen und hielt Ausschau nach Fenstern ohne Vorhänge, klingelte an der Haustür und heimste eine Abfuhr

nach der andern ein. Nirgends tat sich ein Unterschlupf auf. Niemand gab sein Zimmer auf, keiner räumte eine Wohnung. Es kränkte ihn, daß er erfolglos blieb, zu Hause Fortschritte vorheucheln mußte, allein auf sich gestellt, dem Hohn und Spott der beiden Frauen ausgeliefert war. So bewohnt hatte er sich die Welt nicht vorgestellt.

Er dachte an Selbstmord, sah sich, von Schlaftabletten vergiftet, im Bett verwesen, sah sich einen Cocktail mit E 605 und Eiswürfeln mixen, am Fensterkreuz hängen, auf Schienen liegen, von der Burgruine springen, sah sich Amok laufen und, von Kugeln durchsiebt, seiner Verwandtschaft vor die Füße rollen.

Er dachte aber auch an Mord.

In der Laube stülpt er sich einen schwarzen Nylonstrumpf mit Augenschlitzen übern Kopf, packt die Axt und schleicht durch die Kellertür ins Haus. Im Wohnzimmer sitzen Tante und Großmutter vorm Fernseher, leichenblau bestrahlt. Kein Wort sagt er, springt von einer Frau zur andern, schwingt das Beil, spaltet die Schädel, läßt die Schneide niedersausen bis zum Brustbein, zerstückelt die Körper, entzündet ein Freudenfeuer im Garten und läßt die Teile in Flammen aufgehn.

Vor dem Einschlafen wünschte er sich, seine Mutter möge vor der Haustür auf ihn warten.

Neben ihr steht ein Koffer mit seinen Schallplatten. Na endlich! ruft sie. Mein Sohn! Sie umarmt ihn und führt ihn zu einem Taxi. Er dreht sich nicht nach dem Haus um, hat alles, vermißt nichts. Wie gehts? fragt seine Mutter, die ihr Gesicht mit einem seidigen Schal vermummt hält. Gut! sagt er und kuschelt sich an ihren Pelzmantel. Also, sagt sie, vergiß diesen Stall! Ich hab eine Villa bezogen, die einem meiner Verehrer gehörte. Eine andere Wohnung wär nichts für dich gewesen, für dich ist grad das Beste vom Allerbesten gut genug. Wir werden uns ein schönes Leben machen! Hast du einen Führerschein? Ein Porsche steht in der Garage. Im Swimmingpool kriegst du innerhalb kürzester Zeit eine Adonisfigur. Den Rasen mäht der Gärtner. Dein Bett macht ein Butler. Ich will aber nicht, daß du so tief sinkst und die Dienstbotinnen durchziehst. Wir haben einen Park, ein Säulenportal, zwei, drei Doggen, wir verkehren nur in der vornehmsten Gesellschaft, denn nur da, wo es richtig klimpert und raschelt, ist man Dauergast im Paradies. Bloß tu mir

den Gefallen und sag zu keinem meiner Liebhaber Vater! Du
bist älter geworden, sonst hast du dich nicht verändert ...
Die Träume trogen, Wunder blieben aus. Zu seiner Tante
sagte er: »Es war nichts zu machen. Vielleicht hab ich nächste
Woche mehr Glück. Wer zieht schon um im Winter?«
»Soso«, sagte seine Tante.
Sie saß in der Küche und bürstete ihre nassen Haare nach
hinten; ein Handtuch hing ihr um den Hals. Seine Großmut-
ter stand mit der Lockenwicklerschachtel bereit.
»Du hast nichts?«
»Nein!«
»Und?«
»Ich weiß nicht, wohin ich soll.«
»Wir wissens auch nicht!«
»Ich möcht nicht betteln müssen.«
»Wir haben kein Mitleid mehr!«
»Ich hab mich wirklich bemüht.«
»Du kannst eindrehn«, sagte seine Tante zur Großmutter und
hielt ihren Kopf ruhig. Seine Großmutter kämmte das Haar
in Strähnen und rollte es auf die borstigen Wickel. Die Tante
neigte zur Glatzenbildung.
»Na gut«, sagte sie, »diese Nacht noch. Ich will nicht so
sein.«
Er stand noch eine Weile dumm da, dann ging er nach
droben.
In seinem Zimmer fiel er fast über ein Bündel Kleidung, das
am Boden lag. Das Bett war abgezogen, Stuhlbeine ragten
zur Decke. Wo Love auf den Wänden gestanden hatte, waren
nur noch feuchte Wischer zu sehen. Es roch durchdringend
nach Salmiakgeist. In den offenen Schubladen der Kommode
lagen Zettel, auf jeden war mit roter Tinte »Besetzt«
geschrieben. Er knüllte die Zettel einzeln zusammen und
warf sie zum Fenster hinaus. Obwohl er noch da war, sah sein
Zimmer wie unbewohnt aus.
Er legte sich auf die blanke Matratze und stand wieder auf. Er
konnte nicht schlafen, nicht denken. Er schaltete die Heizsonne ein und hielt sein Gesicht in die fächelnde Glut. Wenn
er die Augen schloß, war er in der Wüste, wenn er sie öffnete,
ballten sich Sternhaufen am Fenster.

Anderntags verschlief er. Er hatte vergessen, den Wecker aufzuziehen. Draußen war es schon dämmrig; es war zu spät, sich zu beeilen. Seine Kleider, in denen er geschlafen hatte, lagen ihm feucht und kühl auf der Haut; seine Lippen schlugen gegeneinander.

Die Tante war längst fort, die Großmutter bewachte die Waschmaschine im Keller. Das Rumpeln deckte seine Schritte, als er ins Schlafzimmer der Tante schlich. Die Betten waren gemacht, es roch streng nach kaltem Schweiß. Er mußte gegen das kindische Gefühl ankämpfen, ein Heiligtum betreten zu haben, so selten war er seit seiner Kindheit in diesem Raum gewesen. Im Spiegelschrank sah er sich von Zwillingen umgeben. Ihr Anblick erschreckte ihn.

Er hatte keinen festen Plan. Er wußte nur, er brauchte Geld für sein Leben. Nur hier konnten die Frauen ihre Wertsachen aufheben, verstecken. Er durchsuchte die Nachtkästchen; dann öffnete er, zur Tür hin lauschend, den Kleiderschrank und wühlte vorsichtig in den Fächern. Akkurat wie in einem Kasernenspind war alles aufbewahrt. Georg versuchte, so wenig Unordnung wie möglich zu hinterlassen; die Kleider rührte er gar nicht erst an. Zwischen den Hemden seines Onkels fand er schließlich ein paar blaue Scheine. Unter einem Wäscheblock lagen Kettchen und Ringe; an Schmuck, der ihn nur an die Frauen erinnert hätte, wollte er sich nicht vergreifen. Mäntel und Kostüme hingen auf eine Hutschachtel herab, die am Boden des Schrankes stand, umgurtet von einem Einweckgummi. Sie kam ihm wie eine Schatzkiste vor.

Als er sie geöffnet hatte, fiel ihm nur ein Haufen Briefe und Postkarten in die Hand. Die Schrift war ihm nicht geläufig. Fast auf jedem Umschlag stand aber sein Name. Die meisten Karten begannen mit der Anrede »Lieber Georg«. Er entzifferte die ungelenken, fahrigen Buchstaben, las die vielen lieben Grüße, die man ihm zeitlebens vorenthalten hatte, überflog, was seine Mutter vom Wetter geschrieben, erfuhr, wann es vor ihrem Zellenfenster geregnet hatte, wann im Anstaltsgarten Sonnenschein gewesen war, und in jedem Schreiben war ein Satz, ein Abschnitt, in dem sie Besserung gelobte, hoch und heilig versprach, nie mehr rückfällig zu werden. Dann wieder hieß es: Mir ist nicht zu helfen. Ich bin nicht zu retten. Wie geht es meinem Sohn, meinem Kind, meinem Jungen, wie geht es dir, du großer Mann? Warum mögt ihr mich nicht mehr? Mögt ihr wenigstens ihn? So schreibt doch! Schlägt er mir nach? Sieht er mir ähnlich? Das Essen ist schlecht. Ich bin vom Trinken und den Kerlen geheilt. Bitte, versteht mich, glaubt mir doch, ich habe es nicht mehr ausgehalten, dieses Alleinsein unter lauter Menschen. Ich habe niemanden mehr auf der Welt! Nicht einmal meinen Georg! Für wen soll ich denn leben? Ich tröste mich mit Alkohol! Warum sendet ihr mir überhaupt keine Nachricht? Ich spare mir das Geld für die Briefmarken von den Zigaretten ab. Ich bin in keinem Irrenhaus. Jesus hilft mir beim Entzug. Ein Wort, nur ein Wort, dann will ich zufrieden sein. Georg, male mir ein Herz!

Georg Bleistein packte und umfaßte mit beiden Händen die Mäntel, unter denen seine Mutter verscharrt gewesen war, hängte sich mit seinem ganzen Gewicht daran und riß sie von den Bügeln ab. Es war ihm, als stürze er einen Grabstein um.

Seine Großmutter stand in der Küche vor dem Herd und wärmte sich auf.

»Auch schon wach?« fragte sie.

Draußen auf der Straße kam es ihm vor, als müßte er mit jedem Schritt hundert Jahre vergessen.

Er ging zu Fuß, den ganzen Weg, obwohl es ihn fror. Das Geld trug er in der hohlen Faust, als sei es zerbrechlich. In der Großküche machte ein Teil der Mannschaft schon Brotzeit. Georg zog sich gemächlich um. Das Geld legte er in seinen Blechschrank; er zählte es nicht.

Der Chefkoch tobte. »Sie trauen sich allerhand«, sagte er. »Mir scheint, Sie wissen nicht, wie schnell man heutzutag arbeitslos werden kann? Das geht ruckzuck, Bleistein! Im Vertrauen, mir sind Gerüchte zu Ohren gekommen, wonach rationalisiert werden soll, und was das für Zuspätkommer heißt, muß ich Ihnen nicht erklären. In letzter Zeit sind Sie sowieso schlampig geworden, unverläßlich, unzurechnungsfähig! Von mir verlangt die Geschäftsleitung Rechenschaft! Also, reißen Sie sich am Riemen, Mann, machen Sie mir keine Schande!«

Georg nickte nur.

Er wurde dazu eingeteilt, Lammkeulen und Schweinshaxn

zu portionieren. Das Tranchiermesser zog durch Haut und Fleisch, schnitt Knochen an, Knorpel entzwei, auf beiden Seiten fielen die Scheiben. Es war die zweite Arbeitsstunde, die Grillgeräte rauchten wie Lagerfeuer, manches Stück kam halbroh an die Gäste. Es war die Zeit der Brandblasen, der verschmorten Hautfetzen, des spritzenden, ätzenden Fetts. Später wurde Bleistein Viktor zu Handlangerdiensten am Grillbüfett zugeteilt; schweißnaß rannte er hinter der Theke auf und ab. Hin und wieder hörte er Viktor murmeln: Ein Halbes für den Arschficker, ein Halbes für die Lutscherin, einen Sauschenkel für die gnädigste Dame. Laut sagte Viktor: »Schneller, du Lahmarsch!« Es war die Zeit, in der der Speichel bitter wie Galle wurde und jeder am liebsten die Gesichter der wartenden Gäste mit glühendheißer Kartoffelpampe beschmiert hätte.

Als der erste Andrang der Hungrigen abgeschlagen war, soff Georg, was das Zeug hergab, um sich für den Hauptansturm zu rüsten, der pünktlich zur Mittagszeit hereinbrach. Restaurant und Imbiß wurden von Gästen regelrecht überschwemmt; sie tauchten auf und strömten heran wie eine Masse Schiffbrüchiger auf eine übervölkerte Insel. Er mußte wieder in die Küche und vom Herd weg die Gerichte in Wärmekammern stellen, auf Abruf wieder herausnehmen und in die Fächer der Servierwagen schichten, ein pausenloses Bücken und Strecken durchstehn. Obwohl er schmierige Handschuhe trug, brannten seine Finger. Kondenswasser rann an den dicken Scheiben der Wärmekammern herab und verpuffte mit zischendem Knallen, wenn es auf die heißen Bleche tropfte. Und immer neue Trupps fluteten ins Restaurant, reckten die Hälse und taten, als seien sie verwundert darüber, daß man nicht nur sie erwartet hatte. Sie fraßen den Kellnern fast aus der Hand.

Als der Sturm vorüber war, hatte Georg einen Krampf in den Händen, die Finger bogen sich ohne sein Zutun. Er tauchte sie in warmes Wasser, das ihm, verschwitzt wie er war, kühl und erfrischend vorkam. Er hatte das Gefühl, die Stunden, die er morgens versäumt hatte, doppelt und dreifach nachgeholt zu haben.

Nach Arbeitsschluß, beim Umziehen, sagte er: »Viktor, ich muß nochmal fragen: weißt du kein Zimmer für mich? Ich steh nämlich auf der Straße, weißt du, ich kann doch schlecht heut nacht in der Bettenabteilung einbrechen.«

Viktor bürstete seine Haare nach vorne und warf den Kopf in den Nacken. »Im ›Roten Ochsen‹ ist meistens was frei«, sagte er, »es sei denn, du willst in eine Nobelherberge. Schön ist es nicht im ›Roten Ochsen‹«, fuhr Viktor fort, »aber erschwinglich. Die Edith ist eine Schlampe, das hat seine Vorteile. Warum wohnst du nicht mehr daheim? Hat dir deine Mutter die Brust verweigert?«

Auf dem Weg in die Stadt rüttelte der Wind die Straßenlampen, die Lichtkreise schwangen weit in die Dunkelheit. Die Häuser von Grönhart glichen grauen Flecken.

»Bleistein«, sagte Viktor, »du hast keine Ahnung, von nichts. Du bist viel zu harmlos, das liest man in deiner Fresse. Ich jedenfalls werd gehen. Tu ichs nicht, bin ich bald soweit wie der alte Karl. Ich hab die Schnauze voll von der ganzen Scheiße.«

»Ich hab auch vor, abzuspringen«, sagte Georg.

»Wenn du hier bleibst, wirst du nur arbeitslos!«

»Ich geh in die Großstadt«, sagte Georg.

»Vielleicht treffen wir uns dort«, sagte Viktor. »Ich werd nicht mehr so blöd sein und buckeln! Wenns klappt, mach ich Zuhälter oder Wirt. Lieber reich sterben als arm leben!«

Georg Bleistein fühlte sich winzig neben Viktor. Er hatte sich dessen Schritten angepaßt; trotzdem hatte er dauernd das Gefühl, ein Stück hinterher zu laufen.

Die Treppe zum »Roten Ochsen« nahm Viktor mit einem einzigen großen Sprung. Er hieb mit der Handkante auf die Türklinke der Gaststube und trat ein wie jemand, der seine Angst totlachen muß. Georg nickte nur stumm in die Runde. An der Theke tranken sie einen Schnaps. Während Viktor mit der Wirtin flüsterte, tat Georg, als höre er nicht hin.

»Wie heißt du überhaupt?« fragte die Wirtin dann.

»Bleistein«, sagte Georg.

»Georg«, sagte Viktor.

»Wie lang willst du bleiben?«

»Weiß nicht«, sagte Georg.

»Du bist ein guter Gast«, sagte sie, »da kann ich nicht Nein sagen. Euer Nachbar!« rief sie dann, auf Georg deutend, dem Stammtisch zu.

»Ein Schnarchzapfen mehr«, sagte einer abfällig.

»Kein Gepäck?« fragte die Wirtin.

»Kommt noch! Sein Lakai steht draußen«, sagte Viktor.

»Gehn wir«, sagte die Wirtin.

Sie führte Georg am Pissoir vorbei, gewellte Holzstiegen hoch, die den Uringestank eingesaugt hatten, und weiter durch einen langen, finstern Gang, über einen Läufer, auf dem sich Schmutz und Farbe vermischt hatten. Vor einer Tür, deren Rahmen und Kanten abgestoßen und zerspreißelt waren, blieb sie stehen, öffnete und schob Georg über die Schwelle.

»In Ordnung?« fragte sie.

»Ja«, antwortete er.

»Macht hundertfünfundneunzig im Monat«, sagte sie. »Dein Freund und alle anderen zahlen dasselbe. Deine Nachbarn sind Steinbrucharbeiter, durchreisende Monteure, ab und zu ein Handelsvertreter und unser schöner Viktor.«

Das Zimmer war unwirtlich wie ein Durchgangslager. Die Möbel sahen aus wie zusammengenageltes Gerümpel, die Bettwäsche war geflickt, aus dem Wasserhahn floß es nur kalt, die Seife war zu einem winzigbraunen Bätzchen geschmolzen, das Handtuch rauh, das Waschbecken gelb, zweifellos Pisseflecken, denn das Gemeinschaftsklo lag genau am anderen Ende des Flurs. Die Glasplatte auf dem Nachttisch war gesprungen. Georg breitete sein buntes Schneuztuch über den Riß; es sah jämmerlich aus.

»Besser als der Straßengraben«, sagte er laut, während er hin und her ging, daß der Staub aufstieg.

Hier nicht, nicht hier, dachte er.

Durchs Fenster sah er auf das Dach eines Schuppens. Er starrte hinaus und bewegte sich lange Zeit nicht.

»Du mußt zurück«, sagte er.

In der Gaststube grölten die Säufer bis spät in die Nacht; die Männer, die ihre Tage in den Steinbrüchen verbrachten, kehrten kalt und naß zurück und verhärteten am Schnaps. Georg würfelte mit ihnen, hielt manchmal die Wirtin frei, leistete Viehhändlern Gesellschaft, wenn sie ihre Geschäfte begossen. Bald hatte er das gestohlene Geld verbraucht, dann seine paar ersparten Märker, der Lohn reichte ihm nicht bis zum Monatsende, er ließ sich Vorschuß auszahlen. Er hatte sich neu einkleiden müssen, trug jetzt schwarze Hemden und dunkelgrüne Hosen, er mußte waschen lassen, reinigen, er rannte sich die Hacken ab auf der Suche nach einem anständigen billigen Quartier. Er pflegte sich nicht mehr richtig, er blieb hinterm Dunst seiner Fahnen. Er war mißtrauisch, weil er der Tante und Großmutter so ungeschoren davongekommen war; dauernd rechnete er mit einer plötzlichen Verhaftung, mit einer Anzeige wegen Diebstahls. Nur im Rausch fühlte er sich stark. Er hielt sich zugute, all das für seine Mutter auszuhalten, durchzustehn. Abends stellte er eine Flasche Schnaps neben sein Bett; wenn er dann in der Nacht betrunken aus dem Schlaf hochschreckte, trank er sich wieder nieder.

Wenn die Achselhöhlen gefriern
das Rückgrat zur Schweißtraufe wird
dann ist es höchste
Zeit, die Feuermelder einzuschlagen
den Notruf zu wählen, Polizisten
die Stiefel zu küssen
Sanitäter anzubeten.
Auf Hilfe hoffen heißt sein Unglück bejahn.
Du schaffst keine Steigung allein.
Hinter jeder Kurve
vollendet sich der Kreis.
Flucht ist ein Wort, vor dem du fliehst.
Armut ist keine Schande
aber dieser Spruch
auch nicht lebenswert.
Der Auswurf des Himmels
nicht zu genießen
jede Tür
ein lückenloses Gitter.

Georg Bleistein fühlte sich, als sei er in Lumpen gebettet. Seine Träume verreisten nicht mehr. Er aß fette Würste, trank zu viel Bier. Es schmeckte alles gleich und nach nichts, war gebeizt von Tabaksqualm und abgestandenen Ausdünstungen. Alles war ein Zersplittern von Trümmern und Fetzen, eine Auflösung bis ins Blut, ein Dahinsiechen, ein Verkümmern.

Begrabene Schatten

Jetzt träumen die Frühlingsgefühle langsam vom Erwachen, allmählich auch von barbusigen Frauen, starrschwänzigen Männern, die ihr Kreuz durchbiegen, während draußen, in der andern Natur, Tiere auftaun und verwesend auf Lichtungen stehn. Bläulich stechen durch den letzten Schnee die winzigen Punkte der Blüten, schon pflückreif für den reißenden Wind. Nun weiß man wieder zu erzählen von Sonnenstrahlen, die kürzlich den Kamin umspielten, helle Schatten warfen. Singt, schreit das Herz, hechelt und jubelt, der Erdboden schwimmt, die Toten sinken tiefer in das schwarze Laub. Oben versickern die wulstigen Hügel aus Sand, Salz und wächsernen Nadeln.

»Mensch, Bleistein«, sagte eines Tages Edith, die Wirtin, »du schaust zum Fürchten aus, die Gäste kriegen langsam Angst vor dir!«
Ihre Worte konnten ihn nicht ärgern. Er ging sich nichts mehr an.
In letzter Zeit tat es ihm fast leid, daß er nicht angezeigt, verhaftet, angeklagt, verurteilt worden war, daß ihm Tante und Großmutter nicht einmal diese Erlösung gönnen wollten. Unsinnig und weltfremd erschien ihm sein gegenwärtiges Dasein, so zwecklos und unbemerkt.
Es war März geworden. Auf den Straßen stieg das Schmelzwasser, heimgekehrte Vögel flatterten unterm bleiernen Himmel. Anfangs hatten die Steinbrucharbeiter Georg noch einige Male freigehalten, für einen Teil der fälligen Zimmermiete hatte er gelegentlich in der Küche der Wirtin aushelfen dürfen. Sein Lohn wurde immer weniger Geld. Alles kostete plötzlich etwas, jede erdenkliche Kleinigkeit; er hätte genausogut mit heraushängenden Taschen herumlaufen können. Er trug nun seine Hemden drei Tage lang, eine Unterhose die ganze Woche durch. Die Socken waren jeden Morgen bretthart, die Hosenbeine pichten oft aneinander, seine Haare filzten struppig in Stirn und Nacken. Wenn er zufällig halbwegs nüchtern war, wünschte er sich ein Vollbad mit

Kernseife. Seine Lebensweise trieb ihm Pickel durch die Haut, die vom Eiter gesprengt wurden und schwarzrosa Krater hinterließen. Nach der Arbeit rieb er sich das Gesicht nur mit dem Handtuch ab, probierte Frisuren, scheitelte sich die Schädelmitte, klatschte die kalksteife Wolle nach hinten, wünschte sich einen Bürstenschnitt, ein Toupet, eine Skalpierung, bevor er in die Gaststube schlenderte, wo er ein Trumm Rote Hausmacher mit Mostrich oder Meerrettich oder angebraten mit Sauerkraut und Kartoffelsalat bestellte, was billig und viel war und angeschrieben wurde, jedoch nie ohne ein bedenkliches Runzeln der Augenbrauen. Es fiel ihm auch nicht ein, in seinem Zimmer zu kehren oder gar zu putzen. Die Wirtin verlangte immer fordernder die Außenstände; zuletzt glaubte er nur noch an den lieben Gott, weil es den wenigstens nicht gab.

»Ich bin pleite«, sagte er jedesmal, wenn es ans Zahlen ging, »das ist doch normal!«

»Komm zu uns«, sagten die Steinbrucharbeiter, »dann kriegst du Muskeln und Kraft!«

»Und kaputte Flossen«, sagte er.

»Hast du ein Auto?« fragten die Vertreter. »Nein? Schade! Du wärst grad recht dazu, die Aufmucker in Schach zu halten. Dir würde nämlich niemand so schnell und leicht die Tür vorm Bauch zuschlagen!«

Wenn er sich die Männer so ansah, wie sie sich allabendlich mit erfundenen Abenteuern belogen und langweilten, fühlte er sich noch einsamer als sonst. Ihre Gestalten dröhnten vor Hohlheit, ihre Leere färbte auf ihn ab, ihre Gespräche wischten ihn ins Vergessen, ihre Geselligkeit erschöpfte sich im Saufzwang.

Manchmal fing er nach der Arbeit ein zielloses Herumwandern an, ging Umwege, um seinen Heimweg zu verlängern, machte Spaziergänge entlang der Stadt. Einsiedler und Landstreicher wurden seine geheimen Vorbilder. Die Täler waren sumpfig; zwischen Nebelfeldern und tauenden Schneeäckern trieb es ihn auf und ab, die Stille berührte ihn heftig und kam ihm verdächtig vor; die Wälder standen voll unfertiger Kreuze. Er wagte sich nicht hinein und wich den Schatten der Bäume aus. Nach und nach bekamen die Steine Gesichter, Wegweiser grüßte er. Die Natur war ein guter Platz für ihn, sich weitere Schulden zu ersparen.

Von seinem erträumten, erhofften Leben fühlte er sich weiter entfernt als jemals zuvor. Er hatte Schulden bei der Firma und arbeitete bald wie umsonst; natürlich versuchte er, Überstunden herauszuschinden, aber seine Abzüge wurden nicht weniger. Manchmal verbrachte er Stunden damit, Lottoscheine auszufüllen. Nie gewann er auch nur seinen Einsatz zurück. Viktor mied ihn wie einen Unreinen. »Laß dich nicht so gehn«, sagte er. Daß Tante und Großmutter nicht die Polizei auf Georg gehetzt hatten, genügte ihm als Beweis für klug ausgedachte Gemeinheit. Der Chefkoch ersuchte ihn vor versammelter Belegschaft, endlich wieder ein zumutbares Äußeres herzustellen, er sei schon seit langem nicht mehr mit den Hygienevorschriften zu vereinbaren; Georg blieb nichts anderes übrig als etwas mehr auf sich zu halten. Zahlte er aber sein Zimmer, mußte er seine Getränke anschreiben lassen, aß er abends in der Wirtschaft, konnte er die Wäscherei und die Reinigung nicht bezahlen, litt er Hunger, wurde er rasch betrunken und soff noch mehr als sonst, lief er draußen stundenlang durch die Gegend, mußte er sich hinterher unbedingt etwas zu essen kaufen, und wenn es auf Schulden war.

Edith, die Wirtin, hielt sich häufig Fickfreunde. Meist waren es Vertreter auf der Durchreise, die für ein paar Stunden bei ihr nächtigten. Ihnen stellte sie bessere Zimmer zur Verfügung. Wenn der letzte Gast gezahlt hatte und alle andern in ihren Betten lagen, ging sie zu ihrem jeweiligen Auserwählten. Georg konnte ab und zu dem Knarren und Seufzen lauschen, wenn es in seiner Nähe geschah. Ediths Beziehungen wechselten ständig; jeder gebrauchte sie oder ließ sich von ihr gebrauchen. Mit Georg Bleistein hatte sie nichts vor. Von jedem andern ließ sie sich an den Busen fassen, den Hintern tätscheln, von ihm nicht, er durfte nie. Sie setzte sich auf die Hände, die unter ihre Röcke fuhren, kreischte gellend, wenn sie auf einen harten Schoß gezerrt wurde; Georg erregte es nur, wenn er, was selten vorkam, gleichzeitig satt und betrunken war, dann aber so, daß er meinte, nicht mehr in seine Hose zu passen.

»Ist sie nicht eine wunderbar geile Sau?« fragte er Viktor.

»Du siehst das falsch!« sagte der.

»Hast du sie schon...?«

»Du wärst der Letzte, dem ich das sagen möcht!« antwortete

Viktor. »Komm mir nur nicht zu nah, du bist nicht mehr zum Anschaun, stinkst wie ein Leichenwurm! Menschenskind, so pfleg dich doch ein bißchen! Wasch dich meinetwegen mit Bier, aber tu was, bevor Läus und Flöh davon schwärmen, wie gemütlich man auf dir verkehren kann!«

An einem Freitagabend, Ende März, hatte Georg stundenlang an einem Glas Bier genippt, sich krampfhaft gezügelt, während die andern Gäste am Stammtisch Glas um Glas leerten und die üblichen Reden schwangen, die Wirtin neckten, fragten, seit wann sie sich eine Wildsau halte, ob sie schon dem Kammerjäger vom Gesundheitsamt Bescheid gesagt habe, sie alle litten nämlich unter Juckreiz und nicht bloß am Sack, wo das natürlich sei. Georg lächelte gequält. Sie erkundigten sich, ob ihn Verstopfung plage, weil er warmes Bier trinke, ob es ihm nicht möglich sei, auf dem Abort zu furzen, damit es am Tisch nicht gar so unsauber rieche; dann mischte sich die Wirtin ein.
»Nur zu«, sagte sie, »erklärt ihm, daß er ein Drecksneger ist!«
Sie kam an den Tisch, nahm Georgs Glas und schüttete die lauwarme Lache ins Spülbecken.
»Ich mag Gäste, die mehr trinken als schlafen«, sagte sie, »aber du hast eine Latte stehn, bei der die Geduld aufhört. Du gehst jetzt, sofort! Verstanden? Ich laß dir einen Monat Zeit, deine Schulden zu zahlen. Hier ist kein Pennerheim!«
»Ich bered das nicht vor allen Leuten«, sagte Georg. »Mach, daß du abhaust, Bleistein!« schrie sie. »Dein Zimmer stinkt wie ein Odelfaß, das muß ich erst ein Jahr lang lüften, wenn du weg bist. Ich hab lang genug alle zwei Augen zugedrückt, gedacht, du fängst dich wieder, aber dir ist nicht zu helfen, du bist nicht mehr zu retten, du erstickst im eigenen Dreck!«
Die Männer am Stammtisch klatschten Beifall.
»Ich bered das nicht vor allen Leuten«, wiederholte Georg schwach.
Dann standen die paar Männer auf und kamen an seinen Tisch.
»Jetzt hältst du aber einmal ganz dein mistiges Maul!«
»Du hast die Frau nicht zu bescheißen!«
»Der frißt und säuft und hat keinen Pfennig und bettelt uns blank und spuckt noch große Töne!«

»Bürschchen, Freundchen, dir kommen wir!«

»Du wirst dich bei unsrer Edith entschuldigen, du Fiesling!«

»Ganz korrekt wirst du sie um Verzeihung bitten!«

Georg nickte.

»Brav, Bubi!«

»Hinknien!«

»Na los!«

»Wirds bald?«

»Ich bin doch einer von euch«, sagte er inständig.

Er wehrte sich nicht, als sie ihn mit vereinten Kräften niederdrückten, sein Gesicht auf den Fußboden der Gaststube preßten; er sah, wie ihre Schuhe auf ihn zukamen, spürte einen Absatz am Hinterkopf. Weit oben lachte die Wirtin stolz.

»Red!« riefen die Männer.

»Es tut mir leid!« brüllte er so laut er konnte.

»Hört auf!« sagte die Wirtin.

»Es tut mir leid!« schrie er, daß sich seine Stimme überschlug.

»Hört ihr, es tut mir leid!«

»Laßt ihn!« sagte die Wirtin.

»Die Dame glaubt dir«, sagte einer.

Georg rappelte sich hoch und klopfte sich ab. Er zitterte.

»Ich bin doch kein Spielzeug«, sagte er und mußte Tränen hinunterschlucken.

Dann stürzte er hinaus, lief die Treppe hinauf in sein Zimmer und schmetterte die Tür hinter sich zu, daß es wie ein Schlag durchs Haus fuhr. Er knöpfte seine Hose auf, er rieb sich und klemmte den Druck ab, bis die Wirtin hereinstürmte; während sie zurückweichen wollte, gab er ihr einen Stoß vor die Stirn, daß sie aufs Bett fiel, zu überrascht, um an Gegenwehr zu denken. Er warf sich auf sie, kniff ihre Brüste, rammte ihr ein Knie zwischen die Schenkel, schlug seine Zähne in ihre Schulter, riß an ihrem Schlüpfer.

»An mir stirbst du nicht!« sagte er.

Dann löste er sich von ihr, trat das Waschbecken von der Wand, kippte den Schrank aufs Bett, zertrümmerte den Stuhl an der Tischkante, warf die Lehne durchs Fenster, war zu allem fähig, als die Männer vom Stammtisch die Treppe heraufkamen, das Getrampel ihrer Schritte näherkam. Die Männer zerrten ihn auf den Gang hinaus und schlugen zu.

»Es tut mir nicht leid«, brüllte er, »nichts tut mir leid!«
Sie schleiften ihn die Treppe hinab, trieben ihn auf die Straße und kreisten ihn ein.
»Das wird teuer«, sagte einer.
»Nicht auf der Straße!« rief die Wirtin. »Laßt ihn laufen! Wenn ihr ihn woanders erwischt, dann reißt ihm den Arsch auf, aber nicht hier, sonst geht er zur Polizei, und ich hab noch mehr Schererein!«
Georg machte zögernd einen Schritt, den nächsten; sein Atem trug ihn fort.

An einer Straßenkreuzung blieb er eine Weile stehen und sah den Autos zu. Es war so schnell, zu schnell gegangen, er konnte sich nur das Gelächter merken; bis ans Ende ihres Lebens würden seine Saufbrüder von der Abwechslung schwärmen, die er ihnen heute geboten hatte.
Warum hält niemand an, dachte er, lädt dich ein, ab geht die Post, ich habe eine Villa in den Weinbergen, ein Bauernhaus in der Hopfenau, Platz für dich, ich leih dir meine Frau ...
Er setzte sich in Bewegung, wie von selbst, ohne recht zu wissen, wohin; während er ging, hatte er das Gefühl, zu kriechen. Erst jetzt merkte er, daß es regnete. Etwas in ihm schlug die Richtung Rosengarten ein.
Vor der Haustür Lenzkirchstraße 176 a blieb er lange stehen. Das blaue Licht des Fernsehers schimmerte durch die Vorhänge, auf die Treppenstufen prasselte Regen, die Steine schienen zu knacken. Auf dem Schild unter der Klingel war sein Name durchgestrichen. Trotzdem drückte er auf den Knopf. Dann wartete er wie in hunderttausend Kilometern Entfernung. Er hörte Schritte im Haus näher kommen und wie sich der Schlüssel im Schloß drehte, sah die Klinke nach unten sinken. Plötzlich schwebte ihm alles Blut im Schädel.
»Du?« fragte seine Großmutter.
»Ja«, sagte er.
»So?« sagte sie.
Sie hatte das Gebiß herausgenommen; Schleimfäden hingen ihr wie ein nasses Spinnennetz im offenen Mund.
Er hatte einen Empörungsschrei erwartet, ein Zuschlagen der Tür, Polizeisirenen, Hilferufe, Kübel von siedenden Wassers, aber seine Großmutter rief nur nach der Tante und

116

trat zur Seite, als wolle sie ihn einlassen. Da kam seine Tante
schon durch den Flur und drängte sich auf die Schwelle.
Breitbeinig, die Hände in die Hüften gestemmt, stand sie vor
ihm. Er wagte nicht, ihre Augen zu suchen.
»Ach, der Herr! Wie ein Dieb! Mitten in der Nacht! Kennen
wir gar nicht«, sagte sie, »daß du schellst! So einer wie du
bricht doch meistens gleich ein! Naja, den Verbrecher zieht es
immer wieder an den Ort seiner Tat zurück!«
In ihrer Stimme lag ein kaltes Flackern. Er ließ sie reden; der
Regen floß ihm durch die Haare, Tropfen rannen ihm unters
Hemd.
»Du hast scheinbar überhaupt keinen Anstand, keine Achtung«, sagte sie. »Du gehörst nicht mehr hierher! Man hat
uns wegen dir angesprochen: Euer Georg, sagen die Nachbarn, läuft herum wie ein Müllmann, dauernd im Vollrausch,
und sieht die Welt nicht mehr. Wir haben erfahren, wohin du
gezogen bist. Wir haben gewußt, wie du lebst. Es muß dir
gefallen haben bei dieser Wirtshure, in ihren verschißnen
Betten, bei diesem Pack, das dort verkehrt. Da war wohl die
Wasserleitung eingefroren, weil du tagein tagaus in schmutzigen Lumpen herumgestromert bist. Die Leute haben dich
beobachtet, wenn du wie ein Narr durch die Stadt gerannt
bist. Und bei mir in der Klinik haben sie gesagt, dich würde
man bald ohne Leber einliefern oder so verwanzt und
verseucht wie eine Kanalratte. Du hast ein schlechtes Licht
auf uns geworfen, hast die ganze Siedlung mit Tratsch
versorgt. Aber wir haben für uns behalten, daß du mich
bestohlen hast, mich, die dich zu einem gesunden, ordentlichen Mann erziehen wollte! Wenn das dein Dank war, dann
brauchst du mich nie mehr um etwas zu bitten!«
Ihre Stimme war immer lauter geworden; als nebenan ein
paar Lichter angingen, zog sie ihn am Ärmel ins Haus. Seine
Großmutter schloß leise die Tür.
»Was willst du?« sagte seine Tante.
»Ich weiß es nicht mehr«, sagte er.
»Ach, du Strolch! Jetzt wissen die Nachbarn, daß du da bist.
Ihr Georg hat Sie besucht, werden sie morgen fragen, wo
wohnt er denn?«
»Nirgends – zur Zeit«, sagte er. »Ich weiß, ich hab einen
Fehler gemacht.«
»Einen?«

»Komm, Meta«, sagte seine Großmutter. »Laß ihn fünf Minuten dableiben, er ist so naß«

»Wenns Tränen wären«, sagte seine Tante, »würd ich ihm ja nichts nachtragen. So ein Lump!«

»Geh zu«, sagte seine Großmutter.

Er folgte ihnen ins Wohnzimmer wie ein Hund, der eine Tracht Prügel erwartet, roch ihre Luft und wußte, als er Platz in einem Sessel angeboten bekam, daß er hierher nicht mehr zurückkehren konnte. Trotzdem fragte er, ob er rauchen dürfe.

»Ich hab gestern die Gardinen gewaschen«, sagte seine Tante.

Ob er einen Schluck zu trinken kriege?

»Wir haben nur noch Likör, der hilft nicht gegen Durst!«

Ob sie schon gegessen hätten?

»Wir müssen auf niemanden mehr warten«, sagte seine Großmutter.

Im Fernseher spielte die Spätausgabe der Tagesschau. Georg saß auf dem vorderen Sesselrand, schaute seinen früheren Stammplatz auf der Couch an und wünschte sich, darin zu versinken, den Bauch voll heißer Suppe.

»Es kam über mich! Es tut mir leid!« sagte er. »Ich war ein andrer! Ich bin nicht Ich gewesen!«

Es war zu warm. Er dampfte in seinen Kleidern, schwitzte aus seiner brennenden Haut. Großmutter und Tante gingen um ihn herum, betrachteten ihn von allen Seiten, sahen ihn an, sahen sich an.

»Soll ich weinen?« fragte er.

»Du hast abgenommen«, sagte seine Großmutter.

»Du stinkst wie der letzte Dreck!« sagte seine Tante.

Er wußte nicht, ob er schon sprach oder erst dachte, so lückenhaft kam ihm sein Gestammel vor, als er erzählte, wie ihn das Wirtshausgesindel behandelt habe und daß er bald eine Lohnerhöhung erwarte und daß er sich geschämt habe wegen seines unvernünftigen Lebenswandels. Sie hätten ja so Recht gehabt, es gut gemeint mit ihm, alles nur zu seinem Besten, aber er, er sei blind ins Verderben gefallen.

Während er so redete, merkte er, wie er sich zum Gespött der beiden Frauen machte. Daß sie nicht lachten, kränkte ihn besonders tief. Da standen sie und glaubten ihm kein Wort und hatten kein Mitleid und kein Erbarmen, straften ihn nur mit Verachtung, lasen in seinem Gesicht, spürten die Lügen, die er herunterhaspelte.

»Ich möcht mich umziehn«, sagte er.

Seine Tante streckte ihm die rechte Hand wie eine Schale entgegen.

»Erst mein Geld«, sagte sie.

»Wenn man allein lebt, ist das Leben teuer«, antwortete er.

»Wenn man so lebt wie du«, sagte seine Grußmutter, »macht man sich das Leben zu einfach!«

»Dann geh ich halt«, sagte er.

»Es waren siebenhundert Mark«, sagte seine Großmutter, »siebenhundert. Bub, das haben wir uns sauer von deinem Kostgeld abgespart.«

»Ich zahls doch zurück, wenn ich wieder bei Kasse bin. Ich steck wirklich in der Klemme!«

»Du hast hier immer wie umsonst gelebt«, sagte seine Tante. »Wir haben uns oft drüber unterhalten, daß das Alter, in dem man nicht weiß, was man will und was man hat, auch bei dir vorbeigehn wird – aber nein: verludert tanzt er an, wie einer Sau vom Arsch gefallen! Herrgott, ich muß fluchen! Schau dich doch an: so schmierig und tückisch haben dich die paar Wochen gemacht, daß man dich kaum wiedererkennt. Pfui Teufel! Es soll alles wieder so werden, wie es dir paßt, ha? Wir brauchen keinen Mann mehr im Haus! Wir kommen allein viel besser zurecht, haben weniger Arbeit, brauchen unser Geld nicht zu verstecken. Hör zu, ich schenk dir die sieben-hundert Mark liebend gern. Behalt sie als Abschieds-geschenk, als Mitgift, was weiß ich, aber geh! Geh zu deinen Huren! Laß dich von denen aushalten! Geh zu deinen Sauf-kumpanen! Geh zu deiner Mutter, dort hast du alles auf einmal! Und nun raus mit dir, bevor wir Ungeziefer kriegen!«

Seine Zunge hing ihm knollig im Mund. Er sammelte Speichel, schluckte ihn hinunter. Im Flur zwängte er sich in seine nassen Stiefel, arbeitete sich in den klammen Leder-mantel.

Hinter der nächsten Ecke blieb er stehen und rauchte eine Zigarette an; nach ein paar Zügen löschte der Regen sie aus. Dann kehrte Georg Bleistein um. Er kletterte über den Gartenzaun und tappte durch den Morast der Beete zur

Laube, tastete sich in den zugigen Verschlag, in dem nur das Dach etwas Schutz bot. Er stolperte über eine Gießkanne, es schepperte blechern durch die Nacht; zwischen dem Öltank, der in der Finsternis wie ein senkrecht aufgestellter Sarg aussah, und einem Bündel Bohnenstangen, die durch die Lattenwände nach draußen ragten, lagen ein paar Säcke Torf, auf denen er Platz fand. Er deckte sich mit dem Ledermantel zu, preßte die Knie an den Bauch, krümmte sich und wurde trotzdem nicht warm. Durch die Latten schien die dunkle Hauswand. Es roch nach tauender Erde.

Jetzt liegst du im Hotel Friedhof, dachte er.

Einmal hörte er Musik, »Gang of Four«, die »Gangsters«, grob und rauh wie eine Feile im Gipsverband. Fast hatte er Lust, mit einem Holzscheit auf dem Öltank zu trommeln. Er sah sich mit kahlrasierter Kopfhaut, durch die Stricknadeln gestochen waren; dann schlief er doch noch ein und träumte, er geht durch eine Stadt, die groß ist, riesenhaft, und alle Leute werfen sich vor ihm aufs Pflaster, kratzen Lehm von seinen Stiefeln, den sie andächtig lutschen, zupfen Fäden aus seinen Strümpfen und hüten sie wie ein Heiligtum. Er schweigt zu allem, sie nicken tränenüberströmt.

Dann wachte er wieder auf. Vom Morgen war noch nichts zu sehen. Um sich Mut zu machen, sagte er laut: »Erika, das ist das Hochzeitsbett, dein Brautlager, das ich dir wünsch: mit grünen Röhrenknochen sollst du geschwängert werden, der Teufel soll dir dein Arschloch schminken!«

Gegen Morgen verwandelte sich die Frische der Nacht in eine klingende Säge. Sein Atem hackte unregelmäßig, wenn sie ihn aus dem seichten Schlummer riß. Nebel beschlug sein Gesicht. Drüben am Haus pochten Schritte; er sah den Schatten seiner Tante, die zur Arbeit ging. Als sie hinter der Hausecke verschwunden war, schälte er sich aus dem Mantel und strich seine abstehenden Haare ungefähr glatt. Die Zähne klirrten ihm im Mund.

Er hatte das Gefühl, eine Nacht lang im Grab verbracht zu haben.

Na, sag schon, wie
ist es in der Grube, da unten
wie die Leute sagen. Spielst du

mit Würmern? Singst du
auf einer Wolke?
Siehst du mich
hier liegen
lachend übers Schwarze?
Lang rauf, zieh
mich runter!

Die Stadt schlief noch, hinter den verhängten Fenstern regte
sich nichts. Der Bus stand an der Haltestelle. Georg ging
langsam die Reihe der leeren Scheiben ab. Schwarz glänzte
die Straße; immer noch fiel Regen. Winde sprangen aus allen
Himmelsrichtungen und zerrten an seinen zerknitterten
Mantelschößen. Als er eingestiegen war und sich hingesetzt
hatte, kam es ihm für einen Moment komisch vor, daß er
pünktlich zum Supermarkt fuhr. Er hatte sogar noch Zeit,
am Waschbecken in der Toilette sein gelbes Gesicht zu
waschen. Was er im Spiegel sah, schien ihm nicht mehr zu
gehören.
Eberhard und Fersel, die Beiköche, standen rauchend im
Umkleideraum. Als sich Georg grußlos an ihnen vorbei-
drückte, sagte Fersel: »Für unsern Bleistein müssen wir einen
Extraspind beantragen. Eine geruchsdichte Sonderanferti-
gung!«
»An deiner Stelle«, sagte Eberhard, »würde ich mich ab und
zu mit Waschpulver pudern!«
»Eine Nachtschicht im Bergwerk gehabt?« fragte Fersel.
»Eine Vogelscheuche auf dem Misthaufen vergewaltigt?«
fragte Eberhard.
»Ja und Amen«, sagte Georg.
Er zog sich nicht um, hängte nur den Mantel an einen Haken.

An diesem Morgen kam ihn in der Küche alles mehr als hart
an. Er fühlte sich hundeelend und zitterte schon, wenn ihn ein
Blick nur streifte. Er suchte die Nähe der Herde, die Hitze-
wände stützten ihn wohltuend; dort fiel er dem Chefkoch
auf, der ihn an seine Pflichten im Kühlraum erinnerte.
»Ich bin heut ein bißchen krank«, sagte Georg.
»Wie bitte?«
»Mir gehts wirklich nicht gut!« sagte Georg.

»Wenn ich etwas nicht ausstehen kann«, sagte der Chefkoch, »dann sind das Simulanten, die andauernd aufs Krankfeiern spekuliern!«

Er packte Georg an den Schultern und drängte ihn ein Stück in Richtung Kühlraum. Erst nach einigen Schritten kam Georg dazu, sich gegen den Griff zu stemmen. Aus den Augenwinkeln heraus sah er, daß seine Kollegen ihre Arbeit unterbrochen hatten und zuschauten, bis auf einen, nämlich Viktor, der so tat, als lasse er sich durch nichts stören, und stur weiter Gurken in Scheiben hackte. Es war für Sekunden das einzige Geräusch am Rand des Geschehens.

»Nicht anfassen!« sagte Georg.

»Ich bin dein Vorgesetzter«, lachte der Chefkoch, »und du hast hier zu tun, was ich dir sag!«

»Nein«, erwiderte Georg, »heut nicht!«

Er holte weit aus und schlug dem Chefkoch die Mütze vom Kopf. Er dachte dabei nicht an später, es war ihm alles egal, eine Gleichgültigkeit besänftigte ihn. Der Stellvertreter des Chefkochs sprang hinzu, bückte sich nach der Mütze, hob sie auf und strich sie glatt.

»Das wars!« stammelte der Chefkoch nach einer winzigen Ewigkeit. Dann fing er zu brüllen an. Georg verstand kein Wort; er duckte sich nicht, er blickte starr über die verschobenen Haare des Chefkochs weg, sah, wie Hitler das Schiebefenster an der Durchreiche zuzog, sah Viktor schmunzeln wie immer, wenn es Krach und Ärger gab. Die Türken hatten große Augen und steife Hälse, die Frauen tuschelten. Einen Augenblick lang empfand sich Georg Bleistein als ungeheuer normal.

Dann zerrten ihn der Chefkoch und sein Stellvertreter gemeinsam aus der Küche. Draußen schüttelte Georg sie ab und schlug von selbst den Weg zum Büro des Personalchefs ein.

Vor den Fenstern war es Tag geworden. Hell spülte der Regen über die Scheiben. Der Chefkoch und sein Stellvertreter folgten Georg hinterhältig. Das Büro des Personalchefs lag im Mitteltrakt, am Ende eines langen Ganges. Georg machte sich nicht die Mühe, anzuklopfen. Als er eingestellt worden war, war er zum ersten und bislang letzten Mal hinter dieser Tür gewesen.

Der Personalchef saß hinter seinem Schreibtisch in einem Ledersessel; als Georg auf dem Schreibtischvorleger stand, sagte der Personalchef: »Ich weiß, daß Höflichkeit heutzutage keine Tugend und schon gar keine Stärke ist!«

Dann wandte er sich an den Chefkoch: »Wie heißt der Mann?«

Der Chefkoch buchstabierte Georgs Familiennamen, berichtete von einer Arbeitsverweigerung und daß er tätlich angegangen worden sei, sein Stellvertreter könne das bezeugen. Georg wehrte sich nicht. Er schwieg zu allem. Sein Lächeln war wie eine dünne Eisdecke.

Dann telefonierte der Personalchef mit dem Restaurantleiter, zitierte ihn zu sich. Georg fühlte sich wie von Glaswänden umgeben, an denen sich die Stimmen brachen.

»Sie wollen wohl fliegen?«

Er zuckte mit den Achseln.

»Sie können Ihren Willen haben!«

»Ich kündige«, sagte er.

»Sie sind entlassen!« sagte der Personalchef.

»Fristlos!« sagte der Restaurantleiter.

»Trotzdem vielen Dank«, sagte Georg.

Im Umkleideraum mußte er sich, um jeden Atemzug kämpfend, an die Wand lehnen, so erledigt fühlte er sich mit einem Mal, so wolkig im Schädel. Trotzdem war er froh, daß sich überhaupt etwas entschieden hatte.

Viktor traute sich als Einziger zu ihm.

»Jetzt kannst du auswandern«, sagte er. »Alle Achtung, Bleistein, das war ein starkes Stück!«

Georg knöpfte sein Hemd zu. Der Kragen schmierte im Genick, der Mantel wog schwer wie ein Sattel.

»Na ja«, sagte er, »alles Gute und machs besser!«

Vor der Tür zum Personalbüro wartete er, bis die Sekretärin seine Papiere fertiggemacht hatte. Von einer Uhr, die an der Wand hing, konnte er die Vesperpause ablesen. Dann bekam er seine Pappdeckel ausgehändigt.

»Mein Geld?« fragte er.

»Wird überwiesen, Herr Bleistein!«

Er steckte seine Papiere ein. Dann drehte er im Geist eine Ehrenrunde durch die Küche, trabte um den Hackstock, bleckte den Fleischwolf an, stieg dem zwei Meter hohen

Dämpfer auf die Gußeisenfüße, sprang durch den Spalt zwischen den beiden riesigen Kochkesseln, stolperte wie üblich über die Kabel der fahrbaren Elektroherde und versenkte den Chefkoch und seinen Stellvertreter in einem Trog voll Innereien.

Da drinnen hatte er sich abgerackert, tagtäglich
viel Fleisch gehabt, keine Liebe
hatte seinen Schweiß wie Suppe vergossen
sein Blut verwurstet, seinen Gefühlen mißtraut
seine Gedanken verschwiegen.
Für einen Bissen hatte er
zehn Finger bewegt und die Beine
bis sein Bauch an ihm hing
wie ein Sack.
Dort drinnen hatte man ihm eingeheizt
auch sommers
hatte man mit seinen Träumen geschürt
seine Wünsche verbraten.

Auf dem Kundenparkplatz brachte ihn eine Windbö fast zum Kreiseln. Alte Männer in weißen Mänteln sammelten die leeren Einkaufswagen ein. Er sah sich nicht um; er war nur noch müde. Während seine Füße weit ausholten, ging er im Kopf Punkt für Punkt seine Zukunftslosigkeit durch, die sich vor ihm aufbaute, hinter ihm hochtürmte.
Grönhart ist zu klein für dich, dachte er. In den Textilbetrieben werden fast nur weibliche Arbeiter beschäftigt, es gibt keine großen Hotels mit eigner Küche, nur Speisegaststätten und Wurstbuden, hier bliebe dir nur die Wahl zwischen Straßenbau und Steinbruch. Ja, wenns dort Kantinen gäbe, könntest du dich bewerben, dazu reichen deine Kenntnisse. Du mußt in die nächste Großstadt, ganz klar. Dort quartierst du dich erstmal bei deiner Mutter ein, dann schaust du weiter. Aber so arm kannst du nicht bei ihr aufkreuzen!
Auf einmal war es doch wieder ein Tag, der zu den verlorensten seines Lebens zählte. Es waren zu viele Abschiede gewesen innerhalb kurzer Zeit. Ihm fiel auf, daß er nur aus Gewohnheit auf die Stadt zuging. Er wußte nicht, wohin.

Dann kam der Horizont auf ihn zu, von allen Seiten. Er wankte in eine Hausecke und fluchte, weil er weinen mußte, aber er schämte sich deshalb nicht.

Das Glück ist eine Übung, sagte er sich. Und du, dachte er, bist ein guter Kerl, zu gut. Im erstbesten Lokal kehrte er ein.

»Herz sticht!« sagte ein Kartenspieler. »Da habt ihr die Sau!«

Als er den dritten Strich auf seinem Bierfilz hatte, wölbte sich ihm die Tischdecke verlockend entgegen.

Hey, sagt Erika, keine Schwachheiten, jetzt wird gesungen, getanzt, daß dir Hörn und Sehn vergeht. Wach auf! Weck dich! Dir steht alles frei und offen...

Mann, sagt Viktor, mit dir tät ich auf Brautschau gehn, mit Schnaps und Wein täten wir die Bienen locken, bis sie uns den Honig vom Stachel lecken! Patsch, rumrabatzen, rumkrawalliern, rumrabauken, rammeln, bis uns der Hirnsaft ausläuft...

Sie waren unser bester Arbeiter! sagt der Chefkoch.

Wir merken den Verlust! sagt sein Stellvertreter.

»Heda, geschlafen wird woanders!« sagte der Wirt.

Georg ließ sich ein neues Bier bringen.

Komm bald, sagt seine Tante. Ich hab dein Zimmer mit Fotomodellen tapeziert, ganz poppig, in Phosphorfarben, die nachts leuchten. Du wirst dich wohlfühlen...

»Schnaps!« sagte er.

Immerhin behielt er sich unter Kontrolle, eigensinnig darauf bedacht, ruhig zu sitzen, nicht zu zittern. Er war der Mann ohne alles, einzig und allein er. Er hatte eine solche Angst und durfte nicht daran denken, sonst wäre er schreiend zusammengebrochen.

Er stand auf und tat so, als müsse er nur zur Toilette. Während er an der Theke vorbeiging, zahlte er mit einem Lächeln; am Ende des Ganges, an dem die Toilette lag, führte eine Tür auf die Straße.

Dieses Notwerk, mit dem er sich kostenlos Mahlzeiten und ein Besäufnis bescherte, trieb er bis gegen Abend. In den meisten Lokalen kannte er sich mit den Örtlichkeiten aus; daß er sich nach geglücktem Zechprellen nirgends mehr blicken lassen konnte, nahm er in Kauf. Plötzlich hielt er sich für einen ganz Gewieften, für fast ein bißchen gangsterig.

Als er sich dann gesättigt und getränkt fühlte, machte er sich wieder auf den Weg in die Gartenlaube, die ihm in seinem Rausch fast heimatlich erschien.

Das Haus war dunkel; weder Tante noch Großmutter standen an einem der Fenster. An der Tür zur Laube, die aus Holzlatten und Balkenkanten zusammengenagelt und, soweit er zurückdenken konnte, niemals zugesperrt gewesen war, hing ein funkelnagelneues Schloß. Zuerst kicherte er, um sich den Rest guter Laune zu bewahren; dann rüttelte er leicht am Schloß. Die Schrauben saßen fest im Holz. Ratlos sah er sich nach etwas um, das er als Brecheisen gebrauchen konnte, fand endlich an der Rückwand der Hütte einen Spatenstiel, der durch die Latten ragte, und riß ihn mit einem Ruck heraus. Nicht mit mir, dachte er und lockerte mit dem Schaufelblatt die Beschläge. Das Schloß warf er über den Drahtzaun ins Nachbargrundstück. Mich schmeißt nichts mehr um, dachte er stolz, und der Rausch schwamm in seinen Schädel, ich komm überall durch.

Die Torfsäcke, auf denen er geschlafen hatte, waren verschwunden. In diesem Augenblick hätte er Tante und Großmutter erschlagen können. In seiner Not setzte er sich auf einen Haufen Holzscheite, der nach Staub und Harz roch. Er fror, willenlos, ergeben; manchmal knackten die feuchten Latten und schreckten ihn auf; der klobige Schatten der Mülltonne sah dann aus wie ein Richtblock, schwarz von Blut. Am liebsten hätte er sich ein Märchen vorgelesen, eines, in dem ein Stück vom Mond in einen Garten fällt und alles unter sich begräbt.

Wider Erwarten schlief er doch im Sitzen ein.

Irgendwann in der Nacht fiel Licht in sein Gesicht und glitt über seine zusammengekrampfte Gestalt; dann stieß ihn eine Fußspitze unsanft an. Seine Augen begannen zu tränen, als er sie aufriß und in den Strahl einer Taschenlampe starrte. »Los, auf!« sagte eine Stimme, die sich um einen barschen Ton bemühte. »Hoch mit dir, Freundchen! Wirds bald?«

Georg Bleistein war zu müde, um Angst zu haben. Folgsam stand er auf. Er blinzelte heftig; nach einer Weile erkannte er zwei Landpolizisten, einen älteren und einen jüngeren, dahinter die Tante und die Großmutter. Die Polizisten hatten ihre

Schlagstöcke gezogen; daß sie keine Schilde trugen, erstaunte ihn.

»Was haben Sie hier verloren?« fragte der jüngere Beamte.

»Nichts«, sagte Georg.

»Nur nicht so höflich, Konrad«, sagte der ältere Beamte.

»Ich hab ihm das Heimkommen verboten«, hörte Georg seine Tante sagen. »Meine Mutter ist Zeuge. Tun Sie uns den Gefallen und nehmen Sie ihn bloß gleich mit!«

»Machen wir sowieso«, sagte der ältere Polizist. Auffordernd wedelte er mit der Taschenlampe vor Georgs Gesicht herum. »Komm schon, du!«

»Haben wir zusammen Säue gehütet?« fragte Georg.

»Kommen Sie, gehn Sie!« sagte der jüngere Beamte.

»Früher war er ganz anders«, sagte Georgs Großmutter.

»Stimmt!« sagte Georg.

»Was denn?« fragte der ältere Beamte. »Auch noch frech?« Er stieß Georg Bleistein die gleißende Taschenlampe vor die Brust.

»Na los, raus da mit dir!«

Der jüngere Polizeibeamte drängte sacht Großmutter und Tante ins Freie zurück. Als Georg an den Frauen vorbei abgeführt wurde, wollte er sich ein geringschätziges Lachen ins Gesicht zwingen, aber es gelang ihm nicht mehr.

»Da, schau, jetzt hast du es!« sagte seine Tante. »Anruf genügt! Und die Herrn von der Polizei sind zur Stelle! Nicht wahr, Mutter?«

»Gegen dich kann man sich nimmer anders helfen!« sagte seine Großmutter.

Im Garten wurde Georg Bleistein von den Polizisten in die Mitte genommen.

»Warum erschießt ihr mich nicht gleich?« brüllte er plötzlich, als sie durchs Gartentor gingen.

»Schnauze!« sagte der jüngere Polizist und tupfte Georg, auf Abstand bedacht, mit seinem Knüppel an.

»Danke!« hörte Georg Bleistein seine Tante sagen.

»Das war Hausfriedensbruch und Sachbeschädigung«, sagte der ältere Polizist.

»Ich glaub, den Kerl müssen wir desinfizieren«, sagte sein Kollege und leuchtete den Weg zum Gartentor aus.

»Ich bin mit denen verwandt!« sagte Georg.

»Nana«, sagte der ältere Beamte, mütterlich war der Abschied wohl nicht – oder?«

Georg Bleistein kam es fast unwirklich vor, diesen Weg, den er so oft allein zurückgelegt hatte, nun in Begleitung der Polizei zu gehen, ohne Handschellen zwar und ohne Pistolenlauf im Rücken, aber gedemütigt, übertölpelt und überrumpelt.

»Georg«, hörte er seine Großmutter rufen, »Georg, haben wir dich nicht zu einem anständigen Menschen erzogen?«

Auf der Straße stand ein dunkelgrüner VW mit einer blauen Lichtbeule auf dem Dach.

»Da hin« sagte der jüngere Beamte.

Sein älterer Kollege überholte sie und öffnete den Wagenschlag. Georg ging darauf zu, zögerte kurz, ging plötzlich schneller und sprang dann, als er nahe genug war, mit einem Satz den wartenden Beamten an, rammte ihn gegen die Autotür, hastete auskeilend um die Kühlerhaube und rannte davon. Ganz sinnlos zählte er die Schritte bis zur nächsten Straßenkreuzung und war fast schon um die Ecke, als sein rechter Mantelschoß von einem heftigen Schlag getroffen wurde. Er hörte ein Schmettern, einen gebrochenen Knall, das verebbende Echo des Schusses und hörte sich laut aufschreien; während er weiterrannte, versagte ihm fast der Schließmuskel. Wie ein Sack kippte er sich über einen niederen Drahtzaun, fiel in Büsche und Sträucher, die ihre Nässe auf ihn abschüttelten, rutschte eine Böschung hinab und landete in einem flachen Graben. Die Wasserbrühe, die darin stand, schwappte ihm in die Stiefelschächte hinein. Er atmete nicht, bis Blitze seinen Schädel durchstachen und Räder aus Feuer am Himmel rollten. In einiger Entfernung hörte er den Streifenwagen in einer Kurve schlingern; die Scheinwerfer stießen weit in die Dunkelheit.

Als es still geworden war, kroch er aus dem Graben heraus. Gebückt lief er über eine Wiese, auf den Wald zu; das Gras unter seinen Füßen schien erstarrt und zersprang wie Nadeln aus Glas. Im Wald lehnte er sich an einen Stamm, der unter seinem Gewicht schwankte, und schloß die Augen. Langsam erreichte die Kugel, die auf ihn abgeschossen worden war, seinen Kopf. Er fühlte sich plötzlich so schwach, daß er sich setzen und kichern mußte.

Als er sich wieder aufgerappelt hatte, lief er blindlings weiter, bis er zu einer Lichtung kam. Dort sah er ein Stück Himmel. Auf der Lichtung stand eine überdachte Futterkrippe; Kastanienschalen knirschten unter seinen Schritten. Er scharrte einen Rest Heu zusammen, kletterte in die Krippe und freute sich. Hoch oben flüsterte der Wind, die Baumkronen bewegten sich wie alte Leute im Gespräch; er wußte nicht, wo er war, aber mit der Zeit fror er sich nüchtern. Später merkte er seine Erschöpfung daran, daß sich die Krippe zu drehen begann und die Bäume um ihn herumrasten. Auch das verging wieder. Wenn er daran dachte, daß er jetzt vor einer Schreibmaschine Fragen beantworten und dann in einer Zelle sitzen müßte, hielt er sich für leidlich geborgen.

Wenn ein Vollmond
am Himmel fastet
träumt man von Baumhütten
von Laub am Leib
und heißen Quellen, die seifig sprudeln
alle hunderttausend Jahre
eine Sekunde lang.

Als er aufwachte, hatte der Tag kaum angefangen; das Licht war noch von einem schmutzigen Grau. Mit Vergnügen hätte er einen Wurm Zahnkrem verschluckt, nur um etwas in den Bauch zu kriegen. Im Sitzen untersuchte er seinen Mantel: die Kugel hatte nur die Saumnaht gestreift und eine Schramme durch den Wulst gezogen. Das Bein war heil, kein Kratzer, keine Fleischwunde, kein Knochenpulver. Beruhigt kletterte er aus der Krippe.
Von Baum zu Baum rund um die Lichtung spannten sich milchige Schleier, das Moos war wie mit Schorf überzogen. In weitem Umkreis war der Boden mit Dungbeeren bedeckt. Er schlug die Richtung ein, in der die Straßenbaustelle lag; nach kurzer Zeit schimmerte die Trasse durch die Bäume. An ihren Seiten türmten sich aufgebaggerte Erdhügel, die Hänge waren mit Geröll und Wurzelresten bedeckt. Sandkegel und Kieshalden waren gleichmäßig über die ganze Schneise verteilt. Angekohlte, zersplitterte Baumstümpfe lagen, zu wirren Haufen geschichtet, wie außerirdische Lebewesen am

Rand. Von den gefällten Stämmen hing die Rinde in Fetzen. Das, was eine Straße werden sollte, schlug wie ein Keil mitten hinein in den Wald.

Das Zentrum der Baustelle war eine Lehmwüste, von einem Gatter aus rostigem Eisengestänge umzäunt. Dahinter steckten Maschinen und Fahrzeuge im Morast fest wie untergehende Schiffe. Nichts rührte sich auf dem breiigen Platz. Am angelehnten Tor stand etwas Ähnliches wie ein Wohnwagen; auf das Dach war ein Stück Ofenrohr gepflanzt, das dünne Rauchsäulen ausstieß.

Er zog das Tor ein Stück auf; während er sich durch den Spalt zwängte, wurde ein Klappfenster des Wohnwagens aufgestoßen. Eine flattrige Männerstimme rief: »He, du! Zutritt verboten! Kannst wohl nicht lesen? Strengstens untersagt!«

Georg Bleistein blieb stehen. Er spürte, wie er in den aufgeweichten Boden sank.

Dann schwang die Tür des Wohnwagens nach außen. Ein alter Mann stand im Rahmen.

»Hallo«, sagte Georg leichthin und nickte ihm zu wie einem guten Bekannten.

»Das sagt jeder«, sagte der Alte, »und hinterher fehlt dann Werkzeug.«

Rot und gesund schien seine Haut durch blaßgelbe Bartstoppeln. Er hatte ein kariertes Hemd mit Selbstbinder und eine blaue Arbeitshose mit Bügelfalten an; als er sich an die vom Wind gerüttelte Tür lehnte, blähten sich seine Hosenbeine knatternd.

»Scheißwetter!« sagte Georg. »Ich hab trotzdem einen kleinen Gesundheitsspaziergang gemacht und gedacht, mußt einmal nachsehn, wie weit man hier inzwischen gekommen ist.«

»Na und?« sagte der Alte. »Weißt du es jetzt?«

»Horch, Meister«, sagte Georg, »nur ein bißchen rasten, hm? Mir ist kalt bis zu den Schenkeln herauf.«

»Ich hab meine Vorschriften«, erwiderte der Alte, »die muß ich befolgen.«

»Bist du ein Mensch oder nicht?« fragte Georg.

»Nicht im Dienst!« sagte der Alte.

Er schirmte die Augen ab und blickte in die Runde, ehe er die kurze Treppe herabkam und auf Georg zuging.

»Also, was willst du?«

»Arbeit«, sagte Georg.

»Arbeit?« antwortete der Alte. »Jetzt? Wir haben seit Tagen
Schlechtwetter! Kein Mensch kann hier arbeiten. Versuch
dein Glück später.«

»Bis dahin kann ich mir die Arschbacken amputieren lassen«,
sagte Georg. »Was ist, brauchst du keinen Gehilfen? Muß
doch stinklangweilig sein, den ganzen Tag den Matsch da
anzuschaun. Ein wenig Gesellschaft tut jedem gut!«

»Meinetwegen«, sagte der Alte. »Wärm dich auf und hau
wieder ab.«

Im Wagen stand ein Kanonenofen, daneben lag ein Haufen
Briketts.

»Hock dich«, sagte der Alte.

Georg setzte sich auf eine Holzbank. Ein mächtiger Eisschrank füllte fast ein Viertel des Wageninnern aus, an eine
Wand waren eine Tischplatte und ein Klappsitz geschraubt, in
der Decke steckte eine vergitterte Glühbirne. Der Bodenbelag
war bis auf den Grund abgewetzt und von hereingetragenen
Lehmbollen verschmiert. Zwischen der Tür und der Fenster-
luke hing ein gerahmter Zeitungsausschnitt: eine Autobahn-
brücke wurde eingeweiht, sieben Herren in festlichen Anzü-
gen hoben gemeinsam ein Umleitungsschild aus seiner Verankerung. Auf einem Regal, in dem Illustrierte lagen, stand ein
Radio. Es war warm, wohlig heiß, Georgs Knochen tauten
langsam wieder auf; sein Hunger rührte sich mit aller Macht.
Trotzdem fühlte er sich ein bißchen gerettet.

»Um Himmels willen, ich will dich in keiner Weise belei-
digen, so wahr ich hier steh«, sagte der Alte, »aber du, wenn
ich so sagen darf, schaust ganz schön abgerissen aus. Oder seh
ich bloß schlecht?«

»Prima Job hast du da«, sagte Georg.

»Meinst du vielleicht«, sagte der Alte. »Ich arbeite hier
Wechselschicht. Ablösung alle zwölf Stunden. Samstag wie
Sonntag, mein Lieber. Gut ist das nur für die Firma! Mit dem
Posten als Aufsicht stock ich mir meine Rente auf, sonst
reichts ja nicht zum ordentlichen Leben hin.«

Dann öffnete er die Ofenklappe und warf ein paar Briketts in
die bullernde Glut.

Die Wärme kitzelte Georgs Haut, Hemd und Hose spannten
sich wieder. Er streckte die Beine; seine Stiefel sahen ruiniert
aus, auch der Mantel war auf der Flucht ziemlich ramponiert
worden.

»Also, ich heiß Richard!« sagte der Alte und streckte seine
blaugelbe Hand aus, aus der knorrige Adern wucherten.
Georg Bleistein drückte sie flach und versuchte ein forsches
Grinsen; dann hockte sich der Alte auf einen Klappsitz. Das
Scharnier ächzte und knisterte.
»Einsam ist es halt«, sagte er. »Ich les sogar Bücher hier.
Manchmal, nicht immer! Gestern hab ich zum Beispiel ein
Märchen von einer Schlange gelesen, die hat Musik über alles
geliebt. Wie das die Leute erfahren haben, haben sie auf allen
möglichen Instrumenten gespielt, um die Schlange in den
Tod zu locken. Aber die war raffiniert, hat sich einfach nur
ihren Schwanz ins Ohr gesteckt. Na?
Georg nickte gelangweilt.
»Wie heißt du?« fragte der Alte.
Georg räusperte sich. »Erdner«, sagte er dann. »Simon mit
Vornamen.«
»Ich hab auch einen Sohn«, sagte der Alte, »und eine Tochter.
Er könnt in deinem Alter sein, er ist mein jüngstes Kind. Sie
sind beide in die Großstadt gegangen. Ihre Mutter ist auch
noch rüstig, kann ich dir sagen. Was will man mehr?«
Er rauchte eine Pfeife an. Georg klopfte seine Taschen nach
einer Packung Zigaretten ab; er fand nichts.
»Ich bin bei einem Kantinenpächter beschäftigt gewesen«,
sagte er.
»Gewesen?« fragte der Alte.
»Ja«, sagte Georg, »dem haben die Prüfer vom Gesundheitsamt die Lizenz gezwickt, weil er nur Scheißdreck gekocht
hat. Seitdem bin ich arbeitslos. Nur noch Pannen und Pleiten,
eine nach der andern, und ohne feste Bleibe. Natürlich auch
ohne Ersparnisse!«
»Ojojoj«, sagte der Alte.
»Mensch«, sagte Georg, »meine Rübe braucht endlich eine
richtige Unterlage! Du, ich wär mit jedem Lumpenlager
vollauf zufrieden!«
»Heut stirbst du nicht«, sagte der Alte. »Nur wenn einem der
Herrgott nicht die Hand gibt, hat man auf Erden alles verkehrt
gemacht. Du mußt dir unbedingt eine Frau nehmen, dann werden die Sorgen nämlich gleich halbiert. Hast Hunger, hm?«
Georg lächelte wehleidig.
»Ich freß und sauf, nur um das Maul bewegen zu können«,
sagte der Alte. »Ein Bierlein und ein Schnäpschen dazu

gefällig? Ich nehm das, um die Zunge aufzuwecken, wenn sie eingeschlafen ist.«

Er schlurfte zu dem breitbauchigen Eisschrank und klinkte die Tür auf: Georg Bleistein sah Flaschen über Flaschen, Räusche lagerten dort drinnen, Kopfnahrung, wie er es nannte. Der Alte holte einen Zellophanbeutel heraus und legte ihn auf die Tischplatte. Zuerst packte er einen angeschnittenen Kipf Brot aus, dann ein Trumm wäßrigen Bauchspecks, der mit Paprika eingerieben war; bei jedem Schnitt perlten rote Tränen. Der Alte belegte ein paar Scheiben Brot mit dem Speck und teilte Georg die Hälfte zu.

»Ich brauch auch etwas«, wiederholte er dauernd dabei. Georg aß gierig und schnell, fast wie um die Wette. Danach hatte er immer noch ein Loch im Magen und trotzdem für einen Augenblick das Gefühl, als habe er Lachs und Roastbeef getafelt.

»Die Vorspeise war ja grad nicht reichlich«, sagte er.

»Hab auch keine Futtermittelhandlung hier«, antwortete der Alte und räumte ab.

Dann brachte er zwei Gläser an, in die er schnalzend einen Klaren träufelte. Zu guter Letzt köpfte er für jeden noch eine Flasche Bier.

»Hoffentlich kontrolliert heut niemand«, sagte er, als sie getrunken hatten.

»Bei dem Wetter?« sagte Georg Bleistein.

Sein Gaumen war wieder geschmeidig, seine Magenwände feuerdurchtränkt; er mußte an sich halten. Er fragte sich, wie er entscheiden würde, wenn er die Wahl zwischen Essen und Saufen hätte, und er antwortete ohne lange Überlegung, daß er sich momentan für Alkohol mehr interessierte, weil er damit auch den Hunger betäuben konnte und weil er rauschige Stimmungen so nötig hatte wie sonst nichts.

Als der Alte keine Anstalten machte, nachzugießen, wollte sich Georg selbst bedienen. Wie geistesabwesend griff er nach der Flasche, aber der Alte war flinker und zog sie ihm aus der Hand.

»Sei doch nicht so«, sagte Georg, »drei Beine hat der Mann!«

Er griff wieder nach der Flasche packte fest zu und entwand sie dem Alten mit einem einzigen Ruck. Während er sich abfüllte, hielt er mit der freien Hand den Alten auf Abstand. Der Schnaps stieg ihm bis zu den Haarwurzeln hoch, erzeugte einen Druck im Schädel, der die Schläfen wölbte.

Dann war er voll und biß sich auf die Lippen, die nach nichts mehr schmeckten.

»Saukerl!« sagte der Alte.

Georg lachte dankbar, die Anteilnahme tat ihm wohl. Wenn er ans Draußen dachte, das hinter den Wagenwänden auf ihn lauerte, an den Wald, durch den ein bissiger Wind jagte, an die lichtschwache Sonne, an die Stadt, von der er abgeschnitten war, fühlte er sich aufgehoben hier, voll mit Fett und Brot und dem scharfen Brennen, das ihn zu reinigen schien, alle Entbehrungen wegätzte. Im Augenblick war alles zu Ende, vorbei.

Seine Tante irrt durch den Wald, ruft die Bäume an mit seinem Namen, aber die Natur foppt sie mit Echos.

Ihr habt ihn vertrieben! Ihr habt ihn verloren! Ihr habt ihn verspielt!

»Es ist nicht Recht, wenn man sich Gastfreundschaft herausnimmt«, hörte er den Alten sagen. »Ich verdien mir mein Geld nicht, um jeden Tag eine Flasche zu kaufen. Ich bin freigiebig, aber ausnutzen laß ich mich nicht.«

Die Großmutter durchwühlt die Gartenlaube, gräbt sich ins Gerümpel, geht ins Haus, klopft an den Öltank, stochert im Waschkessel, lauscht in die Speisekammer.

Ich bin nicht da! Ihr fangt mich nicht! Ich gehör nicht mehr in euer Nest!

»Der Mensch muß maßhalten«, sagte der Alte. »Er muß lernen, daß es nichts umsonst gibt, daß er mit jedem Geschenk, das er annimmt, genaugenommen Schulden macht. Du bist hier nicht bei seßhaften Zigeunern!«

Georg Bleistein schüttelte sich. Etwas Trübes blieb an seinen Augen haften, das er nicht fortwischen konnte.

»Du bist doch längst verrückt vor lauter Einsamkeit«, sagte er mit dicker Zunge. »Wir könnten um die ganze Welt reisen, könnten uns mit einer Planierraupe die Wege ebnen. Oder bist du etwa stolz auf deinen Trotteljob? Was du hier machst, ist doch der Abfall der Arbeit! Weißt du noch, wie das ist, wenn man am Schwanz aus dem Bett gehoben wird? Sag mir nichts vom Leben, das kenn ich auch: die Jugend ist dumm, die Alten sind blöd! Und ich bin in der Mitte! Mann, frag mich nicht, wo ich die heutige Nacht verbracht hab – oh Gott, Jesus hatte wenigstens noch einen Stall um sich gehabt! Ach, hätt mich nur gleich ein Jäger im Schlaf erschossen!«

»Du willst dich hier einnisten«, sagte der Alte.

»Ja«, sagte Georg, so eisig er konnte.

»Es gibt schon lang keine schönen Zufälle mehr«, sagte der Alte traurig. »Ich kann nicht so sein, das ist mein Fehler. Und wein mir nichts mehr vor! Bis morgen früh kannst du bleiben, aber keiner darf merken, daß du hier bist. Du mußt den Toten spielen, sonst bin ich fällig.«

Der Alte zog Gummistiefel an, schlüpfte in eine olivfarbene Armeejacke und holte ein Schlüsselbund aus der Brusttasche.

»Also«, sagte er, »nun komm!«

Draußen ballte sich der Lehm unter den Sohlen. Georg fühlte, wie er nach den ersten Schritten in die Höhe wuchs. Der Alte führte ihn zu einem Gerätewagen, der mit Werkzeugkisten vollgestellt war. In die Wände waren Nägel getrieben, an denen unförmige Gummikittel hingen; darunter standen in Reih und Glied Gummistiefel in allen Farben und mit lehmverkrusteten Schäften. In einer Ecke lehnte eine Baumsäge.

»Ich muß dich einsperren«, sagte der Alte. »Wenn eine Kontrolle kommt, darf sie keinen Mucks von dir hörn, sonst bin ich verraten und verkauft. Und wenn du mußt: da steht ein Eimer. Klar?«

»Komm wieder«, sagte Georg.

Er hüllte sich fester in seinen Mantel; die Wirkung des Schnapses war längst verflogen. Als der Alte die Tür abgesperrt hatte, wuchs die Finsternis. Mit der Arbeitskleidung baute sich Georg ein Lager; als Bettgestell dienten ihm Werkzeugkisten, die er aneinanderschob. Je mehr er die Kittel anwärmte, desto stärker begannen sie zu riechen. Sein eigener Geruch ging darin unter. Bald wünschte er sich nichts sehnlicher als eine Taschenlampe, denn ob er die Augen schloß oder offenhielt, es war immer gleich düster um ihn. Wenn es nicht mehr zum Aushalten war, schnaufte er laut und lang und bildete sich ein, vielleicht doch nicht allein zu sein. Er hatte Angst, vergessen zu werden oder einzuschlafen; er hatte Zeit genug, sich zu fürchten.

Sobald er nachdenken wollte, fing in ihm ein Geträume an. Er lag da, und vor ihm drehte sich eine Scheibe mit riesenhaftem Durchmesser; nie stand sie still. An ihrem Rand tauchten wie hingezaubert die verschiedensten Gerichte auf und verschwanden, wenn er danach griff. Je öfter er versuchte, etwas davon zu fassen, desto schneller drehte sich die Scheibe. Zuletzt wurde alles wüst durcheinandergewirbelt, waren Sahnetorten mit Ölsardinen gespickt.

Nach einigen Stunden plagte ihn die Blase. Er hob es sich so lange auf, bis es ihn schier zerriß. Dann füllte er den Eimer fast zur Hälfte.

Als er sich wieder auf den Werkzeugkisten ausgestreckt hatte, überließ er sich der Müdigkeit.

Tränen durchrosten die gepanzerte
Miene, die geharnischte Vernunft, und weich
rieselt der schwache Trost.
Wie eine Eisenkugel hängt der Erdball
am Gehirngelenk, sogar die Toten
werden niemals schwerelos.
Gebein und Gedärm und Vögel aus Stein
drücken, was sich Seele
nennen läßt
in Grund und Boden.

Georg Bleistein hatte eine Zeitlang unruhig geschlafen, Wärme suchend sein Lager zerwühlt, als er durch das röhrende Grollen näherkommender Motorräder geweckt wurde. Es waren schwere Maschinen, er hörte es am tiefen, übers Baugelände hinwegbrausenden Dröhnen. Im ersten Moment glaubte er, die Bauarbeiten seien wieder aufgenommen worden; dann erstarb der Baß der Motoren, und jemand brüllte plötzlich »Richard!«

Es vergingen ein paar Sekunden; weit weg sagte der Alte: »Was wollt ihr hier?«

In seiner Stimme lag Angst. Georg Bleistein suchte nach einer Ritze in der Bretterwand des Gerätewagens, nach Astlöchern; er hörte schleifende Geräusche, ein zähes Stampfen, das saugende Schmatzen des Lehms. Dann fielen, deutlich zu hören, Schläge, die wie ein wattiges Pochen tönten.

»Alter schützt vor Schlägen nicht!« sagte jemand.

»Du alte Sau!« sagte ein anderer keuchend. »Bild dir bloß nicht ein, das wär der letzte Tritt gewesen, du fängst noch viel mehr ein! Du hast es dir verschissen, alter Freund, bis in die Steinzeit!«

»Wer seid ihr?« wimmerte der Alte. »Was hab ich euch gemacht?«

»Wenn du in den Himmel kommst, wirst du es erfahren! Eher nicht!«

Georg hörte, wie der Alte kotzte. Dann sagte der Alte, mühsam atmend: »Ich will wissen, warum ihr mich schlagt! Das ist keine Kunst, einen alten Mann zu schlagen! Wenn mich nicht alles täuscht, seid ihr die zwei, die sich an der Bierkasse vergriffen haben!«

»Schnauze, du Arsch!«

Wieder fielen Schläge. Der Alte atmete pfeifend.

»Hau ihm ein paar auf die Glotzer, sonst sieht er noch Gespenster!«

Georg hörte dem Jammern des Alten zu. Er hatte das Gefühl, etwas zerre an seinem Gedärm. Plötzlich roch es nach Benzin. Als der Geruch stärker wurde, packte ihn die Angst, und er hämmerte mit Fäusten und Füßen gegen die Tür, daß der Wagen erdröhnte.

»He«, schrie er, »he, ihr, da ist einer, holt mich raus, laßt mich raus, hallo, hier, da bin ich, hier...«

Draußen traf ein harter Hieb das Schloß, sprengte den Riegel aus seiner Verankerung. Georg sprang mit weit geöffnetem Mund aus der auffliegenden Tür. Zwei Typen in schwarzen Ledermonturen hielten ihn fest. Sie trugen schimmernde Sturzhelme, die mit Schlangen und Drachen bemalt waren; hinter den heruntergeklappten, blaubraun getönten Glasvisieren waren ihre Gesichter nicht zu erkennen. Einer der beiden schwang drohend eine Brechstange, der andere riß einen Spritkanister vom Boden hoch. Etwas abseits kniete der alte Mann und stieß in regelmäßigen Abständen seine Stirn in den Schlamm.

»Ich hab hier gepennt!« sagte Georg. »Nun laßt mich schon los!«

Die Form der Helme verlieh ihren Köpfen etwas Insektenhaftes, ihre Lederrüstungen ächzten bei jeder Bewegung.

»Machen wir weiter, bringen wirs endlich hinter uns«, sagte der Große.

Aus seinem Sichtschutz platzten Atemwolken. Der Kleine ging mit dem Kanister zu den abgestellten Straßenbaumaschinen; es gluckste, als er die Motorhauben und Führerkabinen mit Benzin bespritzte. Es gab einen blechernen Schlag, als er den Kanister in den Wohnwagen des Aufsehers warf. Überall flossen schillernde Rinnsale durch den Schlamm. Dann verpaßte der Große Georg einen Stoß, hetzte mit abgehackten Sprüngen zu den Motorrädern, die hinterm Tor standen wie klobige Schneckenpanzer. Georg rannte zu Richard, der blind war von Blut und Dreck, zog den alten Mann in die Höhe, riß ihn mit sich, während er aus den Augenwinkeln sah, daß der Kleine einen Büschel brennender Zündhölzer wegschleuderte. Flammen leckten empor, wanderten in scharfen Winkeln, schlugen wie orange Keile durch das schwarze Gekräusel des Rauchs. Zischend sprang das Feuer Reifen und Ketten hoch, flackerte, loderte, und der Wind wirbelte es wie um die eigene Achse; immer höher fraß es sich, als wolle es die Wolken versengen. Georg zerrte den Alten hinter einen Kieshügel, rollte sich neben ihn und schmiegte sich an die feuchte Kälte, die dem Kiesberg entströmte, während ringsum die Welt gesprengt wurde. Nach jeder Druckwelle hatte Georg das Empfinden, in die Erde sehen zu können, als sei der Boden aus durchsichtigem Glas. Wenn der Wind die Richtung wechselte, schälten sich die angeschwärzten Stahlgerippe des Maschinenparks aus den Qualmstrudeln, die Karosserien der Lastwagen waberten weiß und blau. Der Gerätewagen war in der Hitze geborsten, verkohlt; Glutsplitter krümmten sich auf den Wurzeln der Bäume, hie und da erlosch ein glühender Zweig. Georg fühlte, daß es höchste Zeit wurde für ihn, abzuhauen Er legte Richard eine Hand auf die Schulter. Der Alte zuckte erschreckt zusammen.

»Keine Angst!« sagte Georg ohne jede Kraft. »Ich bin keiner von denen, ich hab nicht zu ihnen gehört! Bleib liegen! Ich geh Hilfe holen!«

Er zwängte sich gebückt ins Unterholz. Nachdem er ein ganzes Stück im Schutz des Waldrands gegangen war, kam ihm Sirengeheul entgegen. Mit mahlenden Reifen schlingerten Löschfahrzeuge über die Trasse; ihre Blaulichter schienen bei jeder Bodenunebenheit hoch über die dämmrigen Wipfel zu springen. Aus der grauen Wiese zwischen Stadt und Wald wuchsen Menschentrauben. Sirenen zersägten das Geschrei der Leute.

Georg ging in die Knie.

Er dachte an das blutende Gesicht des alten Mannes.

Er biß sich Löcher in die Lippen, um nicht zu heulen.

Der Tanz

Die Sonne schwitzt Regen. Kinder und Alte zeigen sich wieder den Mond. Gartenzwerge werden vor den Häusern angekettet. Es geht aufwärts, hinein ins Altgewohnte. Langsam erwärmen sich die Steine aus der Eiszeit.

Georg Bleistein zog sich tiefer in den Wald zurück und buckelte sich zusammen; langsam haßte er das Glück, das er nur im Unglück hatte. Es war seltsam, wie oft ihm in letzter Zeit der Tod vorgespiegelt worden war, und noch merkwürdiger, wie wenig er danach gelebt hatte. Immer wieder erreichte er mit Müh und Not eine neue Freiheit, die er gar nicht wollte, weil er sich dauernd in ihr verstrickte. Ein Hunger plagte ihn, sein Magen stach, als hätte er ein Nadelkissen verschluckt. Er fühlte sich schmierig, klebrig, fast schon wie verwest. Und er hatte keinen Plan im Kopf, nicht einmal die Ahnung eines Auswegs. In seinen Nasenlöchern schien Ruß zu schwelen, seine Haare schienen zu glimmen; obwohl er sich vergewisserte, daß er sich alles nur einbildete, erhob er sich aus der Kühle. Er schlug einen ausgedehnten Bogen und marschierte dann wieder auf die Stadt zu, fragte sich: Was willst du dort, gekrallt werden, dich einbuchten lassen? Er stellte sich vor, heimzueilen und die beiden alten Weiber totzuschlagen, Erika anzurufen und zu sagen, sein Schwanz sei der Schlagbaum zum Paradies. Dann würde er ihn in einen Hektoliter Seifenlauge tunken.
Die Häuser von Grönhart waren in der Dämmerung wie zu einem Wall aufgeworfen, die Giebel wirkten wie Palisaden. Dann zeigten sich Breschen in den Mauern, Wege, Straßen. Fast glaubte er, bei jedem Schritt auf den sich verstümmelt dahinschleppenden Alten zu treffen, aber nur Leute, die ihm fremd waren, blieben bei seinem Anblick stehen und sahen ihm nach. Er pfiff verlegen, wußte nicht, welches Lied. Sein Mantel ähnelte einem Gewand aus Ackerschollen, seine Stiefel schleuderten Lehmbrocken weg. Er lief und lief, als sei es sein Recht, durch die Stadt zu gehen. Widerstrebend lenkte er sich ins Rosengartenviertel. Du, dachte er, wirst jetzt lustig

pfeifen und dich dann auf die Klingel stützen und sagen: Täubchen, macht keine Zicken, ich bin nämlich ein rechtes Aas geworden, frisch aus der Gosse. Aber keine Angst, ich spiel mit! Macht Platz, ich bin der Geist einer Leiche! Da habt ihr mein Taschentuch, die rote Friedensfahne! Ich will essen. Ich muß trinken.

In Gedanken sprang er mit einem Satz über die Gartenpforte; dann verließ ihn der Mut. Er mußte sich gut zureden, um nicht am Haus vorbeizugehen. Er stieg über den Gartenzaun, spähte um die Hausecke, kein Wächter stand vorm Keller. So lautlos wie möglich drückte er die Klinke der Kellertür, sie ging auf, er konnte es nicht glauben. Er lauschte. Von oben kam kein Ton. In der Speisekammer belohnte er sich für alle Entbehrungen, nahm eine Rohwurst, enthäutete sie erst gar nicht, verleibte sie sich mit dem Darm ein. Er faßte Vertrauen zu sich, schlich die Treppe zur Wohnung hinauf, horchte in den Flur und wagte es, die Tür einen kopfbreiten Spalt zu öffnen. In der Küche brannte kein Licht. Er beugte sich ein Stück weiter vor: seine Großmutter stand im Wohnzimmer am Fenster und sah zum Wald hinüber. Er hörte sie murmeln: »Mein Gott, hoffentlich ist meiner Meta nichts passiert.«

Dann ging er schnell ins Bad, zog sich geräuschlos aus und wusch sich von oben bis unten. Das Handtuch, mit dem er sich trockenrieb, nahm er mit in sein Zimmer hinauf. Seine Lumpen schob er unters Bett. Er zog frische Unterwäsche an, versuchte, wie früher zu werden, wie damals, als er sich in dieser Höhle mit seinen Bilderbüchern herumgeschlagen hatte, kroch ins unbezogene Bett; obwohl er sich alles Mögliche zum Aufgeilen antat, brachte er sich nicht hoch. Daß er wieder hier war, war seine Schande, seine Scham. Vielleicht hatte er sich nicht weit genug weggeträumt, fortgewünscht. Im Halbschlaf hörte er seine Tante heimkommen, »Sachschaden in Millionenhöhe«, rief sie durchs Haus, »ein alter Mann hat lebensgefährliche Verletzungen. Eine Bande Halbstarke wars!«

Er wußte es besser. Als Ruhe eingekehrt war, legte er sich auf den Bauch, um nicht zu schnarchen. Dann fiel er in sich hinein.

Heimat, schönes Wort, das
den falschen Verdacht schmückt.
Heimat, Grabmal der Gewohnheit, jederzeit
kündbar, ein unbefestigter
Besitz. Heimat, achja.
Der Keller ein Bombentrichter, Brandmauern
die Wände, verputzt.
Ein Soldat hint, vorn ein Polizist
das Heim verwandelnd
in tapezierte Zellen.
Heimat, dort, wo die Ruhe für Ordnung sorgt
und die Ordnung für Ruhe.
Heimat, wo nach getaner
Arbeit von der Arbeit gesprochen wird
und ab und zu mal kurz
der Gasverbrauch hochschnellt.

In den nächsten Tagen bemühte er sich, seinen Aufenthalt als
eine Art Geschicklichkeitsspiel zu betrachten. Wenn seine
Tante außer Haus war und seine Großmutter ihr Mittags-
schläfchen hielt, verließ er das Zimmer und deckte sich in der
Speisekammer mit Vorräten ein. Er versorgte sich sparsam,
damit es nicht auffiel. Auf einem dieser Streifzüge betrat er
auch wieder das Schlafzimmer und fand die Hutschachtel an
ihrem alten Platz. Diesmal leerte er sie aus, stellte sie zurück
und nahm den Papierstoß mit zu sich hinauf. Dort las er dann:

Wie geht es Georg?
Ich kann dir kein Leben bauen.
Hätte ich nur an mich gedacht, hätte ich dich nicht
hergegeben.
Ich könnt ein Buch schreiben, aber jedes Wort dauert mir
zu lang.
Georg ist jetzt sicher schon recht groß. Schlank und rank
stelle ich ihn mir vor. Sein Vater, glaube ich, bestand auch
nur aus Sehnen.
Hat er einen Beruf?
Hat er eine Freundin?
Hat er es gut bei Euch? Ein bißchen besser als ich?
Hoffentlich! Behandelt ihn bitte wie Eltern. Ich bin nicht

aus Eisen. Warum seid Ihr keine Menschen? Gebt mir doch
Nachricht. Ich weiß, daß er bei Euch gut aufgehoben ist,
aber schickt mir ein Foto von ihm. Habt Ihr ihm alles
erzählt? Weiß er Bescheid? Ich kann nicht sagen, was ich
denke, auf mich hört ja keiner. Ich will Euch nicht zur Last
fallen. Das Kind kann nichts dafür. Mein Sohn wird mir
immer fremder.

Nirgendwo stand in den Briefen und auf den Postkarten, daß
Tante und Großmutter geantwortet hätten. Seine Mutter
klagte ihr Leid, einmal ihm, dann wieder ihnen, und er
versuchte, sich ihr Gesicht, ihre Gestalt vorzustellen, wollte
sich ein Bild von ihr ablesen, eine Leibhaftigkeit. Ihre Buchstaben waren wie Schlingen, in denen er sich verfing und
zappelte. Er las sich tief hinein in die Botschaften, die ihm
unterschlagen worden waren: jeder Satz ein Zeichen ihres
Daseins, wie eine Schiffbrüchige schrieb sie, ohne Datum auf
den Blättern, stets dasselbe all die Jahre hindurch. Es fiel ihm
schwer, ihrem tatsächlichen Leben zu folgen, es strengte
seine Liebe an, seine Träume von ihr waren umgänglicher
gewesen. Nun hingegen war die Wirklichkeit da wie ein
Hindernis, das jeden Umweg versperrte. Ein Wust von
Einzelheiten und ungeordneten Ereignissen legte sich auf
ihn.

Ich arbeite zur Zeit in einer Kreditbank, wenn die Angestellten Feierabend machen. Mit den Blockermaschinen ist
es einfach, die Fußböden sauberzuhalten. Ich habe eine
Stelle als Leergutsortiererin gefunden. Die Brauerei verlangt Überstunden. Darum schließe ich jetzt.
Ich packe seit einigen Tagen Lebkuchen in Blechbüchsen.
Vor Weihnachten herrscht immer verschärfter Akkord.
Es tut mir leid, daß ich wieder rückfällig geworden bin.
Ohne Vermögen läßt sich nichts vermeiden. Was soll
ich Eurem Schweigen antworten? Mutter und Schwester wollt Ihr sein? Sagt ihm nicht, wo ich bin. Er
würde sich genieren. Sagt ihm, ich werde wieder
schreiben, wenn ich von einer Reise zurück bin. Kann
er schon lesen?

Sie schrieb über das Wetter, über die Kost in der Anstalt, über Schicksalsgenossen, die sie kaum beim Namen kannte. Ständig wechselten die Absender. Dadurch entstand in ihm der Eindruck, er habe eine Unzahl von Müttern, die sich dauernd aus dem Weg gingen. Für ihn waren sie Frauen, die täglich eine neue Haarfarbe auftrugen, denen hundert und noch mehr Kleiderschränke zur Verfügung standen, die ihre Gesichter ablegen konnten, und von allen hatte er eine Regung, eine Empfindung geerbt, die ihn von einem zum nächsten Augenblick veränderte.

Jene Mutter, die er sich vorstellte, während er nicht in den Briefen und Karten las, war ihm am liebsten. Sie begann, sich in ihm einzurichten; sie besuchte ihn häufig. Manchmal wollte sie ihn säugen, manchmal mit ihm schlafen. Sie hatte keine Stimme. Sie teilte seine Abgeschiedenheit mit ihm; er wurde leicht wie eine Feder, wenn sie ihn in ihre Arme schloß. Er sah sich schon als ihr Befreier: er wartete am Bahnhof auf sie, trug ihr das Gepäck, das Haus gehörte ihnen, Tante und Großmutter waren gestorben. Er ließ es nicht zu, daß sie ihm glich.

Die beiden Frauen unten in der Wohnung machten weiter, als gebe es ihn nicht mehr. Jeden Abend brummte der Fernsehton durch den Fußboden, jeden Morgen schrillte der Wecker aus dem Schlafzimmer herauf. Er roch, was sie sich kochten, hörte mit, wie sie sich vorwarfen, zu viel zu essen. Keine von beiden konnte sich erklären, weshalb der Verbrauch an Lebensmitteln stieg. Er konnte sich nicht betrinken, hatte keine Zigaretten, aber immerhin Nahrung, wenn auch nicht in Hülle und Fülle. Wenn alles schlief, stellte er sich lange ans Fenster und schaute in die Nacht hinaus, fühlte sich ein bißchen näher an der Welt, die ihm selten genug etwas vorlebte.

Nie vergaß er, daß er eine Gnadenfrist lebte. Seine Mutter leistete ihm zwar noch Gesellschaft, wenn er Zwiesprache mit ihren Sätzen hielt, aber bald krochen seine Blicke nur noch über ihre Schrift.

Wir haben keine Zukunft, wenn du hierbleibst, verschimmelst, vermoderst! Du mußt handeln, du mußt durchkommen, aufbrechen, einstürzen, unter der Erde fliegen lernen, wenns sein muß! Ach, du Feigling! Schwimm durchs Fenster! Schlag dich durch!

Frühmorgens dudelte das Radio aus der offenen Küchentür, die Tante trillerte im Bad, die Großmutter rasselte mit Geschirr. Manchmal brach die Frühlingssonne durch die Scheiben. Er lag auf dem zerdrückten Bett, starrte Löcher in die Luft, mußte sich freiwillig lähmen. Ab und zu ermannte er sich noch und blätterte wieder in den Briefen.

Geweckt werde ich hier um 5 Uhr 50. Zehn Minuten später gibt es einen Krug heißes Waschwasser, Brot und Muckefuck. Nach einer Stunde arbeite ich dann an einer Nähmaschine. Wir machen Puppenkleider. Während der Mittagszeit bleiben die Zellen aufgesperrt. Dann ist Hofgang. Abends gibt es Brot mit Blümchentee.
Freitags ist Duschen.
Samstags ist nichts.
Sonntags ist Gottesdienstbesuch in der Anstaltskirche. An den Werktagen finden nach Feierabend Spielstunden statt.
Kann er immer noch nicht schreiben?
Ich trage grobe, rauhe Strümpfe, einen grauen, langen Rock, einen gestreiften Kittel.
Ich bin in einem Raum, der ist Einmeterfünfundvierzig breit und Zweimeterfünfundachtzig lang. Ein Tisch, ein Bett und ein Hocker nehmen den Platz weg. Ich führe mich gut. Im Arrestbunker gibt es nur das Klosett, dann einen Betonklotz mit einem Brett und einem Schaumkeil als Bett, und nur alle drei Tage eine halbe Stunde Hofgang. Schreiben darf man, glaube ich, ein einziges Mal in der Woche. Rauchen ist verboten. Durch die eingemauerten Milchglasbausteine, da sieht nicht einmal der liebe Gott.
Vielleicht habt Ihr mir geschrieben und ich habe Eure Post nicht bekommen?
Ihr müßt mir glauben, ich bin lediglich mit meinem neuen Freund rein zufällig in den hiesigen Sperrbezirk geraten, da haben mich zwei von denen angegriffen. Wegen Widerstand gegen die Staatsgewalt hat man mich eingelocht. Dabei war ich im Recht, ich habe mich doch nur gegen das Elend gewehrt.
Bitte, schickt mir ein Paket zu Ostern, Tabak, Zigaretten, mehr nicht, vielleicht Schokolade, eine kleine Tafel, mehr will ich nicht.

Tage und Nächte gingen gleichmäßig auf und unter. Tante und Großmutter lebten wie immer: abends gingen sie nicht aus dem Haus, niemand kam zu ihnen. Bald war der Frühjahrsputz fällig, dann müßten sie ihn finden. Allmorgendlich schwadete Kaffeeduft zu ihm herauf, und mittags trank er den kalten Rest aus der Kanne. Seinen Kot schob er, da die Spülung zu laut gewesen wäre, mit der Bürste ins Rohr; darauf säuberte er sie im Waschbecken. Er träumte von gewürzten Abfällen, wenn seine Großmutter Tiegel und Töpfe ausspülte.

Nachts öffnete sich das Schlüsselloch, wurde hoch und breit wie ein Scheunentor. Dahinter erstreckte sich eine Märchenlandschaft mit Tümpeln und Teichen, in denen verschiedenerlei Soßen brodelten; Knochen, an denen Fleisch wuchs, ragten wie Bäume aus Kartoffelsalatäckern. Die Wegweiser waren Eßbestecke, der Horizont war mit Zahnstochern verbarrikadiert.

Er las, was seine Mutter schrieb:

> Gestern hat mir etwas in der Seite gestochen. Der Arzt meint, die Leber schrumpft. Wegen Schmerzen habe ich nachts nach der Wärterin gerufen. Sie ist gekommen und hat mich geschlagen, nachdem ich eine Ewigkeit gewartet habe. Männer fehlen mir nicht. Bloß manchmal hätte ich gern ein Päckchen von Euch.
> Ich lese viel, aber wo ist die Welt so, wie sie in den Büchern steht?

Ich, dachte Georg, war nicht einmal ein Nichts, höchstens eine glatte Null. Jetzt ist alles zu spät. Es fehlen Jahre zwischen heute und ihrem letzten Brief. Und ich weiß nicht, was mir inzwischen geschah. Ich teil ihr Schicksal im Nachhinein, jetzt, in diesem Augenblick, nur mit dem Unterschied, daß von den Hauptsachen des Lebens ihr das Trinken und mir das Essen geblieben ist.

> Ich bin krank.
> Ich will keine Blumen.
> Zeigt mir meinen Sohn.
> Es kann passieren, daß ich operiert werde.
> Ich will leben.
> Aber auch das Sterben kann schön sein.

Der Tod ist wie Ihr.
Ich weiß, Ihr wollt nichts von mir wissen, aber schreibt
mir, ob er überhaupt noch am Leben ist.
Euer Schweigen macht mich schwach.
Ich will kein Geld.
Ich will wissen, ob er an seine Mutter denkt.
Man hat mir verboten, Striche in die Wände zu kratzen.
Die Zeiger einer Uhr wären wenigstens wie was Leben-
diges.

In ihren Briefen sprach sie ihm wie aus dem Herzen, das
machte sie jünger für ihn, obwohl er nicht genau wußte, wie
alt sie war, wie groß, obwohl er nicht die Farbe ihrer Haare
kannte und ihr Gesicht jeden Tag anders war. Wenn er
weinen mußte, versuchte er, wie ein Mann zu weinen, in
seine geballten Fäuste. Er träumte davon, sich Geld zu malen,
von einem Rettungshubschrauber ausgeflogen zu werden. Er
riß ihre Absenderangaben aus den Kuverts und steckte sie in
eine Tasche seines Mantels, der griffbereit auf dem Stuhl lag.
Dann stieß er sein Gesicht ins Kissen und schrie erstickt.
Beim Atemholen sog er die Luft so tief in sich ein, als könne
er beim Ausatmen das Haus zum Einsturz bringen.

Trägt er den Namen, den ich ihm gegeben habe, nicht
mehr?

»Bleistein«, sagte er, »Bleistein, nicht Erdner, nicht Götz
Bleistein, ein bißchen anders, und Georg ist auch kein
Weibername.«

Was gewesen ist
kommt von vorn
auf einen zu.
Warum kann man
Erinnerungen nicht umbringen
oder verschenken wie Andenken
die keiner mehr mag.
Arm ist die Zukunft dran
wenn die Vergangenheit
seßhaft wird.

Eines Morgens, Anfang April, gleich nach dem Hellwerden, stemmte sich jemand von draußen gegen die Tür und drückte langsam die Klinke nieder. Das Geräusch zog Georg hoch; aufrecht hockte er im Bett, als seine Tante die Tür aufstieß. Er nickte ihr ergeben zu. Er hatte sie erwartet, das war sein Vorteil; sie schob sich zögernd herein, in der einen Hand einen Putzeimer, in der anderen einen Schrubber. Ihre Frisur hatte sie in ein Kopftuch gewickelt, über einer Wollweste trug sie eine ärmellose, fliederfarbene Kleiderschürze. Als sie vor seinem Bett stand, stellte sie den Putzeimer, aus dem es rauchte und dampfte, hart auf dem Boden ab. Dann ging sie zum Fenster und riß es auf. Den Schrubber lehnte sie an die Wand.

»Steh auf!« sagte sie.

Er stand gehorsam auf.

»Komm mit!« sagte sie.

Er zog Hemd und Hose an und hängte sich den Ledermantel um. Vor dem Treppenabsatz wartete sie auf ihn und ließ ihn vorangehen.

Unten kam seine Großmutter aus derKüche und schaute ihn an wie eine ganz alltägliche Erscheinung.

»Du?« fragte sie. »Wie kommst du hierher? Ah, du hast uns beim Essen und Trinken geholfen und das Klo verschissen? Du bist das gewesen?«

»Mutter, geh sofort zum Nachbarn und laß die Polizei anrufen!« sagte seine Tante. »Ich halt ihn hier fest!«

»Ich hab gelesen, was euch meine Mutter geschrieben hat«, sagte Georg mit einer Stimme, die ihm fremd vorkam. »Ihr habt sie zur Strecke gebracht. Ihr habt mich nur großgezogen, um ihr wehzutun, und mich habt ihr totgeschwiegen. Es gibt mich aber. Es gibt mich ganz und gar, und so wie ich bin, habt ihr mich nie sein lassen wollen. Ich geh zu ihr, und ihr haltet mich nicht auf! Ich hab nicht vor, so zu werden wie ihr, und ihr dürft mir glauben: ich bin erst dann gesund, wenn ihr gestorben seid!«

»Du redest ein bißchen zu oft vom Gehn und vom Bessermachen«, sagte seine Tante, »und liegst hier herum wie ein Kuckucksei! Na los«, sagte sie zu ihrer Mutter, »geh zu und sag der Polizei, sie sollen ihn abholen kommen! Am hellichten Tag kriegt er keine Gelegenheit, seine Haxen zu schwingen . . .«

Plötzlich schrumpfte der Flur auf die Größe einer Zelle. Georg Bleistein sah Tante und Großmutter als Aufseherinnen, die ihm wieder ihr Gift spritzen wollten, dieses Gift, mit dem sie ihm Kindheit und Jugendzeit schmerzhaft versüßt hatten. Sie glaubten immer noch daran, mit ihm umspringen zu können wie mit seiner Mutter; er war nur ein Besitz gewesen, in dem sich ihre guten Werke und Taten gespiegelt hatten. Ein Zorn packte ihn, er drängte beide in die Küche, wo die Stühle auf dem Tisch standen, ging zum Küchenschrank, riß die Schublade mit dem Besteck auf und griff nach einem Fleischspieß.

»Ich hab Mutters Briefe gelesen«, sagte er. »Ihr habt sie auf dem Gewissen! Ihr!« rief er.

Dann warf er den Fleischspieß ins Spülbecken, in dem ein Wischlappen schwamm, putzte sich die Finger am Mantel ab, als klebe schon Blut an seinen Fingern.

»Ich weiß nicht weiter«, sagte er.

Die Frauen standen nebeneinander; jede lehnte sich an die andere, als würden sie sich stützen.

»Du hast ihr Blut in dir«, sagte seine Großmutter. »Ihr seid mir das richtige Paar! Weißt du noch«, wandte sie sich an ihre Tochter, »auf uns ist sie mit einer zerschlagenen Flasche los, als er uns zugesprochen wurde. Sie hat sich in ihm vererbt!«

»Man muß für alles gradstehn«, sagte seine Tante. »Du bist nicht unser Sohn! Geh doch zu ihr, wenn du so weit kommst.«

»Reizt mich nicht«, sagte er, »bitte! Gebt mir lieber Geld für die Fahrkarte. Ich schwörs, dann seht ihr mich heut zum letzten Mal.«

»Geld kriegst keins!« antwortete seine Großmutter.

Er rüttelte am Küchentisch, bis einer der Stühle darauf herunterfiel.

»Wir sind keine Großköpf«, sagte seine Tante ungerührt. »Jeden Pfennig muß ich mir erarbeiten, und der Großmutter wurde in ihrem Leben auch noch nichts geschenkt! Erst machst du Schulden, dann bestiehlst du uns, dann drohst du uns mit Abstechen, jetzt sollen wir dich auf einmal beschenken? Du spinnst doch!«

»Ihr bekommt alles zurück«, sagte er.

»Laß unser Zeug in Ruh!« sagte seine Großmutter und stellte den Stuhl auf die Beine. Das Bücken machte ihr Schwierig-

keiten; mit ihren dünnen Fingern strich sie einfältig und
sanft über die Lehne.

»Du wirst nie wieder drauf sitzen!« sagte seine Tante.

Es entwickelte sich alles ungefähr so, wie er es erwartet
hatte, und doch schien es ihm, je länger es dauerte, als hätte
er das Ganze noch nie in Gedanken durchgespielt. Er fühlte
sich viel zu nüchtern.

»Ich danke euch für Kost und Logis«, sagte er und meinte es
sogar ein bißchen ernst, »aber jetzt müssen wir uns trennen.
Zwischen uns ist nichts mehr, nun heißt es Abschiednehmen auf Nimmerwiedersehen, und es wär ganz gut, wenn
wir vernünftig scheiden würden. Ich schlag vor, wir
machen es wie im Kino: ihr gebt mir Geld und laßt mir
einen Vorsprung, dafür bleibt eure Bude heil. In Ordnung?
Ich kann auch anders, wenns sein muß! Ich kann nur keinen
Kniefall mehr hinlegen.«

»Das wissen wir«, sagte seine Großmutter.

»Keinen Pfennig gibt es!« sagte seine Tante.

Es fiel ihm schwer, sich zur Gewalt durchzuringen. Mit
scheinbarer Gemächlichkeit, geradezu bedächtig, wischte er
zuerst noch alle anderen Stühle vom Küchentisch; dann
kippte er den Aufsatz des Küchenschranks auf den Fußboden. Das Tosen zerplatzenden Geschirrs schmetterte
durch die Küche, die Türen des Schranks brachen auf,
Scherben und Splitter rutschten in alle Ecken. »Jetzt lohnt
sich das Saubermachen!« sagte er und stampfte auf den
Beinen der Stühle herum, bis ein paar abbrachen. Die Stimmen von Tante und Großmutter hörte er nicht mehr in
seiner Raserei.

Plötzlich spürte er einen brennenden Schlag zwischen den
Schulterblättern. Seine Tante schwang mit beiden Händen
einen Schrubberstil; als sie zum nächsten Schlag ausholte,
riß er den Stil an sich und brach ihn auseinander. Beide
Frauen weinten, aber nur aus Angst.

»Hundert!« sagte er.

»Gar nichts!« sagte seine Tante.

»Gibs ihm!« sagte seine Großmutter.

»Nein, lieber freß ichs!«

»Du bist doch ein lebendes Sparschwein«, sagte er und hob
das Kinn der Tante mit einer Faust hoch. Mit der andern
Hand gab er ihr einen Stoß vor die Stirn.

»Und dich haben wir aus dem Dreck gezogen!« rief seine Großmutter.

Er nickte ruhig. »Stimmt genau!« sagte er.

Er trieb sie in den Flur, prügelte sie mit tätschelnden Remplern die Kellertreppe hinab, schob sie in die Speisekammer und sperrte hinter ihnen ab. Dann stieg er wieder in die Wohnung hinauf, ging ins Schlafzimmer, stellte sich an die Seite des Ehebetts, die seine Tante auch nach dem Ableben ihres Mannes beibehalten hatte, und schlug ohne jede Erleichterung sein Wasser ab. Als er fertig war, durchwühlte er den Kleiderschrank, diesmal rücksichtsloser als beim ersten Mal. Er leerte Schubfächer, riß die Betten heraus, warf die Matratzen durcheinander, aber er fand nichts. Im Frisierspiegel sah er, wie ein Fleischberg gegen den Schrank anrannte, bis die polierten Spanplatten in sich zusammenkrachten; dann zog er einen Stiefel aus und drosch damit in den dreiteiligen Spiegel, daß die Splitter prasselten. Das Kruzifix an der Wand über dem Bett ließ er hängen. Wenn es wie im Film gewesen wäre, hätte er jetzt eiskalt lächeln müssen; er fühlte sich aber so lächerlich, daß er am liebsten geheult hätte.

Im Bad stellte er sich auf die Waage. Der Zeiger ruckte knapp unter den Zweizentnerstrich; er war wütend, daß er noch immer so viel wog. Nach seinen unfreiwilligen Fastenkuren hatte er sich magerer, schlanker gedacht. Nun schleppte er das, was er für eine ziemlich entfernte Vergangenheit gehalten hatte, noch immer mit sich herum.

In der Küche plünderte er trotzig den Kühlschrank, stopfte sich Käse und Wurst in den Mund und Taschen, drehte einer Flasche Schaumwein den Korken aus dem Leib. Er soff sich voll; dann stolzierte er mit durchgebogenem Kreuz wieder in den Keller hinab.

»Hey!« rief er und klopfte mit der Flasche gegen die Tür der Speisekammer. »Habt ihr euch überlegt, wo das Geld liegt? Hört ihr mich, hört ihr mich? He, du Lieblingstochter einer Rabenmutter: ich reiß euch eure Hütte nieder!« »Der tuts!« hörte er seine Großmutter flüstern. »Gibs ihm, das Geld, dem Verbrecher, dem traurigen!«

»Huh, hier steht der Killer mit dem blonden Vollbart«, rief er, »von Kopf bis Fuß gestählt wie eine Brechstange! Ich hab Kraft, zur Zeit keine andere Arbeit, als mein Gewicht zu tragen!«

Endlich, nach einer langen Weile, während er immer fester an die Tür gepocht hatte, rief seine Tante: »Hör auf und laß uns raus! Du kriegst das Geld!«

Als er aufgeschlossen hatte, verbeugte er sich vor ihnen wie ein Roboter. »Brav, ihr zwei!« sagte er. Seine Tante blickte stumpf vor Enttäuschung und Verbitterung zu ihm auf. Sie wehrte sich gegen ein Zittern, das ihre Arme und Beine befallen hatte; immer wieder sank ihr der Kopf auf die Brust, als sei sie zu Tode erschöpft. Seine Großmutter musterte ihn wie einen Eindringling, der von einer ansteckenden Krankheit entstellt ist. Ihr gekerbtes Gesicht verriet weder Abscheu noch Mitleid. Mit ineinanderverschlungenen Fingern harrte sie neben ihrer Tochter aus, den eingefallenen Bauch pressend, um den er sie seit jeher beneidet hatte. Unsanft stieß sie ihre Tochter an, als die zu weinen begann.

»Ich will ja nicht alles!« sagte Georg.

Er mußte zur Seite treten, als seine Tante, starr aufgerichtet, an ihm vorbeiging, gefolgt von ihrer Mutter, die ihn grob am Ärmel packte und mit in die Waschküche zerrte. Dort machte sich seine Tante am Feuerloch des Waschkessels zu schaffen. Nach einigem Kramen zog sie eine Pralinenschachtel heraus und wischte sie sorgfältig ab, bevor sie den Deckel mit den aufgedruckten Kirschen abnahm.

Es war nicht viel, was sie sich erspart hatten. Er konnte das Geld in dem Moment zählen, in dem sie es ihm hinhielt. »Da, nimms, du Hundskrüppel, du elendiger!« sagte sie.

»Danke!« sagte er.

Er preßte die Scheine in der Faust zusammen und stopfte sie zerknüllt in seine Manteltasche, als wolle er damit beweisen, daß Geld für ihn nicht denselben Wert hatte wie für sie.

»Das hab ich mir alles vom Lohn abgespart«, sagte seine Tante.

»Er muß auch noch bezahlen«, sagte seine Großmutter, »paß nur auf!«

Er sah sie sich noch einmal an, diese beiden, die ihn ums halbe Leben gebracht hatten. Jetzt streichelten sie sich verstohlen; die Blicke, die sie tauschten, löschten ihn aus. Als würden sie ihn bedauern, so standen sie vor ihm, über ihm, weit oben, als liege er schon unter ihren Sohlen, verreckt und krepiert, wie jemand, der keine Liebe und keinen Zorn mehr verdient. Er schleppte sich hinaus, davon, es blieb still hinter ihm, als hätte sich jäh eine Erdspalte aufgetan und seine Heimat, diese Mastbox, ins Tiefe gezogen.

Er hatte vor, ins nächstgelegene Dorf an der Bahnlinie zu gehen, dort auf einen Zug zu warten und ab in die Großstadt zu fahren: ein Sturzflug ins Weite.
»Ich komm«, sagte er laut.
Dann fühlte er sich wieder hundsgemein. Er nahm sich vor, so bald es ging, den Frauen einen Scheck zu schicken, mit Zinseszinsen, in Geschenkpapier eingeschlagen, jede Ziffer mit einem Schleifchen verziert. In ihrem Haus hatte er sich von der Arbeit und andern Alpträumen erholt, sich Mut angesoffen, Sanftmut angefressen; hier war er dauernd zurückgefallen statt vorwärtsgestürzt. Die Aktentasche war seine Krücke gewesen, das Fahrrad wie eine rollende Bahre. Nun wollte er sich, wenn es nötig war bis zur Kehrseite seiner Erziehung durchschlagen.

Frauen mit samtroten
Zylindern geben ihm das letzte
Geleit. Richtet sich einer selbst zum
Helden ab, der lächelnd tötet, mordend lacht
schwört ihm sein Schatten Feindschaft auf ewig.

Aufbruch

Käfer und Krieg. Geflaggte Jungfernhäutchen. In den Ohren
nistet Gesang. Die Erde schaut plötzlich wieder so eßbar aus,
daß man aus Äckern löffeln möchte. Aus den Wolken
prasseln Blumen. Schicksal, nimm die schwarzen Sterne aus
dem Tag. Das Leben, vor allem die Liebe, bleiben von
Wunden verschont. Die Gier nach der Lust macht die
Sehnsucht zuschanden.

Er ging gut eine halbe Stunde und dachte selten zurück. Die
Sonne, die den Himmel hinaufstieg, wärmte ihn durch den
dicken Mantel. Der Weg hatte tiefe Furchen und schien sich
um jeden Hügel zu winden; die Hänge zeigten Grasnarben.
Ein lauer Wind blies seinen Angstschweiß trocken; er atmete
mit offenem Mund. Bald stachen Nadeln in seiner Seite, dann
wieder spannten sich seine Waden bretthart, er war das
Gehen nicht mehr gewohnt. Er fühlte sich frei, aber es
behagte ihm wenig. Er wäre gern auf einer der jagenden
Wolken geritten, hätte noch lieber einen der Felsfinger
erklommen, die sich aus den Hügelkuppen reckten, und von
dort oben Umschau gehalten nach den Wüsten, den Meeren,
denn es war ihm, als gehe er in ein anderes Land. Grönhart
war längst in Asche gesunken, zu Staub zerfallen. Strecken-
weise säumten Weidezäune seinen Weg, einmal sah er von
fern eine Schafherde; nur der Hund witterte ihn. Die frische,
würzige Luft brachte seinen Magen in Aufruhr. Er knurrte;
es hörte sich an wie von einem Tier. Als das Ortsschild am
Wegrand auftauchte, sah er schon die ersten Häuser, ver-
streut liegende Gehöfte. Der Kirchturm, den eine moosgrüne
Zwiebel krönte, erhob sich inmitten von Scheunen und
Ställen.
Der Bahnhof lag etwas außerhalb des Dorfes. Im Wartehäuschen las Georg Bleistein den Fahrplan, merkte sich den
nächsten Zug, der in gut zwei Stunden fuhr, und ging zurück
ins Dorf. Dort kaufte er sich in einem Kramladen ein Glas
kleine Heringe. Draußen zog er die Fische am Schwanz aus
dem Glas, legte den Kopf in den Nacken und ließ sie im

Ganzen hinunterrutschen. Hinterher spürte er noch immer einen kranken Geschmack im Mund. In einem Gasthof, indem eine uralte Frau am Fenster saß und Strümpfe stopfte, bestellte er sich ein Bier. Umständlich bekam er Glas und Flasche auf den Tisch gestellt. Weil die Alte schwerhörig schien, bestellte er gleich nochmal eins. Von der Straße drang kein Laut herein. Die alte Frau stopfte Strümpfe, er zählte die Balken an der Decke, die Bohlen des Fußbodens, die Stühle, die Tische, die Fenster, die Türen; eine Wanduhr zertickte die Pausen. Er beschäftigte sich damit, Zigaretten aus dem Automaten zu ziehen, die Marken wechselnd, eine Sorte nach der andern durchprobierend. Es war ein merkwürdiges Gefühl für ihn, daß nur er allein wußte, wo er war. Ab und zu ließ die Alte ihre Hände sinken und betrachtete ihn ungeniert. Er verschanzte sein Gesicht hinterm Bierglas.

Er dachte sich eine Unterhaltung zurecht, sagte: Von Anfang an hat man mir gepredigt, daß ich am Leben bin. Stellen wir uns vor, ich hätts einfach nicht geglaubt. Was dann? Warum hat man mir das erst sagen müssen? Und was wär, wenn plötzlich jeder behaupten würde, daß es mich überhaupt nicht gibt? Wär ich im gleichen Augenblick spurlos verschwunden? Oder die andern?

Er erschrak, als Kirchenglocken ihr Mittagsläuten auf die Dächer herabschmetterten. Es verleitete ihn fast zu einer Bekreuzigung; er war empfindlich für diesen heiligen Radau.

Er winkte der Alten, ließ sich nochmal eine Flasche zur Wegzehrung bringen und mußte wieder einen Teil vom erbeuteten Geld hergeben. Mit der Flasche in der Hand ging er die Dorfstraße entlang, so egal war ihm das Jetzt und Hier. Misthaufen weichten den Straßenrand auf, das Tuckern von Traktoren sickerte aus den Höfen. Auf jedem Fenstersims standen Kästen mit strohigen Blumen. Im Wartehäuschen setzte er sich auf die Bank, trank, rauchte und blickte freudlos in die Richtung, aus welcher der Zug kommen mußte. Die leere Flasche zerschlug er auf dem Schotter zwischen den Gleisen. Während er wartete, stellte er sich eine lange Nacht mit seiner Mutter vor.

Hier bin ich! Wasch mir die Haare, kämm mir den Bart, näh uns ein Zelt aus meinem Mantel. Komm, ich bin da! Ich hab auf dich gewartet, hab nach dir gesucht. Wie alt bin ich? Wie

jung bist du? Darf ich Mutter zu dir sagen? Oder Elsa? Oder
willst du Frau Bleistein heißen?
Ehe seine Mutter antworten konnte, kam auf den Schienen
langsam ein Triebwagen herangekrochen.

Wie ein blinder Schläfer träumend
das Wort Freiheit
Sprechblasen, Spielräume
fast schon wie einen Satz
mit Störungen, Unterbrechungen
unbegreiflich, unangreifbar.
Freiheit, nachts
wenn die wahrste Wirklichkeit
auf der Seele hockt und drückt
und Schweiß in die Gehirnzellen preßt.

Die meisten Plätze im Wagen waren frei. Georg Bleistein
zitterte vor Anstrengung und Aufregung, rückte ganz ans
Ende einer der langen Bänke, zum Fenster hin; es wurde
ernst. Ab mit dir, du Scheißstadt am Arsch der Welt, dachte
er, als der Triebwagen abgepfiffen wurde, ach du lieber Gott,
mir gehts nicht gut. Die Gleise blitzten in der Sonne wie
Schmuckketten aus reinem Feuer. Bei den Bauern, die in
jedem Kaff zustiegen, erregte er das übliche Geschau. Als das
Bier seine Blase aufquellen ließ, stand er auf und ging zur
Toilette. Im Gang warf es ihn hin und her. Er schaukelte,
während er sich in dem engen Kabuff Wasser über die
feuchten Hände laufen ließ. Dann ruderte er zurück an seinen
Platz.
Er wurde müde und schlief ein. Im Traum lag er in einem
schwarzpolierten Koffer: er paßte genau hinein. Das Futter
war aus purpurnem Samt, die Seitenwände schmiegten sich
eng an. Zwei Frauen näherten sich ihm. Beide waren nackt.
Sie hatten dunkle Kapuzen aus Seide über den Köpfen: nur an
den Schamhaaren erkannte er, mit wem er es zu tun hatte.
Das Angegraute gehörte seiner Tante, der schlohweiße
Buschen seiner Großmutter. Sie kratzen ihm die Haut vom
Leib, kuschelten sich innig an sein rohes Fleisch, saugten ihm
das Blut aus den Adern, bis er leer war; dann zerhackten sie

ihn zu handlichen Portionen und schmausten herzhaft. Vorsicht, sagte seine Tante, das Gehirn ist verrgiftet! Er schreckte auf und rieb sich die verkrusteten Lider.

So sehr er sich auch abmühte, vorauszudenken, es gelang ihm nicht. Er konnte sich nicht vorstellen, wo und wie er die Zeit nach seiner Ankunft in Wannsing herumbringen sollte.

Während sich der Triebwagen der Stadt näherte, legten sich rußige Schleier vor die Sonne. Fabrikanlagen schoben sich an den Bahndamm, auf den Rampen standen Fässer mit zerschrammten Totenköpfen, Kohlehalden wälzten sich gegen die ersten Wohnblockansammlungen, die Parkplätze häuften sich. Auf verwaschenen Betonkästen standen riesige Buchstaben aus Leichtmetallgestänge und Neonröhren, machten klotzige Firmennamen Front gegen seine Blicke. Zu beiden Seiten des Bahndamms brachen künstliche Täler auf, von Peitschenlampen eingefaßt, Brückenpfeiler stiegen daraus empor; wie auf breiten Strichen fuhren Autos fast in Höhe der Dächer. Der Triebwagen fuhr an Hinterhöfen mit verrotteten Balkonen vorbei, überquerte die ersten Straßenbahninseln, Verwaltungshochhäuser knickten den Horizont, Kirchtürme spießten Abgasschollen auf, der Dom bohrte sich in die höhergelegenen Schwaden. Je tiefer der Schienenbus ins Weichengewirr des Bahnhofs vordrang, desto kleiner wurden die Menschen. Vielleicht hatte er einen Schutzengel, der jetzt seine Mutter zum Bahnhof geleitete. Er hatte eine furchtbare Angst, daß sonst nichts von ihm übrigbleiben würde, keine Spur.

Zuerst irrte er ziellos durch den Bahnhof, durch die hin und her flutenden Menschenmassen, die ihn immer wieder mitrissen. Er fühlte sich übergangen, überrannt; er mußte sich gegen den Sog stemmen, an den Rand kommen. Blicke trafen ihn, die er nicht zu deuten wußte. Die Fliesen des Fußbodens waren bedeckt mit Kippen und Spucke, Papierchen und Blutspritzern. Er fühlte sich so verunsichert, daß er allen Leuten, die ihm den Weg verstellten, beinahe die Absätze von den Schuhen gekickt hätte. Ein Brummen und Dröhnen kreiste ihn ein; so viele Gesichter sah er, daß er sich auf der Stelle an keines mehr erinnnern konnte.

Vom Bahnhofsvorplatz aus sah er eine Weile zu, wie der Weltuntergang in mörderischer Achtlosigkeit durch die Stra-

ßen brauste. Dann faßte er sich ein Herz, stieg in ein Taxi und
fragte den Fahrer nach einer preiswerten Pension.
»Wie billig?« fragte der Fahrer.
Georg hielt einen Fünfzigmarkschein hoch.
»Penner nehm ich nämlich nicht!« sagte der Fahrer.
Er fuhr ihn kreuz und quer durch die Straßen. »Da drüben!«
sagte er dann und wies auf die andere Straßenseite.
Georg zahlte, stieg aus und stand vor einem ehemaligen
Mehrfamilienhaus, das in ein kleines Hotel umgebaut worden war; es stand an einem gepflasterten Platz mit Kreisver-
kehr. In den Erdgeschossen der Nachbarhäuser befanden sich
ausschließlich Kneipen und Läden.
Vor der Eingangstür blieb er stehen und versuchte, sich
etwas adrett herzurichten, indem er den Mantel abklopfte,
ein paar Schritte zurücktrat und die Stiefel aufs Pflaster
stampfte. Niemand verwehrte ihm den Zutritt, als er dann
die Schwingtür aus geperltem Glas aufstieß; von niemandem
wurde er aufgehalten, als er über den Läufer, der weich wie
eine Wiese war, auf die Rezeption zumarschierte. Dahinter
stand eine jüngere Frau. Sie verlangte seinen Paß.
»Kein Gepäck?« fragte sie teilnahmlos.
»Bahnhof«, sagte er, »Schließfach.«
»Wie lange bleiben Sie?«
»Weiß nicht genau«, sagte er. »Zwei, drei Tage.«
Als er das Anmeldeformular teilweise falsch ausgefüllt hatte,
fuhr er mit dem Aufzug hinauf in sein Stockwerk. Neben der
Zimmertür klebte ein Plakat mit Sand und Meer an der
Betonwand; er roch nur Metall und Papier.
Sein Zimmer hatte Bad und Klo; er hatte ein sauberes Bett
mit fadenscheinigem Bezug, Schrank, Tisch und einen wack-
ligen Sessel. Auf der Tapete schwammen Fische um Rot-
weinhumpen. Das Fenster führte auf die Straße hinaus. Er sah
Schaukästen mit Tänzerinnen, Federn und Schleiern, ein paar
Pornobars und Sexkinos, hörte verzerrte Musik und das
Geratter von Spielautomaten. Die Strahlen der sinkenden
Sonne umrahmten die Leute mit zerhackten Heiligenschei-
nen. Horden von Männern trieben sich auf und ab, schoben
sich schlendernd durch das Gewühl, Frauen und Mädchen
standen herum und winkten bremsenden Autos. Über allen
lag ein Hauch ungesunder Helligkeit, der jedem eine Blässe
ins Gesicht zauberte und die Augen in schwarze Steine

verwandelte. Das Abendleben pulsierte, als sei es an einen Herzschrittmacher angeschlossen. Er wagte sich nicht einmal im Kopf hinunter, ließ das Fenster geschlossen wegen des Lärms, der bis in die tiefste Nacht dauerte. Er konnte nicht schlafen. Wenn er die Augen zumachte, um nachzudenken, glaubte er, seine Mutter gehe dort unten vorbei. Dann sprang er jedesmal auf und stierte durchs Fenster. Einmal sah er Polizisten mit Walkie-Talkies patrouillieren, gleich fühlte er sich umstellt. Er begriff nur ungenau, was sich hier abspielte, die Regeln waren ihm zu fremd. Ausgezogen lag er auf dem Bett und hörte den Geräuschen von draußen zu; gegen Morgen gurgelten Besoffene um Hilfe, die Stimme einer Frau plärrte und greinte dazwischen; dann sang ein Trupp Nachtschwärmer im Marschtritt die aktuellsten Discohits. Es roch nach Parfüm und Frittenfett, nach Abgasen, Fusel und süßlichen Fruchtsäften. Von einer solchen Umgebung hatte er in Grönhart immer geträumt.

Ein paar Tage, dachte er, kann ich mir dieses Zimmer leisten, aber in meiner Haut muß ich bleiben, ob ich will oder nicht. Um mich und in mir, das sind zwei verschiedene Dinge, da dringt von außen alles und von innen gar nichts durch. Es ist zwecklos, sich nach irgendeiner Decke zu strecken, wenn das Dach drauf fehlt.

Am nächsten Morgen, nach dem internationalen Frühstück, weichte er alles, was er am Leib trug, in der Badewanne ein, blätterte dann ohne Übung im Fernsprechbuch und wählte unbeholfen die Nummer des Einwohnermeldeamts.

»Ich brauch eine Auskunft«, sagte er. »Ich muß die Anschrift meiner Mutter haben. Sie heißt Bleistein, Elsa mit Vornamen. Ich bin ihr Sohn. Sie ist nicht verheiratet, wenn mich nicht alles täuscht. Sie muß hier wohnen.«

»Wir dürfen keine Auskünfte dieser Art erteilen«, antwortete eine Frauenstimme.

»Danke«, sagte er.

Es knackte in der Leitung; dann kam das Besetztzeichen.

Ihre Mutter, hörte er, wohnt im Weidenwald, die Villa hat die Hausnummer Null.

Er steigt aus dem Taxi und steht vor dem Gartentor. Der edle Hund, der die Goldfische und Ziersträucher bewacht, scheint ihn erwartet zu haben. Er bellt so frohlockend, als begrüße er einen alten Bekannten. Dann ertönt der Summer, die schmiedeeiserne Tür schwingt auf; von jedem Baum herab ruft seine Mutter über Lautsprecher: SEI WILLKOMMEN, DU VERLORENGEGLAUBTER! Dienstboten mit massigen Kerzen in den Händen schreiten ihm feierlich entgegen und geleiten ihn durch den Park zum Haus. Efeu und wilder Wein rankt sich bis zum Kamin hinauf. Der Verputz riecht nach Rosen. Jedes Fenster hat die Form einer Sonnenblume. Die Haustür ist dick wie ein Schrank.

Er schlug wieder das Telefonbuch auf; es kannte keinen Bleistein, nur einen Handelsvertreter namens Bleinagel.

Vielleicht hatte seine Mutter wieder geheiratet. Vielleicht war sie gestorben oder wieder ins Gefängnis oder in eine Trinkerheilanstalt eingeliefert oder noch gar nicht entlassen worden oder unbekannt verzogen oder hatte sich einen falschen Paß besorgt und war ausgewandert. Vielleicht lebte sie auch schon lange in Grönhart, und sie hatten einander verfehlt. Vielleicht war sie ermordet worden, und man hatte ihre Leiche bis heute nicht gefunden. Vielleicht fuhr sie in einem Wohnwagen durch die Lande und warb auf Campingplätzen um Freier oder war von außerirdischen Wesen entführt worden und darbte weit hinter der Milchstraße in einem Labor.

Diese Vorstellungen erschöpften ihn so sehr, daß er sich zu seiner Wäsche in die Wanne legte und heißes Wasser nachlaufen ließ. Als er sich und die Wäsche in einem Gang eingeseift hatte, drehte er den Heizkörper voll auf und behängte die Rippen mit den ausgewrungenen Kleidern. Als sie ziemlich trocken waren, zog er sich an und fragte an der Rezeption nach einem Speiselokal in der Nähe.

Schon bei den ersten Schritten draußen merkte er, daß er sogar hier in diesem Umtrieb auffiel. Es hätte ihn kaum verwundert, wenn bei seinem Auftauchen Straßenbahnen entgleist und Autos zusammengestoßen wären. Er hatte das Empfinden, alles Gelächter und Geschrei gelte nur ihm, ihm ganz allein. Ein paar Müßiggänger verfolgten ihn und unterhielten sich lauthals über sein Äußeres, besprachen seine Figur, seine Formen, bis ihm war, als seien alle andern Menschen schöner, als wirkten sie nicht so deutlich im Straßenbild wie er. Er war froh, daß ihm niemand ins Speiselokal folgte. Er beschloß, sich richtig satt zu essen, egal, was es koste, bestellte gefüllte Kalbsbrust und bezahlte über fünfzehn Mark dafür.

Auf dem Rückweg zum Hotel kaufte er sich einen Stadtplan und einen Kugelschreiber. Dann setzte er sich in sein Zimmer und studierte den Packen Adressen, kleine Kreuze in fremde Gebiete strichelnd.

Seine Mutter war herumgekommen in dieser großen Stadt, vom Gaswerk an die Stadtautobahn, vom Rangierbahnhof an den Schlachthof, vom Kanalhafen zum Zentralfriedhof, wie vom Hinzviertel in die Kunzsiedlung, ein Kreuz und Quer, ein Hin, ein Her. Er hatte Straßen vor sich, Wasserläufe, Betonpisten. Ach Gott, machs gnädig, dachte er. Er ordnete die Kuvertfetzen nach dem Datum der Poststempel. Wenn die Briefumschläge fehlten, sortierte er das hellere Schreibpapier aus dem Stapel und las sich alles nochmal vor für den Fall, daß er einen wichtigen Hinweis übersehen hätte.

Der neueste Poststempel war drei Jahre alt. Auf dem Absender war der Zäunergraben angegeben. Georg merkte sich den Straßennamen, prägte sich die Hausnummer 34 ein, als würde von dieser Zahl sein Leben abhängen. Dann zog er los. Er hatte das Gefühl, seine Mutter sei immerhin die Bekannteste unter allen Fremden dieser Stadt.

Schwerfällig wechselten die Ampeln ihre Farben. An jeder Kreuzung verkeilten sich Autos. Ein mörderischer Lärm schlug gegen die Häuser, deren Mauern die Echos verstärkt zurückwarfen. Überall tobte eine Schlacht um Parklücken. Trambahnen stampften wie eiserne Schiffe durch das Meer aus lackiertem Schrott. Die Abgasglocke schwang auf und nieder. Blechlawinen donnerten in Tiefgaragen und Parkhochhäuser und hinaus in die begrünten Wohnsilos.

Er verlief sich einige Male; immer wieder kam es ihm so vor, als würde er manchen Weg doppelt zurücklegen. Er mußte die Gegend am Rangierbahnhof durchqueren, dort rüttelten die Echos gellender Pfiffe und rollenden Donners an den Häusern. Durch Zufall kam er in die Nähe des Schlachthofs; die Luft roch streng nach Knochen. Das Gehen machte ihn müde. Langsam schienen seine Sohlen auf dem Pflaster festzukleben. Das Suchen nach der Straße kam ihm vor wie eine kräftezehrende Arbeit. Zu viele Gesichter wirbelten durch seinen Schädel. Bald stauchte ihn jeder Schritt bis zum Hals.

Der Zäunergraben war eine elende Straße. Mörderisch wälzte sich der Verkehr durch sie und brach sich an den Ampeln. Die Häuser waren schartige Wände aus schwarzem Backstein und giftig grauem Verputz. Alle Fenster waren zu. An die meisten Haustore waren türkische Parolen gesprüht. Wenn die Autos aufheulten und diesiges Gewölk hochschleuderten, preßte sich Georg unwillkürlich gegen die abweisenden, sterbenden Fassaden. Der brennende Gestank reizte seinen Magen.

Nr. 34 hatte rostige, zerkratzte Klingelschilder. Seinen Familiennamen konnte er nirgends lesen. Die meisten Leute im Haus hießen wie chinesische Scheichs. Ratlos zog er den Brief aus der Manteltasche und verglich die Adresse auf dem Kuvert mit dem Hausnummernschild: es hatte seine Richtigkeit. Erst als er den Brief seiner Mutter nochmals las, fiel ihm ein Satz ein, in dem sie von einer ruhigen Wohnung im ersten Stock unterm Dach schrieb und von einem Blick wie auf einen Gefängnishof. Er blickte zur Dachrinne hinauf und zählte die Stockwerke. Dann bemerkte er die Hofeinfahrt. Er ging hindurch und kam in einen Hinterhof, der bescheidene Ausmaße hatte, eigentlich nur ein enges Geviert darstellte. Teppichstangen ragten wie rostige Pfähle aus gesprungenen Betonplatten, in den Ecken hatte sich allerlei Gerümpel angesammelt. Er fühlte sich von Häßlichkeit ummauert.

Am scharfgratigen Ufer des Schattens, den das Vordergebäude warf, lag ein kleines, zweistöckiges Haus, wie verloren, wie vergessen, fehl an diesem Platz. Unter die beiden Klingelknöpfe waren Papierstreifen geklebt, mit inzwischen verwaschener Tinte beschrieben, aber auch darauf stand ihr Name nicht, da war nur Hundhammer und Lieberwirth zu entziffern. Er klingelte trotzdem, ein paarmal; nichts rührte sich für ihn.

Georg lachte fast schluchzend in sich hinein, ehe er sich auf den Rückweg machte und jede Sekunde, die sinnlos verstrich, bis in die tiefste Niederung auskosten mußte.

In der Bahnhofs-Gaststätte hingen Spielautomaten in Reih und Glied an den Wänden, die Musicbox spielte einen Schlager, den er nicht kannte. Verwilderte Pudel sprangen herum. Es stank nach Rauch und Schweiß. Die meisten Tische waren von Männern mit blauschwarzen Schnurrbärten bevölkert, die sich laut unterhielten, immer mit Blick auf die stark geschminkten Frauen, die vereinzelt herumsaßen und süßsauer in die Runde lächelten. Manchmal knarrte ein Wind, zischte ein verlorener Schnarchton. Er ließ sich ein Bier bringen, um eine Mahlzeit zu sparen; es machte ihn etwas munter. Während er trank, ruckten die Uhrzeiger wieder aufwärts. Ab und zu schnorrte ihn ein Penner an, rauchte von seinen Zigaretten; jedesmal legte Georg die Hand auf sein Glas. Es tat ihm wohl, daß es noch Ärmere als ihn selbst gab. Er fühlte sich gleich um einige Grade besser.

Als ihm einfiel, daß eine der angemalten älteren Frauen seine Mutter sein könnte, verging ihm die Überheblichkeit. Er sah sich die Frauen genauer an; eine von ihnen mißverstand seine Blicke und setzte sich zu ihm an den Tisch.

»Na«, sagte sie, »einsam, allein? Bist ein lieber Junge, ein süßer Kerl!«

Sie trank aus seinem Glas; die Haare saßen ihr wie eine schillernde Haube auf dem geschnitzten Kopf, die Farbe ihrer Augen erinnerte an wäßriges Blut. Unterm Tisch legte sie eine kraftlose Hand auf seinen Reißverschluß. Georg Bleistein zuckte zurück.

»Jungfrau?« fragte sie.

»Kennen Sie zufällig eine Elsa Bleistein?« fragte er.

»Woher denn?«

»Ich weiß nicht.«

»Deine große Liebe?«

»Vielleicht.«

»Ach, Bubi«, sagte sie, »komm, sei gut, zahl mir ein Bier, ich habs nötig! Jetzt denkst du: Hau ab, du Sau – nicht wahr? Stimmts? Aber in meinem Alter kann ich es dir nicht mehr umsonst machen. Tausend Pfennig möcht ich schon dafür kriegen!«

»Ich will nichts von Ihnen«, sagte Georg.

»Auf so einen wie dich hab ich immer gewartet!« rief die Frau und winkte mit dem leeren Glas dem Kellner. Georg war es zuwider, daß sie Aufmerksamkeit auf ihn lenkte.

»Hock dich an deinen Platz!« sagte er.

»Bin ich denn gar nichts mehr wert, he?« fragte sie und krallte die Finger um seinen Hodensack. »Meine Fotze, die stinkt auch nicht anders als eine junge, ihr Scheißer!«

»Schleich dich!« sagte er.

Der Schmerz war ihm fremd. Von den Nebentischen kam Gelächter. Er verstand die Zurufe nicht. Der Kellner erbarmte sich seiner. Georg Bleistein zahlte, stand auf und ging.

»Mutterficker!« rief ihm die Frau nach.

Er fühlte sich wie entmannt. Es war das erste Mal gewesen, daß ihn eine fremde Frau berührt hatte, aber sie hatte ihm keinen Traum aus dem Leib gelockt, nichts Süßes hatte er gespürt: ein Trampel, eine Schlampe kam und nahm ihm die Würde mit einem Griff.

In der Passage, in der die Schließfächer standen, war ein Trupp Bahnpolizisten dabei, Schläfer von ausgebreiteten Zeitungen hochzuscheuchen. Die Beamten arbeiteten mit den Füßen. Er machte, daß er weiterkam.

Er begriff die Regeln nicht, die hier herrschten. Ihm fehlte ein Zuhause, eine Bettgefährtin, Dauerhaftes, Festigkeit. Morgen wollte er Himmel und Hölle vertauschen, um seine Mutter zu finden. Er schwor es, er nahm sich einen Eid ab: sie mußte ihm die Stadt erklären, diese Menschenhaltung. Er war nichts und niemandem gewachsen, das fühlte er genau; er war einfach zu harmlos.

Damit er wenigstens ein vorläufiges Ziel hatte, ging er in ein Restaurant. An der Theke bestellte er sich einen Fishburger und einen Cheeseburger, bekam ein Tablett voll Plastikschachteln und Papiertüten, setzte sich unter eine Kunststoffpalme und fraß die aufgequollenen Oblaten. Am Ausgang wurden Werbegeschenke verteilt, Kugelschreiber in Form vom Pommesfrites-Schnitzeln. Er fühlte sich nicht satt, nur voll.

Er erinnerte sich, daß er auf dem Herweg, ein paar Ecken weiter, ein Pornokino gesehen hatte: vollbusige Plakate, schwarze Balken. Die Karte war teuer; im Preis war aber ein farbiges Pornomagazin inbegriffen. Er geriet mitten in die laufende Vorstellung und hockte sich auf einen Klappsitz nahe am Ausgang.

Auf der Leinwand schwebte gerade eine eingegipste Gestalt, die wie eine frisch gewickelte Mumie aussah, sanft schaukelnd über einem Streckbett. Dann kam eine Krankenschwester ins Zimmer, zog die Gestalt an Seilwinden ein Stück höher und verpaßte ihr durch die Gipswickel eine Spritze in den Hintern; dann ließ die Krankenschwester die Gestalt wieder herab, holte eine Brust aus ihrem Kleid, murmelte etwas von Bleizucker, Spanischen Fliegen und Potenzinjektionen, fingerte in einem Schlitz im Gips zwischen den Beinen der Gestalt, die derartig zuckte, daß der Gipspanzer riß und in Stücke sprang.

Einige Zuschauer lachten versuchsweise.

Dann sagte die Gestalt, von der immer noch Gips bröckelte: Fräulein, ich möchte wieder von Ihnen behandelt werden! Im zweiten Teil! sagte die Krankenschwester. In der Fortsetzung! rief sie und rannte, ihr Kleid zuknöpfend, davon.

Georg Bleistein hatte das Gefühl, Blut und Scheiße zu schwitzen, als er hinausging. Sein Hals war trocken, seine Zunge pelzig; die ersten Schritte lief er wie auf Watte. Es war Nacht geworden.

Er hatte schon wieder Hunger. Die alte Freßlust packte ihn. Er konnte ihr nichts entgegensetzen; seine Gelüste hielten ihm rücksichtslos die Treue. Es trieb ihn in einen Stehimbiß, wo er ein Gulasch aus Schaschlikresten verzehrte. Er hatte eine Heidenangst vor dem Rest der Nacht. Er ging wieder zum Zäunergraben. Die Hofeinfahrt war schwarz wie ein Bergwerksschacht, jedes Fenster im Hinterhaus blind und dunkel. Trotzdem klingelte er. Danach hörte er zu, wie sein Herz schlug. Er klopfte an die Haustür; zuletzt wagte er sogar, an die Fenster im Erdgeschoß zu pochen. Nach einer Weile ängstlichen Wartens scheute er nicht mehr davor zurück, seine Stirn an die Scheiben zu drücken, um mit den Augen das finstere Glas zu durchdringen. Er sah einen Kerl, der seine Mutter mit einem Flaschenhals fickte. Georg packte sich am Kopf und schüttelte ihn wild. Dann hockte er sich auf die Hausschwelle, zog seine Stiefel aus und ließ seine Socken abkühlen. Aus der Rückfront des Vorderhauses fiel ab und zu trübes Lampenlicht. Er verwünschte halbherzig das Familienglück, das er zu erstreben trachtete.

Von Kneipenmärchen her wußte er noch, wo der Puff lag. Dorthin wollte er, die Zeit totschlagen.

Im Bordellviertel wurde er mit einer jüngeren Frau handelseinig. Ihr Apartment lag im dritten Stock eines schäbigen Mietshauses; die Stufen hinauf klackten ihre Stöckelschuhe laut. Sie trug Hot Pants, das Fleisch ihrer Schenkel blitzte durch grobmaschige Netzstrümpfe. Das Zimmer, in dem sie arbeitete, war ein schmaler Schlauch, die Decke silber gestrichen; an den Wänden hingen Plakate. Ein nackter Reiter mit einer Taucherglocke auf dem Kopf ritt durch eine karstige Mondlandschaft, pausbäckige Kinder tanzten einen Reigen; über dem Bett hing Jimi Hendrix mit seiner Dornenkronenfrisur.

»Mach dich frei«, sagte sie, »leg dich hin.«

Er ließ seine Hose fallen, legte sich aufs Bett und begann sich hinter ihrem Rücken heftig zu streicheln. Er brachte keinen Ständer hoch.

Sie schaute seinen Schwanz kaum an, als sie ihm ein Präservativ überzog. »Was ist?« hörte er ihre Stimme. »Will er nicht?« Er langte ihr an die Brust, und ihre Finger begannen ein Spiel, daß sie gewinnen mußte. Das Handtuch unter seinem Gesäß scheuerte wie geflochtenes Stroh; ihr Gesicht wirkte, als hätte sie es öfters als ihren Körper verkauft. Er sah zur Decke, die einem metallischen Himmel glich, und winselte unglücklich.

»Läuft ja prima«, sagte sie, als ihm der Samen wie Eiter herausschoß.

Sie kraulte ihm nicht den Bauch, kuschelte sich nicht an ihn; sie stand auf und wusch sich die Hände. Er blieb noch ein paar Sekunden liegen, bis er schrumpfte. Dann gab sie ihm ein Papiertaschentuch, in das er das Präservativ wickelte. Es rührte ihn, wie sie für ihn sorgte. Dankbar versetzte er ihr einen streichelnden Klaps.

»Laß das!« sagte sie. »Komm mir nicht so! Du bist fertig, du kannst gehen! Oder meinst du, das wär nur das Vorspiel gewesen?«

Er fühlte sich getäuscht, schön betrogen und hatte weder das Geld noch den Mut, die Nummer Zwei zu verlangen mit allem Drum und Dran. Wieder mußte er sich mit einem Ersatz zufriedengeben, den er sich billiger hätte leisten können. Die Liebe war kein Märchen, keine Hilfe zum Vergessen. Er stellte sich vor, seinen Schwanz in einem Päckchen an alleinstehende Frauen zu verschicken und ihn abgewichst oder durchgefickt zurückzuerhalten, ohne dafür ein Wort, einen Blick, irgendeine Bewegung verlieren zu müssen. Er fühlte sich, als sei er nur das Anhängsel dazu.

Der Jugend vergeben, das Altern verzeihn
einen guten Feind haben, der da sagt, komm
friß, sauf und schlaf im Traum
mit meiner Frau.
Mit Mut und Wut
den falschen Haß bestreiten
so wächst der Wunsch
nach Beständigkeit.
Man taucht nicht auf zum Untergehn.
Wenn das Salz bitter wird
waren die Tränen zu süß.

Im Hotel ließ er sich für sieben Uhr in die Weckliste
eintragen. Während er noch vor der Rezeption stand, stolperte ein Betrunkener in die Halle, ließ einen Aktenkoffer
fallen und deutete den deutschen Gruß an. Dann baute er sich
vor der Rezeption auf, knallte die Hacken zusammen und
machte eine formvollendete Ehrenbezeigung. Als Georg
Bleistein den schwankenden Mann umrunden wollte, wurde
er am Mantelärmel festgehalten.
»Freund«, rief der Betrunkene, »du bist engagiert!«
»Aber Herr Doktor!« sagte der Portier hinter der Rezeption
und lächelte verschmitzt.
»Ruhe im Glied! Frieden im Schwanz!« rief der Betrunkene.
»Du bist engagiert! Saalordner, verstehst du? Dann sollen sie
anrücken, die Juden, die Kommunistenbande, das Demokra-
tenpack, alle diese ungewaschnen Arbeitslosen! Faß! befehle
ich dir dann – und du haust sie in ihre russischen Eier. Vor dir,
Kamerad, haben diese Brillenheinis gleich Respekt, bei deiner Proletenstatur haben sie nichts mehr zu melden! Man
muß die Spreu aus den Schädeln dreschen, den undeutschen
Ungeist austilgen, ausmerzen – verstanden? Bist herzlich
zum Durchgreifen eingeladen! Na, wie wärs? Noch müssen
wir den Kampf mit Gulaschkanonen ausfechten, aber bald
fahren wir schärfere Geschütze auf, und dann, mein lieber
Schieber, ist es endgültig vorbei! Hast du Zeit für einen
Dämmerschoppen? Oder läßt du dir ein Sektfrühstück eher
gefallen?«
»Keins von beiden«, sagte Georg Bleistein. »Ich bin momentan nicht recht in Stimmung.«

Er ließ den Doktor stehen und ging zum Aufzug.
»Junge Männer wollen das sein?« hörte er hinter sich rufen.
»Herrschaften, unsre Jugend lebt unterm falschen Kreuz!«
Dann schnappte die Tür des Aufzugs zu.
Oben ging er zunächst ins Bad und wischte sich das Gesicht
mit Klopapier ab. Wie gefällig flog er dann aufs Bett. Er
fühlte sich fertig. Er rauchte eine Wolke ins Zimmer, er
träumte von Geld, von größeren Scheinen; seine Barschaft
hatte nicht mehr viel Wert. Er überlegte sich, was er tun
würde, wenn er seine Mutter nicht finden konnte: davor
hatte er noch mehr Angst als vor der ganzen Stadt selber. Er
legte die Hände auf seinen runden Bauch und wünschte sich,
seine Mutter möge sich da drinnen rühren; dann schlief er
ein.

Wer die Messerschneide umklammert hält, zustößt
mit dem Griff, ist nur sich selbst
gefährlich, ein ratloser Träumer
darauf aus, Steine zu schlachten
Wände und Mauern, Pflaster und Ziegel, dem ist
der Staub ein Segel, sind die Wolken
graue Krallen
im zerfetzten Gesicht.

Er hatte nichts zu packen.
Er badete gründlich.
Die Rechnung war unerträglich hoch; ihm blieben nur ein
paar Mark.
Er spürte einen seifigen Geschmack am Gaumen, als er auf
die Straße treten mußte, hatte es sich schwerer vorgestellt,
das Zimmer aufzugeben, das Hotel zu verlassen, diese kost-
spielige Geborgenheit, aber schon nach wenigen Schritten
hatte er es vergessen, so riß es ihn in den Sog, der die
Innenstadt aufwühlte. Die Häuser waren blaß, die Menschen
bleich, sie schoben und stießen sich, als würde nicht die
Arbeit wie das allmorgendliche Jüngste Gericht auf sie
warten. Der Himmel hatte die Farbe gehäckselter Kartoffeln.
Einen Moment dachte Georg Bleistein an das Sektfrühstück,
das er sich vielleicht hatte entgehen lassen, und, fast mit

Wehmut, an seine Fahrradfahrten, die im Gegensatz zur Hetze hier geradezu erholsam gewesen waren.

Unter den Klingelknöpfen standen noch immer die Namen Lieberwirth und Hundhammer. Als er im Vorderhaus Parterre klingelte und nach Bleistein fragte, wurde ihm vom Hausmeister gesagt, er habe nichts mit denen zu tun, auch nichts gegen sie. Es seien zwei Weibsbilder, die nur Kerle und Flaschen nach hinten schleppten. Er wisse auch nicht mehr als die Namen.

»Und Bleistein?« fragte Georg. »Heißt eine Bleistein?«

»Möglich«, sagte der Hausmeister.

Die Worte des Mannes klangen Georg in den Ohren, als habe seine Tante gesprochen. Der abfällige Ton war ihm so vertraut, daß er sich wie kurz vorm Ziel fühlte. Gleichzeitig konnte er sich nicht vorstellen, daß seine Mutter immer noch so leben sollte wie früher einmal.

Georg klingelte unten, bei Lieberwirth. Er ließ den linken Daumen auf dem Klingelknopf und ballte vorsichtshalber die andere Hand zur Faust; in diesem Augenblick wäre er bereit gewesen zu schießen, um sich bemerkbar zu machen.

Neben ihm wurde ein Fenster aufgestoßen, und eine Frau rief: »Jetzt gehts wohl los?«

Georg duckte sich. »Ich möchte fragen«, sagte er, »ob hier im Haus jemand wohnt, der Bleistein heißt?«

»Polizei?«

»Nein, nein!« sagte er.

»Hau ab, komm später wieder, wenn du willst!«

»Ich wäre nämlich ihr Sohn«, sagte er.

»Eiei!«

»Bestimmt!« sagte er.

»Heißt du echt Bleistein?«

»Ehrlich!« sagte er.

Das Fenster fiel zu, und bis es ihm zu Kopf stieg, daß er vielleicht mit seiner Mutter gesprochen hatte oder mit einer Frau, die etwas über seine Mutter wußte, dauerte es eine geraume Zeit. Dann schwoll eine weiche Schwäche in ihm an, eine angenehme Fühllosigkeit zerklopfte seine pochenden Nerven wie mit Keulen aus Watte, gärende, platzende Bläschen kreisten durch sein Gesicht, die ein Gift abzusondern schienen, das ihn gleichzeitig beruhigte und taumeln ließ. Als sich die Haustür endlich öffnete, hatte er ein Gefühl, als würde er für immer und ewig umarmt werden.

Vor ihm stand eine Frau in einem schwarzweißgestreiften Herrenschlafanzug, der ihr zu weit war.

»Hast du bei Hundhammer auch geläutet?« fragte sie.

»Nein«, sagte er.

Sie drückte auf den Klingelknopf über dem Namen Hundhammer, mit kurzen und langen Pausen dazwischen, und horchte hinauf ins Treppenhaus.

»Die macht nicht auf«, sagte sie dann.

»Meine Mutter heißt Bleistein«, sagte er.

»Die wohnt schon da«, sagte die Frau, »aber die Wohnung gehört ihr nicht.«

»Ach so«, sagte er.

»Komisch«, sagte sie, »von einem Sohn hat sie mir nie auch nur ein Sterbenswörtchen verraten.«

»Ich lüg Sie nicht an«, sagte er.

Sie klingelte nochmal, wieder in Abständen.

»Pennt wie ein Ratz!« sagte sie. »Das kenn ich, das macht sie immer so, wenn sie aufgeladen hat. Dann verkriecht sie sich wie ein kranker Maulwurf, manchmal tagelang, wartet aufs Sterben, und der Hundhammer flucht wie ein Saubär. Und jetzt?«

»Weiß nicht«, sagte er.

»Na schön«, sagte sie, »komm rein. Du kannst bei mir warten, bis sie aufgewacht ist.«

Er folgte ihr durch einen Flur, dessen Wände fast nur aus Türen bestanden. An seinem Ende brannte eine Lampe, unter der die Frau stehen blieb und Georg Bleistein betrachtete.

»In deinem Mantel schaust du aus wie aus dem letzten Krieg persönlich«, sagte sie.

Er lächelte, um nicht unhöflich zu wirken.

Das Wohnzimmer war rustikal eingerichtet, die Decke mit Styroporplatten getäfelt. Giftgrüne Sessel standen an einem niedrigen Tisch. Auf der Tapete schwammen Mondsicheln und Gondeln unter Brückenbögen.

»Kaffee?« fragte sie. »Oder lieber einen edlen Tropfen?«

»Ich richt mich ganz nach Ihnen!« sagte er.

Er sah ihr zu, wie sie sich vor einen Bauernschrank, der in eine Zimmerecke eingepaßt war, hinkniete und eine hellblau geblühmte Schublade herauszog, die sie wie eine Hausbar

bestückt hatte. Daraus brachte sie eine halbvolle Flasche
Rotwein auf den Tisch, dann zwei Gläser. Der Wein war
schwer und saftig, von der Krim, wie er vom Etikett ablas.
Sie war nicht mehr die Jüngste, hatte aber ein rundes, weiches
Gesicht; ihre Lippen glänzten, wenn sie lächelte. In ihren
schlafumspülten Augen hielt sich ein Blick, der ihn dauernd
zu entlarven schien, auch dann, wenn er nichts verbergen
wollte. Sie ging sehr sicher auf und ab, als sei er, ein Fremder,
gar nicht da. Wenn er blinzelte, konnte er sie als seine Mutter
sehen. Ihre rötlichen Haare fielen nach hinten, die Brüste
drückten sich durch die Schlafanzugjacke. Sie redete laut und
ungeniert.
»Deine Mutter ist eine Rabenmutter«, sagte sie und lachte.
»Da kommt ihr Sohn, und sie schläft ihren Rausch aus.
Bewirten müßte sie dich, hätscheln, der alte Schnarchzapfen!
Weißt du,« fuhr sie fort, »wir haben gestern ein bißchen
gefeiert, deine Mutter und ich, nicht hier, auswärts, etwas
gegessen, gut getrunken, aber sie verträgt halt nichts mehr.
Vorher hab ich ihr noch geholfen, dem Hundhammer seinen
Schnellimbiß sauberzumachen.«
»Wem?« fragte er. »Warum?«
»Ihr Verehrer! Er hat Geld! Er braucht Dumme!«
»Was arbeiten Sie, wenn ich fragen darf?«
»Das geht dich doch nichts an!« sagte sie freundlich. »Aber
was tue ich bloß mir dir? Es ist noch nicht einmal hellichter
Tag! Bist brav? Heul nicht! Wir zwei trinken einen Schluck
und klemmen ihr den Korken ins Schlüsselloch, und dann
wird sie von selber wach und schaut nach, welchen Grund es
gibt, zu feiern!«
Je eifriger er trank, desto schwerfälliger begriff er, daß er
seine Mutter entdeckt hatte und getrennt von ihr war. Er
hatte Glück gehabt, aber es machte ihn traurig. Der Mann,
dem sie das Lokal geputzt hatte, kam ihm wesentlich bekannter vor in der Einbildung, deutlicher jedenfalls, näher.
Die Frau machte noch eine Flasche auf; die nächste entkorkte
schon er.
In einer Art Wachtraum trieb es ihn nach Grönhart zurück.
Er ging am Grunde eines Flusses. Da gewahrte er ein Paar im
Algendickicht. Er sah nackte Beine, die sich in die Strömung
reckten, den Kopf eines älteren Mannes, der immer wieder
nach vorne ruckte. Beweg dich! befahl er. Die Beine klappten

wie Scheren zusammen. Die Frau hatte den Körper der Lieberwirth und sein Gesicht. Sie wurde in den Schlamm gestoßen, gurgelte Luftblasen. Du Viech! sagte sie zu dem älteren Mann. Dann nannte sie ihn Herr Hundhammer. Naßgeschwitzt schreckte er auf, versank wieder, tauchte unter. Seine Tante und seine Großmutter stehen wieder auf der Brücke, werfen einen Sack übers Geländer. Zappelnd klatscht er ins Wasser. Er schnürt ihn auf. Unter zertrümmerten Steinen liegt die Leiche seiner Mutter. Aus allen ihren Poren quillt trüber Schnaps.

»Entschuldigung«, sagte Georg.

»Macht nichts«, sagte die Frau.

Sie hatte sich umgezogen.

»Der Wein ist verdammt schwer«, sagte er.

»Ich spür ihn auch«, sagte sie.

»Es gehört sich nicht, daß ich Ihnen etwas vorschlaf«, sagte er. »Sie müssen ja glauben, das liegt bei uns in der Familie.«

»Wir brauchen einen Kaffee!« sagte sie.

Sie ging in die Küche. Bald roch es bitter nach starkem Kaffee.

»Kann ich helfen?« fragte er, als sie ein Tablett hereintrug, Milchbüchse, Zuckerdose und Kaffeekanne auf den Tisch stellte und zwei Tassen aus dem Wohnzimmerbüfett holte.

»Bleib sitzen!« sagte sie.

»Danke«, sagte er.

»Wie heißt du mit Vornamen?«

»Georg.«

»Du kannst Sybille zu mir sagen«, sagte die Frau.

So, wie sie war, hatte er sich seine Mutter vorgestellt, breithüftig, vollbusig, mit einem aufgehenden Hintern und schaukelnden Waden in schwarzen glänzenden Hosenbeinröhren. Dazu trug sie eine weiße Bluse, die bei jeder Bewegung flatterte.

Sie bemerkte die Blicke, die er zur Decke schickte, und sagte: »Lang wirds nimmer dauern!« Seine Figur musternd, fuhr sie fort: »Du stehst gut im Futter! Ich glaub, du weißt nicht, wo du bist, hier ist es ganz schön hart zu leben, mein Lieber, da wirst du mager. Was hast du vor?«

»Ich möcht bei ihr bleiben«, sagte er. »Meine Mutter hat mich hergegeben, als es ihr schlecht gegangen ist – das haben wenigstens meine Großmutter und meine Tante gesagt. Ich habe sie gesucht wie eine Geburtsurkunde. Man muß doch im Leben nachschaun, ob man vom Affen oder von Adam und Eva abstammt.«

Er hätte weitergeredet, wenn nicht plötzlich ein Poltern und Rumpeln durch die Decke gedrungen wäre.

»Die Waschmaschine!« sagte Sybille Lieberwirth.

Er ließ die hastig angerauchte Zigarette sinken, spürte wie es ihn stocksteif verkrampfte, wie ihm das Blut in die Beine stürzte und der Mund sich mit angesäuertem Schleim füllte. Seine Handflächen tropften schier, als er aufstand. »Die Schnapsleiche ist auferstanden«, sagte Sybille Lieberwirth.

In der Irre

Wer nicht vorwärtskommt, ist verkehrt geflüchtet, der hat das Ende der Welt auf der Schwelle entdeckt, hat zu den Treppen Berge gesagt und Hügel zu den Stufen, dem ist ein Fußabtreter eine Sisalsavanne, das Schlüsselloch ein Bullauge, dem sind die Fensterflügel Drachenschwingen und der Schiffsmast verkohlt ihm auf dem Dach. Die Wirklichkeit ist eine falsche Hilfe, der Abstand zur Vergangenheit ein Witz.

Sybille Lieberwirth ging ihm voran die Treppe in den 1. Stock hinauf und klingelte für ihn bei Hundhammer, während er hinter ihr stand. Schritte näherten sich hinter der Tür, jemand entriegelte und öffnete einen Spalt; er sah Brillengläser funkeln.
»Ich hab dir ein Geschenk mitgebracht«, sagte Sybille Lieberwirth und trat zur Seite.
Auf den ersten Blick sah er nur eine geschrumpfte Gestalt, eingekeilt vom Türrahmen und der Dunkelheit dahinter. Sie bewegte sich nicht.
Georg Bleistein streckte seine Hand aus. »Du bist meine Mutter«, sagte er hölzern.
»Elsa«, sagte Sybille Lieberwirth, »er hat vor der Tür gewartet, da hab ich ihn aufgelesen...«
»Wars schön?« fragte die Frau, die seine Mutter werden sollte.
Ihr Gesicht war gelbgrau, als hätte es nächtedurch als Aschenbecher gedient. Hinter der Brille mit dem Krankenkassengestell drehten sich die Augen bei jedem Blick wie in einem Brei geronnener Milch.
Sie umfing ihn nicht.
Sie erkannte ihn nicht.
Georg Bleistein sagte: »Ich kann ja wieder gehn! Ich hab dich gesucht, gefunden, gesehn! Ich bedank mich auch fürs Anschaunlassen!«
»Ein paar Zeilen hättens auch getan!« sagte seine Mutter.
»Ein schönes Foto hätt mir auch gereicht!« sagte er darauf.
Sybille Lieberwirth schob ihn auf sie zu. »Umarmt euch endlich!« sagte sie.

»Küß mich nicht«, sagte seine Mutter, »ich stink aus dem Maul!«

Ihre Nase hatte einen scharfen Grat und war von einem Höcker verunstaltet, der in allen Farben des Regenbogens schillerte. Die Lippen waren mit einem alten Rot lackiert, die Mundwinkel zogen sich nach unten in die Breite und kerbten das Kinn. Teils sah sie brav und bieder aus, teils kränklich und entstellt.

»Dich haben sie aber aufgepäppelt!« sagte sie. »Na ja, nun hast du mich aufgestöbert, was solls. Kommt rein.«

Er tappte hinter ihr her durch den finsteren Flur; sobald er zögerte, schubste ihn Sybille Lieberwirth am Kreuz. In dem Zimmer, in das er geschoben wurde, gab es ein einziges Fenster, vor dem eine Nähmaschine stand. Große, hohe Kartons türmten sich in jeder Ecke. Der Fernsehapparat, ein tragbares Modell, stand auf einem ehemaligen Leibstuhl. Decke und Wände waren mit mattgetönter Leimfarbe gestrichen und von Wasserflecken gewellt; statt Bildern hingen eine Menge von Abreißkalendern an groben Nägeln. Der Kunstfaserteppich, der den aufgeworfenen Fußboden bedeckte, war an vielen Stellen durchgetreten. Alles war unreinlich, unordentlich, die ganze Einrichtung wie durcheinandergewürfelt.

»Ich bin mitten in der Arbeit«, sagte seine Mutter vorwurfsvoll.

»Dann geh ich lieber«, sagte Sybille Lieberwirth. »Machts gut!«

Als Georg Bleistein mit seiner Mutter allein war und ihr an einem wackligen Tisch gegenübersaß, sagte sie: »Also, da hast du mich! Gefall ich dir?«

Er fühlte sich weit entfernt, wie zurückgelassen. Sie war ihm fremd wie eine Unbekannte; er mußte gegen das Verstummen ankämpfen.

»Seit wann heißt du Hundhammer?« fragte er schließlich und zog den Kopf ein.

»Dem gehört die Wohnung«, sagte sie.

»Bist du hier in Untermiete?«

»Ungefähr so ähnlich!«

»Ich will alles wissen!« sagte er. »Alles! Tu mir den Gefallen und red nicht drumherum!«

»Hör zu«, sagte sie, »ich hab keine Lust, dir etwas zu

beichten, auch nicht, wenn du ein paar Jahre Zeit hättest! Du wirst noch alles früh genug erfahren. Ach, du hast mir grad noch gefehlt! Daß ich Freudentänze aufführ, kannst du nicht verlangen. Wie ist es dir denn bei der Grönharter Sippschaft ergangen?«

»Nicht schlecht!« antwortete er.

»Warum bist du dann zu mir gekommen?«

»Ich hab halt deine Briefe gelesen.«

»Die sind doch uralt«, sagte sie.

»Die andern hatten sie versteckt.«

»Welche Ehre für mich, daß sie nicht gleich in den Ofen geflogen sind«, sagte seine Mutter.

Sie schenkte ihm keinen zärtlichen Blick; ihre Worte klangen enttäuschend alltäglich. Sie war eine einfache, gewöhnliche Frau, die in ärmlichen Verhältnissen lebte, es zu nichts gebracht hatte. Nichts war mit Aufeinanderzufliegen, in die Arme fallen, an die Brust sinken, nichts mit Herzen und Kosen, süßem Stammeln, holdem Schweigen. Er saß nur da wie überall und fühlte, wie ihm seine Anwesenheit verlorenging. Im Hinterhof reparierte jemand ein Auto, immer wieder heulte der Motor auf, stotterte plötzlich wie ein Maschinengewehr mit Ladehemmung; dann knallte der Auspuff. Als seine Mutter aufstand und aus dem Zimmer ging, reckte er schnell die Arme hoch, um seine Achselhöhlen auszukühlen. Sie kam mit einer Flasche Hopfenschnaps und zwei Wassergläsern zurück, schenkte ein, trank und goß sich gleich nach. Er sah ein Paar vor sich, das mit bebendem Atem Küsse hauchte auf Hände, Wangen und Stirn, das sich an jedes Lächeln klammerte und sich rührend die Haare aus den Tränen blies; er hatte an ein langandauerndes Fest geglaubt, an Überschwang und Höhenflüge, an Nächte voll wahrer Märchen, an Tage so abwechslungsreich wie ein Ozean voller verschiedener Inseln. Umso häßlicher kam ihm die Wahrheit vor. Je länger er seine Mutter ansah, desto rascher alterte sie. Ihre Falten wurden schärfer, graue Strähnen durchzogen ihr Haar. Sie versank in sich, saß gebrechlich vor ihm, leicht schwankend und mit erlöschenden Augen. Er dachte, du bist ihr Sohn, sie ist deine Mutter, aber es klingt direkt amtlich, wenn du das denkst. Trotzdem war er unfähig, sie herauszufordern, zu kränken, zu vergessen; eine Abart von Zutraulichkeit suchte ihn heim.

Frau Mutter, die Liebe wird
in den Windeln erstickt.
Die nackte Haut der Hände
streichelt bis aufs Blut.
Sag doch, kann man
Steine erschlagen?

»Ich bin mitten in der Arbeit«, sagte sie plötzlich noch
einmal. »Ich hab die Trommel voll Tischdecken. In jungen
Jahren«, sagte sie, »hab ich die Männer immer ein bißchen zu
viel gerngehabt. Am Anfang bin ich mit jedem Dorfburschen
verlobt gewesen, aber wie mich dann alle Kerle aus Grönhart
und Umgebung durchhatten, bin ich abgeschrieben worden
von den Mannsleuten. Auf einmal hab ich dich im Bauch
gehabt. Der mir den Vater gemacht hat, war ein Zugereister
und leider nicht wohlhabend. Er hat mit deinem Onkel
Simon auf dem Bau gearbeitet, und die Meta hat ihn an mich
verkuppelt, damit die Schande erträglich bleibt. Damals war
mein Kopf noch ganz anders. Da hab ich keine verschissenen
Unterhosen waschen wollen oder die Schweißsocken aus den
Gummistiefeln, ich hab auf jeden Tanz gemußt. Ich hab
geheiratet wie eine Anständige, dann sind wir in die Stadt
gezogen, da hab ich dich gekriegt, aber das war kein Leben
für uns. Dein Vater hat für uns gesorgt, zu mehr hats halt
nicht gelangt.«
»Wie hat er geheißen?« fragte er.
»Robert. Warum?«
»Nur so«, sagte Georg.
»Er ist ausgewandert«, sagte sie. »Nach Australien. Er hat
gesagt, er kann die Scheiße nur auf der andern Seite der Welt
vergessen. Er hat nie wieder was von sich hören lassen, und
ich hab alles genossen, was sich ergeben hat. Du hast mich
zwar behindert, aber gebändigt nicht. Heut weiß ich, ich hätt
wählerischer sein müssen. Aber wenn man nur einmal lebt,
soll man vor allen Dingen die Jugend auskosten, denn was
dann kommt, ist nicht mehr der Rede wert. Es ist einfach
zuviel, was sich im Laufe eines Lebens ansammelt. Mit der
Menge wird niemand fertig. Und wenn man dann alt
geworden ist, war jeder Tag umsonst.«
Sie trank wieder und verzog keine Miene.

»Du warst mir seit jeher ziemlich fremd«, sagte sie, »und die Männer, mit denen ich dann zusammen war, haben sich immer dagegen gesträubt, sich mit dir Bündelchen anzufreunden. Die haben bloß mich gewollt und sonst nichts. Es steht dir frei, mir bös zu sein, aber ich hab dir allerhand Unglück erspart. In Grönhart warst du besser aufgehoben. Ich bin auf den Schnaps gekommen, auf lauter dumme Sachen, ich hab mich einfach totsaufen wollen, dich nicht mehr merken, mich nicht mehr spürn. Ich bin hübsch langsam untergegangen. Ich hab ja nie ein Lebenszeichen von euch gekriegt und mich oft gefragt, was du tust und wie du bist. Nicht einmal ein Bild hab ich von dir gehabt. Wenn ich voll war, bin ich in die nächstbeste Kneipe und hab mir irgendeinen Kerl ins Bett geholt. Und dann ist plötzlich die Polizei aufgetreten und hat mich wegen illegaler Prostitution ins Weibergefängnis gesteckt.«

Je länger sie redete, umso unbeteiligter klang es, gerade so, als spreche sie über eine andere Person, als habe sie nur zufällig von deren Leben gehört.

»Ich hab mich oft freiwillig zum Entzug gemeldet«, sagte sie, »und jedesmal bin ich rückfällig geworden. Du hast da ein Feuer in dir, das mit Saufen nicht mehr zu löschen ist, du brauchst immer schärfere Sachen für den Brand. Sicher, ab und zu hat sich alles gebessert, war ich fast wie geheilt, bis ich wieder an so einen Ausseher geraten bin, der mir das Blaue vom Himmel versprochen oder es mir auf ein paar Scheinen gezeigt hat. Wenn man mit nichts aufhört, kann man nichts anfangen. Die sagen dir Schatz ins Gesicht, und drehst du dich um, heißen sie dich eine Wildsau, einen elenden Fetzen, besonders dann, wenn du ihnen zuvorkommst und sie zuerst verläßt. Ab einem gewissen Zeitpunkt war bei mir jeder Tag wie ein Unfall. Jetzt bin ich älter, muß mich ins Billige fügen, leichter und schneller nachgeben. Kannst du das verstehn? Naja. Jetzt bist du da, jetzt ist es zu spät.«

»Willst du mich nicht haben?« fragte er.

»Es ist doch keine Frage des Wollens!« rief sie und schwenkte den Rest Schnaps in der Flasche, »Gib mir deine Hand, na los, laß dich anfassen, du Geist! Mein Sohn! Hast du ein Auto? Eine Freundin? Was arbeitest du? Du hast eine rosige Schwarte gehabt und keine einzige Locke auf dem Kugelkopf, du bist mein allergrößter Fehler gewesen! Aber ich schäm mich nicht! Ich bin in der Nachbarschaft verschrien, niemand grüßt mich, nur mit Sybille komm ich aus, die ist mir das liebste Luder, wenn sie nicht grad ihre Besucher empfängt. Wo wohnst du? Sag bloß nicht, du wärst mittellos! Ich will von dir etwas Schönes hören, etwas, das mir guttut!«

Wehmütig schaute sie durch das Glas der leeren Flasche, hob plötzlich ruckartig den Kopf und horchte zur Tür hin. Die Heftigkeit ihrer Bewegung riß ihn aus seiner Versunkenheit.

»Komm, hilf mir!« sagte sie. »Die Maschine ist aus. Ich muß die Wäsche schleudern.«

Ihm blieb nichts anderes übrig, als ihr in die Küche zu folgen. Rings um die Wände zog sich bis in Kopfhöhe ein braungrüner Ölfarbsockel entlang, unterm Fenster stand die Waschmaschine, neben dem Spülbecken, das scharf nach Lauge roch, die Schleuder. Es war eng; Georg stieß schmerzhaft gegen die Anrichte, als er seine Mutter beiseitedrückte, sich über die Trommel beugte und die Wäschestücke auswrang, so grimmig, als wolle er alles und jeden erwürgen. Es waren nur Tischdecken, die er aus der Trommel zog und seiner Mutter gab.

»Die sind alle aus Hundhammers Speiselokal«, sagte sie.

»Für den rühr ich keinen Finger«, sagte Georg.

»Bisher hab ich auch alles allein gemacht«, sagte sie, »schau du nur recht fleißig zu.«

Widerwillig griff er wieder nach den Tischdecken. Zum ersten Mal arbeitete er im Haushalt, und dann noch für einen Fremden. Er hängte die Tischdecken auf die Leinen, die kreuz und quer unter der holprigen Decke liefen, zwickte sie mit Klammern fest; als seine Mutter zum Fenster ging und es öffnete, verschwand sie aus seinem Blickfeld.

»He«, rief er im Schutz der Tücher, »Frau Hundhammer, wie heißt dein Herrchen mit Vornamen?«

»Eugen«, antwortete sie hinter den sich bauschenden Decken. Er bezahlt die Miete für die Wohnung, dafür muß ich nach Geschäftsschluß seine Gaststätte durchwischen. Nebenbei mach ich aber auch noch eine Heimarbeit, die er mir beschafft hat. Er ist schon ziemlich betagt, aber vermögend für meine Verhältnisse, manchmal leicht abzuspeisen und oft recht gönnerhaft. Zierliche Frauen mit einer gewissen Reife mag er ganz gern, ich bin grad richtig nach seinem Geschmack. Du wirst ihn schon noch kennenlernen.«

»Oder er mich!« sagte Georg.

»Du darfst ihm nicht sagen, wer du bist! Für ihn bist du nicht mein Sohn, für ihn bin ich deine Tante! Er will nämlich bloß Frauen, die noch kein Kind haben.«

»Jawohl, Tante Elsa!« antwortete er.

Er sah nur ihre Füße als sie zur Tür ging. Vorsichtig stieg sie über die Schwelle. Dann hörte er, wie sie den Staubsauger anwarf. Sie orgelte durch die Wohnung, fuhrwerkte zwischen Möbelbeinen, schleppte die fauchende Maschine von Zimmer zu Zimmer und kümmerte sich nicht mehr um seine Anwesenheit, ganz so, als sei heute ein Tag wie eh und je. Wie ein kleiner kranker Hund lief er ihr hinterher durch die Wohnung; in ihrer angetrunkenen Geschäftigkeit wirkte sie lachhaft.

Im Schlafzimmer stand ein französisches Bett, mit geripptem Kord überzogen und von grellgeblümten Kissen übersät. Die Wände waren mit einer Goldblumentapete gemustert, die Luft roch stickig und schwül. Neben dem Schlafzimmer lag eine Kammer, die fast unbetretbar war, so viele Kartons türmten sich darin. Das Ende des Flurs wurde von einem Kleiderschrank verrammelt. Daneben stand eine kleine Truhe. Wohnzimmer, Schlafzimmer, Küche, Kammer, das war die ganze Wohnung. Er fand keinen Platz für sich.

Als hätte sie seine Gedanken erraten, rief seine Mutter über das Kreischen des Staubsaugers hinweg: »Die Sybille unten hat ein Zimmer mehr, vielleicht nimmt sie dich vorübergehend auf. Sie hat sogar eine Dusche, selber eingebaut!«

Ihm war, als hätte er schon vor Stunden eine Axt nehmen und diesen Stall kurz und klein schlagen oder in Brand stecken müssen, ausräuchern, einäschern, vom Dachgebälk bis zu den Grundmauern.

»So!« rief seine Mutter und stellte den Staubsauger ab. »Fertig!« Sie klopfte sich die Hände an der Schürze ab. »Das nächste Mal«, sagte sie, »kommst du, wenn du mich nicht störst!«

Dann taumelte sie zu der Truhe am Ende des Flurs und stemmte den Deckel hoch. Georg hörte das Klirren von Glas, als sie in die Hocke ging und wühlte. Er trat näher. Während sie ihm freudestrahlend eine volle Flasche entgegenstreckte, verlor sie das Gleichgewicht, fiel aufs Gesicht und wälzte sich glucksend und kichernd am Boden. Als er ihr helfen wollte, hob sie zuerst die Flasche auf; dann ließ sie sich auf die Beine stellen.

Er mußte sie stützen, als sie ins Wohnzimmer strebte. Immer wieder knickten ihr die Beine ein. Im Wohnzimmer warf sie sich derart auf einen Stuhl, daß sie mit dem Rücken gegen die Lehne flog und sich an ihrem Gelächter verschluckte.

Eine Zeitlang saß Georg seiner Mutter stumm gegenüber. Schließlich beugte er sich über den Tisch, nahm ihr die Flasche ab und roch den bissigen Dunst ihrer Fahne.

»Hast du ein Stück Brot im Haus?« fragte er.

»Ich eß so wenig wie ein Spatz«, sagte sie.

Dann sank ihr der Kopf auf die Brust.

Im nächsten Augenblick schreckte sie wieder hoch und griff zum Glas.

»Sauf nicht so viel«, sagte er dann und tat so, als würde er die Flasche auf den Tisch schlagen.

»Was treibt die Blase in Grönhart?« fragte sie.

»Das Haus steht noch«, erwiderte er.

»Ich müßt mich jetzt schön herrichten«, sagte sie. »Manchmal kommt nämlich der Hundhammer schon nachmittags vorbei, macht Stichproben, ob ich auch wirklich da bin. Er ist sich meiner nicht so sicher und eifersüchtig wie ein alter Bock. Auf dem Gebiet ist er sehr eigen. Er verlangt zum Beispiel, daß er mich hochheben und tragen kann. Er stellt mich immer auf die Waage, und wehe, der Zeiger schlägt zu weit aus, dann wird er grantig, möcht mich am allerliebsten verhungern und verdursten lassen, der närrische Tropf!«

»Das war einmal«, sagte Georg auf gut Glück; selbst ihm klang es märchenhaft. »Er hat hier nicht mehr das Sagen! Ich bin jetzt da!«

»Du?« sagte seine Mutter und sah ihn lange aus verschleierten Augen an. »Hast du Geld?« fragte sie dann. »Nein? Armer Mann! Kannst du Karate oder sowas? Auch nicht? Was willst du denn? Schneist hier herein und spielst dich auf? Ich hab im Traum nicht dran gedacht, auf dich zu warten. Wenn du etwas geschafft hättest, dann wärst du nicht hier. Deiner

180

Mutter mußt du schon anders kommen! Nicht mit Bettelstab und Hungertuch! Du bist nichts geworden, du doch nicht, kein Doktor, kein gemachter Mann! Meinst du vielleicht, ich laß mir von dir Zucker ins Arschloch blasen? Schick mich auf den Strich, du Depp, dann kannst du große Töne spucken!«

»Es wär besser gewesen, ich hätt dich nur an deinem Grab besucht«, sagte er.

»Gegen Hundhammer kommst du nicht an!«

»Ich will dich ja nicht in Schwierigkeiten bringen«, sagte Georg und legte seine Hand auf ihr Glas.

»Was bleibt dir übrig«, fragte sie, »wenn du nichts bist und nichts hast?«

»Die beiden Weiber haben mich dauernd bekniet, dich zu vergessen, bis du mir nicht mehr aus der Erinnerung gegangen bist«, sagte er. »Aber ihre Ersparnisse haben genau bis zu deiner Haustür gelangt. Das ist doch ein Zeichen.«

»Ach, du Held!« sagte sie. »Jetzt spricht er vom Schicksal! Beweis doch deinen Tatendrang, bedien deine alte Mutter, pfleg sie, sorg dich rührend um sie! Morgens hat sie den Tatterich, abends die Gicht. Da hilft nur gesunde Kost, kräftige Nahrung, viel Leber, viel Hirn, Zunge hin und wieder, dazu Predigten der Apostel – ich sag dir bloß eins: mir ist der Enzian die liebste Blume! Und vergiß nicht: ich hab dir das Leben geschenkt immerhin in Freiheit! Im Gefängnis hab ich Frauen gekannt, die haben dort geboren, und ihre Kinder blieben blaß wie Engerlinge, bis man sie von der Brust weg ins Heim gab. Warst du schon mal im Knast? Wenn du abnehmen willst, mußt du dich einsperren lassen, Blümchentee saufen, Wassersuppen fressen und schuften wie ein Ochs. Die schönste Arbeit hatten die, die Geschirr bemalen durften. Ich mit meinem Gezitter hab Blechspielzeug zusammenstecken müssen, vor Weihnachten Christbaumkugeln an die Metallbügel zum Aufhängen. Einmal ist eine Rauschgiftsüchtige übers Geländer gesprungen, als wär unten Wasser gewesen. Mit Lippenstift hat man sich anmalen dürfen, aber nur der oberste Knopf am Kittel durfte offen sein. Wir haben ausgeschaut wie eine Trampelgarde. Die Freiheit war für mich der Schnaps. Auf Entziehungskur hab ich Medikamente gefuttert, mich eichen wollen, aber draußen gehst du vor jeder Plakatwand, auf der dir eine Flasche winkt, in die Knie, und alle Entbehrungen fallen dir ein. Da verdorrt dir die Zunge im Maul, da wird dein Gaumen ein Schwamm. Innen brennt es und außen frierst du.«

Während seine Mutter vor sich hin redete, hatte Georg plötzlich ein Gefühl, als würde er gleich in den Schlaf sacken. Fäden zogen sich durch seine Augen; er sehnte sich nach der Badewanne im Hotel, war nahe daran, alles, was ihm klebrig den Leib einschnürte, abzulegen und in die Waschmaschine zu stopfen. Er blinzelte, hustete, um ein Gähnen zu unterdrücken; dann stand er auf und ging ein paarmal zum Fenster und zurück.

In diesem Augenblick durchfuhr seine Mutter ein heftiger Ruck, ihr Kopf schlug auf den Tisch; Georg konnte sie gerade noch auffangen, ehe sie vom Stuhl stürzte. Ihr Gesicht war eine Maske aus Rausch und Schlaf. Er hob sie hoch und trug sie ins Schlafzimmer. Ganz schlaff hing sie in seinen Armen. Er schob sie aufs Bett, wälzte sie auf den Rücken, deckte sie zu. Dann öffnete er einen Flügel des Fensters, holte aus der Küche einen Eimer und stellte ihn neben das Bett.

Sie lag nicht ruhig, zuckte im Schlaf.

Als er leise die Tür hinter sich schloß, war ihm zumute, als sperre er einen Leichnam ein.

Im Wohnzimmer räumte er den Tisch ab und lüftete. Dann suchte er in der Küche nach Eßbarem. In einem Fach der Anrichte fand er einen Kanten altbackenes Brot, im Kühlschrank lagen nur Konservendosen und Bierbüchsen. Er riß eine auf, trank und häckselte dazu das Brot in sich hinein. Kauend ging er wieder ins Wohnzimmer. Dort schaltete er den Fernseher ein. Zwei Bayern mit urigen Schnauzern im Gesicht machten Brotzeit in einem Biergarten, auf dem blankgescheuerten Tisch hatte jeder im Glaskrug eine Maß Milch vor sich stehen. Er drückte den Fernseher wieder aus. Auf der Nähmaschine lag als Schutzhaube eine alte Zeitung; er schlug sie auf und blätterte zum Zeitvertreib.

Die Zahl der Arbeitslosen hatte wieder die Millionengrenze überschritten. Flugblätterverteilende Nazis waren vor Gericht aufmarschiert und verwarnt worden. Abgeordnete hatten sich wieder die Diäten erhöht. Einem Wissenschaftlerteam war es gelungen, das Paarungsverhalten radioaktiv verseuchter Ratten zu erforschen. Spinnen, mit Krebs geimpft, waren aus einem Labor entwichen. Rohölteppiche trieben auf die Eisküsten der Pole zu.

Er hatte das Gefühl, nichts versäumt zu haben, ganz so, als bereite er allein sich auf den nächsten Krieg vor.

Er legte die Zeitung beiseite und trat ans Fenster. Draußen dämmerte es. Er sah wieder seine Mutter vor sich: er bringt sie zu Bett und liest ihr ein Märchen vor von einer Königin und einem Prinzen. Beide trinken von einem Zaubertrank: der Prinz altert, die Königin verjüngt sich, bis sie gleichjährig sind und sich ineinander verlieben können.

Die Zeiten wiederholen sich vor der Haut
und vielleicht sterben Leute
gleichen Namens zur selben Zeit
oder werden geboren, wieder und wieder
und erkennen sich nicht.
Lieben heißt das erste Gebot
man mordet vor sich hin
und läßt sich töten.
Gäbs keine guten
Tage mit bessern Stunden
wär die Sonne ein Bote der Nacht
wären die Wolken am Himmel
Grabsteine voll Algen.
Luftsprünge und Freudentänze sind
eine Übung für Knochenbrecher.

Er wußte nicht, wieviel Zeit vergangen war, als er seine Mutter in den Eimer speien hörte. Dann erklangen ihre schlurfenden Schritte im Flur, rauschte der Wasserhahn in der Küche. Mit nassem Gesicht tauchte sie im Türrahmen des Wohnzimmers auf und leckte sich die Lippen. Sie sah aus, als sei nichts geschehen, so erholt und ausgeruht wirkte sie auf den ersten Blick. Im Arm hielt sie seinen Mantel.

»Pack deinen Krempel«, sagte sie, »laß nichts liegen, nimm alles mit, ich muß meine Arbeit machen! Schau nicht wie ein Regenwurm in der Backröhre! Auf gehts! Du kommst zu Sybille.«

Er nahm ihr den Mantel ab; langsam stieg er hinter ihr her die Treppe hinab. Seine Mutter schellte an der Tür.

»Ihr riecht aber geladen!« sagte Sybille Lieberwirth.

»Ich hätte eine Bitte!« sagte seine Mutter. »Kannst du ihn bei dir dalassen?«

»Wie lang?«

»Machs Maul auf!« sagte seine Mutter.

»Ich weiß es noch nicht«, sagte er. »Es liegt ganz bei Ihnen und an ihr.«

In ihrer guten Stube schwebten Gondeln, Brücken und Halbmonde an den Wänden. Georg zwängte sich hinter den Tisch und vergrub sich in den eisiggrünen Polstern des Sofas.

»Bier?« fragte Sybille Lieberwirth.

»Gern«, sagte er.

»Schnaps!« sagte seine Mutter.

»Schon wieder?« fragte er.

»Mach mir keine Vorschriften!« sagte sie.

»Sie kriegt nie genug«, sagte Sybille Lieberwirth.

Es dauerte, bis alle bedient waren. Dann sagte Sybille: »Wir müssen eben ein bißchen abwechseln, Elsa. Wenn zu mir jemand kommt, muß dein Sohn hinauf zu dir verschwinden. Übrigens war vorgestern unser Vermieter bei mir. Er hat eine Mieterhöhung verlangt, weil er seiner Ansicht nach die Wohnung zu gewerblichen Zwecken mißbrauche.«

»Und?«

»Ich hab ihn gefragt, ob er sich mit meinem Geld die Eier versilbern lassen möcht.«

Beide Frauen lachten.

»Sieh dir deinen Sohn an«, sagte Sybille, »der pennt ja fast. Hast du keinen Schnuller mitgebracht?«

»Er blickt halt nicht durch mit seiner Bauernrübe«, sagte seine Mutter. »Das war vielleicht ein Drama, ihm klarzumachen, daß hier kein Kindergarten ist!«

»Vielleicht kriegen wir ihn ein bißchen auf Vordermann«, sagte Sybille. »Einen Schutz braucht das Mensch, und die Statur dazu hat er ja.«

Beide Frauen lachten wieder; es war das Letzte, was Georg noch hörte. Dann flog er in den Schlaf und träumte rasend schnell.

Es schellt Sturm an der Tür, Schlüssel klappern wie Hufeisen,

184

die Glocken hören nicht mehr auf zu läuten, auf dem
Hinterhof drängeln Männer, schlagen mit den Fäusten
gegen die Tür, werfen Steine an die Fenster, die beiden
Frauen fetzen sich die Kleider vom Leib, haschen nach
flatternden Geldscheinen, hängen ihre Brüste übers Fensterbrett, Rauch quillt zwischen den Schenkeln hervor.

Wie ein kalter Guß ist mancher Traum
der den Schädel tödlich erschreckt.
Man liebt die Wahrheit nur am andern
an dem, der einem selbst
nicht ähnlich ist.

Als er in die nähere Wirklichkeit zurückkehrte, war seine
Mutter fort. Sybille Lieberwirth saß ihm gegenüber, die
Hände hinter dem Kopf verschränkt. Er setzte sich auf-
recht, noch zu benommen, um eine Entschuldigung zu
stammeln.
»Warum haben Sie mich nicht geweckt?« fragte er.
»Du hast so schön gesägt!« sagte sie.
Georg räusperte sich und putzte die Zähne mit der
Zunge.
»Ich hab gehört, wie dein Mägelchen gebellt hat«, sagte
Sybille. »Magst du einen Biß essen?«
»Wo ist meine Mutter?« fragte er.
»Nach oben«, sagte Sybille, »deine Spuren verwischen,
damit der Hundhammer nichts merkt. Wie gefällts dir bei
mir!«
»Ja, gut«, sagte er.
Er wagte noch nicht, dem plötzlichen Frieden zu trauen,
aber sie ging tatsächlich in die Küche und brachte nach ein
paar Minuten eine Platte belegter Brote herein. Er
schwitzte in den Händen; dann griff er zu und kümmerte
sich nicht um ihr Grinsen. Er fraß, schaufelte sich die
Bissen in das krachende Gedärm, zerfraß seine Wut, seinen
Haß, wollte platzen, auseinanderspringen, erkannte nur
noch den Teller und den Rand der Tischplatte als Horizont; dann war er so gut wie satt. Warm schoß das Blut
durch seine Adern.

»Willst du mal duschen?« sagte Sybille. »Ein Badetuch häng ich dir gleich hin.«

»Das hätt ich nötig«, antwortete er.

»Wirf dein Zeugs einfach raus, ich stecks in die Waschmaschine«, sagte sie.

Die Dusche, ein Plastverschlag mit gewellter Schiebetür, befand sich in der ehemaligen Speisekammer. Georg versuchte, sich so geräuschlos wie nur möglich zu waschen; als er sich abgetrocknet hatte, band er sich das Badetuch stramm um die Hüften. Es war ihm peinlich, in diesem Aufzug wieder ins Wohnzimmer zu gehen.

Draußen war es inzwischen Nacht. Eine Stehlampe mit Papierschirm spiegelte sich im Glastisch. Georg hockte sich fröstelnd auf die Couch; sein Gesäß klebte am feuchten Handtuch fest. Was er darunter versteckte, schrumpfte in der Kühle.

»Ich schau dir nichts weg«, sagte Sybille, »ich kenn mehr von den Dingern.«

Aus dem Treppenhaus kam Gepolter; dann knarrte die Haustür.

»Pünktlich!« sagte Sybille. »Deine Mutter geht Putzen. Wie sie das bloß schafft! Schad ist nur, daß sie so säuft. Wart, ich hol dir einen Bademantel.«

Kaum hatte sie ihm den Rücken zugedreht, sah er an sich herab. Seine kleinen Brüste grießte eine Gänsehaut, die Warzen waren dunkelblau angelaufen, seine Bauchkugel war von Hautfalten umrahmt, die tief durchs Fleisch zogen. Sein unförmig verzogenes Glied lag borstig zwischen den Schenkeln.

Als Sybille zurückkam, trug sie einen Bademantel über dem Arm und eine Flasche Bier in der Hand.

»Willst du?« fragte sie.

»Immer!« sagte er, als sei er gutgelaunt.

»Der Bademantel ist noch von meinem Ex-Alten«, sagte sie und setzte sich in einen Sessel. »Er hat sich scheiden lassen, weil er meinte, ich hätt die ehelichen Pflichten vernachlässigt. Aber glaubst du, es macht Spaß, einem alten Knochen Freude anzutun? Plötzlich bin ich ohne alles dagestanden. In die Fabrik zurück wollt ich auch nicht. Ich hab die Schnauze gestrichen voll von Leichtlohn und dem ganzen Trara am Fließband. Deine Mutter hat mich aufgeklärt, was man anstellen muß, um ohne Lohntüte über die Runden zu kommen. Jetzt fahr ich in Urlaub, so oft ich will. Ich tue mir nicht weh. Anständig werd ich wieder, wenns die Achtstundenwoche gibt. Die Freier wollen doch alle ausgeruhtes Fleisch haben, Weiber, die Lust und Laune zeigen, dafür blechen sie.«

Sybille Lieberwirth hatte ganz alltäglich dahergeredet, so einfach und ohne jeden Vorwurf, als hätte sie sich gar nicht gemeint. Sie sah auch anders aus als das Mädchen im Bordell, direkt normal, nicht aufgeprotzt, kein bißchen verrucht.

»Noch fühle ich mich jung«, sagte sie, »jünger jedenfalls als deine Mutter mit ihrem Hundhammer. Ich brauch niemanden, ich sorg für mich selbst.«

»Wie alt ist dieser Hundhammer?« fragte Georg.

»Gute fünfzig«, sagte sie. »Er hat Geld. Ihm gehört ein Schnellimbiß mit Sitzplätzen. Wenn das Geschäft nicht floriert, macht er deine Mutter fertig. Er hält sie hier wie ein Haustier.«

»Lang nimmer!« sagte Georg.

»Was willst du machen?«

»Totschlagen!« sagte er.

»Wen?«

»Hundhammer!«

»Du?«

Er nickte heftig.

»Ich hab nichts gesagt«, sagte sie. »Er kann zwar gemein werden, aber deine Mutter braucht ihn eben. Ohne ihn wär sie noch schlimmer dran. Er zahlt ihr die Miete, und wenn sie draufgeht, dann nicht vom Arbeiten, sondern vom Saufen.«

»Von meinem ersten Lohn kauf ich sie frei!« sagte er.

»In Ordnung«, sagte sie, »wenn du soviel wie ein Bankdirektor oder wenigstens soviel wie ich verdienst. Ich geh nicht aus dem Haus, ich setz meine Telefonnummer in die Zeitung, und dann rufen mich alle möglichen Typen an, meistens Durchreisende, Perverse lehn ich grundsätzlich ab, Zwielichte sowieso. In meinem Beruf wird man zwar nicht reich, aber arm bleibt man auch nicht. Heuer war ich schon dreimal in Venedig. Mit einer gewissen Stammkundschaft läuft der Laden wie geschmiert.«

Georg Bleistein bewunderte diese Frau; sie war bei Sinnen, bei Trost. Er machte sich mit ihren Bewegungen vertraut: an ihr schien jede Wehleidigkeit abzuprallen, so solid war ihr Körpergerüst.

Dann gähnte sie ihn an; er hielt sich aus Höflichkeit die Hand vor den Mund.

»Sybille«, sagte er, »haben Sie ein Kissen und eine Decke für mich?«

In Gedanken probierte er, ob er sich in sie verlieben könne, und erwartete, daß sie ihn mit in ihr Bett nahm. Auf einen mehr oder weniger, dachte er, kommt es ihr sicher nicht an. Er lauerte auf ein Zeichen von ihr; sie quetschte aber ein Federbett durch den Türrahmen und richtete ihm ein Nachtlager auf der Couch. Er ärgerte sich kindisch und wurde rot. Dann half er ihr, das Laken zu spannen, um sie wenigstens einmal wie zufällig zu berühren.

Als sie das Licht gelöscht hatte, wühlte er sich in die Federn. Weich sank er in die Tiefe.

Der Sonntagmorgen schlug ihn mit Glocken wach. Er bemühte sich mit aller Kraft, weiterzuschlafen. Je mehr er sich anstrengte, desto schärfer sägten Geräusche von überallher durch seinen Kopf. Kinder schrien; sie spielten auf dem Hof. Er wünschte sich Regen, Schnee, Stürme, Gewitter, rauchte und hustete belfernd. Dann dröhnte in der Küche eine männliche Stimme aus dem Radio: Gott sei der Schiedsrichter, im ernstesten Spiel, das es gebe, nämlich dem Leben.

Als es endlich nach Kaffee roch, stand er auf. Seine Kleider lagen gebügelt auf einem Sessel, warm von der Morgensonne. Während er in der Küche frühstückte, fühlte er sich wie in Grönhart: es gab wieder zwei Frauen, mit denen er lebte.

»Meinen Sie, ich kann nachher zu meiner Mutter?« fragte er.

»Wart lieber, bis sie dich holt«, sagte Sybille Lieberwirth.

Dann klingelte das Telefon.

»Nein«, sagte Sybille, »Sie haben sich nicht verwählt.«

»Sie sind zu zweit? Nicht auf einmal!«

»Wann Sie wollen! Aber, wie gesagt: nix drin mit Triole und so!«

»Ich erwarte Sie! Beide!«

Sie legte auf. »Ein Bauer«, sagte sie, »hat seinen Viehhändler dabei. Haben die Nacht durchgemacht. Der Tag ist gerettet: zwei auf einen Streich! Sie kommen gleich, geh du spazieren oder sieh nach, was deine Mutter treibt. Mein Geschäft geht vor.«

Vergeh, Sonntag, vergeh.
Die Wolken sind Sofakissen
die Menschen Lämmer
ohne Hufe und Zähne.
Leergefressen ist das halbe Land
und Ärsche verschwitzen die Betten.

Die Tür zur Wohnung seiner Mutter war nur angelehnt. Kalter Stumpenrauch hing im Flur. Georg fand sie in der Küche; sie rührte in einem Glas Bier, in dem sich Tabletten auflösten. Rasch stürzte sie dann den graubraunen Sud hinunter.

»Gesundheit!« sagte er.

Es verging eine Ewigkeit, bis sie seine Anwesenheit erfaßt hatte. Ihre Augenränder waren so groß wie Jahresringe, ein Paar trübe Geschwulste in einem fleckigen Gesicht.

»Wie gehts?« fragte er. »Beschissen?«

»Merk dir eins«, sagte sie, »alles ist beschissen, solang man unterm Existenzminimum der Millionäre liegt! Dazu gehören wir nicht. Ich bin in viele Kreise geraten und immer eine Nummer zu klein gewesen, und du bist auch nur so ein Hampelmann, so ein Hanswurst, so ein Pflegefall!«

»Hast recht«, sagte Georg, »ich bin im Arsch, weiß bloß nicht, in welchem!«

»Junge«, sagte sie und hielt sich den Bauch, aus dem ein Brodeln drang, »du müßtest Boxen lernen, du wärst unschlagbar. Jeder will wissen, ob der andere der Stärkere ist. Wenn ich du wär, würd ich mir alles mit Gewalt nehmen.«

»Ich will meine Ruh und meinen Frieden«, sagte er.

»Sag mir lieber, was du vorhast! Hier kannst du dich nicht einnisten! Besuch ist recht und schön, aber von Untermiete steht nichts geschrieben. Außerdem vertrag ich es nicht auf die Dauer, wenn die Zimmer halb voll sind von dir!«

»Ich kann weg, wann ich will«, sagte er. »Ich hab nichts zu

packen und nichts zu verlieren und hinterher keine Sehnsucht!«

In Gedanken sah er sich durch den Weltraum schwimmen,
schwanz- und kopflos, so war es gut. Seine Mutter, vom
Kinn bis zu den Fersen von Haaren umwuchert, hauste in
einer Höhle, sie wies ihm den hintersten Winkel zu, der am
besten war, um unbemerkt zu verdämmern; dort schlief er
mit einer Bärin.

»Quäl mich doch nicht!« sagte seine Mutter plötzlich. »Ich
bin krank. Ich sterb an meinen Schmerzen.«

Er lotste sie aus der Küche ins Wohnzimmer und drückte sie
in einen Sessel nieder. Sie weinte nicht.

»Du kommst zehn Jahr zu spät«, sagte sie mit pfeifender
Stimme.

Er konnte sich ihre Beschwerden nicht vorstellen. Vielleicht
waren alle ihre Organe krank, vielleicht hatte sie Krampf-
adern am Herzen, Löcher im Magen, Risse in der Leber,
Brüche an den Nieren, zerquetschte Schamlippen, geprellte
Brüste.

»Bleiben wir heut zusammen?« fragte er.

»Ich muß wieder arbeiten.«

»Heut ist Sonntag, leg dich ins Bett! Sybille könnt einen
Doktor anrufen.«

»Laß mich einschläfern und bestell die Müllabfuhr!« sagte sie.

»Ich kann mich doch nicht zerreißen zwischen dir und ihm.
Er hat mehr Recht auf mich als du. Ohne ihn wär ich nämlich
gar nicht hier. Such dir ein Zimmer. Oder fahr wieder
zurück!«

»Ich bleib da!« sagte er.

»Herr im Himmel, mach mir keinen Ärger!« rief sie. »Ihr
dürft euch nicht treffen!«

»Hat er hier übernachtet?«

»Er hat mich heimgebracht.«

»Das nächste Mal ist er fällig!« sagte Georg.

»Ich weiß nicht«, sagte seine Mutter nach einer Pause, »was
unter deiner Haut vorgeht, weshalb du eigentlich gekommen
bist. Wir haben uns gesehn, das müßte genügen. Alles andere
führt zu weit. Wir sind uns nicht einmal äußerlich ähnlich.
Dein Vater hat sich verewigt in dir. Wir können die Jahre
nicht nachholen, wir gehören nicht zusammen. Meinen Rest
Leben mach ich so oder so fertig, will sagen, wegen dir fang

ich nicht mehr neu an. Wenn du nicht aushältst, was hier üblich ist, dann mußt du eben abspringen, aber so, daß du nicht im Rollstuhl landest. Deine Sonderwünsche gehn mich nichts an, und wie ein Erlöser kommst du mir nicht grad vor! Keine Blumen, keine Scheine, Scheiße im Schädel und eine hohle Wampe, damit ist kein Staat zu machen!«

Sie holte tief Luft und horchte in sich hinein.

Meine Schwester, hörte er seine Tante, muß Wüstensand gefressen haben, nur so läßt sich ihr Durst erklärn.

Meine andere Tochter, hörte er seine Großmutter, verdient nicht, daß wir uns wegen ihr die grauen Haare ausreißen. Der Hurnschnaps hat sie zu Asche verbrannt, sie hat nichts mehr mit jener Elsa gemein, die wir einmal kannten.

Auf dem Hof jodelte jemand jauchzend. Georg reckte sich zum Fenster hinaus: Zwei bullige Männer kamen auf das Haus zu, sie hielten sich untergehakt, ihre Gesichter wirkten wie angefressen. Einer der beiden fächelte sich mit einem Schnupftuch Kühlung zu.

»Da sind wir!« sagte der andere und bohrte den Zeigefinger in den Klingelknopf der Lieberwirth.

Georg hätte ihnen am liebsten auf die fetten Schädel gespuckt. Er fühlte, wie seine Knie zu wackeln begannen. Sybille öffnete den Männern die Haustür, aber er bekam die Frau nicht zu Gesicht.

»Sie macht es richtig«, sagte seine Mutter anerkennend.

Der Fußboden riß auf: Georg sah zu, wie Sybille den Männern die Hosen aufknöpfte; beim Anblick ihrer verbrunzten Schläuche platzte ihm die Augen. Dann hieb er auf die Tasten des Radios ein, um das Gerammel nicht hören zu müssen. Eine Hawaiigitarre strich ihm Schmalz auf die Seele, Geigen und Flöten zuckerten seine Wunden, in ihm wuchs ein zäher Schrei. Vielleicht war er zum Einsiedler geschaffen, hätte Missionar oder Mönch werden sollen, statt vom Mord an Tieren und Pflanzen zu leben. Jeder schob ihn ab, niemandem war er geheuer, keiner wollte ihn haben, er mußte sich aufdrängen, anklammern, man schleifte ihn ein Stück durch ein ihm fremdes Leben, ließ ihn dort fallen, wo er nie zuvor gewesen war, wohin er gar nicht gewollt hatte.

Seine Mutter legt ihm eine Hand auf den Arm und sagt, er sei kein schlechter Kerl, nur zu gut.

Ihre Haut blühte gesund.

Plötzlich hieß einer der Männer Eugen, den andern nannte er Hundhammer. Zusehends verschmolzen sie zu einem einzigen Körper, der seine Mutter angreifen wollte.

Georg spreizte seine Arme.

»Geh«, sagte seine Mutter gerührt, »geh spaziern, mach was, such dir eine Freundin in deinem Alter, find Geld auf der Straße ...«

Sie war alt.

Er kannte sie schon zu lange.

Alle Frauen aus den Liebesfilmen und Pornoheften, an die er sich erinnern konnte, trugen auf einmal im Nachhinein ihr Gesicht.

Dann überkam ihn das unaufhaltsame Gefühl, auf ziehenden, pressenden Luftwellen hinauszuschaukeln.

Sybille lachte krächzend hinter ihrer Wohnungstür.

Draußen herrschte eine Sonnenfinsternis, der Mond hatte sich von der Erde getrennt. Die Teerdecke des Hinterhofs war eine Spiegelung des schwarzen Himmels.

Seine Mutter kam ihm nachgerannt und steckte ihm etwas Geld zu.

> Erst wenn man sich im Spiegel ausmacht
> von einer Luftblase umhüllt, wenn dann
> noch Trommeln schlagen, Glocken brechen
> entstehn die Urwaldgefühle, ballt man
> die Faust um den Schwanz
> lauert auf Männchen, Weibchen, einerlei
> labt sich an Hartem, Kaltem und
> grunzt vom Sieg
> über Asphalt und Beton.

Er zählte das Geld auf der Straße; es war zu wenig für eine Flucht. Gleichgültig und ziellos streifte er durch das Viertel, und oft war ihm, als laufe er rückwärts, weil sich die Häuser wiederholten. Was sich um ihn herum abspielte, drang nicht zu ihm durch. In seinem Kopf schickten Sybilles Besucher die Frau aus, seine Mutter in ihre Runde zu locken, forderten eine Tagorgie, verlangten nach anderem Fleisch, fielen über die kranke Frau her, stempelten ihren knochengewölbten Leib mit Knutschflecken, schmierten sie mit Seife ein, ließen sich die Schwänze von ihrem Speichel salben.

Alle Leute, die ihm entgegenkamen, mußten zur Seite treten. Wenn er achtlos die Straßen überquerte, erscholl wütendes Hupen; es störte ihn nicht. Gebrechlich anmutend, so schlurfte er dahin, sich um keine Richtung kümmernd. Er ließ sich verirren. Er ging und ging, und überall umgab ihn dasselbe und alles glich sich, ob lebend oder tot.

Als er in eine Hauptstraße einbog, stand er plötzlich vor einem Wall aus Topfpflanzen, der die Hälfte des breiten Gehsteigs einnahm. Dahinter standen die bunten Tische und Stühle eines Cafés. Er setzte sich an den äußersten Rand des Gevierts und zupfte an den Plastikblättern einer Kübelpalme, bestellte ein Bier und, als er die kleine Flasche auf dem Tablett der Bedienung sah, nochmal eines. Während er trank, riß er die Augen auf und versuchte, sich die quälenden Bilder aus dem Kopf zu schwemmen. An den meisten Tischen wurde Eis mit Sahne gegessen; die Autos, die ununterbrochen vorbeirollten, hißten Abgasschleppen, ihre Auspuffrohre spien Dreck. Er stand auf und ging ins Innere des Cafés und durch eine Tortenallee in die Toilette, fand dort kaum Halt an den fischigen Kacheln und würgte schaumigen Schleim in die Porzellanurne. Von seiner Mutter sah er nur noch Hände und Füße, alles andere war unter einem der Männer begraben. Er riegelte sich in einer Kabine ein und zog die Kette der Spülung, um sein Keuchen zu übertönen; hinter einem Wasserfall aus Tränen zeigte ihm Sybille das Siegeszeichen.

Dann trocknete er sich die Augen mit Klopapier ab, wischte sich den Mund sauber und lieferte sich wieder dem Freien aus. Es war bevölkert von Leuten, die schemenhaft durchs Sonnenlicht wateten, mit kreidigen Gesichtern an den Fenstern der Straßenbahnen hingen; die Ahnung ihres Unglücks machte ihm seinen Zustand ein wenig erträglicher.

»Shoot the Moonlight out«

(Garland Jeffreys)

Wer sich streichelt, hütet manchmal nur die Faust, wer sich vereinigt, bindet sich an viel zu wenig.

Während es ihn in der Stadt umhertrieb, gewöhnte er sich an, den fliehenden Schatten nachzugehn. Mittags merkte er, daß es warm geworden war; er verspürte fast keinen Hunger, obwohl er weit herumgelaufen war. Seinen Ledermantel schleifte er hinter sich her, in seinen Stiefeln stand siedendes Wasser. Des öfteren kehrte er in Gartenwirtschaften ein, von denen er Aussicht auf Verkehrsinseln hatte. Bald hatte er das Geld seiner Mutter vertrunken, einen bleiernen Geschmack im Mund. Im Innersten wurde er noch immer von einer tiefen Trauer geschüttelt, von der er keinen Abstand nehmen konnte; er hielt die Wahrheit für die schlechtere Lüge. Als die Sonne in den Schmutzwolken unterging und die Dämmerung wie einen grauen Teig auswalzte, schienen alle Menschen von einer lärmenden Unruhe ergriffen, als sei die Nacht zum Montag schon ein Arbeitstag. Er schwitzte vor lauter Schweigen, der Schweiß fraß die Kleider auf. Aus seinen Vorstellungen tauchten plötzlich Wüsten, voll mit Gerippen. Daß der Bauer und der Viehhändler noch bei Sybille Lieberwirth sein könnten, hielt er immer mehr für unwahrscheinlich; den Rückweg erleichterte es ihm dennoch nicht. Sein einziger Wunsch war, nicht zu früh zu kommen. Nachdem er eine Weile gegangen war, kam es ihm so vor, als begegneten ihm nur noch Männchen und Weibchen, die sich gerade gepaart hatten, so schön wie die Tiere, und ihn durch ihre Gemeinsamkeiten zu einem fremden Wesen machten; trotzig nahm er sich vor, schwul zu werden. Er sah Kirchen und kleine Fabriken zwischen Wohnblöcken stehen, die Schornsteine ragten höher als die Kirchtürme. Einige Male verlief er sich. Hätte ihm irgend jemand ein Nachtlager angeboten, er wäre nicht zurückgekehrt. Als er das Viertel erreichte, in dem seine Mutter hauste, atmete er langsamer.

Das Dach des Hauses, unter dem seine Mutter wohnte, glich von weitem einem schwarzgewirkten Sack, dessen Nähte an manchen Stellen von Lichtstrahlen aufgeschlitzt wurden. Er klingelte bei Hundhammer. Sybille Lieberwirth öffnete ihm.

»Er ist da!« wisperte sie.

»Wer ist da?« sagte er laut, obwohl er sie genau verstanden hatte. Er gab der Haustür einen Fußtritt, dann schlug er auf die blechernden Briefkästen ein. Sybille versuchte, ihn in ihre Wohnung abzudrängen.

»Er ist oben!« flüsterte sie eindringlich.

»Ich will zu ihr!« sagte er.

»Jetzt nicht«, sagte sie. »Komm zu mir!«

Ihren zerdrückten Haaren sah er noch das Bett an.

»Ich muß ihn killn!« sagte er.

»Schon gut, du bist nicht mehr nüchtern!« sagte sie. »Soll ich dir Kaffee machen?«

»Ja«, sagte er.

In der Küche ließ er sich, Willenlosigkeit, Gebrochenheit vortäuschend, auf einen Stuhl fallen und sah zu, wie Sybille Wasser aufstellte, Brotscheiben absäbelte und mit Butter bestrich, während ihm die Decke, zu der er immer wieder aufblickte, vorkam wie die Fortsetzung seines Schädeldachs, auf dem der Freund seiner Mutter trampelnd tanzte.

»Grad bin ich bei ihnen gewesen«, sagte Sybille.

»Schick ihn fort!« sagte er.

»Sie mögen sich«, sagte Sybille.

Ihm wuchsen Revolver und Pistolen in den Händen, er schießt aus allen Rohren, bis der Mann umkippt, jagt Ladung um Ladung in den zerfetzten Kadaver, dachte nach jedem Knall, ich liebe dich, Mama, du kannst jede Krankheit haben, ich bleib dein Sohn, und wenn du lebendig verwest, wünschte sich, ein berühmter Verbrecher zu werden, es einmal auf diese Weise zu probieren, das Leben, und nicht nur sein eigenes, zu ändern, so gemein und reich dazustehn wie andere auch, und sei es nur für kurze Zeit; allein die Gewißheit, es versucht zu haben, würde ihn mit Stolz erfüllen. Er war bereit, die ganze Stadt mit dem Leichnam seiner Mutter zu erschlagen, Kreuze aus Kanonenrohren zu pflanzen, das träumte er laut. Er starrte zur Küchendecke hinauf, bis sie durchsichtig wie eine Spinnwebe wurde, stierte auf das auseinanderklaffende Gesäß des Mannes, auf den pulsierenden Schließmuskel, aus dem trockener, harter Kot stäubte, herabrieselte wie eine fehlfarbene Mischung aus Rost und Sand.

»Was du vorhast, ist sinnlos!« sagte Sybille.

»Was hab ich denn vor?« fragte er.

»Du bist eifersüchtig!« sagte sie.

»Ihr seid alle krank!« antwortete er.

Der Wasserkessel pfiff; Sybille trat an den Herd.

»Wie wars mit deinen Schweinehirten?« fragte er.

Sie gab ihm keine Antwort.

»Stimmt die Kasse?« fragte er.

»Ach Gott«, sagte sie endlich, »bist du ein Arschloch! Wenn du wenigstens ein guter Mensch wärst, dann könnte man mit dir ganz anders umspringen, aber so bist du leider nur naiv und ein Egoist dazu, einer, der nur sich wahrnimmt und glaubt, alle müßten sich nach ihm richten. Da platzt du einfach hier herein, verlangst Wunder, erwartest, daß sich jeder nur noch um dich kümmert, sich ausschließlich um dein Wohlergehen sorgt, als hättest du weit und breit das einzige Schicksal, das schwerste, das schlimmste, als müßten wir dankbar sein, dir helfen zu dürfen. Die Elsa ist doch nur auf dem Papier deine Mutter, du wirst mir doch nicht weismachen wollen, daß sich in der kurzen Zeit, die ihr euch kennt, ein inniges Verhältnis zwischen euch ergeben hat. Du mußt immer erst den Boden abklopfen, bevor du drandenkst, etwas aufzubaun. Bloß weil du gekommen bist, kann sie nicht mit allem aufhörn. Du mußt dich mit den Tatsachen arrangiern, du mußt auch die Scheiße respektiern. Friede und Freude, die herrschen woanders. Hege und Pflege, die gibt es hier nicht.«

Georg fühlte sich geschmeichelt. Aus ihrem Mund klang die Wahrheit ruhiger und wirkte vernünftig. Während er Kaffee trank und ein paar Butterbrote aß, freute es ihn sogar, daß sie ihn vor einer Wahnsinnstat behütet hatte. »Sybille«, sagte er, »Sie müssen mir glauben, daß ich gar nicht so bin, wie ich tue, aber ich muß ihr doch helfen. Ich kann doch nicht denken, daß das alles gar nicht passiert. Wissen Sie, mein Wunsch war, als reicher Rächer anzutanzen. Ich hätt mir meine Mutter geschnappt und sie entführt, wär ab mit ihr durch die

Mitte, irgendwohin, wo man weiß, woran man ist. Natürlich sind das Hirngespinste, aber eines steht fest für mich: Sie würde ich auch mitnehmen!«

»So gefällst du mir schon viel besser«, sagte sie. »Deine Liebeserklärung finde ich reizend, aber sie rührt mich kaum, weil ich ein bißchen zu reif dafür bin. Du wirst dich noch schlankheulen, magerweinen, wenn du es nicht bald aufgibst, so zu träumen, so schön, mein ich, und so falsch.«

»Es wird sich alles ändern«, sagte er, ohne daran zu glauben, »und zwar bald, schwör ich!«

»Du kommst aus einer andern Welt«, sagte Sybille, »du bist eigentlich älter als deine Mutter. Sie und ich, wir sind nicht als Huren geboren worden, wir verdienen nur unsern Lebensunterhalt im Rausch und wie im Schlaf, einfach so, indem wir mit einem ins Bett steigen und ihn drüberhaben wie eine Decke, uns genaugenommen dafür bezahlen lassen, daß wir nicht alleine liegen.«

»Dann muß heut aber ein kalter Tag gewesen sein, weil du dich gleich doppelt zugedeckt hast«, sagte er.

»Spiel mir hier bloß nicht den Ehrenmann!« sagte sie. »Ich steh kurz vor Torschluß. Und bevor mich das Alter ganz fertigmacht, verschaff ich mir auf die Tour einen angenehmen Lebensabend. Ich krepier nicht an den paar Metern Schwanz mehr oder weniger, ich verreck nicht an den paar Tittengriffen zusätzlich. Keiner hat etwas davon, wenn ich mich ihm hingeb, weil ich dann im Kopf sowieso woanders bin. Da bin ich ganz weit weg und den Kerlen noch fremder als zuvor. Kapierst du, ich betrüg sie um das, was sie für ihr Glück halten!«

»Du bist schließlich um Einiges jünger als meine Mutter«, sagte er. »Du hast noch mehr Kraft, arbeitest nichts anderes, säufst nicht soviel, kannst dir auswählen, wen du nimmst. Aber bei ihr, da ist es doch genau das Gegenteil. Ihr hängt dauernd der gleiche Krüppel im Kreuz, sie verscherbelt ihren Bauch doch nur für die Miete! Wenn sie nicht so arg in Not wär, könnt er sie sich gar nicht leisten!«

»Hör jetzt auf«, sagte Sybille Lieberwirth. »Ich bin müd.«
Georg stand auf. Es machte ihm nichts aus, daß dieser Abend zu Ende ging; er glaubte, auch den nächsten Mor-

gen, die kommenden Tage im voraus zu kennen. Er konnte auf diese Gespräche, die zu nichts und niemandem führten, ebensogut verzichten. Er vermißte nur sich; er kam nicht mehr weiter, nur noch tiefer.

Wann friert die Luft zu Glas?
Und wann schließt sich der Abgrund
zwischen Traum und Tod?
Wo zweigt der Trampelpfad
ab ins Paradies
bestreut mit Schotter aus Wolken?

Im Flur wollte er die Richtung zum Wohnzimmer einschlagen, aber Sybille hielt ihn am Arm fest.

»Du bist zwar ein ziemlich dicker Hund«, sagte sie, »aber der Länge nach kannst du dich auch neben mir ausstrecken, falls es dir nicht zu sehr nach Landaffen stinkt.«

Er meinte, sich verhört zu haben, traute sich nicht, hinter den Sinn ihrer Worte zu kommen, witterte einen Scherz auf seine Kosten, aber sie drückte ihm einen schmatzenden Kuß auf die Nase und schubste ihn auf die Schlafzimmertür zu. Der Schweiß brach ihm aus; seine Hände rutschten von der Klinke ab. Bei seinem Eintritt fühlte er sich, als würde er von einer johlenden Meute empfangen.

Hoch ragte das Fußende des Ehebetts aus dem Raum. Die Frau ließ ihn auf der Bettumrandung stehen und zog die Vorhänge zu. Er wartete darauf, daß sie ihm Kissen und Decke für die Couch im Wohnzimmer zuwerfen, mit einem Klaps auf die Stirn verabschieden werde, doch sie schlug die Bettdecke zurück und setzte sich auf den Bettrand. Ihr Gesäß spannte sich, als sie sich bückte und die Strümpfe von den Beinen rollte; die Fußnägel waren nicht lackiert. Georg kam sich vor wie ein Zuschauer. Im Kopf blätterte er in seinen Magazinen, verglich die Frau mit seinen verschollenen Traumgestalten: ihre Körperfarbe stimmte nicht. Sie war zu weiß, zu blond. Außerdem arbeitete sie mit dem Leib, den sie ihm zeigte. Mit ihm hatte sie heute zwei Freier bedient, vielleicht noch ein paar mehr, von denen er nichts wußte. Es gab keinen Grund, daß sie ihn brauchte; er wollte nicht den

Rest erledigen. Als sie sich wieder aufrichtete, war ihr das Blut in den Kopf gelaufen.

»Kannst du nicht?« fragte sie.

»Willst du mich trösten?« fragte er.

Sie stand auf und streifte ihren Rock ab, der sich wie eine Glocke am Boden wölbte. Ihre Schenkel waren stämmig und an den Innenseiten aufgerauht von einer grobkörnigen Orangenhaut, die Gewebemulden wie mit Ascheflocken bestreut. Der Schlüpfer hatte ihr Ringe ins Fleisch gekerbt. Sie drehte ihm den Rücken zu, als sie den Schlüpfer auszog. Wie eine überreife Frucht sackte ihm ihr Hintern entgegen. Er machte einen Schritt und streckte die Hände aus. Dann besann er sich: er würde nur die Fingerabdrücke seiner Vorgänger berühren. Sie gestand ihm keine Liebe, sie bot sich ihm an, wie ein alltäglicher Zufall; ihre Erfahrung würde ihn prüfen. Ihr Kopf verschwand unter der Bluse, das Blumenmuster war feucht gefleckt von ihren Achselhaaren. »Hilf mir«, sagte sie. Er hakte den Büstenhalter aus. Ihre Schultern waren so rund wie Bälle, schneeig und voller Luft, als er sich überwand und sie packte und heiße Luft über ihren Nacken blies. Sie drehte sich um; als sie sich an ihn lehnte, mußte er sich gegen ihr Gewicht stemmen. Ihre Brüste lagen auf seinem Bauch, ihre Finger ruhten unter seinem Hemd. Es war das erste Mal, daß er einer Frau so nahe kam, daß er Besitz ergriff, während er ihr verfiel. Ungefähr ähnlich hatte er es sich immer vorgestellt gehabt.

Sie stieß ihn sanft aufs Bett und zog ihn aus.

»Hast du schon oft?« fragte sie.

»Ja«, sagte er, »natürlich!«

Seine Gedanken und Gefühle waren derart zwiespältig, daß er sich vorkam, als würde er aus zwei Personen bestehen.

Vergiß deine Greise! dachte er.

Sie küßte ihn nicht.

Daß sie ihn trotz seiner Nacktheit nicht verschmähte, das gefiel ihm. Sie knetete seine Wülste durch, ging mit ihm um, als sei er eine Feder, erschrak nicht vor seinem hängenden, schwappenden Fleisch. Seine Knochen spreizten sich, schmerzten pochend. Das Bier floß ihm aus allen Poren; sie zeichnete Kanäle in seinen Schweiß, zwängte eine Hand unter die Last seines Gesäßes und rieb mit der andern seinen krummen, nickenden Zapfen in eine aufrechte Stellung. Er

schloß die Augen. Das Weib aus dem Puff leckte sich die
Finger, spuckte sich in die Hände.

Sybille kroch über ihn wie eine Puppe aus Fleisch. Durch die
Lider sah er eine feiste Zwergin auf sich thronen, die ihn fest
in der Hand hielt, ihn von sich abklemmte, aus seiner Hülle
saugte. Er wurde wie ein Brett, als er sich ergoß.

»Jetzt können wir endlich anfangen«, hörte er sie sagen. Weil
ihm die Erfahrung fehlte, erwartete er Zärtlichkeiten, aber sie
molk ihn weiter, bis es wehtat und er sich an ihre Brüste
krallte. Als sie rittlings auf ihm Platz genommen hatte,
überließ er sich ihrer Hingabe. Es war keine Liebe, dazu tat es
ihm zu gut, dazu waren diese Schmerzen zu seltsam. Alle
Männer und Frauen aus seinen Bilderbüchern begannen in
seinem Kopf loszustammeln. Im letzten Moment dachte er
nur daran, nicht zu kommen, jetzt noch nicht, später erst,
irgendwann, vielleicht niemals.

Sie schnaufte gewaltig, sein Rücken fühlte sich schief an. Sie
blieb auf ihm liegen, bis er halb herausglitt, da entließ sie ihn
mit einem Ruck.

»Schnarchst du?« fragte sie etwas später, auf der andern Seite
liegend, schon zugedeckt.

»Ich weiß nicht«, sagte er und merkte im selben Moment,
daß er sich verraten hatte.

Er hatte eine Frau gehabt. Er hatte es gar nicht richtig
gemerkt. Zum ersten Mal in seinem Leben hatte ihn ein
anderer Körper bedient. Er konnte ihr keine ewige Treue
schwören deswegen, er wollte sie sofort vergessen, gab sich
die Nummer 978. Er war schlecht gewesen, sie hatte wegen
ihm ihre Haut nicht zerrissen, sich kein Härchen ausgerauft;
er war nur einer in der Reihe, in einer langen Reihe. Das war
es also demnach gewesen: der Verlust der Unschuld und,
nach einigen Wiederholungen, der Gewinn einer langwei-
ligen Sünde.

Während er ihrem erlösten Atem zuhörte, wünschte er sich
allein in einem leeren, stillen Raum. Dann spürte er neue
Kräfte in sich wachsen. Die Frau schlief tief und fest, so, als
wolle sie ihn mit der Wiederholung des Einzigartigen ver-
schonen. Ihm blieb nichts anderes übrig, als die Schuld an
ihrer Erschöpfung auf die beiden Bullen zu schieben, die sie
vor ihm drangenommen und abgefertigt hatte.

Er unterhielt sich mit der Schlafenden.

Wars schön? ließ er sich fragen.

Ganz hübsch! hörte er sich sagen.

Du bist prächtig gebaut? sagte sie.

War das eine nette Liebe! sagte er.

Er hörte seine Säfte zwischen ihren Schenkeln quatschen, als sie ihre Schlafstellung veränderte.

In einem Traum erlebte er ihren Tod. Madenknäuel lagen in ihren Augenhöhlen, Würmer legten Gänge durch ihre Haut. Dieser Körper hatte ihm gutgetan. Ihr Gesicht war in seiner Erinnerung eine Lüge geworden. In ihrem Schoß zersetzte sich das vergangene Leben. Das Wissen, daß die Natur mit ihm nicht anders verfahren würde, trennte ihn von ihr. Er sah auf ein Grabkreuz, auf dem der Name Sybille Hundhammer zu lesen war; es war seiner Mutter durch den Leib gestoßen worden, ihr Gesicht war geharkt. Seine Tante und seine Großmutter flatterten mit schwarzen Sargdeckelflügeln um Nester voller Gebeine.

Dann kam der Schlaf, als falle ihm der Kopf vom Hals.

Am nächsten Morgen fühlte er sich wie ein halber Mann. Gleich nach dem Erwachen, wie einäugig seine Umgebung wahrnehmend, rollte er sich zu der Frau hinüber und schob seine Hände unter ihre Decke, wo eine feuchte Hitze dampfte, aber sie entzog sich ihm und kletterte aus dem Bett. Sie versteckte sich in ihrer Unterwäsche, panzerte sich mit einem Strapsgürtel und verließ hustend das Schlafzimmer. Auch er wälzte sich auf die Beine; beim Hinausgehen mußte er achtgeben, nirgends mit seinem abstehenden Schwanz anzustoßen.

Die Frau stand in der Küche, übers Spülbecken gebeugt, und schrubbte sich die Zähne. Er stellte sich dicht hinter sie, preßte sich in den stoffverhüllten Schlitz ihrer Gesäßbacken. Sie verlor fast das Gleichgewicht und gurgelte, während er zwischen ihren Beinen herumfingerte, ein Zucken ertasten wollte. Auf dem Herd sang schon der Wasserkessel. Georg zupfte einladend an seiner Vorhaut, die Frau schenkte ihm keinen Blick, sie stellte Tassen auf den Tisch. Vorm Fenster war ein Regentag. Es war kühl, er fror. Bevor der Kaffee fertig war, ging sie ins Treppenhaus und auf den Gemeinschaftsabort. Sein Schaft runzelte; er streichelte sein warziges Fett, kam sich wieder äußerst häßlich vor. Als die Frau

zurückkam, schickte sie ihn zum Anziehen, mit den Worten:
»Solche Dinger seh ich mehr als genug, öfter als mir lieb
ist!«

Beleidigt ging er ins Schlafzimmer und lüftete ihr Bett. Dann
zog er sich an. Daß sie sich so normal gab, nichts weiter von
ihm wissen wollte, das ging ihm gegen den Strich. War er ihr
nur ein Sonntagabendvergnügen gewesen, hielt sie montags
Ruhetag? Warum hatte sie ihn überhaupt gereizt, wenn sie
jetzt so tat, als passe kein Tier mehr in ihre Höhle? Warum
hatte sie ihn eigentlich verführt, wenn er ihr doch nur für fünf
Minuten gefallen konnte? Oder schonte sie sich schon wieder
für neue Freier?

Beim Frühstück saß er ihr gegenüber, blies und schlürfte
seinen weißen, süßen Kaffee. Ihr Gesicht hatte einen Stich ins
Graue, die Fensterscheiben waren naß. Er roch nach ihr und
wollte diesen Geruch über den Tag retten.

»Warum tust du plötzlich so fremd?« fragte er nach einer
Weile.

»Ich bins nicht gewöhnt, daß die Männer hinterher noch bei
mir herumsitzen«, sagte sie.

»Hast du mich auf Pump mit dir schlafen lassen? Hab ich jetzt
Schulden bei dir?«

»Du bist genau wie die andern«, sagte sie.

»Nein, nicht ganz«, antwortete er, »denn ich möcht bleiben,
wenn die andern gehn. Statt dessen muß ich gehn, weil die
andern kommen! Keine Angst, an deinem Rockzipfel häng
ich mich nicht auf!«

Er warf sein angebissenes Brot in die Kaffeetasse und
stemmte sich vom Stuhl hoch.

»Mir ist der Appetit vergangen!« sagte er. »Ich will dich nicht
stören, du mußt mich nicht haben! So toll bist du nämlich
auch nicht, daß ich wegen dir mein ganzes Leben vergessen
könnt! Schöne Grüße an die Kundschaft! Wenn du wieder
einen Zeitvertreib brauchst, machst du es halt einem von
ihnen umsonst, ganz einfach!«

Die Worte gingen ihm aus; er ließ sie sitzen und stürmte
hinaus. Ihm war, als nehme er Abschied von einer Ge-
liebten.

Vor der Wohnungstür bückte er sich und streichelte, wie
zum Andenken, über den Fußabstreifer.

Seine Mutter arbeitete. Er hörte es am lauten Rattern der Nähmaschine, als er vor der Wohnungstür stand und klingelte.

An ihrer Kleiderschürze hingen bunte Flocken, in ihren Nasenlöchern kräuselte sich farbiger Staub. Im Wohnzimmer standen große, hohe Kartons, die mit Schaumstoffhäcksel gefüllt waren; seine Mutter verschwand dazwischen wie in einem Irrgarten. Mit den Schaumgummiabfällen polsterte sie Kissenbezüge aus. Beim geringsten Lüftchen wirbelte es die Flocken umher. Unendlich langsam senkten sie sich nieder, überzogen alle Gegenstände mit einer flirrenden Schicht und stoben wieder auf, sobald eine Bewegung entstand.

»Kann ich dir helfen?« fragte er.

»Du kannst die Kissen füllen«, sagte sie.

Die Beschäftigung kam ihm gerade recht. Anfangs stopfte er die Kissen noch zu prall oder zu bucklig, dann wieder zu mager, zu weich, aber nach und nach lernte er es, die richtige Menge Flocken einzustreuen und gleichmäßig zu verteilen. Seine Mutter nähte die Kissen zu und putzte sie mit einem feuchten Lappen notdürftig sauber.

»Wie wars?« fragte sie durch das Stampfen der Nadel.

»Gut«, sagte er und bekam eine Hitze auf der Stirn.

»Sybille müßte deine Mutter sein, hm?«

»Red nicht so!« sagte er.

Während er die Kissen stopfte, versuchte er sich die Anzeigen vorzustellen, die Sybille in der Zeitung aufgab. DRALLE ENDDREISSIGERIN SUCHT HERREN JEDEN ALTERS ZWECKS ANBAHNUNG VIELGLIEDRIGER KONTAKTE! VERDIENSTNACHWEIS ERFORDERLICH! ABSOLUT DISKRETER SERVICE GARANTIERT!

»Was kriegst du fürs Stück?« fragte er.

Sie ließ sich nicht in ihrer Arbeit unterbrechen.

»Ganz verschieden«, sagte sie. »Kommt drauf an, was ich zu machen hab, große oder kleine Kissen, Kissen zum Liegen oder zum Sitzen. Die Welt ist es nicht für den Haufen Arbeit, aber dafür hab ich kein Gerenne: Eugen bringt das Zeug her und holt es wieder ab. Gern mach ichs nicht, aber man ist freier als in der Fabrik. Ich kann anfangen und aufhörn, wie es mir in den Kram paßt. Natürlich halt ich nicht jeden Tag das Tempo durch. Wenn ich Schmerzen hab, kann ich mich kaum konzentrieren. Manchmal ist es wie Akkord, bloß daß ich mich bei niemandem abmelden muß, wenn ich auf Klo gehn mag. Mein Schnaps springt allerweil raus dabei, das ist auch was wert.«

Die Nadel hackte, puffte schwebenden Regenbogendreck durchs Zimmer; matt schien der Tag hinter raschelnden Schleiern. Überall lagen Kissenhügel; bald wirkte der Raum wie eine biedere Gummizelle. Seine Mutter hetzte sich emsig ab, bis der Vorrat an gefüllten Bezügen verbraucht war. Dann bückte sie sich plötzlich und wühlte eine Flasche aus einer Kissenhalde. Weit zurückgelehnt trank sie, rieb ein paar Streifen in den Glasbauch, ehe sie ihm ebenfalls einen Schluck anbot. Er benetzte sich die Zungenspitze mit Wacholder.

»Hör mal«, sagte er, »ich bin zu dir gekommen, aber du bist entweder betrunken oder du arbeitest oder du hast diesen Macker auf der Pelle! Wenn ich schon da bin, möcht ich auch etwas von dir haben!«

»Fängst du schon wieder damit an?« fragte sie. »Ist Sybille kein Ersatz für mich?«

»Ich kann nicht ewig bei ihr bleiben«, sagte er.

»Und ich kann dich hier nicht brauchen!« sagte sie.

Sie schob den Stuhl von der Nähmaschine zurück. Ihre Gelenke knackten hörbar, als sie aufstand und sich vorsichtig dehnte und reckte. Plötzlich taumelte sie, als sei der Fußboden eine schaukelnde Drehscheibe.

»Ich bin ziemlich krank, damit du Bescheid weißt«, sagte sie. »Innerlich ist alles Mögliche beschädigt, der Darmtrakt, die Harnwege, bloß das komische Herz ist noch intakt, hüpft wie eh und je, zu gesund für den angegriffenen Rest. Ich geh aber schon lange zu keinem Arzt mehr. Mein bißchen Leben ist zu kurz, ich kann nicht mehr alles heilen lassen. Wer sich selbst verseucht und vergiftet, darf auch nicht über die Folgen lästern. Ich geb zu, ich hab Schindluder mit mir getrieben, wider die Natur gehandelt, jetzt sind die Krankheiten stärker als jede Medizin, die Medikamente wie Tropfen auf den heißen Stein.«

»Du mußt bloß zu einer Kur«, sagte er.

»Erzähl das dem Eugen«, sagte sie.

Wankend begann sie, die fertigen Kissen in die leeren Kartons zu schlichten. Um sich zu beschäftigen, trug er die Kartons aus dem Wohnzimmer und stapelte sie im Flur. Im

Dämmer sahen sie wie Felsquader aus, bildeten unüberwindbare Zinnen, trennten ihn vom Rest der Welt.

Er klatschte sich die Hände ab; es gab nichts mehr zu tun. Er sah zu, wie seine Mutter den Staubsauger durchs Zimmer zog, wieder eine Zeitung über die Nähmaschine deckte und mit einem feuchten Lappen über die Tischplatte wischte. Grau trocknete das Wasser auf.

»Wir mögen uns nicht besonders«, sagte sie, »aber die Abneigung ist auch eine Bindung.«

Ihre Gestalt kam ihm sehr weich und schwach vor. Wie eine Maschine, die das Laufen lernt, schleppte sie sich hin und her. Fransige Büschel hingen ihr in die Stirn, ihr Rücken beulte sich spitz. Er konnte plötzlich hinter ihre Worte blicken, sich vorstellen, wie sie als junges Mädchen gewesen war, als ledige Mutter, wie Scham und Schande sie aus der Heimatstadt trieben. Er hatte in ihrem Koffer keinen Platz. In seinen Gedanken begannen ihre Wanderungen durch Einzelzellen und Gemeinschaftssäle, durch ummauerte Höfe, vergitterte Gärten. Kalender entblätterten sich, jede Entlassung wurde gefeiert; er sah ihre Träume von Weinbergen, Bierfässern, Spirituosenbatterien, sah sie betend dem Teufel am Schwanz hängen. Das Karussell aus Gittern und Gläsern, der lebhafte Tod, all das hatte sie verbogen, verdreht, in den Himmel verstoßen, in die Hölle auf Erden gelockt. Und weil er schon dabei war, verzieh er auch gleich Sybille Lieberwirth. Er getraute sich nicht mehr, kaltschnäuzig zu denken; das Unstete seiner Lage schien ihm zu hoffnungslos für jede Sehnsucht zu sein. Seiner Mutter war der Schweiß ausgebrochen. Ihr Gesicht troff, zäh und fahl rannen die Tropfen durch die Kerben in ihren Wangen; klatschnaß und wie hingestriegelt lagen ihr die Haare auf dem kantigen Kopf.

»An deiner Stelle«, sagte sie, »würd ich mir endlich Arbeit suchen. Es reicht nicht für zwei, und wenn du mir noch so viel Kissen stopfst. Gefährlich ist es auch. Der Hundhammer wird sich wundern, daß ich mit der Lieferung schon fertig bin.«

»Ich geh ja schon«, sagte Georg. »Vielen Dank noch. Vielleicht find ich auf dem Arbeitsamt was Anständiges.«

Unten läutete er Sybille Lieberwirth heraus.

»Wie läufts?« fragte er. »Wer da?«

»Leck mich!«

»Heut abend!« sagte er.

»Hau ab!« sagte sie.

Durch die Hofeinfahrt lief er auf die Straße. Der Wind drehte ihm winzige Zöpfe ins Haar.

So, Herr Bleistein, sagte er sich, jetzt wirst du jeden Job annehmen und sparen wie ein Einsiedler, und dann wirst du deine Mutter in einer Spezialklinik kurieren lassen und Sybille das Gewerbe verbieten. Du wirst dich in die Arbeit stürzen, daß dir jeder Tag zu kurz vorkommt...

Der Menschenauflauf, der in den Geschäftsstraßen klumpte, erinnerte ihn an die Samstage in Grönhart. Er schaute lange einem Propagandisten zu, der vor einem Kaufhauseingang stand und pflegeleichte Bratpfannen anpries, indem er dünnen Teig in eine Vorführpfanne goß, den Teig in der Pfanne auf einem Kocher erhitzte, die Fladen verkohlen ließ und zeigte, wie die Vorführpfanne wieder mühelos zu säubern sei. Georg Bleistein kam es wie eine Sünde vor, als der Teig anbrannte.

In einer Telefonzelle suchte er sich die Adresse des Arbeitsamtes aus dem Telefonbuch heraus.

Plötzlich empfand er die Straßenschilder wie Scheuklappen. Das bißchen Freiheit, dem er zufällig ausgeliefert worden war, hörte langsam wieder auf.

Weitergehend hob ihm ein Hungergefühl den Magen hoch in den Kopf. Bei jedem Schritt meinte er den Schweiß der Köche in den Gullies gurgeln zu hören, kräftig nach Gewürzen und Kräutern riechend. Er sah seine Mutter vor sich, die eine weiße Schürze umgebunden hatte und mit Bratspieß und Schöpfkelle ausgerüstet seine Lieblingsgerichte zauberte; er war nahe daran, einem kleinen Kind eine Eiswaffel zu rauben, wußte nicht, ob er träumte, als er Hunde und alte Leute an Abfallkörben schnüffeln sah. Die Häuser glichen einem zerstampften Gebirge. Durch die Straßen floß Staub und Papier, die Autos heulten wie monströses Ungeziefer, der Dreck in der Luft scheuerte die Sonne blutrot. Tauben stießen herab und machten sich über die Krümel und Brösel her, pickten sie mit ratternden Schnäbeln auf. Wenn er vor einer Ampel warten mußte, hielt er seine Blicke auf dem Boden und wünschte sich, über eine gefüllte Brieftasche zu stolpern. Ab und zu verstellte er jemandem den Weg und fragte ihn nach der Richtung, dem Weg zum Arbeitsamt. Der

Hunger wurde heftiger, Georg hatte nur noch Hunger und Durst, einen beißenden, kratzenden Brand. Immer öfters mußte er rasten, immer häufiger hatte er das Gefühl, die Häuser stünden schräg, die Straßen liefen schief. Er hatte irgendwann einmal gelesen, daß der Hunger am verherendsten wüte, wenn das irrige Empfinden einer Sättigung eintrete; trotzdem hoffte er, sich bald in diesem Zustand zu befinden. Er fühlte sein Gesicht wie einen Stoppelacker.

Das Arbeitsamt lag in einer Straße, die einen asphaltierten Hügel hinab führte. Es war ein uralter Kastenbau; zwei Gipsgestalten stützten einen Erker. Die Simse an der Fassade waren von Abgasen zernagt. Über dem blechbeschlagenen Eingangstor war ein ehrfurchtgebietendes »A« aus Leuchtstäben aufgestellt. Georg stand da und sah den Leuten zu, die sich die Klinke in die Hand gaben. Es waren viele in seinem Alter darunter, keiner sah arbeitslos aus oder arm. Er versuchte, sich in Bewegung zu setzen, aber es war, als versinke er im Fußboden. Lastwagen brüllten hinter seinem Rücken, krochen mit mahlenden Reifen den Hügel hinauf. Das Gebäude erschien ihm riesengroß. Mächtig wuchs es in den graugleißenden Himmel, aus allen Fenstern flogen Puppen mit ausgemergelten Karteikartenflügeln zu den Industriegebieten am Stadtrand, hatten Knebel aus Fragebögen im Mund, Druckstellen vom Stempelgeld wie Brandmarkungen auf der Stirn.

Er fühlte sich längst nicht mehr am Ziel, hätte sich am liebsten verirrt und ging in die nächstbeste Kneipe.

Das Lokal war nur spärlich besucht. Es führte keine Warme Küche, keinen gutbürgerlichen Mittagstisch. Georg ging ans Ende des Tresens und lehnte sich dort an die fleckige Wand. Er ließ sich vom Wirt ein Bier bringen, trank es auf einen Zug, ließ sich nochmal eines geben und trank langsamer, um seine Bedenkzeit zu verlängern. Seiner Mutter wollte er sagen, das Gastronomiegewerbe sei mit Arbeitskräften eingedeckt, irgendwelche Scheißkanaken hätten allen anständigen Deutschen die Arbeitsplätze weggeschnappt. Um seine Worte zu prüfen, sah er sich ins Gesicht, das sich als verwischter Schatten im Bierglas spiegelte. Es war anstrengend, sich Ausreden zu überlegen. Seine Beine schliefen ihm langsam ein, seine verschränkten Arme schwitzten ihm den Bauch naß.

Junger Mann, ließ er einen Angestellten des Arbeitsamtes sagen, wenn Sie Geld brauchen, müssen Sie erst Trinken und Rauchen einschränken, am besten gleich ganz einstellen! Keine teuren Freundinnen, kleine Füße, kurze Schritte! Kehren Sie um, gehen Sie zurück, hier kommen Sie unter die Räder! Hat man Sie entlassen, weil Sie nicht gekündigt haben, oder haben Sie sich entlassen, weil man Ihnen nicht gekündigt hat?

»Ich bin nicht vorstellig geworden, um ein Verhör zu beantragen«, sagte er gespreizt.

»Was?« fragte der Wirt.

Goerg wurde rot. Er dachte daran, daß er mit keiner üblichen Arbeit schnell viel Geld verdienen konnte, auch wenn er noch so sehr beteuern würde, daß sein Lohn nicht ihm selber, sondern seiner kranken Mutter allein zugutekomme. Einen Haufen Kies, eine Menge Moos machen: warum konnte er sich solche Wünsche kaum leisten, von den Taten ganz zu schweigen?

Nicht im Traum dachte er daran, seine Zeche zu zahlen. Er rief dem Wirt eine neue Bestellung zu, musterte rasch die anderen Gäste, die mit sich beschäftigt waren; während der Wirt zapfte, schlenderte Georg betulich zum Spielautomaten, dann weiter zur Musicbox, die dicht bei der Tür stand, las dort ein paar Titel, DAS LIED VON DER GLATZE, EINE FRAU IM BESTEN MANNESALTER, NO, NO, NA, NA, MH, MH, EINE LIEBE OHNE ENDE, EIN LEBEN OHNE LIEBE, dann berechnete er die Meter, zählte die Schritte, war draußen.

Das Arbeitsamt hatte noch geöffnet; er hob es sich für später auf.

Wo sich Tag und Nacht
nur durch Mahlzeiten unterscheiden
und den Morgen Gläser und Teller vom Abend trennen
wo Mehlschwitze Leichengift verdickt
wo altes Fleisch bräunt, dort werden
Speichelblasen gelöffelt, Fettaugen
in die Milchstraße verrührt, dort
ist das Essen Kitt
die Nudel wie Nadel und Faden zugleich
gerupfte Porzellanköpfe haltend.

Von unterwegs rief er Sybille Lieberwirth an.

»Hat dich das Arbeitsamt zum Generaldirektor befördert?«
fragte sie.

»Im Kongo«, sagte er.

»Ich freue mich«, sagte sie.

»Ach?« sagte er und ließ den Hörer fallen, weil es ihm so
vorkam, als habe im Hintergrund eine Männerstimme gesprochen.

Wieder auf der Straße, dachte er: Was willst du mit zwei
Händen, zehn Fingern, einem Paar Armen? Für Deine Mutter
eine andere, bessere Welt erschaffen? Oder sie in einen neuen
Menschen verwandeln? Er mühte sich ab, ein hartes, stolzes
Gesicht zu machen, sich einen Gang zu leisten, als sei er allein
auf der Welt. Die Sonne warf rosa Schleier auf die brütenden
Steine. Leute und ähnliche Lebewesen hockten auf dem
zerbrechlich wirkenden Gestühl der Straßencafés, alle in
einer Haltung, als rieche jeder an seinem Nabel. Er trieb an
ihnen vorüber, als bliesen die rauhen Eiswinde des Südpols
seine Schläfen zu erstarrenden Segeln auf. Die Viertel, die er
auf dem Heimweg durchwanderte, waren ihm jetzt schon
vertrauter. Mitunter kam ihm auch das Fremde so bekannt
vor, daß er erschrak. Als er dann mit baumelndem Kopf und
hochgeworfenen Schultern die Moderschollen des Hinterhofs durchpflügt hatte und vor der Haustür stand, entschied
er sich für Sybille Lieberwirths Klingelknopf. Während er
wartete, übte er ein nichtssagendes Lächeln.

Die Frau öffnete. Bei seinem Anblick legte sie einen Finger
auf die Lippen und machte ein warnendes Gesicht.

»Was ist los?« fragte er.

»Er ist da!« flüsterte sie.

»Wer?«

»Wer wohl? Tu bloß fremd!«

Im Wohnzimmer saß seine Mutter; sie war die einzige, die
keine Kaffeetasse vor sich stehen hatte. Neben ihr lehnte ein
Mann in den Polstern der Couch. Georg grüßte ihn nicht.

»Der Sohn meines Bruders!« sagte Sybille.

»Hundhammer heiß ich«, sagte der Mann. »Und du?«

»Eugen«, sagte Georg.

Sybille Lieberwirth drückte ihn in einen Sessel am Tisch
nieder.

»Na sowas«, sagte der Mann, »heißt da noch einer Eugen.

Lieberwirthin, du hast aber eine wechselhafte Verwandtschaft.« Dann stieß er Georgs Mutter in die Seite, daß sie zusammenzuckte. »Elsa, schlaf mir nichts vor!«

Sie schien mit dem Kopf zu winken, als sei ihr das Genick gebrochen worden.

In der Ecke neben der Tür stand ein Waschkorb voller Tischdecken, mit Ketchup, Mostrich und anderen Flecken und Tropfen verkrustet.

Ich warte«, sagte der Mann, »warte und warte, und wer nicht kommt, ist die wunderhübsche Frau Bleistein. Ich kehre selber den Laden, jawoll, da lachen mich meine Mitarbeiter schon aus. Ja, für was, frag ich, spendier ich denn die Miete? Elsa ist nicht krank, sie säuft nur zuviel, pennt, wenn sie putzen soll! Ich hab eh nichts mehr von ihr, außer Ärger!«

Georg Bleistein sprang auf und stieß an den Tisch. Das Glas seiner Mutter kippte um, die Kaffeetassen schwappten über; alles war ihm recht und immer noch zu wenig. Dann bat er Sybille Lieberwirth um einen Wischlappen und putzte betont umständlich, um den Mann besser mustern zu können, die Platte sauber.

Hundhammers Gesicht war gedunsen, verquollen, eine Masse Fleisch, die zum Hals hinabströmte. Er trug einen Kinnbart, der wie eine silbrige Beule unter den weißgeränderten Lippen wucherte. Graue Haare wuchsen ihm aus den Schläfen; der restliche Schädel war kahl, blank und von winzigen Furchen gerillt. Verschrumpelte Tränensäcke und faltige Backen gingen ineinander über, die Nase bog sich den Lippen zu. Auf seiner Anzughose wellten sich Nadelstreifen. Sein weißes Hemd bauschte sich an der Knopfleiste. Und seine Mutter saß neben dem Mann, als sei sie ein Auswuchs seines Leibes, ein verkrüppelter Körperteil von ihm.

»Ich bin Geschäftsmann«, sagte Hundhammer, »ich kann mir keine Trödelei bieten lassen!«

Georg Bleistein war es zumute, als habe er einen älteren Bruder vor sich. Seine Mutter konnte er nicht ansehen, so widerwärtig war ihm ihr beflissenes Nicken, mit dem sie das Geschwätz des Mannes bestätigte. Es kostete ihn alle Kraft, sich unbeteiligt zu benehmen, Zurückhaltung zu bewahren. Daß das Treffen auf diese Art und Weise zustandegekommen war, machte ihn wehrlos; er hätte viel darum gegeben, ganz allein mit Hundhammer zu sein.

»Will noch jemand Kaffee?« fragte Sybille Lieberwirth leichthin.

»Mm!« machte Hundhammer wie für alle.

»Er sucht eine Arbeit«, sagte sie, auf Georg zeigend.

»Weißt du nichts?«

»Was bist du von Beruf?« fragte der Mann.

»Etwas anderes!« sagte Georg.

»Er macht alles«, sagte Sybille.

»Ich hab da in der Stadt einen guten, alten Freund«, sagte Hundhammer, »ehemaliger Kriegskamerad, Branchenkollege. Bei ihm könnt ich dir unter Umständen eine Stelle besorgen. Anruf genügt: morgen fängst du an! Ihm gehört die ›Bratwurst-Ranch‹! Dem sein Geld, Junge, stinkt zum Himmel!«

»Nur sein Geld?« fragte Georg.

»Ich weiß nicht«, sagte der Mann, »aber du gefällst mir irgendwie. Vielleicht kommst du an einen Fleischwolf, vielleicht in den Straßenverkauf; je nachdem, wofür er dich geeignet hält. Du mußt wissen, er ist noch einer vom alten Schlag, vom alten Schrot und Korn, zäh, sag ich dir. Na gut, er führt ein strenges Regiment, aber seine Leute, die parieren, die sind auf Zack. Elsa, hörst du, da gibst keine Schlamperei, da klappt alles wie am Schnürchen, sonst wird dem Betreffenden ein Strick gedreht. Wann willst du hin?«

»Morgen«, sagte Georg.

»Geh früh los, rat ich dir, und erst zum Frisör!«

Dann ließ sich Hundhammer von Sybille das Telefon an seinen Platz tragen und rief seinen Freund an.

»Ich habe hier einen strammen Kerl an der Hand, der dringend Arbeit braucht und einen garantiert verwendungsfähigen Eindruck macht«, sagte er. »Rein äußerlich ist zwar noch eine kleine Kurskorrektur vonnöten, doch dann wäre der Junge sogar tragbar für Stahlhelm und Kampfjacke, wenn das noch gewünscht wird von uns alten Schützengrabenkriegern, die auch im Frieden zusammenhalten müssen. Also schön, ich schick ihn im Laufschritt bei dir vorbei. Halt die Wacht!« sagte er und legte auf.

»Gebongt!« sagte er dann zu Georg. »Wenn er dir ein bißchen wie ein kauziger Heiliger vorkommen sollte, dann denk dran, daß er sich seit 45 keinen Feierabend mehr genommen hat, aber auch daran, daß Deutschland ohne diese Sorte langsam ausstirbt! Du bist jedenfalls empfohlen! Was sagst du jetzt?«

»Schön«, sagte Georg, »danke!«

Er sah zu, wie sich der Mann Finger in den Mund steckte und seine Mutter, die zu schlafen schien, gellend anpfiff. Sie raffte sich auf; in ihrem Rausch hatte sie ein Stück Schönheit gewonnen, war wie geschaffen dafür, sich an ihr schadlos zu halten.

»Pack dich«, sagte Hundhammer, »wir verreisen!«

»Bleiben Sie doch noch ein bißchen da«, sagte Georg. »Ihre Frau ist schlecht beieinander, scheints.«

»Die Ruhe bekommt ihr nicht«, sagte Hundhammer, »sie braucht Bewegung gegen ihre faule Haut. Gehn wir!«

Er schnalzte dazu, als triebe er einen Gaul an, und schob den Tisch weg, als er aufstand.

Sybille half seiner Mutter beim Hochkommen. Ihre Füße fanden keinen Halt; rücklings flog sie in die Polster zurück und schlug mit dem Kopf an die Wand, die morsch hallte. Sybille faßte seine Mutter unter den Schultern, hob und zog, bis Hundhammer dazutrat, seine Mutter am Hals ergriff und in die Höhe stemmte. Georg lächelte wie verrückt, als sie sich zum Waschkorb schleppte. Er stand auf, wuchtete den Korb mit den Tischtüchern empor und trug ihn nach oben. Vor der Wohnungstür stellte er den Korb wie eine Barrikade ab.

»Wir sehn uns noch«, sagte der Mann.

»Ganz sicher!« sagte Georg. »Bestimmt! Hundertprozentig!«

Sybille Lieberwirth wartete auf ihn in der Tür. »Hab ich Ängste ausgestanden«, sagte sie. »Du hast eine Farbe gekriegt wie ein Hund unterm Schwanz.«

»Er ist fällig!« sagte Georg.

»Mach keine Dummheiten!« sagte sie.

»Warum nicht?«

»Dann steht sie auf der Straße.«

»Ich bin da«, rief er und zog die Tür zu, »ich, hörst du, ich! Auf solche Gönner kann sie bald scheißen, und du auch! Habt ihr keine Achtung mehr vor euch selber? Schweineschwänze habt ihr euch geangelt, ja! Ihr laßt mit euch umspringen, als wärt ihr noch viel weniger als der allerletzte Dreck! Wer ist denn dieser Hundhammer schon?«

»Wer bist denn du?« sagte Sybille. »Ein hergelaufner Spinner! Wenn wir nicht wären, könntest du den King im Obdachlosenasyl spielen, damit das einmal feststeht! Du kannst im Urwald blöken, aber nicht in meinen vier Wänden! Geh lieber schlafen!«

»Ich kann nicht mehr«, sagte er.

In der Wohnung herrschte eine Grabesstille; an den Fensterscheiben klebte grauer Schlamm. Die Frau gähnte haltlos. Georg umschlang sie, aber sie machte sich frei.

»Jetzt liebst du mich wohl?« fragte sie.

»So nicht!« sagte er.

»Ach Georg«, sagte sie, »denk dir halt, ich hätt die Regel, versuchs wenigstens! Weißt du, ein Kerl am Tag reicht mir vollkommen.«

»Muß ich heut nacht auf der Couch schlafen?« fragte er.

»Nein«, sagte sie, »du darfst schon ins Bett. Aber am besten ist, du schläfst auf dem Bauch und legst deine Hände drunter!«

»Okay«, sagte er traurig.

Dann folgte er ihr ins Schlafzimmer. Er sah weg, als sie sich auszog, legte sich an den äußersten Rand des Bettes und wandte ihr den Rücken zu. Ein nasser Windhauch drang durch eine Fensterritze und strich ihm übers Gesicht.

Er lag in der Nacht wie in einer schwarzen Röhre, durch die er aufwärts und hinunter glitt, durch Biegungen, Windungen, sich um die eigene Achse drehend, ruhelos wirbelnd, wie fortgeblasen von den Atemzügen der Schlafenden weit weg auf der andern Seite neben ihm. Die Nacht war so verloren, als sei es für ihn die letzte auf Erden. Dauernd mußte er an Hundhammer denken, der sich seine Mutter als Putz- und Bettfrau hielt, sie am Gängelband erdrosselte. Dieser Mann hatte sie zur Strecke gebracht, die Trunksüchtige mit Heimarbeit und Putzdiensten erlegt. Was gab sie ihm? Was konnte einem Mann mit etwas Vermögen an einer Frau gefallen, deren Lebensweg wie eine zertrümmerte Straße hinter ihr lag? Zur Liebe war sie zu arm, war er zu reich. Beherrschte sie Bettkunststücke? Hatte er ein geheimes Gebrechen? Er hielt sie wie eine Gefangene und fühlte sich als ihr Befreier. Georg hatte seine Mutter zwar gefunden, aber nun war es so, als hätte er etwas anderes gesucht. Es schien ihm, als ströme das Leben wie ein wilder Fluß an ihm vorbei, und nur er, er ganz allein, war nicht mitgerissen worden, sondern auf einer Sandbank gestrandet, in der er langsam versank.

Er warf sich im Bett herum, versuchte, mit jämmerlichen Vorstellungen seine Verzweiflung zu rechtfertigen: nach einem Arbeitstag mit massenhaftem Umsatz in der Bratwurst-Ranch nimmt er die Kasse mit und rechnet mit der ganzen Welt ab; als Sybilles Zuhälter bedient er die Stoppuhr vor der Schlafzimmertür; beim Begräbnis seiner Mutter schießt er auf die Kränze, entführt den Sarg; seine Tante zwingt er, Hundhammer Schwanz und Eier abzubeißen; seinen neuen Chef röstet er wie einen Ochsen am Spieß. Dann begann Georg unter der Decke zu wimmern, biß ins Kissen, riß am Bezug, krallte Finger und Zehen ins Laken, spannte seinen Bauch, bis die Wirbelsäule zu bersten schien, und rieb seine Augen an den Armmuskeln trocken. Die Schwärze des Zimmers schlug ihm wie eine Keule ins Gesicht. Er knurrte in die Dunkelheit und belauschte sich; es klang nicht besonders gefährlich. Er beschwerte nur noch ein sinkendes Floß.

Als er gegen Morgen im Schlaf unterging, träumte er nur noch von sich.

Wenn das Gestern und das vor Jahren
Gewesene sich verbündet, dann
wirft auch die Vergangenheit ihre
Schatten voraus
springt die geklärte Flut der Erinnerung
weit und hoch über das Jetzt.
Gedächtnis, wie ein Nagel, wie ein Hammer
beide miteinander verschweißt, so schlägt es
Kerben in den Kalk der Erfahrung
Stufen für Zwerge, die am Ende des Lebens
erst in der Mitte des Abgrunds stehn.
Was war, das schwimmt wie Wurzelgespinst
mit dem Schlamm im Stundenglas.

Er wachte auf und lebte noch. Die Federdecke, unter der die Schlafende neben ihm ruhte, glich in der Dunkelheit einem eingesunkenen Grabhügel, aus dem der bleichgefleckte Kopf eines gleichmäßig atmenden Leichnams ragte. Die Luft in dem engen Gemach war trocken und stickig. »Sybille?« flüsterte er mehrmals, angestachelt von dem Wunsch, über die Ahnungslose herzufallen, sie zur Lust und zum Genuß zu zwingen. Dann faltete er zögernd die Hände und betete zu der Vorstellung, die er sich von Gott machte, richtete seine Fragen aufwärts. Lieber Gott, sei mir nicht bös, ich hab das Gefühl, du scheißt auf mein Leben da, sag mal, warum bin ich grad hierher auf die Welt gekommen, ich glaub nicht mehr, daß die Liebe zu irgend etwas in irgendeinem Körperteil wohnen kann.

Als Sybille Lieberwirth dann wach wurde und aufstand, stellte er sich schlafend, bis sie in ihrem Nachthemd, das einem buntgetupften Segel glich, aus dem Zimmer gegangen war. Gleich darauf hörte er die Dusche rauschen. Er schlich ihr barfuß hinterher. In der Kammer, in der die Plastikkabine eingebaut war, wartete er fröstelnd und umdampft, bis sie die Falttür aufschob.

»Du nervst mich«, sagte sie, als er mit einem Frotteetuch wedelte, das mit rosa Rosen bedruckt war.

Ihr Leib war mit Flecken übersät; grün, blau, gelb und braun waren die häufigsten Farben. Er sah Kratzer an ihren Brüsten, grindige Mulden, um ihre Hüften wand sich ein Ring schwärzlicher Schrammen; ihren Schoß stellte er sich zerstoßen vor. Weinrote Bläschen schimmerten durch den Busch ihres Schamhaars.

»Diesmal wars ein ganz ein Derber«, sagte sie, »ein richtiger Grobian. Man weiß vorher nie, wie sich die Knaben entpuppen, aber ich hab mir das Schinden teuer bezahlen lassen. Bis das verheilt, bin ich in Genesungsurlaub, auch für dich!«

Er konnte sie nicht anfassen, nicht schützen, nicht streicheln; er verstand, weshalb sie ihm gestern den Beischlaf verweigert hatte. Er war es, der Rücksicht nehmen mußte, dem wieder einmal nichts anderes übrig blieb, als sich dareinzufügen, nur weil einer seiner Artgenossen zu wüst getobt hatte.

»Tiere haben mehr Anstand«, sagte er.

Nur ihr Gesicht war unverletzt geblieben. Er war ihr fast dankbar, als sie sich anzog. In seinen Augen war es wie ein Vernarben.

Nach dem Frühstück suchte er die Adresse der »Bratwurst-Ranch« im Telefonbuch. Der Besitzer hieß Bodo Tischlinger. Ehemals »Zentralhalle« stand in Klammern hinter dem Namen des Lokals.

Die Sonne brannte das Morgenrot aus den Dachziegeln. Vogelgesang schallte aus den Dachrinnen. Es war keine Katastrophe in Aussicht.

Georg Bleistein ging ins erstbeste Frisörgeschäft, das auf seinem Weg lag, und ließ sich rasieren, die Haare scheren. Der Seifenschaum erfrischte ihn, der Laden roch weibisch. Hinterher fühlte er sich recht nackt, aber rasiert und geschoren war er wenigstens am Kopf wie ein neuer Mensch. Im Spiegel glänzte seine Gesichtshaut poliert wie eine glasierte Schwarte. Auf der Straße freute er sich, weil er das Trinkgeld gespart hatte.

Die »Bratwurst-Ranch« lag in der Fußgängerzone, die mit Lieferwagen verstopft war. Im Innern glich das Lokal einem mit grobholzigen Tischen und Bänken vollgestellten Tanzboden, in dessen Mitte ein ummauerter Rost stand, den ein fetttröpfelnder Rauchfang überdachte. Es roch nach Meerrettich, Senf und Sauerkraut und nach verkohlten Därmen. An den Wänden aus gekalktem Lehm hingen Cowboyhüte, Kutschräder und Stierhörner. Die Bedienungen, gleich welchen Geschlechts, trugen alle ein und dieselbe Uniform: schwarze Hosen, weiße Hemden, bestickte Jäckchen und flache Westernstiefel. Das Büro des Inhabers lag neben der Herren- und Damentoilette. Auf der Tür prangte das Schild »Privat«. Georg gab sich einen Schwung, klopfte und trat ein. Die Tür war von innen gepolstert.

Er versank bis zu den Knöcheln in einem Teppich, der schwarzblau war, die Farbe einer schönen Nacht hatte. Dann stand er einem Mann gegenüber, der sich kaum von dem metallisch grauen Ledersofa, auf dem er saß, abhob. Er hatte einen Aktenordner in seinem Schoß liegen, den er heftig zuklappte; aus trüben Augenschlitzen heraus musterte er Georg Bleistein.

»Hab ich Herein gerufen?« fragte er.

Der Mann hatte eine unangenehm quiekende Stimme, sah alt und krank aus, blaß wie Eis.

»Schuhe abgetreten?« fragte er.

»Sind Sie Herr Tischlinger?« fragte Georg.

»Bin ich! Und?«

»Hundhammer schickt mich.«

»Achso«, sagte Tischlinger eine Spur nachgiebiger. »Wie gehts denn dem guten alten Eugen so?«

»Er lebt«, sagte Georg.

Der Mann erhob sich, ging hinter einen robusten Schreibtisch und setzte sich wieder. Auf dem Boden vor dem Schreibtisch lag ein Zebrafell.

»Name?«

»Bleistein.«

»Vorbestraft?«

Georg schüttelte den Kopf.

»Antwort!«

»Nein«, sagte Georg. »Warum ich hier bin, wissen Sie. Sie suchen doch einen Arbeiter?«

»Nein«, sagte der Mann, »es ist genau umgekehrt: die Arbeiter suchen mich! Hör zu, damit du Bescheid weißt. Hier bin ich der Chef, mir gehört der Betrieb! Ich hab keine Teilhaber, hier richtet sich alles nach mir. Ich will absoluten Respekt! Ich verlang von jedem, daß er galoppiert. Wer nur trabt, kriegt einen Tritt! Paß auf, was ich nicht mag: das sind Gewerkschaftler, Sozis, Halbstarke und Langhaarige. Ich mag keine Blaumacher, keine faulen Stinker, ich brauch Leute, die spurn, mit Tempo an die Arbeit gehn. Wer bei mir seine Arbeit macht und noch ein bißchen mehr, der fährt gut. Leider sind immer noch die Wenigsten dazu bereit, die Zeichen der Zeit, die auf Sturm stehn, zu befolgen und die Ratschläge, die ich austeil, zu beherzigen. Ich trink auch ab und zu, bin kein Unmensch, kein Kostverächter, rauch selten, leb streng Diät, sonst könnt ich meine Pflichten nicht bewältigen. Wer sich anstellig zeigt, der gefällt mir. Lahmärsche sind mir ein Greuel. Ich habs zu etwas gebracht, das laß ich mir von niemandem nehmen, von Weltverbesserern schon gar nicht. Ein Bekannter von mir, zum Beispiel, hat nach dem letzten Krieg mit einem Bauchladen angefangen, mit Rasierklingen und Schnürsenkeln hausiert, und dann hat er eine Radioreparaturwerkstatt eröffnet, aufgebaut aus dem Nichts. Heute besitzt er ein Imperium, ist einer der größten Hersteller von Fernsehapparaten, Tonbändern und Stereoanlagen. Manchmal hörst du ihn mit seinem Hubschrauber

über die Stadt fliegen, weil seine Stammwerke so weit
auseinanderliegen. Daran nimm dir ein Beispiel! Ich hab
mich in der Nahrungsmittelbranche, auf dem Genußmittel-
sektor spezialisiert, denn essen müssen die Leute immer, zu
jeder Zeit. Jeder soll leben, heißt meine Devise, bloß nicht auf
meine Kosten. Ich bin siebzig, in dem Alter ist jeder andere
längst in Rente oder Pension, während ich noch tagtäglich
meine Arbeit erledige, meine Pflichten erfülle! Merkst du den
Unterschied? Dir wird nichts geschenkt! Ich hab da so meine
Methoden, altbewährte übrigens. Wenn einer aus der Reihe
tanzt, fliegt er in hohem Bogen, in dem Fall geb ich kein
Pardon. Vielleicht, vielleicht auch nicht, fragst du dich jetzt,
wieso ich dir das alles so haarklein erzähle. Dafür gibt es nur
einen Grund, nämlich den, daß ich mir Sorgen machen
würde, wenn du nicht wüßtest, mit wem du es zu tun hast.
Und eins kann ich dir sagen: ich sag das alles nicht umsonst!
Ihr habt nichts zu melden, aber schon gar nichts – und wem
das nicht paßt, den schrubb ich mit dem Eisernen Besen!
Säufer mag ich nur als Gäste, Memmen sind mir zuwider.
Wer tüchtig arbeitet und anständig hinlangt, der hat es gut bei
mir. Ich hab Häuser, Grundstücke, Bauplätze, Eigentums-
wohnungen; du könntest drin wohnen, die Miete würd ich
dir vom Lohn abziehn.«
Es war schwer, den lauernden Blicken des Mannes standzu-
halten. Jedesmal, wenn Georg nachzugeben drohte, rief er
sich seine Mutter ins Gedächtnis.
»Du kommst in Frage!« sagte der Mann. »Willst du die Stelle
haben?«
Georg nickte.
»Na also! Du kriegst einen Planwagen und kommst an den
Stadtrand, und dort wirst du Bratwürst braten und verkau-
fen! Sonst noch Fragen?«
»Welcher Stundenlohn?«
»8 Mark 76, brutto!«
»Einverstanden«, sagte Georg gegen seinen Willen.
Woher er Hundhammer kenne, wurde er zum Abschluß
gefragt. Eine seiner Tanten sei mit ihm verschwägert, log
Georg aufs Geratewohl. Dann trug ihm Tischlinger viele
Grüße an Hundhammer auf und entließ ihn ohne einen
Händedruck.
Es ging auf Mittag zu. Die »Bratwurst-Ranch« war bis auf

den letzten Platz besetzt. Die Bedienungen rannten sich die Hacken ab, wühlten sich förmlich durch Hitze und Rauch. Draußen schmolz das Pflaster. Georg beschloß, woanders zu essen. Es blieb seine einzige Gegenwehr. Der warme Leberkäs, den er dann an einem Wurststand aß, schmeckte nach Hackstockgrütze.

Die Fürsten der Fabriken
halten sich Handvolk
leben ihr Leben nur zu ihrem Wohl
allen andern zum Verderb.
Sie fahren in die Wolken
die andern in die Grube.
Ihr Geld schachtet den Himmel aus
ihr Besitz versetzt Berge.
Was nachkommt, bestimmen sie.
Sie schöpfen aus dem, was unten
nicht stirbt.
Sie nehmen nichts auf sich, sie
lassen sich tragen
den Aufrechten verhelfen sie zum Fall.
Und was sie haben
fehlt immer mehr.

Es erschien Georg sonderbar, daß solche Geschöpfe wie Tischlinger und auch Hundhammer alle Schmerzen und Leiden überlebten, die ihn und seinesgleichen umbrachten. Sie schienen keine Angst zu haben, kein Mitleid zu kennen, sie machten ihren Profit, und alles andere galt ihnen nichts, und sie machten ihn auf Kosten jener, die nur zwei Hände und zwei Beine ihr eigen nennen konnten und manchmal nicht einmal das, vom Kopf ganz zu schweigen. Daß er zum Bratwurstberater aufgestiegen war, war etwas, das ihn wie ein trauriger Witz anrührte.

Im Ring

Die frühen Sonnenstrahlen färben kein Gesicht, die Tage wachsen in die Nächte. Und Steine weichen auf und kleben an den Sohlen. Es gibt viele Feste für die Toten. Die Wolken bluten Nebel, am Tag scheint der Mond. Was zurückliegt, war anders, und was kommt, ändert nichts. Da liegt die Stadt wie ein erstarrtes, staubgraues Aug aus Glas und mit steinernen Wimpern. Auf den Dächern funkeln die Antennen. Kronen einer prunklosen Zeit. Man möchte die Haut abwerfen, kocht im Bett und röstet zwischen Maschinen. Die Kleider trocknen schon während des Waschens. Schweißdampf bauscht die bleichen Körperzonen. Ein Schritt in den Schatten, irgendeinen, ist ähnlich einem Gang ins Paradies. Es ist eine schöne Zeit für Begräbnisse.

Zuerst erzählte er Sybille Lieberwirth von dem Glück, das ihm widerfahren war, ab morgen zustoßen würde. Er tat ganz so, als habe er ein Wunder erlebt, das er unbedingt mitteilen mußte, bevor er vor lauter Stolz zusammenbrach. »Du willst also gegen Hundhammer antreten«, sagte sie, »und bist so blöd und nimmst dir Arbeit bei einem seiner Kumpane!«
»Was soll ich sonst tun?« fragte er.
»Bleib nur dabei«, sagte sie. »Dann kannst du dir endlich ein eigenes Zimmer nehmen, ein anderes Leben führen.«
Seine Mutter sagte: »Da mußt du dich aber beim Eugen bedanken!«
»Du kannst ihm jetzt die Heimarbeit ins Kreuz werfen«, sagte er, »ihm den Putzeimer um die Ohren haun, seine lumpigen Tischdecken in den Hof schmeißen, denn von nun an bin ich für dich da, jetzt zählt nur noch mein Geld! Ich bin zwar kein Doktor«, fügte er hinzu, »aber Leichenbeschauer möcht ich auch nicht werden. Dein Hundhammer hat hier nichts mehr verlorn!«
»Das Haus hier gehört aber dem Tischlinger«, sagte seine Mutter.
»Dann ziehn wir um«, sagte Georg.
»Weißt du, was heutzutage die Mieten kosten?«

»Ich verdien«, sagte er patzig.

»Ach, Georg«, sagte sie, »du bist in Grönhart nicht reich geworden, und hier wirst du es erst recht nicht werden.«

»Soll ich uns ein Hotelzimmer mieten?« fragte er. »Mit Badewanne und Teppichboden? Sofort! Jederzeit! Ich nehm mir Vorschuß! Wir können auch eine Reise machen, dort, wo es noch gesund ist, wandern, ganz langsam, viel schlafen, gut essen. Wir haben doch noch alles vor uns!«

»Du vielleicht«, sagte seine Mutter. »Aber um mich brauchst du dich nicht zu kümmern. Mir hilft Eugen.«

»Ins Grab!« schrie Georg.

»Weiter geht das Leben nicht!« sagte seine Mutter.

Er ließ sie sitzen, stürzte hinaus und rüttelte unten an Sybilles Wohnungstür.

»Willst du ficken?« fragte er atemlos.

Sie schüttelte den Kopf.

Georg ging ins Schlafzimmer, schlug auf das Bett. Sybille Lieberwirth kam nicht nach. Er lag wach und dachte an die Arbeit. Und wenn er dazwischen kurz eindöste, träumte er von ihr.

Keine guten Wünsche begleiteten ihn am nächsten Morgen auf seinem Gang in die Stadt. Die Arbeit kam auf ihn zu, war eine Sorge, eine Not, eine Plage, der Abschaum seiner Gefühle. Er hätte besser eine Schwerstarbeit annehmen sollen, dachte er, eine, bei der es Schmutz- und Gefahrenzulage gibt, als Kantinenwirt auf Großbaustellen in andern Erdteilen zum Beispiel, dort hätte er mehr sparen oder eine Ehe mit einer Einheimischen führen, vielleicht Vielweiberei betreiben können. In seinem Kopf rannte er über Wasser und ernährte sich von Sand.

In der Hauptstraße stieg er in die Straßenbahn. Er fuhr schwarz, weil er jeden Pfennig sparen wollte, fand keinen Sitzplatz und schlingerte stehend hin und her. Am Haltegriff, der ölig war von fremdem Schweiß, hielt er sich nur mit einem Finger fest. Wohin er auch sah, jeder hielt den Rücken gekrümmt, hatte den Kopf mit dem mühsam erweckten Gesicht gesenkt, betrachtete seine Schuhspitzen, als habe er sie versehentlich in Auswurf gebohrt. Georg hätte es als wohltätigen Wink des Schicksals empfunden, wenn die Straßenbahn entgleist, in die Autostaus gewalzt, wenn er

vielleicht der einzige Überlebende, der Held des Tages
geworden wäre, arbeitsunfähig vor Fernsehkameras und
Mikrophonen.
Als ihm die Gegend draußen bekannt vorkam, stieg er aus.
Auf der Straße tanzten Papierfetzen und Zigarettenstummel,
orange Kehrmaschinen rasten über die Gehsteige. Eine Katze
fauchte ihn an und flüchtete sich in eine Ladebucht. Die
Schreie der Vögel brach der Wind.
Die »Bratwurst-Ranch« hatte noch nicht geöffnet; er war zu
pünktlich gewesen. Er ging vor dem Lokal auf und ab, bis ein
zitronengelber Mercedes durch die Fußgängerzone auf ihn
zufuhr. Tischlinger, der Fahrer, hupte, hielt an, stieß den
Wagenschlag auf und winkte Georg ungeduldig herein. Der
Sitz, auf dem er Platz nahm, war mit schneeweißem Lamm-
fell bespannt, der Wagenboden mit einer Perserbrücke ausge-
legt; im Autoradio spielte eine Zither, Kuhglocken schellten
im Hintergrund, jemand jodelte, bis er von einer Zeitansage
unterbrochen wurde.
»Na«, sagte Tischlinger, »frisch rasiert und sauber gewaschen? Keinen Mundgeruch? So mag ich meine Leute! Appe-
titlich müssen sie aussehn, wenn sie mit Essen umzugehen
haben! Schnall dich an!«
Während sie aus der Stadt hinaus fuhren, sagte Tischlinger:
»Die Umsätze, die ich erziele, sind meine Privatangelegen-
heit, aber eine Steigerung kommt auch euch zugute, merk dir
das! Meine Würste mach ich in eigner Regie. Ich hab eine
richtige kleine Fabrik im Keller unterm Lokal, da arbeiten ein
paar Metzger an den Fleischwölfen. Den Veterinär vom
Schlachthof kenn ich ganz gut, der stempelt immer gern für
mich. Die Gewürzmischung ist ein Betriebsgeheimnis.«
Georg schaute stur auf die Straße, die ihm entgegenzog,
während sich Tischlinger mit beiden Händen am Steuerrad
festhielt und redete. Endlich kurvte er im Kriechgang auf
einen kleinen Platz, hupte und sagte: »Da wären wir!«
Auf dem Platz stand ein Planwagen. Es war wie im Film.
Georg kam ein Grinsen aus. Kein Pfeil steckte in der Plane,
die mit weißblauen Rauten gemustert und über und über
verstaubt und verrußt war, keine Kugel hatte sie durchschlagen. Die Räder des Wagens hatten knüppelähnliche Holz-
speichen; die Deichsel war hochgestellt wie ein Fahnenmast.
Georg dachte sich ein Doppelgespann Zugpferde, saß auf

dem Bock und knallte mit der Peitsche. Die Gäule taufte er
Meta, Sophie, Eugen und Bodo. Hinten im Wagen lag seine
Mutter und schoß um sich.

Der Platz war eine Schotterwüste, eingekeilt von Tankstellen
und Fabrikhallen. Aschgraue Wohnblocks waren in den
Horizont gerammt, am Rande des Platzes kreuzten sich
rostige Gleise, in die mannshohen Mauern der Fabriken
waren Glasscherben einzementiert, die wie verkrüppelte
Hahnenkämme aussahen, auf den Eisentoren kräuselte sich
Stacheldraht. Tischlinger zückte einen Schlüsselbund. Er
sperrte eine holzfarbene Hartplastiktür auf, die an der Rückseite des Planwagens angebracht war, und schwang sich
hinein. Georg kletterte hinterher.

Die Innenseite der Plane war nicht gemustert. Gelbschwarz
lappte sie über ihm zusammen; fast in jeder Öse, mit der sie
an den Bordwänden befestigt war, hing ein Schloß. Tischlinger nahm nacheinander alle Schlösser ab. Georg hieß er eine
Kurbel drehen: die Plane wölbte sich schließlich wie das
Dach eines Himmelbetts nach außen und beschattete die
Verkaufsfront, eine Edelstahlbarriere. Die Ausrüstung war
ihm aus der Supermarktküche vertraut, nur das Format war
kleiner. Dann zog Tischlinger ein Schild ins Freie, auf dem in
fransigen Buchstaben »Alpen-Imbiß« stand, und hängte es
wie eine Wetterfahne an die Deichsel.

»Also«, sagte er, »Folgendes: du wirst mir als erstes Ordnung
hier schaffen, aufräumen vom Boden bis zur Decke, alles
putzen, innen und außen. Ich werde veranlassen, daß du
ausnahmsweise noch heute Abend beliefert wirst, und ab
morgen ist Verkauf und nochmal und immer wieder Verkauf. Am besten, du nimmst die Preisliste mit heim und
lernst sie bis morgen früh auswendig. Wenn in der Kasse
etwas fehlen sollte, zahlst du es von deinem Lohn. Einen Liter
Limo hast du gratis pro Tag. Aber wenn ich dich erwisch,
daß du Alkohol süffelst, fliegst du auf der Stelle. In der Kiste
unter der Kasse ist alles, was du für den Anfang brauchst. Ich
komm kontrollieren, das merk dir. Und noch eins: ich erklär
alles bloß einmal! Denk immer dran, daß mindestens tausend
andere bloß drauf warten, diesen Posten zu kriegen. Ich bin
kein Unmensch, aber je ernster du mich nimmst, desto mehr
hast zu lachen!«

Gemeinsam umrundeten sie den Wagen. Auf den ersten

Blick wirkte er originalgetreu; sogar echte Petroleumlaternen hingen von den Querstreben der Wagendecke herab. Tischlinger zeigte Georg einen breitbauchigen Wasserkanister, die Papiersäcke mit Holzkohle, einen Blasebalg und eine Flasche Spiritus. In der Kiste unter der Kasse fand Georg Lumpen und Lappen, versengt und mit Brandlöchern gesprenkelt, Stahlwolle, Putzmittel, in einem Futteral einen säbelähnlichen Schächter mit Hirschhorngriff zum Semmelschneiden und daneben einen über und über verpichten Wurstwender.

Dann machte er sich ans Werk, arbeitete wie nach Vorschrift, solange Tischlinger dabeistand, polierte Glasvitrinen, schmirgelte den Bratrost ab.

»Dein Vorgänger ist kein Gescheiter gewesen«, sagte sein Chef und schaute eifrig zu. »Glaubst du, du kannst das?«

»Die Arbeit gefällt mir«, sagte Georg.

»Fein«, sagte Tischlinger, »ich muß jetzt weiter. Aber ich komm wieder, verlaß dich drauf!«

Georg begann leise zu zittern, als der zitronengelbe Mercedes davonrollte. Er wünschte sich nur noch, daß auch der Planwagen losfahre: wie ein Zigeuner hätte er die Weite gewonnen, hätte abends vorm Kohlebecken gesessen und in die Glut gesungen.

An die Arbeiten versuchte er sich zu gewöhnen wie an zufällige Ereignisse. Er war noch nicht mit dem ganzen Ernst dabei; er hielt sich für jemanden, der nur versehentlich hierhergeraten war. Er werkelte vor sich hin, bestimmte jeden Handgriff zum Wohl seiner Mutter, putzte den leicht schaukelnden Wagen, bis es nur noch nach Hygiene roch und er sich spiegeln konnte. Als irgendwann in der Umgebung eine Werksirene brummte, legte er eine Zigarettenpause ein. Dann füllte er einen Eimer mit Wasser und Scheuerpulver und fing an, die Plane abzuwaschen. Der Schwamm sog sich voll schwarze Schmiere, der Schaum stach unter seinen Nägeln. Er hängte frische Beutel in die Abfallbehälter, erwischte sich dabei, daß er schon so hantierte, als sei er ein langjähriger Fachmann. Seine alten Erfahrungen kamen ihm leider zugute; viel lieber wäre er ungeschickter gewesen. Wenn Leute vorbeigingen, machte er ein abweisendes Gesicht. Als dann sein Hunger wehtat, ließ er alles liegen und stehen und ging ein Wirtshaus suchen.

Er lief am Rand des Platzes auf und ab, ging ein Stück die Straße hinauf; ein Wirtshausschild sah er nirgends. Vor den Fabriktoren standen noch die Tafeln; Arbeitskräfte wurden nirgends gesucht. Ein weites Geviert war haushoch mit Autowracks vollgestapelt, der Wind orgelte durch die verbeulten, zerborstenen Stockwerke, blies Rostflocken und Lackblätter über den Schrottplatz. Alles in allem war es eine niederschmetternde Gegend, zweckmäßig verschandelt, Backsteinmauern, Betonklötze, ab und zu kümmerliche Bäumchen; plötzlich war ihm, als krieche er über den Leib einer verunstalteten Riesin, deren Gesicht, von Geschwüren durchlöchert, dem seiner Mutter ähnlich wurde.

Als er zum Planwagen zurückkehrte, stand der zitronengelbe Mercedes davor. Sein Chef wartete bei laufendem Motor.

»Spaziergang gemacht?« rief er schon von allerweitem.

Georg schob die Zunge zwischen die Zähne und biß mißmutig zu, damit ihn der Schmerz zur Besinnung brachte.

»Nimm zur Kenntnis«, sagte Tischlinger, »daß ab morgen nur dann Pause ist, wenn die Kundschaft nichts will! Fühlst du dich schon ein bißchen heimisch?«

»Ich hab Hunger gehabt«, sagte Georg.

»Was meinst du, warum der Wagen grad in dieser Gegend steht?« erwiderte Tischlinger. »Hier ist der Arsch der Welt, weit und breit kein Lokal, kein Laden, außer uns gibt es nichts, nicht einmal eine Flaschenbierhandlung ist in der Nähe. Jetzt kann der Rubel wieder rollen! Deine Arbeitszeit dauert von neun bis sechs, morgens mußt du etwas eher da sein, weil du dann beliefert wirst, und abends hast du auf mich zu warten, bis ich komm und die Kasse abhol. Du bist mir für alles verantwortlich, ich laß dir nichts durchgehn!«

Dann begutachtete er Georgs Werk, zeigte sich im Großen und Ganzen zufrieden, klopfte ihm gönnerhaft auf die Schulter und stieg wieder ins Auto.

Als Tischlinger abgefahren war, ging Georg vor dem Planwagen auf und ab und wartete auf die erste Lieferung. Er rauchte Kette, sah sich immer wieder die Berge auf dem Schild an der Deichsel an. Schnee floß die Hänge herab, die Wolken über den grobgezackten Gipfeln waren stechend blau, unten im Tal, wo »Alpen-Imbiß« stand, wogte ein

Meer von Moos. Er ärgerte sich, daß er Tischlinger nicht um
einen Vorschuß gebeten hatte: er hätte seiner Mutter die
Scheine auf den Tisch gedroschen, sie in ein Restaurant
eingeladen, und Hundhammer hätte sie auf den Knien bedienen müssen, verwöhnen mit Austern, Kaviar, Ziegenwurst,
tropischen Früchten, Froschschenkeln, Krötenköpfen, mit
dem Erlesensten aus Küche und Keller und immer nur auf
den Knien, damit Georg ihm von oben herab die Hälse der
Krimsektflaschen auf dem Schädel abschlagen konnte.
Dann kam endlich der Lieferwagen. Georg half dem Fahrer
beim Entladen, trug Kübel mit Senf, Meerrettich und Ketchup in den Planwagen, schleppte ein mit Blech ausgeschla-
genes Holzfaß voll breiigem Sauerkraut hinein, wuchtete
einen Eimer Kartoffelsalat hinterher, stapelte Pappteller,
Plastikbestecke, stellte Tüten mit Pfeffer, Paprika und
Currypulver griffbereit.
»Morgen früh kriegst du den Rest«, sagte der Fahrer.
»Nimmst du mich ein Stück in die Stadt mit?« fragte Georg.
»Mach nur noch dicht!«
»Freilich«, sagte der Fahrer.
Georg beeilte sich, aber die Menge der Schlösser, die zuzu-
sperren waren, hielt ihn auf. Draußen nahm ihm der Fahrer
die Schlüssel ab, um sie Tischlinger auszuhändigen.
Unterwegs war der Fahrer ängstlich darauf bedacht, genau
nach Vorschrift zu fahren. »Ein Unfall«, sagte er, »und ich
bin meine Stellung los. Auf dem Gebiet kennt unser Alter gar
nichts.«
In Zentrumsnähe ließ er Georg aussteigen und zeigte ihm die
Richtung, die er einzuschlagen hatte; trotzdem dauerte es
eine Weile, bis Georg seinen Heimweg fand. Manchmal kam
es ihm so vor, als sei er nur auf dieser Welt, um ein einziges
Mal im Leben all den fremden Leuten zu begegnen.

Als er seiner Mutter vom ersten Arbeitstag erzählte, machte
sie ein erschöpftes Gesicht. Er erntete kein Wort des Dankes
oder Lobes; sie tischte ihm kein Essen auf. Sie gähnte nur; er
roch ihren säuerlichen Atem. In seiner Enttäuschung trug er
die leeren Flaschen zusammen, aus jeder Ecke der Wohnung,
donnerte sie in Plastikbeutel, schleppte die Beutel zu den
Mülltonnen hinunter und schmetterte die Flaschen einzeln in
die Tonnen, daß die Scherben nur so spritzten. Am Himmel

über dem Hinterhof schnitt eine nagelbettgroße Mondsichel sanft durch rote Wolkenfelder, aus den Furchen wallte die Dämmerung.

Wieder in der Wohnung fragte er: »Hast du Geld im Haus?«

»Wenig«, sagte sie. »Weißt du doch.«

»Macht nichts«, sagte er. »Zieh dir etwas anderes an!«

»Warum?«

Seine Mutter hatte wieder getrunken. Sie sprach langsam, die Worte kamen fast einzeln aus ihrem Mund und klangen blasig. Es hätte ihn nicht gewundert, wenn sie plötzlich in den Schlaf gesunken wäre.

»Wir gehn aus!« sagte er.

»Wohin?«

»Zu deinem Eugen! Herr Hundhammer, sagen wir, wir, die Herrschaften, wünschen zu speisen, und wir hoffen sehr auf eine großzügige Bewirtung!«

»Du bist so dumm!« sagte sie.

»Blumen und Kerzen auf den Tisch!« sagte er.

»Hör auf mit dem Terror«, sagte sie. »Du mußt gehn, er kommt gleich.«

»Lüg doch nicht«, sagte Georg.

»Du pfuschst mir nirgends dazwischen!« sagte sie.

Ihre Stimme klang auf einmal nüchtern, als sie fortfuhr: »Ich hab mein Leben hier, und wenns dir nicht gefällt, dann baust du dir dein eignes halt woanders auf! Ich werde nicht mehr neu anfangen! Ich hab dich zwar geboren, aber das ist noch lang kein Grund, mich wie deine Mutter zu behandeln! Ich will ja gar nicht, daß du für mich arbeitest, ich bin bisher auch ohne dich durchgekommen! Bei deinem Stundenlohn wirst du schlecht den Gönner spielen können, glaub ich allerweil! Ich hab zu oft Danke gesagt und noch öfter Bitte! Ich brauch nichts von dir, auch dich brauch ich nicht! Ich will in Ruhe krepieren, nichts sonst, nur in Frieden verrecken, weiter nichts! Du bist die Ausgeburt der ganzen Bleisteinsippschaft und noch bräver und blöder als die übrige Bande!«

Er war den Tränen nahe und brachte es nicht über sich, sie darin zu ertränken, Kinder und Betrunkene, dachte er, sagen die Wahrheit: also hatten sie alle beide die Wahrheit gesagt, denn er war ihr Kind, das Kind einer Säuferin.

Daß die Arbeit die Liebe ersetzt
und die Sorge die Treue, das ist so
wahr wie die Wirklichkeit.
Wenn sich der Schweiß rot färbt
das Geld die Schwielen hobelt, da
kommt dann die Zeit, die den Traum
vom Lebensglück pfändet.
Hat man all das, was vor der Haut
zu haben war, wird auch
das hohle Herz, der leere Kopf
zu einer Last.

Georg stampfte die Stiege hinunter, als wolle er das ganze
Haus in Grund und Boden treten. Mit dem Ellbogen hieb er
gegen Sybille Lieberwirths Klingelknopf und war schon an
der Haustür, als sie öffnete und ihn zurückrief. Sie hatte ein
bauschiges Nachthemd an, darin erschien sie ihm wie ein
Engel. Vor lauter Dankbarkeit wollte er ihr einen Kuß geben;
sie wandte ihr Gesicht von ihm ab.
»Ich muß meinen Schönheitsschlaf halten«, sagte sie.
Er faßte sie fest an beiden Händen. Ihre Brust spannte sich
unter dem weiten, hellen Gewand, als sie sich mit einem
Ruck seinem Zugriff entzog.
»Hoppla«, sagte er.
»Wie wars auf der Arbeit?« fragte sie.
»Zu Tode gelangweilt!« sagte er. »Soll ich dir vielleicht eine
Gesichtsmaske aus Banknoten auftragen?«
»Du gehst mir ganz schön auf den Geist!« sagte sie, während
er um sie herumlief und sich im Zimmer umschaute, als
komme ihm alles verändert vor. Auf dem Tisch lagen noch
ein paar Cremedosen. Er roch daran und sagte: »Ich habe
einen Hunger wie ein Kannibale im Zoo.« Tief atmete er den
künstlichen Duft der Salben ein; er konnte sich nicht mehr an
den Geruch ihrer Haut erinnern, sich keine Pore ihres
Körpers mehr vorstellen.
»Ach, du armer Arbeitsmann«, sagte sie. »Ich mach dir etwas
zu essen, und dann schläfst du, natürlich auf der Couch,
damit keine Störungen vorkommen, wo du doch morgen
wieder dienen mußt!«
Sie lachte und ging zur Tür.

Sein Speichel schmeckte plötzlich nach gezuckerter Verwesung. Ihm war, als müßte er endlich aufwachen, bis ins Mark erschrecken, sich auf seine Beine stützen, den Kopf abschütteln und wegrennend vom Fortfliegen träumen.

In der Küche schnitt er sich einen Kanten vom Brotlaib ab und schaufelte mit dem Messer die Butter aus dem Papier. Als er merkte, daß ihm Sybille beim Essen zusah, jeden Bissen zu zählen schien, spuckte er duchgekauten Brotbrei auf die Schnitte, die er sich gerade zum Mund führte, und zerquetschte sie auf der Tischplatte.

»Ich erschieß mich«, sagte er.

»Mit was denn?« fragte Sybille. »Mit Knallerbsen vielleicht?«

»Ihr bringt mich um!« sagte er. »Ich kann machen, was ich will, es paßt nicht, es ist falsch, verkehrt. Ihr lebt einfach weiter, als wär ich nicht da. Meine Mutter säuft, du knallst dich mit fremden Kerlen in die Falle, und das alles vor meinen Augen und noch viel mehr hinter meinem Rücken. Ich halt das nicht aus!«

»Sag mal, du glaubst wohl, ich müßt mich drum reißen, mit dir ins Bett zu steigen«, sagte Sybille. »Weißt du, wie du ausschaust?«

»Weiß ich.«

»Meinst du! Ich will nicht sagen, daß du wie eine Birne daherkommst, dazu bist du um die Schultern zu kompakt gebaut, aber deine Schenkel, mein lieber Schieber, sind trotzdem zu dick, und so oft hab ich die Lust nicht, dir dauernd dein Ding aus dem Bauch zu graben. Wenn ich geschäftlich mit jemandem verkehre, achte ich nicht darauf, weil mir das Geld wichtiger als ein schöner Arsch ist, aber bei dir schau ich eben genauer hin. Nullachtfuffzehn und Holterdipolter, das hab ich den ganzen Tag. Und du, du drückst jeder Frau die Knochen ein, und wenn du stehst, hast du Brüste wie eine Dreizehnjährige! Ein richtiger Mann aber hat die meisten Haare nicht nur auf dem Schädel!«

»Bist du fertig?« unterbrach er sie.

»Es wird Zeit, daß du merkst, wie du bist!« sagte sie. »Du hast keine Ansprüche zu stellen, nicht hier, nicht bei mir! Du frißt umsonst, pennst kostenlos, was willst du mehr? Ich gehör mir, mir ganz allein.«

»Wenn ich Geld krieg, könnten wir anfangen, uns ein schöners Leben auszudenken«, sagte er.

»Wir?« fragte sie.

»Ich will dich nicht mehr mit andern teilen müssen«, sagte er.

»Lach mich nicht aus!«

»Soll das etwa ein Heiratsantrag gewesen sein?« fragte sie.

»Oder hab ich mich verhört? Muß ich jetzt meine Geburtsurkunde fälschen und deine Mutter fragen, ob sie die Brautjungfer macht und Enzian und Wacholder streut? Welch Ehre für eine alte Schachtel, so begehrt zu werden! Wart nur, gleich fährt die Hochzeitskutsche vor! Der Pfarrer, der uns traut, wartet schon im Kleiderschrank! Wo hast du die Ringe? In der Nase? Vorm Traualtar werde ich beichten. Und vorm Kirchenportal stehn meine Freier Spalier, da kannst du dann die Parade derer abnehmen, die mich für dich zugeritten haben.«

Sie lachte; wie von Leibschmerzen geplagt, wankte sie dann aus der Küche, ließ sich im Wohnzimmer auf die Couch fallen, schnappte nach Luft, packte ein Kissen und preßte es sich ins Gesicht.

Georg war ihr langsam gefolgt. Mit einem Ruck zog er ihr das Kissen weg. Ihre Augen waren trocken.

»Du bist zu spät dran«, sagte sie. »Ich brauch kein Geld von dir, ich brauch auch deinen Schwanz nicht! Was du an einem Tag verdienst, verdien ich in fünf Minuten, manchmal noch schneller. Ich binde mich nicht mehr! Wenn du mein Gast bleiben willst, mußt du mir mein Leben lassen.«

Sie legte ihm sein Bettzeug auf die Couch. Als sie hinausging, boxte er nach ihrem Schatten. Er hielt seine Lider starr, alles andere zuckte ihm unbeherrschbar. Als ihn nachts die Blase drückte, fuhrwerkte er sich eine Portion Sperma aus dem Leib und dachte nur an sich dabei. Dann schluchzte er mörderisch, schiffte in die Dusche, spülte mit der Brause nach und stellte sich wie in den alten Tagen, jenen vergeblich gewesenen Zeiten, vor den Spiegel. Er nahm ihn vom Haken ab und sah sich in seiner Nacktheit an und glich niemandem mehr. Er sah nur das fette Fleisch, das an ihm herabhing; er schwenkte den Spiegel vor seinem Bauch hin und her, und nie faßte der Rahmen die Fülle. Er war gedunsen, zu rosig, zu blühend. Er strammte die Fettlappen, klemmte sein aufgeschwemmtes Geschlecht zwischen die Schenkel; gern hätte er in sein Arschloch geglotzt wie in einen verwurmten Schoß.

Wieder im Wohnzimmer, kam ihm die Couch wie eine gepolsterte Bahre vor. Er lag lange wach, kein Traum geschah. Er versuchte zu verstehen, weshalb er für seine Mutter ein Störenfried und für Sybille Lieberwirth nur ein Besuch war, den sie kurzbedacht in Kauf genommen hatte und möglichst bald beendet sehen wollte. Vielleicht, dachte er, wäre ich besser ein Mädchen geworden. Früher habe ich diese weiche Natur gehabt, hab Blumen und Vögel gestickt und zarte Liebesromane gelesen: Mama, ich hätt so gern einer von euch bleiben mögen. Dann träumte er sich als Denkmal. Seine Haut ist blauer Marmor, Steine von Sternen sind seine Augen, Müllhügel wachsen um ihn, bis er wie in einer Grube steht. Schaulustige stülpen ihm einen Hot Dog über den Penis, spritzen ihm Ketchup ins ziselierte Schamhaar, pappen ihm Hamburger ans Gesäß, schrauben ihm Pommes frites zwischen die Zähne. Sein Kiefer kracht wie ein gegrillter Hähnchenknochen. Im Chor skandieren sie: Schaut ihn an, schaut ihn euch doch an, den schmerzgestählten Möchtegernmann, schaut nur, wie er vorwärtsstirbt und sich sein ganzes Glück verdirbt.

Speichelschmatzend und mit wundgemalmten Zähnen wachte er auf, dachte, wie schön es wäre, sich einfach totzuschlafen.

Am Morgen des zweiten Arbeitstages stand er wieder viel zu früh auf, wusch sich leise und flüchtig, aß nichts, trank nichts und ging aus dem Haus. Das Gestern fing wieder an. Als er das Haus, in dem die Stille toste, verlassen hatte, kam er sich wie ein Vertriebener vor, so rettungslos verloren. Seine Kleidungsstücke hingen wie Lumpen an ihm, zerschlissen von seinen Fluchten.

Die Stadt lag da wie in den letzten Zügen. Er atmete den Dreck der Nacht ein. Die Straßenbahn, mit der er fuhr, war fast leer. Er saß wie hinter Panzerglas, seine Augen tränten vor Müdigkeit; die Häuser trieben wie steinerne Schiffe vorbei. Früher, als er in seiner Heimatstadt in der Supermarktküche gearbeitet hatte, hatte er wenigstens noch Kollegen gehabt; nun war er ganz allein auf sich gestellt, mußte ohne Hilfe die Leute abfüttern. Es half ihm wenig, wenn er dachte, daß auch diese Zeit nicht ewig dauern, ein Ende, irgend ein Ende finden würde. Du kennst die Arbeit, sagte er sich, du kennst dich drin aus, weißt, was es heißt, den ganzen Tag auf den Feierabend zu warten, der immer wieder in einen neuen Anfang übergeht: komm, es läuft schon irgendwie, bis Schluß ist.

Als er vor den Fabriken aus der Straßenbahn ausstieg, sah er einige Arbeiter bei Rot über die Straße hetzen, die sich verspätet hatten und lieber den Tod in Kauf nahmen als unpünktlich zu sein. Bei ihrem Anblick ging er langsamer; hinter jedem Fabriktor hörte er Knochen krachen. Der Planwagen sah von fern abfahrbereit aus. Er schien so winzig und schwerelos, daß ihn eine Schnecke hätte fortziehen können. Als Georg näherkam, blies ein Wind die Wolken auf, zerriß sie zu pludrigen Fetzen, fuhr herab und zerrte an der Plane. Er dachte kurz an schwarzhäutige Indianer mit gelbgefärbten Schlitzaugen und zu Zöpfen geflochtenen Bärten, dann lehnte er sich an die Deichsel und wartete ab. Manchmal schlug die Sonne durch den Dunst; in ihrem Gleißen zerstoben die Schatten.

Als er schon glaubte, vergessen worden zu sein, kam der Lieferwagen an. Hinterm Lenkrad saß derselbe Fahrer wie am Abend zuvor. Er brachte einen blaugrünen Arbeitsmantel mit, die Schlüssel für den Wagen, einen Bottich voll kleiner, dünner Bratwürste, die wie abgeklemmte Finger ausschauten, einen Zellophansack mit Semmeln, alle weich wie Watte und voller Druckmulden, dazu Kartons mit Büchsenbier und Limonade. Georg öffnete, sperrte die Schlösser auf und kurbelte die Plane hoch. Dann riß er einen Karton mit Bierdosen auf, soff sich auf nüchternen Magen ein Quentchen Stimmung an, studierte die Preisliste.

Kaum reckte er seinen summenden Bauch, kam auch schon der Chef im zitronengelben Mercedes angekarrt. Georg goß Spiritus auf die Holzkohlenasche, warf ein brennendes Streichholz durch den Rost ins Kohlebecken und tat so, als sehe er fachmännisch zu, wie die Stichflamme hochpuffte und flackernd zusammensank. Er beugte sich tief, prustete mit aller Gewalt in den glühenden Staub, zerbröselte Holzkohle ins mattzüngelnde Feuer.

»Schon schön fleißig?« sagte sein Chef. »Das lob ich mir!«

»Immer!« sagte Georg.

»Man sieht halt gleich, du verstehst dein Geschäft!« sagte Tischlinger.

»Klar!« sagte Georg.

»Ich glaub, mit dir hab ich einen guten Fang getan«, sagte sein Chef.

Er stellte die Kasse an ihren Platz, klappte den Deckel auf und zählte Wechselgeld hinein.

»Dann kann ich ja wieder abbrausen«, sagte er. »Die Kasse und die Schlüssel hol ich mir heut abend!«

Georg nickte wie aufgezogen. Dann stand er hinterm Rost und hielt die Hände über die Glut. Als er sein Blut warm prickeln spürte, grub er seine Finger in die talgigen Massen der Bratwürste und streute einen Schwung auf dem Rost aus. Es zischte durchdringend, als dem Gehäck in den Würsten Luft und Wasser durch sich spänende Blasen entwich. Durch die Risse im Darm drang Fett nach, das sich in braunen Klumpen blähte wie die Ausscheidungen gemästeter Würmer. Georg schob die Würste auf den Rand des Rostes, wo die Hitze schwächer, die Gärung niedriger war. Wie verbannt sah er zu, wie die Würste schäumten, dampften und schrumpften, welk wurden.

Der erste Kunde war ein Gabelstaplerfahrer; er entschied sich für eine Wurstsemmel. Essend fuhr der Mann zu seiner Arbeit zurück. Im Laufe des Vormittags kam Georg Bleistein oft in Bedrängnis. Immer wieder ging es vor dem Planwagen zu wie auf einem Rummelplatz; mittags hatte es den Anschein, als würden sich alle Mitarbeiter der umliegenden Firmen auf einmal am Wagen versammeln und sich einen Nachschlag zum Kantinenessen gönnen. Sie hackten sich den billigen Dreck durch die Gurgel, drängten zur Eile; die Arbeiter wischten sich die fettigen Finger an Hosen und Joppen ab, die Büroler griffen zu den Servietten. Die Würste, die Georg zu wenden vergaß, sahen aus wie verkohlte Spielzeugbalken. Er verkaufte sie trotzdem; die Gesundheit seiner Kunden ging ihn nichts an. Er schaufelte blasses Sauerkraut in den in heißer Asche stehenden Eisenkessel; ab und zu stiegen Lasterfahrer auf die Bremse und holten sich einen Pappteller voll Würstchen, die sie im Führerhaus verzehrten, bevor sie die Gegend wieder mit Dieselruß einäscherten. Georg keuchte geräuchert, wenn der Wind in den Wagen drückte; längst zählte er nicht mehr die Bierbüchsen, die er nebenbei aussoff. Mit trockenen Semmeln hielt er sich halbwegs nüchtern. Gegen Abend bestand seine Kundschaft fast nur noch aus Autobesitzern, die ihre Wagen in den umliegenden Werkstätten waschen oder reparieren ließen. Georg stank verbrannt, sein Bauch war vollgespritzt mit schwarzen Punkten, Ascheflocken, Qualmflecken. Es war eintönig, immer die gleichen Worte zu sagen, zu hören, Geld zu zählen, das ihm nicht gehörte, nachzurechnen und herauszugeben. Den ganzen Tag bekam er kein einziges Trinkgeld, keinen Dank; er kam sich vor wie ein mit allen Gliedern klappernder Hampelmann. Wäre es nur um sein Leben gegangen, er hätte ein Feuerwerk veranstaltet, alles angesteckt und niedergebrannt. Bald brachte er nur noch mit Gewalt den Deckel der Kasse zu, schätzte mit verschleierten Augen den Inhalt ab, der sich silbern auf einem Fundament aus Scheinen türmte. Zur Feierabendzeit nahmen sich viele eine Wegzehrung mit, als könnten sie sonst den Rückmarsch an den heimischen Herd nicht bewältigen. Er hatte nochmal alle Hände voll zu tun; dann starb die Gegend aus. Auf einmal war er unter der windgewellten Plane allein.

Mit einem blechernen Geschmack im Mund träumte er von Seife und Schnaps. Er ging ins Freie, trieb sich eine Zigarette zwischen die Lippen; der Himmel sah aus wie ein explodierender Rauchpilz. Er stellte sich vor, durch ein sturmgepeitschtes Grasmeer zu schwimmen, wogende Berge hinauf, und machte sich ans Aufräumen, scharrte die herumliegenden Kippen unter den Schotter, leerte die Abfallbehälter, schleifte die vollen Säcke auf die Rückseite des Wagens. Die glimmenden Holzkohlen begrub er unter Asche.

Ich brauche Leute, die sich in ihrer Arbeit so vergessen können, daß sie nicht mehr wissen, daß sie Menschen sind, hörte er Tischlinger sagen.

Er ist einer, der sich woanders nicht auskennt, nirgends durchblickt, also genau paßt für solch eine hirnvergehende Arbeit, sagt Hundhammer.

Dann bog der zitronengelbe Mercedes auf den Platz und bremste mit schleifenden Reifen.

»Ein Wetter wie im April«, sagte Tischlinger.

Als er die Einnahmen gezählt hatte, sagte er anerkennend: »Nur weiter so!«

Darauf handelte ihm Georg einen Vorschuß ab: er mußte
einen Zettel unterschreiben und bekam gerade soviel, wie
er an beiden Tagen ungefähr verdient hatte, recht wenig,
fast nichts, gemessen an dem Haufen, den sein Chef ein-
säckelte.

»Du kannst alt bei mir werden«, sagte Tischlinger, »du hast
mein Vertrauen, du kannst die Wagenschlüssel behalten. Du
hast ein ehrliches Gesicht, das sieht man gleich. Du kommst
nicht so daher wie andere deines Jahrgangs, die es vor lauter
Flinkheit nirgends länger aushalten. Du hast halt eine zuver-
lässige Einstellung, das spürt jemand wie ich sofort. Gib
morgen früh dem Lieferwagen die Müllsäcke mit.«

Seine Worte waren ehrlich gemeint gewesen. Georg hatte
nicht mehr die Kraft, daran zu zweifeln.

»Morgen in alter Frische«, sagte Tischlinger und fuhr davon
in die allesumhüllende Dämmerung.

Mach, mach, sagt Georgs Mutter, sonst kannst du mir nur
noch ein Begräbnis kaufen!

Du hast heute bestimmt einen Freier von mir verpflegt, sagt
Sybille Lieberwirth, verköstigt mit Hackstockgrütze und
ähnlichem Trogfraß.

Die Stadt, fern in dichten Schleiern, war eine Mauer aus
flirrenden Lichtern und zerhacktem Lärm. Auch in der
Straßenbahn brachte Georg Bleistein es nicht fertig, an den
Feierabend zu denken. Erst jetzt merkte er, wie hektisch der
Tag gewesen war. Er zitterte zu spät.

Draußen wuchsen langsam die Häuser gegen die Scheiben,
die ihm sein aufgedunsenes Gesicht entgegenwarfen. Seine
Backen hingen bis zum Doppelkinn herab.

Komm zu dir, dachte er verzweifelt.

Bist von allen Brücken gefallen
durch alle Wüsten geschwommen
warst immer zwischen dem Hin
und dem Ab stets zuunterst.
Aufgezogen hat man dich und kleingehalten
bis dir der Kopf
zwischen die Beine sank, der Bauch
nach oben drängte, Scheuklappen aus Tellern
anderes Eigentum vor dir verbargen.

Mit der Liebe hast du dein Elend gehabt
deine Kraft schwitzte Träume
bist zu spät aus dem Verlust gekommen.

Das Haus stand noch. Alles war wie immer. Seine Mutter
hatte sich nicht am Fensterkreuz erhängt, Sybille lag nicht
vergewaltigt auf der Türschwelle. Keine Kochdünste wallten
durch den Hausflur.
Hinter Sybilles Wohnungstür hörte er die raschelnde Stimme
seiner Mutter.
» – er weiß, daß ich krank bin, und trotzdem läßt er mich auf
den Knien rackern, jede Nacht, nicht einmal ein Dankschön
hat er übrig für mich. Er befiehlt gern, der Saukerl, weiß ganz
genau, was er sich mit mir erlauben kann. Nüchtern kann ich
ihn nicht mehr ertragen. Ich weiß schon, daß er dich möcht,
ich bin ihm bloß noch ein Vorwand dazu. Laß mich zu dir
ziehn, dann wär ich wenigstens nicht mehr drauf angewiesen,
daß er mir die Miete zahlt, dann kann er seine Scheißtöpf
selber abspülen und die Kotze und Spotze zusammenputzen.
Er drangsaliert mich, er schikaniert mich, sogar im Bett,
meint, weil er ein bißchen Geld hat, sich alle Freiheiten
herausnehmen zu können. Ich halts nimmer aus, mich jede
Nacht in seinen Pennerschuppen schleppen zu lassen, wenn
mir sowieso schon todelend zumute ist. Ich mach Schluß mit
ihm oder mit mir. Ich kratz eh bald ab, aber meinen letzten
Tag laß ich mir nicht auch noch so gemein versaun. Er ist
scharf auf dich. Und der Tischlinger tät dich auch ganz gern
haben. Das weiß ich. Die sind wie Brüder. Jetzt müssen wir
Freundinnen sein. Zu zweit sind wir denen ebenbürtiger.«
»Und dein Georg?« hörte er Sybille fragen.
Ein langes Schweigen war die Antwort. Er hielt den Atem an
und lauschte reglos. Dann prasselten die Worte seiner Mutter
wie Schläge auf ihn nieder.
»Ich hätt ihn damals gleich weiterschicken sollen!« sagte sie.
»Ist er eine arge Last für dich?«
»Es geht«, sagte Sybille.
»Hörst du«, fuhr seine Mutter fort, »Georg darf nichts
erfahren. Daß er nicht zu mir kommen kann, das weiß er
schon, drum hält er sich an dir fest. Du mußt ihm den
Laufpaß geben, dann sehn wir weiter.«

»Ich will mich nicht einmischen«, sagte Sybille.

»Hast du mit ihm etwas gehabt?«

»Kann man nicht so nennen.«

»Bist du auf meiner Seite?«

»Hör zu, ich kann nicht alle Bleisteins bei mir wohnen lassen. Mir langt dein Sohn, Elsa!«

Georg Bleistein stemmte sich gegen den Klingelknopf. Als Sybille öffnete, sah sie wie erschrocken aus. Seine Mutter stand im Flur. Er sah ihren Kleidern an, daß sie darin geschlafen hatte; sie hingen an ihr wie Lumpengebilde.

»Stör ich?« fragte er.

»Woher denn!« sagte Sybille. »Wie wars?«

»Wunderbar«, sagte Georg. »Stellt euch vor, ich bin schon Millionär. Ich kauf dem Hundhammer den Laden ab und dem Tischlinger seinen Wurstwagen dazu. Na, freut ihr euch nicht?«

Er zog den Vorschuß aus der Hosentasche und warf das Geld auf den Fußboden. Münzen sprangen in die Ecken des Flurs, die paar Scheine fielen langsam zu Boden.

»Könnt ihr euch teilen«, sagte er.

Sybille bückte sich, seine Mutter hielt sich steif.

»Du bist hier nicht daheim«, sagte sie endlich, »und ich bin am Ende wegen dir.«

Ihm kam ein Nicken aus. Er ließ sich von den beiden Frauen ins Wohnzimmer führen; dort riß er sich los und fiel in einen Sessel. Seine Mutter schlurfte breitbeinig auf und ab, als wolle sie Gott und die Welt empfangen. Georg mußte sein Gesicht mit den Händen stützen, sonst wäre es zerflossen.

»Ihr wollt mich loswerden«, sagte er, »ihr könnt es besser mit euren alten Affen!«

»Ach, wenn du nur nicht gar so ein Trampel wärst!« sagte Sybille.

»Du bist hier nur Kostgänger!« sagte seine Mutter. »Bleib bittschön für dich und versuch nicht, mitzutun bei Geschichten, für die du zu jung, zu unerfahren bist. Letzten Endes bin ich eben keine brave Hausfrau, und Sybille ist kein junges Mädel. Komm, Sybille, wir gehn nach oben. Ich kann ihn nicht mehr sehn.«

»Und wo schlaf ich?« fragte er.

Die beiden Frauen antworteten nicht und gingen schnell

hinaus. Er stand auf und setzte sich auf die Couch. Bald polterten über seinem Kopf die Schritte der Frauen, als liefen sie dort oben auf Stelzen oder Krücken hin und her.

Als er in seinen Kleidern auf der Couch aufwachte, merkte er erst, daß er gestern im Sitzen eingeschlafen war. Die Morgendämmerung hatte ihn ausgekühlt; sein Kopf gierte noch nach Schlaf, seine Gedanken und Gefühle waren wie lahmende Schatten. Seine Augen schwollen an, als er sich auf die Beine stellte, immer noch nicht begreifend, warum und wofür. Er rieb sich den Schlafschorf aus den Augenecken; dann verließ er das Wohnzimmer.

In der Küche lag ein Zettel auf dem Tisch, unter ihm das Geld, das er den Frauen vor die Füße geworfen hatte. Keine Tasse, kein Teller standen daneben.

»Georg«, stand auf dem Zettel, »der gestrige Abend darf sich nicht wiederholen. Ich habe meine eigenen Schwierigkeiten und gar keine Lust, den Wetterfrosch für deine Launen zu spielen. Wenn deine Mutter nur meine Nachbarin wäre und nicht auch noch meine gute Bekannte, dann hätte ich dich nicht zu mir genommen. Arbeite lieber für dich oder für ein anderes Mädchen, ich will meine Ruhe vor dir haben. Bei mir bist du unten durch! Sybille.«

Er steckte das Geld ein, knüllte den Zettel zusammen, öffnete die Schlafzimmertür einen Spalt und warf die Papierkugel ins Ehebett. Warme Luft wehte aus der Kammer. Auf dem weißen Kissen sah Sybilles Kopf wie ein Maulwurfshügel aus. Es gelang ihm nicht, eine Faust zu machen; er ließ die Frau weiterschlafen, zerrte sie nicht an den Haaren hinter sich her.

Während er hinausging, entwarf er eine Antwort auf ihren Wisch.

Du wirst noch an mich denken, du Schlampe, du wirst dir noch wünschen, mich auf dich hinaufzukriegen. Ich bin doch nur aus Gaudi so, weils mir Spaß macht, wenn sich niemand freut. Ich bin ein Arschloch. Ich gehör zugeschissen. Aber nicht auch noch von euch. Ich will euch alles heimzahlen, im Guten wie im Schlechten.

Das Geld beulte seine Hosentasche aus, er liebte dieses kleine Gewicht. Mit diesem Geld und einem bißchen Glück konnte er wieder in ein einfacheres Leben kommen; die Vergangenheit haßte er, weil sie ihm mehr Bitten abverlangt hatte, als sie ihm Dank zukommen ließ.

Als er in eine Wasserpfütze trat, sah er an sich herab. Seine Jeanshose ging aus den Nähten, Schmutz hatte sich wie eine Lederhaut auf Schenkeln und Knien angesammelt, an den ausgebeulten Waden hatte sie Sommersprossen aus Kot. Sein Hemd war über Nacht zu einem steifen Lappen geworden, der nicht mehr flattern konnte. Den Ledermantel schonte er an irgendeinem Kleiderhaken bei Sybille oder seiner Mutter; die Schäfte seiner Stiefel waren brüchig. Er mußte sich unbedingt eine neue Ausstaffierung anschaffen: vielleicht einen kleinkarierten Anzug, ein Trikot mit Schlips- und Kragenmuster, Turnschuhe, eine Sonnenbrille mit Rasierklingenbügeln, Ohrringe aus Sicherheitsnadeln. Er brauchte Veränderung. Er durfte sich nicht mehr erkennen. In den Regenlachen glitzerten seine feuchten Haare wie Lamettafäden.

Die Plane des Imbißwagens sah von weitem aus, als flattere ein zerfetzter Drachen im Wind. Es war keine Täuschung. Die Plane war aufgeschlitzt worden, jemand hatte abgehaust, wie Georg es sich nie zugetraut hätte. Die Wagentür lag auf der Straße. Er genoß diesen Anblick, als betrachte er sein eigenes Werk. Alles Eßbare war fortgeschleppt, die Holzkohle über Kothaufen gestreut, im Kohlebecken schwamm rötlicher Urin. Mit Mostrich und Ketchup waren Kreuze auf die von Sprüngen durchrissene Glasvitrine gemalt. Die herumliegenden Bierbüchsen waren alle leer. Er legte selbst Hand an, zerstörte, was noch heil aussah; mit Zigarettenglut brannte er Löcher in seinen Arbeitsmantel. Das gewaltige Messer mit dem Hirschhorngriff steckte in der Plastikwanne. Georg zog es heraus und schob es mit Futeral in einen Stiefelschaft, wo es sich langsam erwärmte und immer schwerer wog. Er hatte das Gefühl, Feierabend zu haben, und stand herum, bis der Lieferwagen kam.

Der Fahrer stieg erst gar nicht aus.

»Warst du das?« rief er.

»Leider nicht!« sagte Georg.

»Ich sage dem Chef Bescheid!« sagte der Fahrer und raste los, als müsse er den Ausbruch eines Krieges melden.

Georg Bleistein fiel eine schöne, sanfte, wehmütig zu nennende Stimmung an, in der ihm sein ganzes Leben offenstand. Seine Mutter ließ er im Schlaf sterben, schmerzlos, angstlos, angenehm beschwipst; weinen würde er, ja, aber dankbar. Die Sehnsucht nach Sybille nahm er sich, indem er seiner Onanierhand ihren Namen gab, bis ihr Bild in seinem Kopf abgenutzt war. Irgend etwas würde sich immer für ihn ergeben, wenn er nicht mehr so unvorsichtig wäre, sich ein festes Ziel zu wünschen.

Dann kam Tischlinger. Georg hörte eine ganze Weile nur Flüche von ihm, die alle ziemlich weinerlich klangen, hilfsbedürftig geradezu. Unablässig umrundete er den Wagen; manchmal hob er etwas auf und ließ es wieder fallen, ein erschüttertes Gegurgel anstimmend. Schließlich stellte er sich vor Georg hin.

»Das war das letzte Mal«, sagte er. »Ich such mir für dich eine andere Gegend, dieses Viertel ist einfach zu schad für gute Werke! Weißt du, Bleistein, hier ist ein Asozialenlager in der Näh, und dieses Gesocks hat keinen Respekt vor fremdem Eigentum! An die Wand und kurzer Prozeß! Unter Polizeischutz gehört sich alles gestellt! Das geht schon ein Jahr so zu mit denen! Ausrotten, alle miteinander! Wegen ihnen kannst du jetzt nicht arbeiten, und mich bringen sie ums Geld, die Barackenbanditen!«

Er begann, die aufgebrochene Kasse zu streicheln, als sei sie bis an den Rand gefüllt gewesen.

»Ich möcht meinen Restlohn ausbezahlt haben«, sagte Georg, »und zwar an Ort und Stelle!«

»Wieso«, fragte Tischlinger, »willst du mich verlassen? Hast vielleicht gar etwas mit den Vandalen zu tun? Hast dir ein bißchen Verpflegung geraubt?«

»Ich hab Angst um mein Leben«, sagte Georg. »Es ist mir mehr wert als Ihr Geld.«

»Quatscht daher wie ein Terroristenbürscherl«, sagte Tischlinger. »Du hast dazubleiben, du bist Zeuge, du hast die Schandtat entdeckt. Du bleibst hier, verstanden? Oder fürchtest du die Polizei?«

Georg streckte seine rechte Hand aus. »Das Geld!« sagte er.

Tischlinger lächelte böse. Er griff in die Brusttasche seiner Jacke und riß die Geldbörse heraus.

»Wieviel?«

»Das müssen Sie wissen!«

»Du kommst nicht weit damit!«

»Ich wars nicht!«

»Eigentlich verdienst du einen Scheißdreck! Zähl nach!«

»Nicht nötig«, sagte Georg. »Ich weiß, daß Sie mich betrügen.«

»Hundhammer ist ein Trottel«, sagte Tischlinger, »sonst hätt er dich durchschaut!«

Dann rannte er in holprigen Sprüngen zum nächsten Fabriktor und telefonierte im Verschlag des Pförtners.

Georg überquerte den Platz, auf dem der Wind tanzte, und ging auf die Wohnblöcke zu. Die Balkone erschienen ihm wie Brustwehren. Scharfschützen lauerten dahinter. Er schüttelte den Kopf, seine Haare sprühten Perlen. Er fühlte sich freier, er hatte nichts mehr zu verlieren. Das Gefühl, auf dem Schlußstrich seines Lebens zu balancieren, verließ ihn nicht mehr. Er war untauglich für das ganze Elend. Er zwang einen harten, kalten Ausdruck in sein Gesicht, der die Blicke der Vorübergehenden abprallen ließ, verzog keine Miene, wenn ihn ein hämisches Grinsen traf. Er hatte nur noch Lust auf eine befreiende, erlösende Tat, auf keinen andern Ausweg. Er mußte sich auf seine Seite schlagen. Er ging schneller, um sich den Anschein eines Unaufhaltsamen zu geben. Die Mauern der Häuser flogen vorbei. Sein Bauch rollte wie ein Faß vor ihm her, schien alles und jeden zu rammen. Das Messer im Stiefelschaft drückte sich in die Wade.

Anfangen könnt er
woanders viel besser
mit Spaziergängen auf dem Mond
oder auf den Wiesen am Meeresgrund
Haie könnt er melken
Wölfe streicheln, die guten.
Ach die ausgeträumten Märchen
vom natürlichen Leben
da ist nichts, was so würde.
Er kommt und denkt ans Gehn.
Weit hinter der Vergangenheit
trifft er sich wieder.

Er hinkte leicht, als er im Durchgang zum Hinterhof Anlauf nahm und, so schnell er konnte, auf das Hinterhaus zurannte. Mit ein paar Sätzen sprang er die wenigen Stufen zur Wohnungstür im Erdgeschoß hoch; in seiner Brust hämmerte es, sein Kopf wurde ihm zu eng.

Lange Zeit lauschte er durchs Schlüsselloch. Entfernt hörte er Stimmen, Sybille Lieberwirth hatte Besuch, vielleicht war ein Kunde bei ihr. Georg wünschte es sich geradezu. Er klingelte, aber sie kam nicht. Dann wurde ihm die Stille zu laut. Er preßte eine Faust auf den Klingelknopf, stieß mit den Füßen gegen die Tür. Endlich verfärbte ein Schatten das Milchglas.

»Ja?« rief Sybille leise.

»Ich bins!« sagte er.

»Komm später!«

»Mach auf!«

»Geht nicht!« flüsterte sie.

Er stemmte sich gegen die Türfüllung und drückte mit aller Kraft. Das Schloß ächzte, Holz knirschte; endlich öffnete Sybille. Ihr Geruch strömte ihm wie ein warmer Nebel entgegen. Er schob sie beiseite und trat ein.

»Wer da?« fragte er.

Als sie nickte, ging er zur Schlafzimmertür. Sie hängte sich an seinen Rücken, er schleifte sie einfach mit und spürte nicht, ob sie kratzte oder biß. Vor der Tür zum Schlafzimmer schüttelte er sich aus ihrer Umklammerung.

Aufrecht im Ehebett, dort, wo Georg Bleistein einmal geschlafen hatte, hockte ein älterer Mann und schlotterte am ganzen Leib. Georg schaute auf den Mann hinunter, der diesen Platz entweihte; er bedauerte, daß der Kerl keine Ähnlichkeit mit Tischlinger hatte. Die weißen Haare des Mannes waren zerrauft, die lichten Stellen grobporig wie ein bröckelnder Schwamm. Auf dem Bettrand lag seine Unterwäsche.

»Aber sie hat doch ihr Geld von mir gekriegt«, sagte der Mann.

Georg Bleistein riß ihn aus dem Bett. Der Mann roch nach Schweiß; als er sich dem Zugriff entwinden wollte, schlug ihm Georg zwischen die Brustwarzen. Der Mann stürzte auf das Bett zurück, zappelte und rang sich einen schwachen Hilferuf ab.

»Du und dein Geld!« sagte Georg. »Ihr macht die Weiber bloß
zu Säuen!«

Er packte Sybille Lieberwirth und ließ sie auf den Mann fallen,
der gekrümmt zusammenbrach und naß furzte. Sein Gesäß
war eingefallen, ein paar braune Borsten stachen aus der
Mulde. Die Brüste der Frau hingen zitternd aus dem Morgenmantel.

»Fickt mir etwas vor!« sagte Georg. »Na los, macht euer
Geschäft! Ich weiß, ich bin nicht so schön wie ihr, nicht so reich
und nicht so frei! Kommt, zeigt mir die Liebe, das Glück, die
Freude, macht schon! Ich halts nicht mehr aus, ich kann nicht
mehr warten!«

Er beugte sich übers Bett, als wolle er beide eigenhändig
zusammenstecken. Der Mann wälzte sich mühselig auf den
Rücken; das Gesicht schützte er mit hocherhobenen Armen.
Sybille wimmerte, als Georg ihr den Kopf zwischen die Beine
des Mannes stieß. Er quetschte ihren Nacken, bis es ihm Blut
aus den Augen trieb.

Dann holte er die Frau von ihrem Freier herunter. Etwas wie
eine Andacht kam in ihm auf, aber er wollte ihr nicht
nachgeben.

»Raus!« sagte er zu dem Mann.

Gehorsam und untertänig kletterte der Mann aus dem Bett.
Georg faßte ihn am Genick, so fest, bis ihm die Fingernägel
schmerzten. In dieser Haltung führte er den Mann aus dem
Schlafzimmer und durch den Flur zur Wohnungstür. Der
Mann war nur ein bißchen mehr als Haut und Knochen, zum
Niederwecken trotz seiner fahlen Farbe.

»Sybille«, sagte Georg an der Tür, »bring ihm seine Lumpen!
Der Herr will gehen.«

Es war eine Wohltat, an der Wand zu lehnen und zu
beobachten, wie sich der Mann in seine Kleider scheuchen ließ,
vor lauter Hast fast mit den Füßen in die Ärmel sprang,
einbeinig herumhüpfend seinen Schwanz schlenkerte, verkehrt zuknöpfelte, Schleim schwitzte. Dann zwängte er sich
durch den Türspalt, den ihm Georg aufhielt, schlich hinaus
und davon, als erwarte er jeden Moment den Abschiedstritt.

»Du dicke Sau du«, sagte Sybille, »hau ab, schau her, das ist
auch dein Loch, das einzige, wo du durchkommst! Raus hier,
sonst kotz ich dich an!«

Georg hörte noch, wie Sybille hinter ihm absperrte. Seine

Nerven glommen wie Zündschnüre. Auf dem Treppenabsatz zum 1. Stock hielt er inne und dachte einen ewigen
Augenblick lang an Frau Sybille Lieberwirth: in der aufkom-
menden Erinnerung war alles ganz anders gewesen. Er war
durch die Türen gegangen wie durch Wattesplitter, war
durch den Gang geschwebt wie ein schwertloser Engel, da
waren sie schon im Beischlaf verstrickt, tobend in Sturz-
bächen aus Blut und Tränen. Sybille hatte mit den Groschen
ihres Liebeslohns auf ihn geschossen, der Mann hatte seinen
Arsch mit Georgs Tränen gesalbt. Zumindest jetzt hätte er
umkehren und sie in Salzsäure baden müssen.

Deine Sehnsucht danach, die Kälte zu brechen
macht dich nur hart wie Sand.
Die Menschlichkeit steht im Zeichen ermordeter
Tiere, die niemals die abgestürzten
Tragflächen der Engel betrauert haben.
Wenn die Tränen nach innen fallen
läuft das Gelächter über.

Als er vor der Tür seiner Mutter stand, kam es ihm wie eine
Kraftleistung vor, einen Finger auf den Klingelknopf zu
legen. Die graue Ölfarbe, mit der die Tür gestrichen war, sah
aus wie verfaulte Erde.
Als seine Mutter öffnete, schlug ihm eine Ladung Mief ins
Gesicht. Er sah ihr an, daß sie mit einer Flasche im Bett
gelegen hatte.
»Ich kann dich heut nicht brauchen«, sagte sie.
Wie immer nistete Müdigkeit in ihren Augen. Die Haut der
Lider war wellig, als habe man Steine in ihren Blicken
versenkt.
Im Wohnzimmer lief sie schwankend zur Nähmaschine,
taumelte hinter eine Brustwehr aus Kartons. Sie stopfte
wieder Schaumstoffhäcksel in Kissenbezüge und nähte sie zu.
In ihren verschwitzten Haaren kräuselten sich farbige Stäub-
chen, auch ihre Schürze war über und über mit bunten
Flocken gesprenkelt. Georg sah zu, wie sie fertige Kissen zu
einem Hügel häufte, der vor dem schillernd betupften Fenster hochwuchs.

»Ich arbeite nicht mehr«, sagte er nach einer Weile.

»Krach gehabt?« fragte sie.

Ehe er sich versah, begann sie wieder zu nähen. Das Geratter der Nadel zerstückelte die Worte, die er sich zurechtgelegt hatte.

Liebe Mutter, hatte er sagen wollen, so laß uns doch erwachsen miteinander reden. Ich habe es nicht durchgehalten, wegen jedem Pfennig zu buckeln. Nun ist es bald ausgestanden, dann hast du mich los, dir ist nicht zu helfen. Die Zeit hier hat mir fast gar nicht gefallen. Halte mich bitte nicht auf, ich weiß auch nicht, wohin mit mir. Es hätte alles doch nicht schöner werden können. Im Hirn, weißt du, war ich immer unterwegs, dauernd woanders. Ach, du, wir haben uns nicht erlebt. Nur zwei Schatten haben sich zufällig getroffen, Abziehbilder, Durchgedrehte, Fertiggemachte. So war es eben, ist es – oder nicht? Genaugenommen bin ich nur in ein trauriges Märchen geraten. Ich habe sogar das Verwünschen verlernt. Es ist ein unaussprechliches Unglück, daß wir wie Fremde fühlen. Ich habe dauernd davon geträumt, dir deinen Koffer zu tragen. Bist du böse, wenn ich gehe? Ich weiß doch nicht, in welche Richtung, ich kenne überhaupt kein Ziel. Ich könnte hier stehenbleiben und mich mein Leben lang nicht mehr umdrehen. Halte mich auf! Wenn ich fort bin, dann gibt es kein Zurück. Ich warne dich, ich spiele nicht! Sei so gut und laß mich nicht dableiben! Komm, geh mit, wir müssen weg, sonst ist alles aus! Ich breche auf, ich breche aus! Du mußt mir folgen! Wir fangen morgen eine ganz neue Geschichte an! Jetzt erzähle, was in einem Ja liegt! Und dann zeigen wir es dieser Gesellschaft!

Er schaute auf ihren sich wiegenden Rücken herab, auf den im Takt der Nähnadel ruckenden Hinterkopf; dann legte er ihr eine Hand auf die höckrige Schulter und rüttelte sie sacht.

»Was willst du denn?« sagte sie. »Ich hab kein Geld, keine Zeit! Du störst mich bei der Arbeit, du bringst mir mein Leben durcheinander! Seitdem du da bist, hab ich nur Schuldgefühle!«

»Es tut mir leid für dich«, sagte er, »aber jetzt ist nichts mehr zu ändern. Ich bin bald am Ende, du siehst mich heut das letzte Mal.«

»Kannst mir ja ein Paßbild schicken!« sagte sie und sprang auf, daß der Stuhl umfiel.

»Ich freu mich«, fuhr sie fort, »ich danke dir. Endlich hast du begriffen. Geh dorthin, wo du hergekommen bist, und keinen Gruß an deine beiden Weiber. Denen bist du ähnlicher als mir. Ich werde dich besuchen, einmal in zehn Jahren, damit es nicht zur Gewohnheit wird. Alles andere habe ich nötiger als dich, ich tauge nicht zu einer Mutter, an meiner Brust kann sich niemand ausweinen. Ich bin auch nur ein Mensch und kein Wundertier. Meine Liebe, diesen allerletzten Rest, gebe ich nicht mehr umsonst her, auch dir nicht. Dein Leben ist deine Angelegenheit.« Für einen Augenblick roch ihr Atem nach frischen Tränen. »Sauf doch«, sagte Georg Bleistein endlich, »sauf zu, sauf weiter, sauf dich tot, sauf alles zusammen, verstell dich nicht. Ich will mich nur an die Wahrheit erinnern. Erfüll mir aber noch einen Wunsch, einen einzigen: sag mir, wo dein Hundhammer seinen Laden hat. Ich will ihn bitten, dich anständig zu behandeln. Ich möcht ihn beglückwünschen zu seinem guten Fang!«

»Du kannst mich!« sagte sie. »Zwischen uns ist gar nichts mehr!«

»Du bist Schweinefutter!« sagte er.

»Du bist zu jung, zu klein«, sagte sie. »Schau, wenn ich mich wirklich als Mutter fühlen würde, würde ich dir jetzt eine herunterhaun!«

Sie drehte sich um und bückte sich nach dem Stuhl. Als sie ihn auf die Beine gestellt hatte, setzte sie sich, beugte sich über die Nähmaschine und blies mit einem zischenden Laut den Staub weg. Dann fiel sie in ihre Arbeit zurück.

»Laß dich wieder schwängern!« sagte er, als er hinausging. »Ich bin dein Sohn gewesen!«

Bald ziehn die Vögel fort, eher schon dieses Jahr, viel zu früh und für immer. Die Namen der Toten sind nur im Schlaf noch am Leben. Bald, paßt auf, stockt der Regen zu Schnee, röcheln die Mauern, knirscht der Wind, spreizt man sich zwischen Federbett und Ofen, liebt wieder warme Fesseln. Dann gehn die Körper in Kleidern unter, und die Wölfe sterben kaum noch in den Märchen. Es kommt die Zeit der Schafe im Pferch. Was gestern umkam, gibt morgen seine Krankheit weiter.

Herbst des Todes

GEHT WEG! ICH HABE KEINE ZEIT MEHR. ICH STAMME VON TOTEN AB. WARUM KANN ICH MIR NICHT ENTKOMMEN? MACH SCHNELL! DU BRINGST DEN STEIN INS ROLLEN, DU FÄLLST IN SCHLUCHTEN HIMMELWÄRTS. WIE KANN MAN VERGESSEN, WAS GAR NICHT KAM? ICH BIN NICHT ZUM LEBEN GEKOMMEN, MICH HAT DIESES LEBEN NIE GEHABT. VERGISS ALLES, VERGISS SIE, VERGISS DICH. SIE HAT DICH GEWORFEN, ZERSCHMETTERT.

Er lief über den Hof und war fast froh darüber, daß er unterwegs Tränen verlor, weil es ihn leichter zu machen schien. Sie schützten ihn vor allen Blicken. Draußen lag die Stadt, Feindesland, voll von Menschen, die alle ein Dach überm Kopf, eine Decke überm Bauch hatten. Niemand würde ihm auch nur eine Gartenhütte anbieten. Er konnte nicht im Freien leben, sich in keine Natur retten. Er hätte von Amt zu Amt marschieren, vorsprechen können: Ich bin in Not geraten, schenken Sie mir eine Fahrkarte. Ich möchte zur Regierung fahren, mich beschweren, daß ich in diesem Staat nicht leben kann wie jedermann. Sagen Sie mir, wo man sich einen Bungalow auf einer Südseeinsel verdient, ein Palmblätterbett, es wäre nicht nur für mich. Ich möchte nicht umfallen und liegenbleiben auf diesem Pflasterdreck.
Die Häuser schlugen über ihm zusammen.
Grauschwarz gefleckt waren die Straßen, schuppig von Abfällen wie die Häute erfrorener Schlangen.
Er hätte sich gerne böse gesoffen, sich literweise Schnaps zum Gemeinwerden einverleibt. Sehnsüchtig dachte er an seine Räusche, die ihn zu Wundertaten beflügelt hatten. Er leckte kalten Schweiß an seinen Handballen, bildete sich einen Raubtiergeruch ein. In diesem Augenblick gehörten die Menschen einer Rasse an, von der er sich lossagte, waren Bewohner einer Welt, deren Leben ihn nicht mehr berührte.
In Gedanken begab er sich nach Grönhart. Seine Mutter ist zur Kur in den Alpen, Eintracht herrscht in der Familie.

Tante und Großmutter wecken ihn zu jeder Mahlzeit auf: sie wären ihm ja wie Mütter gewesen, wenn sie ihm nichts über die Jugendsünden und Altersverfehlungen seiner wahren Mutter verraten hätten.

Jetzt lag zwischen ihm und Grönhart ein Ozean rauschender Wälder. An den Ästen der Bäume hingen erhenkte Tiere, von den Zweigen tropften harzige Tränen. Auch in Grönhart würde er sich nur noch auskennen und nicht mehr weiterwissen: es war eine Insel in der Wüste. So verkarstete es in seiner Erinnerung.

Vielleicht hatten Erika und Viktor geheiratet, war ein Kind unterwegs und sie beteten darum, daß es nicht diesem Riesenkasper Georg Bleistein nachschlug. Er wünschte sich, der Kinderwagen würde beide überrollen.

Sein Körper kam ihm zerklüftet und wie aus Eis gehauen vor, während er weiterlief.

In der Kindheit, da hingen
die Bäume voller Ruten
Prügel und Knüppel, da waren
die Wolken Säcke voll Steine
und die Erdbuckel unterm Schnee
Köpfe von Leichen.

So langsam wie möglich ging er in das Viertel zurück, in dem seine Mutter lebte. Jede Bewegung mußte er sich abkämpfen. Ihm war, als flattere eine weiße Fahne aus seinem Mund, die ihm ins Gesicht fror, seine Bartstoppeln bereifend, seine Haare zu knirschenden Zöpfen bündelnd. Er sog sich die Backen in den Mund und preßte sein Kinn auf die Brust. Mit der Dämmerung wollte er ankommen, sich im Schutz der Nacht auf seine Erlösung vorbereiten und den Hinterhof wie ein zukünftiges Schlachtfeld besichtigen. Bis die Straßenlampen aufflackerten, trieb es ihn zwischen Hausmauern und Rinnsteinen hin und her. Dann scheuchte ihn das Licht in die Hofeinfahrt. In einer Ecke preßte er sich an die Wand und spähte zum Hinterhaus hinüber. Die Fenster glichen gelben Flügeln. Er wartete, stumm und starr wie ein Denkmal, wollte sich nicht vom Fleck rühren, und wenn es die ganze

Nacht dauern sollte. Vom Herrgott verlangte er, daß er
Kugeln regnen lassen sollte. Seine Finger krümmten sich ohne
sein Zutun; er zog das Messer mit dem Hirschhorngriff aus
dem Stiefelschaft und schob es mit dem Griff voran in seinen
Jackenärmel. Die Spitze hielt er mit dem Zeigefinger fest.
Hinter Sybille Lieberwirths Schlafzimmerfenster trübten
plötzlich Vorhänge das Licht.
Georg wußte nicht, wieviel Zeit vergangen war, als er die
Haustür zufallen hörte; dann kamen eilige Schritte auf ihn zu.
Ein Mann tauchte in der Durchfahrt auf und fuhr erschrok-
ken zusammen, als er Georg Bleistein gegenüberstand.
Georg lehnte sich wieder an die Wand. Der Mann war nicht
Hundhammer.
»He, du«, sagte Georg, »spann mich halt nicht auf die Folter!
Wie war die Dienstleistung? Hast du ihr Gewerbe genossen?
Hat sie dir ihren Namen gesagt? Sie heißt Sybille! Ich nenn sie
Frau Lieberwirth. Und du?«
»Bist du krank?« fragte der Mann. »Fehlt dir etwas?«
»Geh zu«, sagte Georg, »geh weiter!«
Der Mann drehte sich dauernd um. Georg rannte ihm nach
und verpaßte ihm einen Tritt.

> Der Abend wie eine gläserne Sense
> durchtrennt die Frühe, das Später.
> Maden nagen sich ins Triebwerk der Uhren
> das Gehirn steckt voller Scheren und Zähne
> unbepflanzt, verwüstetes Niemandsland.
> Der Tod sucht eine Braut, er
> wirbt mit Watteglocken, schwarzen Blumen.

Georg Bleistein stand lange in der Durchfahrt; über dem
Hinterhof glitzerten die Schatten schwarzer Schwingen am
lautlos wogenden Firmament. Endlich rutschten Reifen über
den Asphalt, wurde er von Scheinwerfern angestrahlt, die
genau auf ihn zuhielten. Er stieß sich von der Wand ab, stellte
sich zwischen die Lichtbalken; das Auto sprang mit blockier-
ten Bremsen, er starrte auf das Gesicht hinter der Wind-
schutzscheibe; das Messer bohrte sich in seine Fingerkuppe.

Diesmal war es kein Fremder. Hundhammer kurbelte das Seitenfenster herunter und schrie: »Paß doch auf, du! Schau zu, daß du auf die Seiten kommst, Herrgottsakramenter!« Dann erkannte er Georg und sagte etwas milder: »Ach so, du bist es? Holst Zigaretten? Wie gehts denn unsern Damen allerweil? Bist hier der Hahn im Korb?«

»Abend, Eugen«, sagte Georg.

Er ging gemächlich um den Wagen herum und trat gegen einen Hinterreifen.

»Schöner Karrn«, sagte er, und alles an ihm flog.

»Will ich meinen«, sagte Hundhammer.

»Nicht billig?«

»Wie mans nimmt!«

»Scheint sich zu rentiern für dich, daß meine Mutter umsonst buckelt«, sagte Georg.

»Wer?« fragte Hundhammer.

»Die Frau, die dir pariert!« sagte Georg und trat mit voller Wucht eine Delle in das Autoblech.

Im Tunnel der Durchfahrt hallte es wie ein Donnerschlag. Lacksplitter von der Farbe zerfetzter Kirschen trieben über den Boden. Der Mann blieb stumm. Bewegungslos hockte er in den Polstern; Georg stellte sich ihn so mächtig auf seine Mutter drückend vor. Mit einem schnellen Griff langte er durchs Wagenfenster und brach den Zündschlüssel ab.

»Na los, raus mit dir, du Sau!« sagte er.

Der Mann schnaufte empört. Er machte keine Anstalten, auszusteigen. In seinem Gesicht waberten rote Flecken, sein tief schaukelndes Doppelkinn pulsierte quallig.

»Ihr Sohn bist du?« fragte er. »Ah, so ist das! Ich sag dir bloß eins: alles, was du vorhast, was du jetzt machst, das fällt auf sie zurück. Ich zahl ihr alles heim, was du mir antust! Du hast keine Chance gegen mich, ihr beide habt keine!«

»Komm raus!« sagte Georg.

»Du kannst mich nicht provozieren, du doch nicht«, sagte Hundhammer. »Du bist mir ein zu kleines Licht, Sparflamme höchstens. Geh mir aus dem Weg, stell dich endlich zu den Gartenzwergen. Was willst denn du? Deine Mutter hat es gut mit mir, Taschengeld, Unterkunft, einen Mann wie mich. Sie ist ein alter Topf, und ich und die Sybille, wir sind die einzigen, die dann und wann den Deckel lockern und um-rührn. Und ich hab Freunde, die für Geld alles machen! Die

schicken dich in die Wüste, die verschnürn dich im Leichen-
tuch. Gib Ruh, werd friedlich, gib mir deine Hand, schlag
ein, daß du den Schaden am Auto bezahlen wirst, dann
vergeß ich die Sache. Ich bin sozial veranlagt, solche wie du
sind Gäste bei mir!« Er streckte seine rechte Hand aus und
ließ sie jäh wieder fallen, als Georg das Messer aus dem Ärmel
zog. Wie rasend kurbelte Hundhammer das Seitenfenster
hoch; erst im letzten Augenblick konnte Georg das Messer in
den Spalt oben rammen. Er drehte die Klinge wie einen
Schraubenzieher, bis die Abdichtung bröckelte, Glas bröselte. »Sings in der Kirch!« sagte er.
»Horch, du ausgeschissenes Arschloch«, sagte Hundhammer. »Ich weiß nicht, welcher Furz dir ins Hirn gefahren ist,
aber wenn du gegen mich anstinken willst, mußt du früher
aufstehn. Ich bin Geschäftsmann, meine Privatvergnügen
gehn dich nichts an! Laß mich durch, ich hab Gardinen im
Kofferraum!«
Georg hängte sich an den Messergriff, stemmte und ruckte,
aber Hundhammer saß so sicher wie in einem fahrbaren
Bunker. Georg wünschte sich, Gewichtheber zu sein: er hätte
den Wagen hochgerissen, umgekippt, zertrampelt. Er zerrte
am Griff der Autotür, wollte hinein, den Mann zwischen die
Pedale dreschen, seine Schreie erwürgen. Dann sah er, wie
Hundhammer seitwärts sackte und eine Pistole aus dem
Handschuhfach zog. Der Mann brachte den Lauf hoch, schob
die Mündung neben Georgs Messer und schwenkte zielend
hin und her.
Die Angst kam zu spät. Georg spuckte in die Mündung, als
Hundhammer abdrückte; dann sank er in die Knie und grub
sich die Finger ins Gesicht. Ein Auge brannte ihm aus. Der
Knall des Schusses ging in seinen Schmerzen unter. Es war
wie eine Erlösung, als das Auge auszufließen begann, sich in
einen kühlenden Sturzbach verwandelte, der auf seinen glut-
gestriemten Wangen zu verdampfen schien. Er suchte in
seinem Kopf den Einschlag der Kugel, ertastete versengtes
Haar, gekräuselte Brauen, Aschewimpern. Längst schon
weinte er freiwillig. Das Tränengas, mit dem Hundhammer
auf ihn geschossen hatte, war nur noch ein Vorwand.
Dann hörte er schwere, bedächtige Schritte auf sich zukommen. Gleich darauf prasselte ein Schwall Ohrfeigen auf ihn
nieder, daß es seinen Kopf nur so durch die Gegend warf.

»Du kommst mir grad recht!« hörte er Hundhammer nach jedemSchlag sagen. »So ein Rotzer! So ein Wichser!«
Hinter einem Wasserfall aus Tränen sah Georg seine Mutter aus dem Fenster springen. Sie hinkt heran, schleppt sich im Kreis um ihn herum, zieht eine runde Blutspur; ihr Rückgrat besteht aus Scherben. Alles nicht tödlich! sagt sie.
Sybille tanzt nackt über den Hof. Donner ihm noch eine, sagt sie, schneid ihm sein Zipfelchen ab.
Dann wacht er auf, sagt seine Mutter.
Hundhammer pochte auf die Hupe und hörte nicht mehr auf damit. Überall sah Georg Lichter angehen, aus jedem Fenster grinsten Gesichter. Er hörte lautes Rufen; einen Augenblick lang sah er Sanitäter in Zwangsjacken, die im Hinterhof Tragbahren stapelten.

Die blutfahle Scheibe des Mondes drehte sich in Windwellen. Georg war davongestürmt, aber seine Sinne hatten ihn nicht verlassen. Ihm war, als fielen hinter ihm Tore zu; seine Atemzüge waren die Riegel. Leben war ein Wort, das nichts mehr zu heißen hatte.
Da geht er, sagte Sybille, unser Held, mein Liebhaber, der Gewaltige, Zärtliche, der Specksack, das Fleischfaß. Da läuft er drauflos, und das Wohin wird sich ihm nicht zeigen.
Er wird von einem Staubkorn springen, sich in einer Regenpfütze ersäufen, sagt seine Mutter.
Wenn Wind in sein vergastes Auge drang, zersetzte es sich aufquellend. Die Straßen waren wie Hürden, die Häuser nahmen kein Ende. Die Verkehrsschilder glichen einem Verhau schwarzer Kreuze. Durch seinen Kopf huschte Blaulicht, das klirrte.
Hundhammer fährt dem Streifenwagen voraus und schießt in die Luft, neben ihm sitzt Georgs Mutter, heult durch ein Megaphon: Ergib dich! Gegenwehr ist sinnlos! Du hast mich auf dem Gewissen! Du hast mir den braven Sohn, den lieben Jungen vorgespielt! Du hast Unglück auf mich geladen! Du hast mir den einzigen Menschen abspenstig gemacht, der für mich gesorgt hat! Warum bist du in mein Leben getreten wie ein närrischer Elefant? Die Mutter, die du dir vorgestellt hast, war deine Einbildung! Du hast mich mißbraucht, weil ich deinen Traumwünschen nicht nahekam! Du hast mich nur heimgesucht!

Ein Leben ist fertig
eines mehr, viele kommen
so weit, wenige tiefer.
Es ist alles so gemacht, daß das
Erinnern ein halber Traum bleibt
die andere Hälfte öfter noch ein Schrecken.
An kleinen Dingen endet man
verliert die Zuversicht, gewinnt
die Leere in den Augen, den ab-
gewiesenen Blick.

Er hatte sich verirrt, innen wie außen.
Er hatte sich in den Haß geliebt, war zornig geworden über
den minderwertigen Frieden der Verwilderten. Er wurde
sogar um die Enttäuschung betrogen.
Er befand sich in der Mitte eines Lebens, das sich für seinen
Tod entschieden hatte.
Hinter ihm lagen nur Versuche, die mit ihm angestellt
worden waren.
Er mußte unter die Räder kommen, in allen Fängen landen.
Nur dort wurde ihm erklärt, was er nicht ist, denn die
Menschen fügen sich selber ihr Leben zu.
Er wußte nicht mehr weiter, auch nicht, wo er war. Er
merkte es nicht mehr an sich.
Endlich erreichte er eine unbelebtere Gegend; er kam in einen
Park, geriet immer tiefer hinein. Der Rasen roch wie Schilf.
Weit weg rissen Laternen Löcher in die Nacht. Die Stämme
alter Bäume warfen breite Schatten über ihn. Er öffnete den
Mund und verschluckte den Wind. Er ging noch ein paar
Schritte, ließ sich auf eine Bank nieder, saß eine Weile reglos
da, dann legte er sich auf den Rücken und sah zum Himmel
hinauf.
Die Erde war der fernste Stern.

Hermann Burger

Die Künstliche Mutter
Roman, 267 Seiten, Leinen
Der Roman erzählt die Geschichte eines Intellektuellen aus
Notwehr. Die traurige Geschichte eines »psychosomatisch
frühinvaliden« Enddreißigers, der die »maternelle Depriva-
tion« seiner Kindheit, die gefühlsarme Erziehung durch seine
»Migräne- und Eismutter« nicht zu verwinden vermag, daran
auch körperlich leidet.
Guy André Mayor. Luzerner Neueste Nachrichten

Diabelli
Erzählungen. Collection S. Fischer
Fischer Taschenbuch Band 2309
Die drei »Geschichten erzählen von der Sehnsucht des Indivi-
duums nach Selbstverwirklichung und von seinem (immer
wieder mißlingenden) Versuch, die Diskrepanz zwischen
Wollen und Können zu überwinden und ihr durch die Flucht in
die Welt des Scheins zu entkommen. So macht uns Hermann
Burger auf dem Umweg über das Exzentrische das Zentrale
bewußt.«
Marcel Reich-Ranicki. Frankfurter Allgemeine Zeitung

Kirchberger Idyllen
Collection S. Fischer. Fischer Taschenbuch Band 2314
»Bei Burger ist die Idylle auf eine Weise existentiell geworden,
die ihr wider Erwarten auch im letzten Drittel des zwanzigsten
Jahrhunderts ihre Daseinsberechtigung gibt.«
Klara Obermüller. Frankfurter Allgemeine Zeitung

Schilten
Schulbericht zuhanden der Inspektorenkonferenz
Collection S. Fischer. Fischer Taschenbuch Band 2086
»Wer so Schicht um Schicht dem Werk auf den Grund zu
kommen sucht, erkennt, daß er einem literarischen Zeugnis
von höchstem Rang begegnet ist, das seinen verlorenen Ernst
und seine ernste Verlorenheit bis in die kurioseste Konsequenz
durchhält, jeder Möglichkeit des Mißverständnisses ausge-
setzt. Eines der originellsten Bücher der letzten Jahre.«
Werner Wien. Der Tagesspiegel

S. Fischer / Fischer Taschenbuch Verlag

Ich widme dieses Buch niemandem.
Mein Dank gilt dem Winter
und einem einzigen Menschen.

Ungekürzte Ausgabe
Fischer Taschenbuch 5317
August 1983
Fischer Taschenbuch Verlag GmbH, Frankfurt am Main
Lizenzausgabe mit freundlicher Genehmigung
des Hermann Luchterhand Verlags GmbH & Co KG, Darmstadt und Neuwied
© 1981 by Hermann Luchterhand Verlag GmbH, Darmstadt und Neuwied
Gesamtherstellung: Hanseatische Druckanstalt GmbH, Hamburg
Printed in Germany
980- ISBN-3-596-25317-9

Ludwig Fels

Ein Unding der Liebe

Roman

Fischer Taschenbuch Verlag